U0691704

晚清湘军十大将领

王纪卿 ◎ 著

中国文史出版社

图书在版编目（CIP）数据

晚清湘军十大将领 / 王纪卿著 . -- 北京：中国文
史出版社，2022.1
　　ISBN 978-7-5205-3378-2

　　Ⅰ.①晚… Ⅱ.①王… Ⅲ.①传记文学—作品集—中
国—当代 Ⅳ.① I25

中国版本图书馆 CIP 数据核字（2021）第 244321 号

责任编辑：高　贝

出版发行：中国文史出版社

社　　址：北京市海淀区西八里庄路 69 号院　　邮编：100142

电　　话：010-81136606　81136602　81136603（发行部）

传　　真：010-81136655

印　　装：廊坊市海涛印刷有限公司

经　　销：全国新华书店

开　　本：787mm×1092mm　1/16

印　　张：18.25

字　　数：326 千字

版　　次：2023 年 4 月第 1 版

印　　次：2023 年 4 月第 1 次印刷

定　　价：59.80 元

版权所有，侵权必究。

文史版图书，印装错误可与发行部联系退换。

刘长佑：黑面不倒翁

左宗棠：大将筹边

曾国藩：追求完美的大帅

目录

鲍超：无敌战神

江忠源：湘军的祖师爷

引　言

　　清末太平天国运动兴起后发生的内战，是中国农民起义战争的高峰。在长达十五年的血战中，分明已经衰败的大清王朝居然成了赢家，令人大跌眼镜。清王朝的战胜确实是一个偶然，若非咸丰年间有支持清军的民兵武装异军突起，官方由旗营和绿营组成的正规军必无胜算。这支异军就是湖南的读书人招募本省山农组建的湘军，它在太平天国建都金陵之后投入战场，几经厮杀，便成为无敌于天下的劲旅，为清政府把太平军彻底镇压下去了。

　　湘军之所以能够打赢这场战争，要归功于它的缔造者和指挥者。他们大部分是崛起于社会基层的书生。他们是那个时代真正的风云人物。他们投笔从戎，几乎是白手起家，仓促立军，率部走上战场，转眼之间就打出了威风，成为大清帝国中兴大业保驾护航的威武之师。由于湘军的赫赫战功，湖南人崛起于这个英雄辈出的乱世，在此后的一个多世纪内，占据了中国军政人才格局的主流。

　　这些创造了军事神话和政治奇迹的人物，就是本书介绍的湘军将帅。他们成就了一番令人无法想象的大业，留下了太多令人神往的事迹。其中最为著名的人物，有统率新宁楚军的江忠源和刘长佑，有指挥湘军征战的曾国藩、左宗棠、彭玉麟、胡林翼、罗泽南、李续宾和鲍超，还有另立山头单独作战的王鑫。这些在战争中起家的乱世豪强，对于他们的名字，读者或许耳熟能详，但对于他们在战争中所起的作用和所用的方略，他们在湘军中的地位，他们的军事素质和独门技法，以及他们彼此的交往和协力，也许还不是十分清楚。本书为他们书写了各自的小传，力图从多个角度反映他们的人生与业绩，有助于读者加深对这些传奇人物的了解。

湘军将帅个个都是性格鲜明的人物，类似于三国中的众多英雄和水浒中的一百零八将。他们的形象与作为，可与脍炙人口的人物脸谱相比照。有人将曾国藩比作韩琦、范仲淹一类的贤相名将，但在我看来，曾国藩的学识与胸怀，较宋代的那两位名人更为宽博；有人把李续宾比作关羽，但李续宾的眼界，也许比三国时代的那位英雄更为高远；不少人把左宗棠比作他终生效法的诸葛亮，但孔明并没有如他一样完成从外国侵略者手中收复大片国土的伟业；有人说胡林翼的权谋堪比曹操，但在其心地与操行中却找不到奸雄的阴险；自然也会有人说鲍超的勇猛堪比张飞，但他在兵法上的用心似乎又为张飞所不及。

其实何须比照，本书中的主人公，本身都可能成为我们民族世代相传的脸谱。忠如江忠源，贤如曾国藩，智如左宗棠，谋如胡林翼，刚如彭玉麟，冷如刘长佑，傲如李续宾，猛如鲍超，烈如王鑫，坚如罗泽南，无不具有典型的意义。他们的特色品质中不仅有时代的凿痕，不仅有传统文化教养的烙印，还有民族性格的合成。

举凡历史事件、风云人物，当局者迷，旁观者清；当时者迷，跨代者明。所有在历史上留下了永恒足迹的人物，在他们谢幕之后，历经悠久的文学塑造与打磨，必定家喻户晓，作为民族性格的典型标志流传于世。沉淀愈久，事件的性质和人物的形象会愈加清晰。湘军人物的去世距今不过一百多年，他们的作为和事迹距离后世并不遥远，跟当代人的意识形态仍有许多牵扯不清的纠葛，涉及是非的判断和感情的倾向，这也许是我们用文字来还原或塑造湘军人物的障碍；然而，由于思想的不断解放，我们透过尘封的史料，对那些硝烟弥漫中的身影，至少已经比几十年前看得更为清楚。于是，就有了这部尝试之作，希望能够得到读者的喜欢。

罗泽南：文豪武壮

王鑫：另立山头的湘军

鲍超：无敌战神

引子：初见东太后

　　鲍超先世为湖北蒲圻人，自曾祖父那一辈，迁居四川夔州府奉节县北乡独树村。此处位于三峡下游出口处，是著名的风景旅游区，现今不再是四川省的辖地，而是隶属直辖市重庆。但不论他的家乡隶属四川还是划归重庆，可以肯定的是，他绝对不是一个湖南人。

　　湘军是湖南人的军队，为什么本书介绍的第一位湘军风云人物，或者说湘军的超级大佬，竟然是一位巴蜀汉子呢？首先因为鲍提督是所有湘军将帅中最早跟太平军交手的一位，其次因为他是湘军最著名、最有战斗力的将领之一。鲍超是名副其实的常胜将军，从水上打到陆地，从无落败的记录。他一手创建的霆军，令太平军闻风丧胆，攻击如摧枯拉朽，防守坚如磐石，机动作战则四处开花。霆军可能伤亡惨重，鲍超本人也可能身负重创，但从未被敌军击溃，鲍字旗永远在阵地上高高飘扬。

　　光绪六年（1880）正月二十一日，清廷因受到沙皇俄国的威胁，决定重新起用鲍超。当时鲍爵爷五十二岁，正在夔州家里调养伤病，上谕令他进京陛见。鲍超不得不拖着伤痕累累的躯体赶往京城。五月一日天刚亮，他就被召入养心殿的东间，由光绪皇帝与慈安太后接见。清人陈昌所撰《霆军纪略》一书详细地记载了这次接见的过程，下面是其中一个片段。

慈安皇太后素以贤淑和温婉而著称，对颇具传奇性的大功臣鲍超更是显得体贴入微。她仔细垂询了鲍提督的行程，以及一路上所见到的民生景况，又详询他的病情，连吃了谁开的药都问到了。然后叮嘱他：还是李鸿章推荐的医生开药靠得住。

接着，慈安询问鲍超有多少兄弟，有几个孩子，都在做些什么，鲍超一一奏复。突然，皇太后话锋一转，问道："你是随同曾国藩打仗？"

鲍大臣不假思索地奏答："原先随同向荣出师广西，追贼到了湖南，由曾国藩调去管带水师，随同杨岳斌肃清江面，又由胡林翼调去统率陆军，创募霆军各营。"

鲍超这番答话，大致讲述了他起家的履历，说明他打太平军的资历比曾国藩和胡林翼还要老。他跟着向荣把"贼"（洪秀全的部队）赶到了湖南，才会有曾国藩组建湘军、胡林翼加入阵营的后话。所以，若论战斗经历，他在湘军将士当中确是元老级的人物。

在慈安的印象中，鲍超一直是曾国藩的部将，怎么好像跟曾大帅没多大关系呢？鲍超这番话令她听得有些糊涂了。于是她又问道："你后来又同曾国藩一起？"

鲍超奏答："是，后来又同曾国藩一起。"

慈安问道："你打了好多仗？"

鲍超奏答："水陆数百战。"

慈安这才明白，鲍超果真是老资格！于是赞道："你好声望！"

鲍超谦辞奏答："奴才无能为，天恩褒奖。"

慈安轻叹道："你很苦得有啊。"

鲍超听到这句温婉的叹息，从比他年轻九岁的太后嘴里吐出来，不由浑身一颤。钮祜禄氏就是有这种天生的女性魅力，常令刀头舔血的汉子在她的软言絮语中心酸掉泪。鲍超此刻很想告诉女主子，他身上有一百零八处伤疤，都是在战场上落下的。这个二十多年打遍疆场无敌手的硬汉，此刻真的很想伏在女主子脚边痛哭一场。但他想起了曾国藩生前对他的多次告诫：对朝廷的主子不能乱讲话。于是他忍住了，没有诉苦，而是以标准的臣子话术奏答："应效犬马之劳。"

慈安又说了许多关心的话，陛见结束时竟然非常客气地说道："你歇歇。"然后起身自揭门帘退出。

想当将军的士兵

鲍超于道光八年（1828）降生在草根世界一个赤贫的家庭，是四兄弟中最小的一个。我们在传记中找不到鲍超生身父亲鲍昌凤的生平，只知道鲍超在五岁时就失去了父爱，跟生母刘夫人相依为命，生活清贫。

鲍超十岁那年，母亲领着他来到奉节县城，住在红岩洞。母亲给人当保姆，鲍超在一家豆腐坊做杂工，冬天则在盐场里面捡煤炭花，还有记载说他做过挑水夫，是个有什么活就干什么活的"农民工"。大约是为了生计，母亲为他找了一位继父。此人名叫鲍昌元，是鲍超的堂叔，在夔州协标当骑兵。有了这层关系，鲍超勉强算得上军人的后代。

继父的身份直接影响了鲍超对未来职业的憧憬。既然一个当兵的可以养活一家人，那么对于鲍超这个没有念过书也无高远理想的男孩来说，为了填饱肚子，参军显然是最有诱惑力的选择。他羡慕死了继父军营中的那些小军官，每月有几升米的俸禄。这点米对于处在人生初级阶段的鲍超意味着全部的幸福，有了这点米，他就能够不饿肚子，还得以奉养高堂。

为了实现吃饱穿暖的抱负，鲍超开始操练当军官必需的武艺。他选择了用枪作为兵器，朝夕苦练。为了增强定力，他在持枪瞄准时把砖石悬吊在前肘上，起初悬吊一二斤，逐渐加重到十几斤。久而久之，他练出了百发百中的成绩。

道光二十五年（1845），十七岁的鲍超去考当地驻军的防守兵。六十人参考，争夺一个名额，鲍超因本领过硬，各次比武都是名列第一。军官们想给别人开后门，却绕不过鲍超达到的硬指标。鲍超如愿以偿，当上了大头兵。

鲍超参军的初衷是为了几升米，但一旦填饱了肚子，愿望就开始升级。

在部队里待了些日子，鲍超的想法就不安分了：我武技虽精，却只是匹夫之勇。要想从士兵当上将军，就要多立战功。军人要想攻无不克，战无不胜，除了勇猛，还要靠计谋。

鲍超想好了，决定给自己进行智力充电。他想：我得学一学龙门阵里摆的那些大英雄了。桃园结义的刘关张，岳飞和杨家将，他们是怎样功成名就的？我得认真考究一番。于是他给自己开了励志课，寻索心中楷模的成功轨迹。

不知从哪里找来一本《说部》。这本书太好了，在云台阁、凌烟阁供着画像的那些功臣将相，他们做过的事情，统统记在这本书中。郭汾阳、岳飞的事迹，书里面都写得清清楚楚。

书是有了，但是看书必须识字。鲍超没进过学堂门，大字不识几个，有书没法看。怎么办？那就请读书人来讲解吧。有空就去请人念书。一经入耳，就牢牢记住，再也不忘。然后琢磨思考，悟彻英雄豪杰成败得失的原因。

世上只听说过读书郎，没有听说过听书郎。其实听书同样可以成才，只是或许比读书成才需要更多的天赋，需要付出更大的努力。听了，能够记住，能够思考，能够彻悟，不是比读书背书更难一点吗？

鲍超就是这么一个难得的人才。他因家境贫穷读不起书，所以识字不多，只好走了听书这条路。这种努力磨砺了他的志向，也为他今后成为无敌战将提供了军事智慧。他以四川的一个粗人投效湘军，战绩煌煌，跻身于湘军大佬之列，应该说，耳朵帮了他的大忙。

鲍超听了许多名人传记，更加羡慕古人忠荩之名，艳羡将帅号令风雷的宏伟气象。他毅然决定：我要冲天飞起，挥起鲍字大旗，号令千军万马！

这个草根青年的愿望大大膨胀了，但这个愿望需要在血与火中才能实现。他盼望投入战争，早立战功。一个军人，不打仗怎么成为英雄？在部队里窝一辈子也别想四海扬名。

鲍超运气好，他想打仗，很快就有仗打了。

道光二十九年（1849）九月，湖南的新宁县有个名叫李元发的人领头造反，官府调兵剿捕，长久无功，需要添募士兵。鲍超听说军营里需要能打仗的人才，立马辞去吃粮的兵额，骑上一匹快马，星夜驰往湖南，但愿马上能够投效疆场。

关于鲍超的这次投军之行，有一些无法证实的传说。有一段野史，说他在入湘的旅途中并非孤身一人，而是有一位女性陪伴。这个女性有可能是他的女友或妻子，因为他成婚于道光三十年（1850）。不过也有野史说此女并非他的太太。不管怎样，这是一次颇有蜜月风味的浪漫旅行，不论男女主人公是合法夫妻还是野鸳鸯，只要稍有一点想象力，都足以将鲍超此行打造为一段罗曼史。但这仍然改变不了鲍超离家的初衷。正史说鲍超此行绝非艳丽的旅游，更不是男女私奔，他的出山是为了当一名捍卫朝廷的英雄。

这时鲍超只有二十二岁，他离开家乡，千里跋涉，踏上了湖南红色的热土。这个四川小伙子加入湘军的阵营，是一系列偶然事件的结果，但显然有一个必然的原因：他从离开家乡的那一天起，就怀抱着建功立业的迫切愿望，以参与和驾驭战争为己任。他要到战火中去磨炼，去镀金，去发迹，由一介草民上升为军官，最终成为威猛的将军。

乱世给许多原本前途无望的人提供了机会。当时清廷已经把投降的巨盗张国梁纳入了官场，说明仕途的大门，对于从前没有资格担任一官半职的各色下层人等，已经打开了一丝缝隙。登极不久的咸丰皇帝虽然并没有刻意要从科班取士以外的途径去寻找信得过的臣子，但是身处内战前线的官员，已经在劝说他对作战勇敢却没有功名的草根人士委以官职。

所以，鲍超的梦想，很可能在这场战争中实现。

然而好事多磨。鲍超赶到湖南，李元发已被官军抓住。湖南这里已经无仗可打了。

鲍超好一阵失望。可巧，又听说新宁南边不远处，广西有个洪秀全在桂平县的金田村扯旗造反，官军称他们为"长发贼"。朝廷为了对付洪秀全，把湖南提督向荣调到了广西，叫他率部会剿。

"真是天助我也！"鲍超想道，"向提督是咱们四川人，何不立马跑去投效？"于是鲍超加入川勇营，向广西开进。

鲍超很快就来到了广西前线。在早期镇压太平军的清军队伍里，就有了鲍超的身影。

初显头角

鲍超在军旅生涯中有过五位著名的领导，首先是向荣，接着依次为塔齐布、曾国藩、胡林翼和李鸿章。曾国藩前后两次节制鲍超的霆军，他和胡林翼对鲍超的军事韬略颇有褒赞的评点。此外，跟鲍超同时代的名臣沈葆桢（林则徐的外甥加女婿），则在同治三年（1864）给皇帝所上的折子里盛赞鲍超谋勇双全。这三位大人物一致认为，鲍超作战所向无敌，不是单靠敢打敢拼，而是有强大的智力因素作为支撑。尽管跟鲍超有过合作的左宗棠曾为鲍超不懂兵法而抱憾，但这仍然无法抹杀鲍超是个兵法大家的事实。

不过，在鲍超投入战争以后的前两个年头，他根本无法施展自己的军事谋略。特别因为最初他只是一名勇丁，还算不上正规军，属于"剿匪"部队最底层的指战员。他只能靠猛打猛冲来实现军人价值。

那时开到广西会剿的各路官军，只有湘西的镇算兵和广东的潮州勇两支部队战斗力最强。鲍超每战冲在最前面，心甘情愿当炮灰，与两支精锐部队争锋斗勇。

结果王牌部队的士兵不得不佩服他的勇敢，对他礼敬有加。

鲍超的努力引起了带队军官的注意。代理游击（副师级）瞿腾龙在所部几千名勇丁中，只记下了鲍超这个姓名，而且能把他认出来。有一次，他指着鲍超对诸位将士说："这是来自远方的人才，我一定要让他出人头地！"

在广西作战的长沙协绿营部队中，有个名叫塔齐布的守备（副团级）。他见鲍超奋勇敢战，于咸丰二年（1852）春节那天将他调入长沙协标，让他成为吃守卫粮的士兵。鲍超通过冒死敢战，上了一个台阶，成为正规军人。

鲍超调到长沙营以后，塔齐布对他格外器重。一个多月后，将他提拔为吃战斗粮的士兵。当时太平军从永安突围东奔，扑向广西省城桂林。鲍超跟随部队驰援桂林，在文昌门外鏖战，纵火焚烧得元楼，身受重创，经过查验，属于头等重伤员，不久便奉命撤回长沙本营养伤。几个月后，当太平军打到长沙时，鲍超伤创初愈，屡次跟随塔齐布出城打游击，杀敌最多。长沙解围后，朝廷奖给他六品顶戴。鲍超从广西打到长沙，至此身经大小几十仗，从枪林弹雨中赢得了一个官衔。

咸丰三年（1853）正月，太平军攻占金陵。曾国藩以丁忧侍郎的身份出任帮办湖南团练大臣。他委托塔齐布兼领辰勇和湘勇一起操练，鲍超作为正规军的一员，积极参加操演，表现十分勤奋。

曾国藩初涉军旅，急需网罗人才。他令塔齐布推荐军官，塔齐布说："营中有个鲍超，是个不要命的猛汉。"咸丰四年（1854），曾国藩初次出征，在靖港吃了败仗。为了补充军官，将鲍超调入湘军差遣。从此鲍超进入湘军序列。

曾国藩第一次见到鲍超，不由得大跌眼镜。塔齐布口口声声说鲍超是个"猛汉"，曾大人原以为此人该是五大三粗才对。眼前这个年轻人却只有中等个头，更要命的是，一副弱不禁风的样子，几件衣服披在他身上，好像都会把他压垮。

曾国藩擅长看相，他知道，外表跟行为风格取向相反，其内在的风骨和性格必然不同凡响。他想，此人不可貌相，必是异人。

不过，曾侍郎为人谨慎，还想亲自考察一番。他令鲍超跟随左右，观察他的言行。很快他就发现，鲍超是个打仗的好料子。曾国藩决定将这个人才安插到他最看重的水师部队。

当时曾国藩处在一个关键时刻。前些日子，他亲自率师北上，与太平军交手，胜败无常，在靖港一战中输得更惨。现在回到长沙，吸取教训，整顿水陆部队。为了充实领导力量，他任命鲍超为水师营的哨官（连长），分带一艘长龙战船（当舰长），隶属水师右营将领杨载福。此人官衔为千总，实职是一支小舰队的司令，统辖湘军水师五分之一的兵力。

个人英雄主义

曾国藩整顿好部队，再次向北面进发。六月二十九日夜间，水师分五队进兵，鲍超跟随杨载福舰队埋伏在雷公湖上游。两天后，各营发起攻击，击毁太平军船只一百多艘，歼敌几百名。

鲍超进入水师以后的第一仗，就显示出强烈的个性。他在自己指挥的长龙舰上竖起鲍字旗，还在桅杆上系了一条长达一丈有余的红绫，冲锋陷阵时十分明显。如此一折腾，整个水师都知道他是一名特立独行的军官。

这是湘军舰队的一次创新，似乎属于典型的个人英雄主义行为，还有靠炒作出名的嫌疑。鲍超很快就面对上级与友军的质询。根据他的解释，这个创新似乎另有深意。他说："我搞这些玩意儿，是为了把我舰与其他各哨区别开来，谁胜谁败，容易识别。我打胜了，后续部队可以趁势接应；我打败了，也就无法推诿过失。这样还能吸引敌军来找我决战，我绝不会放他们活着回去！"

杨司令也没有给他扣上爱出个人风头的帽子而将他撤职，于是小鲍就继续走他的个人主义道路。

每次出战，鲍字号长龙舰都冲第一，击鼓催桨，向几十上百艘敌船冲去，直捣中坚，左冲右突，纵横出入，敌船见他就逃。收队时则停桨殿后，掩护各舰回营。

有一次，鲍字号深入敌阵，杨司令举起西洋望远镜观战，只见一艘挂着红绫的战船居然开炮向官军轰击！杨司令急出一身冷汗，忙问左右："那红绫舰究竟是小鲍的，还是长毛的？快快给我查明回报！"

过了一会儿，了解情况的小船划回来了："回杨大人，红绫船是鲍超的！"

"混账！他为何向自己人开炮？"

"回大人，鲍超痛恨后队畏缩不前，便掉转炮口，向空中发射，破口大骂，威胁后队官兵，叫他们一齐冲锋。"

鲍超向自己人开炮的这一仗，湘军大获全胜。后队收兵，军官们纷纷来向曾大帅道贺。

一个说："开始冲锋时，各舰畏怯不前，幸亏我舰与鲍舰长奋力冲杀，才有此胜仗啊！"

几十名军官前来道贺，说的都是同一种话，仿佛鹦鹉学舌。曾国藩一听就明白了：这些人讲的都是瞎话，都是借鲍超来掩盖自己的怯懦。那么，只有鲍超的功劳才是铁板钉钉，毋庸置疑。

于是，曾大帅召见鲍超，离席相迎，握住他的手说："小鲍啊，本帅算是看清楚了，你才是真正善战的勇士！你没来报功，可是大家都替你报过了！"

雷公湖大捷之后，湘军水师从岳州到武昌，再到田家镇，一路击败太平军舰队，大获全胜。鲍超战功累累，先后升为外委、候补千总、正五品优先候补守备，接着获得都司官衔，相当于团级军官。

这时鲍超接到了家里送来的讣告：继父鲍昌元去世了。鲍超对当兵的继父感情很深，竟然"忧哀毁骨"，马上请求回家守丧。杨载福舍不得放走这个生死与共的战友，再三慰留。盛情难却，鲍超只得在军营中穿孝二十七天。此刻他又获得一种动力：悔恨。继父未能看到他功成名就就辞世而去。鲍超发誓从此要更加奋力作战，以功名告慰继父的在天之灵。

咸丰四年十二月对于湘军是一个噩梦。刚刚把太平军赶出湖北的湘军，在江西遭到了严酷的反击。水师以舢板为主的一百多号战船驶入内湖，被石达开的部队堵在鄱阳湖内。湘军在长江上只剩下快蟹、长龙等大船，缺乏机动性。太平军小艇趁夜袭击，烧毁湘军四十多艘战船；紧接着又袭击九江湘军水师大营，包围曾国藩的坐船，也就是湘军的旗舰。曾国藩乘小船逃到陆军大营，捡回一条性命。粮台辎重各船驶到武穴以上。许多战舰也被击溃，驶向上游。湘军水师被分隔在内湖与外江。鲍超所属的舰队属于外江水师。

湘军的颓势延续到新的一年，塔齐布和罗泽南的陆军在小池口挫败，太平军向上游湖北各地反击，武汉戒严。曾国藩派胡林翼和王国才率部回援武昌，命令遭到大风摧残的水师炮船全部开赴湖北，设厂修补。外江水师驶到金口驻泊。

太平军扑向武昌，再次攻占湖北省城。胡林翼临危受命，代理湖北巡抚。他跟曾国藩商量，共同签发命令，委任鲍超管带中营战舰，即委任他为小型舰队司令，鲍超从此步入湘军将领的行列。

鲍超当上了营官，更坚定了报效朝廷的决心。此时杨载福已回家养伤，鲍超在彭玉麟指挥下，与太平军反复绞杀，并配合陆军作战，成为水师最勇猛的将领。

珍贵的缘分

咸丰五年（1855）七月，湘军水师扎泊金口、蔡甸和沌口三处要地，对武昌的太平军构成极大威胁。太平军在八月份击溃了金口的水师，分兵增援汉阳。他们从下游调来炮船，轰击胡林翼的大营，接连击伤击毙胡林翼左右几名军官。眼见得部队溃散，胡林翼有心杀敌殉职，单骑冲向敌阵，多亏马师将他的坐骑向江边驱赶，才不致在敌阵中粉身碎骨。

胡林翼被坐骑驮到江边，敌军还在后面追赶。在千钧一发之际，他看到了救星。原来鲍超得到警报，带领炮船飞速增援，将太平军击退。太平军又从沌口等处增兵下击，鲍超奋勇回击，焚烧十多艘船。太平军自知不敌，自焚剩余的船只，登陆撤向下游的汉口。

这一仗，鲍超单凭他的小舰队赶跑敌军，救了胡大帅的性命。他对主帅的关心，面对强敌时的神勇，赢得了众人的叹服。

鲍超从此声名大振。胡林翼加深了对这位属下的了解，对他平添敬重，不再把他当成一介武夫，也不把他当作部属。他们从此结下了终身不解的兄弟缘分。

胡林翼拍着鲍超的肩膀说："贤弟，你的名很好，武艺胆识确实高超，但你的字书生气太浓，跟身份不合。春亭，春天的亭子，没有力量嘛；不如改字为春霆，春天的第一声雷霆，振聋发聩，才配你这个英勇无双的武将！"

鲍超非常珍惜胡林翼的友情，从此不遗余力地效忠于胡林翼，放手拼搏，为陷入危局的湖北巡抚排忧解难。

胡林翼此时处于人生中的最低潮。他的陆军屡次溃败，水师孤立于沌口上游。太平军已绕到水师背后，即将堵塞湘军的饷道，水师也有被偷袭的危险。胡林翼的长处是镇定自若，百折不挠。他令水师暂驻嘉鱼、新堤等处，等待陆军重振雄风。

希望果然就在最后的坚持之中。当年十一月，何绍彩与罗泽南的陆军在湖北获得大捷，胡林翼令水师沿江岸攻击金口，打通水陆两路的接应之道。

鲍超接到任务，对友军的四位营官说："逆贼战舰颇多，我军必须分派好各路的任务，弄清眉目，才会责任分明；又必须配合作战，壮大声势，才有足够的兵力。"

各营遵从他的意见行动。鲍超从中路打先锋，陈金鳌和万化林的舰队随后冲锋，李济清舰队偷袭敌军左边，王明山舰队偷袭敌军右侧。战斗打响一个多小时后，双方难分胜负。太平军用千斤大炮排列开火，发起四轮轰击。湘军以战舰排列开炮，进行了六轮炮火还击。结果湘军的火力把太平军压制得原地不动。

在激烈的炮战中，鲍超左胁被炮弹击穿，当即吐血。他用袖子一抹血腥的嘴唇，仍然大喊："格老子的，冲上去！"众多中炮受伤的湘军官兵在鲍司令的感召下，加快了冲锋的速度。每一轮炮击之后推进十几丈，六轮炮击之后，战船已逼近敌船，距离近在咫尺。

湘军已经杀红了眼，击沉敌船几艘，击毙敌军几百名。乘胜冲入敌阵，火箭火弹齐发，敌船被迫下逃。湘军且追且烧，转战约三十里，一直追杀到小军山下，鲍超方才下令收队。

太平军在金口岸上的五座壁垒，眼见得自家水师败退，不攻自溃，被湘军水师一并扫平。当晚，鲍超等人分泊金口和大军山，迎接胡林翼的到来。

这一仗，鲍超等五支小舰队击沉击毁敌船几十艘，夺得大炮小炮六十多尊。鲍超舰队缴获敌军大快蟹两艘，舢板快划两艘。胡林翼奏称："鲍超屡立奇功，胆识过人，此次奋厉无前，身受炮伤，裹创追贼，忠勇冠军，实为攻克金口之首功。"随即奉到上谕：都司鲍超着以游击尽先补用，并赏给"壮勇巴图鲁"名号。

胡林翼见鲍超伤重，亲切慰问，令他在大营休养。鲍超却急于为胡林翼彻底扭转战局，一个多月后就带伤回到指挥岗位，参与湘军水师与太平军进行大规模角逐。

那是咸丰六年（1856）二月，分布在武汉江面的太平军舰队有几百艘战船，每艘战船密排炮位，船体都用大铁链系在大木筏上，作为依靠，使湘军战船无法靠近。这个船筏相连的措施，有一个致命的弊端。舰队尾大不掉，给湘军提供了火攻的便利。胡林翼一直与杨载福密商火攻之策。他们无法跟孔明一样算准什么时候会有东南风起，所以只能耐心等待。只要天时到来，就能将太平舰队一炬焚毁。

两个月后的一天，时机到来了。那天南风大作，杨载福令留守上游的四营出动，作为接应部队，亲自带领主力在凌晨时分出击。攻击舰队包括五十多艘纵火船，鲍超打前锋，顺风扬帆，直抵汉阳的东门和南门，上下包围，砍断敌军木筏的铁链，逼近敌船，按计划纵火。号令一下，顿时光焰冲天，枪炮齐发，将三百多艘敌船全部烧毁，只有七艘小船逃走。

随后几天，湘军与太平军水师反复绞杀，肃清了上至武汉下至九江的长江水路，往来行驶，毫无梗塞。当时太平军在曾国藩主持的江西战区占有绝对优势，曾大帅的部队士气低迷。曾国藩听说湖北水师江面大捷，连忙将湖北的战况函告湘军各营，给将士们打了一针兴奋剂。

朝廷收到捷报，再次提拔鲍超，令他优先候补参将，赏加副将军衔，于是鲍超成为副军级的高干。

太平军在长江的武汉至九江段失利，武昌以下各据点失去了水上屏障，势必图谋挽回败局。太平军检点（集团军司令）古隆贤派出的几支部队，从九江分路增援上游。他派人潜入武昌，约定城内守军发起夹攻，企图打掉洪山五里墩的湘军大营。

胡林翼派兵迎战来自下游的陆上敌军，连挫敌锋。古隆贤的上级石达开亲自上阵。湘军陆师蒋益澧等部在葛店阻击石达开的增援部队，鏖战一整天，胜负难分。

鲍超在水面上为陆师担忧，总想助他们一臂之力。他想，樊口敌营出兵攻击上游，营内守备必定空虚。于是找到友军营官周清元和喻吉三，说道："陆军兄弟鏖战，咱们不能袖手旁观，何不去捣毁敌人的巢穴？"

三人一拍即合，当即各率战船从沙口下驶，偷袭樊口，一战而捣毁敌军水营。鲍超觉得不过瘾，乘胜登岸，捣毁敌军陆营。喻吉三还不肯住手，又下驶到黄州城下，烧毁几艘敌船，才邀鲍超和周清元凯旋沙口。

古隆贤为了配合主帅作战，率领一千多人沿青山、油坊岭江岸修筑土垒。鲍超跟随杨载福从沙口出动，会合李济清舰队，开进港内攻击。太平军在渡口排枪射击，顽强抵抗，鲍超和李济清令大炮轰击，迫使古隆贤撤到岭上。鲍超一挥手，水勇登岸冲锋，改为陆战队，李济清所部随后跟上。周清元所部从青山登陆，抄到古隆贤后背，向岭上发起夹攻。古隆贤被迫撤退。鲍超的水师陆战队将敌营尽行烧毁，然后整队回船，停泊外江。

从此，胡林翼指挥清军各部水陆分攻，马步合战，十日之内，大小二十八仗，把武汉的太平军逼到穷途末路，两城指日可克。

从水面跳上陆地

在胡林翼的部队节节获胜的日子里，鲍超的军事生涯发生了重大转折。

胡林翼自从在夆山挫败以后，总结经验教训，加紧整编军队，对陆军倾注了更多的心血。他见鲍超统领水师，军容整齐，进退有方，十分钦佩，深相器重。两人结拜为兄弟之后，鲍超屡次指挥水师登陆作战，所向无敌，都被胡林翼看在眼里。他想：我这位贤弟是水陆作战的通才，我还得借重他在地面领兵。他启奏朝廷，要整顿陆军，把智勇双全的军事干部鲍超派往湖南，增募三千新兵，训练一百天，迅速来湖北作战。

咸丰皇帝下旨：可。

胡林翼一门心思要把鲍超调离水面，杨载福却不干了。他说："鲍公为水师第一人，润公怎能把他挖走？"

当时鲍超只有二十八岁，胡林翼和杨载福都已尊称他为"鲍公"，说明他在军中分量颇重，早已是胡林翼所说的"后起之杰"。由于杨载福反对调走鲍超，胡林翼只好把此事搁一搁。不过，他已打定主意要让鲍超到陆地上发展。咸丰六年（1856）八月，江面上已无太平军的踪迹，武汉指日可克。胡林翼期望鲍超能够募集一支陆军，保卫收复之后的武汉重镇，使之不再丢失。他决定执行朝廷先前的旨意，令鲍超南下长沙招募陆勇。

他给鲍超写了一封信，对于招募部队的细节一一叮嘱。这件信函等同于手把手地指点，清晰地表达了胡林翼的建军思想。

鲍贤弟，你可先选出三名将领，每人带领五百人。挑选将领，先看是否勇敢，再看才干如何，而特别要注意的是人品。勇丁就由他们招募，这样一定能够得力。勇丁要到山村去招，靠近城市的人性情巧猾，难以管理。各种技工都可以招募，但绝不能招募衙门里的秘书和差役。

古人募兵，喜欢琵琶腿、车轴身，这样的身材力气大。陶鲁按照这个标准，从六七万人中挑选，合格的不足五百人，但靠着这点人，就可以横行一个省份，建立一番奇功。专挑孔武有力的人也是一个办法，但还得优先考虑胆量，考虑是否团结。四川人和湖南人早就不和，这一点要认真考虑。

选好将领之后，先给他们备好公文和银两，将他们派回湖南的道州、宁远、江华、新田，召集勇士，带回长沙。对道州人和宁远人要优先考虑，湘乡人也很不错。如果其他地方有勇士，也可以从十人中挑选二三名。最好把同一地方的人编在一个营内。这样性情投合，言语相通，容易齐心。

勇丁招募齐了，大约一个月之后，你就亲自前往长沙，逐一挑选，编定队伍，九、十月份就可以开到湖北，再训练一两个月，便可以参加大战。

除了招募三营之外，你还要另招两三百人作为亲兵，计拥有精兵一千七八百名。我将手下的四营劲旅调到你的标下，就有了四五千人。这样一来，必定所向无敌，成就大勋。

你要认真挑选助理，注重人品，经手账目银钱的人更要慎重挑选。千万别用花言巧语、媚骨逢迎的书生，小心一粒老鼠屎坏了一锅汤。

营中不能没有裁缝和剃头匠，另外发给工钱，不必冒用勇丁的名义给予军籍。

抬枪和大炮容易掌握，使用鸟枪却非学一个月不可。猎人比较容易掌握这种武器。

胡林翼絮絮叨叨，无微不至，鲍超只要照方抓药就行了。他接到这封信函，即日启程，亲自南下长沙，完全遵照胡大哥的指点选将募勇。他不想要胡大哥的劲旅，决定自己招募五个营，用自己字号中的第二个字给部队命名，称为"霆军"。名震天下的霆军，就是如此创立。

霆军刚刚筹建，鲍司令又接到胡大哥的一道命令，规定部队的武器配备。胡林翼要求霆军分队间隔使用抬枪、鸟枪与刀矛。第一队抬枪，第二队刀矛，第三队鸟枪，第四队刀矛，第五队抬枪，第六队刀矛，第七队鸟枪，第八队刀矛，第九队和第十队都用刀矛。这样长短兵器配合，奇正互相接应。

鲍超自到长沙之后，逐日募练新勇，希望快速成军，返回湖北，助攻武汉。不过形势的发展比大家预料的更快，霆军尚未开拔，胡林翼已于十一月下旬收复了武昌与汉口。

鲍超是个明白人，知道胡大哥不但倚重他，而且不遗余力地抬举他这个小弟。他招募了五营霆军，同时就得到了这支部队的指挥权，由一名营官上升为指挥五个营的"统将"。因此，他从水面跳上陆地，实际上在军旅等级中跃上了一个大台阶。为了报答胡大哥，他绝不能让霆军吃败仗，一定要给胡大哥挣来脸面。

鲍超本来就有超强的荣誉感。他知道湘军倡导书生带兵，而他自己却是文盲，如果打了败仗，别人定会指责他鲁莽无知，他绝对丢不起这个人。

于是，对胡林翼的报恩之心和强烈的自尊心，驱使鲍超沉思苦想，"精心独运"，发誓要研创出一种克敌制胜的独门阵法。功夫不负有心人，几个月过去，鲍超根据五行生克制化的道理，研究出一个神秘的阵法，取名"三才五行阵"。他的研究成果可不是什么无用的专利发明，很快就成为霆军扬名立万的根本。曾国藩后来总结说：多隆阿的部队惯用一字阵，鲍超的部队惯用二字阵，都值得大家学习。

曾国藩参透了鲍超新阵法的原理，比鲍超本人讲解得还要透彻。他说，所谓三才阵，是指前敌兵力的部署办法。每营有六哨勇丁，每哨一百人，临阵时酌留二三成兵力守营，主力分三路进兵，每路各一哨。三路共三哨，就是三才。所谓五行，是前锋部队与策应部队的总和。每营除去前敌的三哨兵力，还有两哨分列于后，或成两翼包抄，或在前锋得势时并力击敌，或防备前锋不支，可另出生力叠战。这两哨策应之兵，与前锋三哨联合，合成五行；如果四面受敌，则以四哨结为方阵，四面应敌，一哨居中策应，也是五行的形式。

以上是一个营的三才五行阵，如果霆军五营同时出兵，那就以三营兵力分三路进兵，每路各一营，以两营分备接应。如果各营各哨分追败敌，则每营以几百人分五路截杀，每哨也以自己的一百人分路截杀，或分或合，变化无方，总不离三路进攻两路策应的法则，分之则数百人、百人不嫌其少，可收以少胜多之功；合之则万人、数万人不嫌其多，有多多益办之妙。

鲍超创造的这个阵法，既适合于小部队机动作战，也适合大部队野战。咸丰十年（1860）以后，霆军的骑兵和步兵逐渐增加至三十多营，临敌时由一名分统将领指挥几营兵力，作为一路，五路并进，骑步一万几千人，静如阴合，动如阳开，无坚不摧，其阵法看似有变，实则万变不离其宗。

在大规模野战中，霆军的几十队、上百队一齐向敌军压迫，横向看去，好像一个大一字。但是一字有两层，第一层是前敌三路，第二层是两路策应，所以鲍超的阵势又被称为两层大一字。如果把两层一起来看，便可称之为二字阵。

除了阵势，鲍超还研创出一种独特的攻击战术，叫作"进步连环"。一班有十个人，用七成人员出兵，班长执旗领队，其余六名士兵鱼贯随进，抵达攻击位置。如果这个班属于枪队，那么班长之后的第一人持枪推进到班长身边，向敌人射击，每发必中，射击后立即装弹，不退一步；第一人射击完毕，第二人已乘势冲到第一人之前，开枪射击，随后装弹；其余三人依法递进，直到第六人射击完毕，第一人又已乘势冲到第六人之前，开始第二轮攻击。如此连续射击几轮，士兵连环开火，部队有进无退，渐渐逼近敌人，勇士不准单独领先，胆小鬼不会单独落后，连胆小鬼也转化成为勇士。而且士兵劳逸结合，步伐有度，队形紧凑，不会被敌军扰乱阵脚。

在矛队与枪队间隔出兵时，霆军总是分行齐出，枪队左右都有矛，矛队左右都有枪。敌军逼近，如果来不及开枪射击，矛队就会奋力格斗；敌军稍退，矛不中用了，枪队就会乘势射击。矛手鏖斗时，枪手也可找机会开火。矛队的前几名士兵与敌军搏斗，后几名士兵又可乘势抛掷火弹，燃烧敌人，短长互用，奇正相生，绝无形格势禁、应接不暇的弊端。

进步连环战术的核心是攻击性强。清军作战惯例，当敌军逼近时，总将劈山大炮运回阵后，以防遗失；霆军则不让大炮撤退，要求随枪队与矛队逐渐前移，相机开炮，仍然是恪守进步连环的原则。骑兵也不例外，或抄或冲，或追或截，也要连环叠进。

鲍超没有多少文化，但他居然能够独立思考，琢磨出三才阵法、五行队列和进步连环的冲锋战术。有人把此事想得很简单，说他不读兵书，其才干只能归于"天生"，强调他是战争天才。这就未免忽略了鲍超靠耳朵深造的事实。鲍超虽然未读兵书，但他肯定听过兵书，也见过友军和敌军对兵法的运用，所以在肯定他天生聪颖的同时，不能否定他后天的刻苦努力。

惨烈的陆战

霆军开上战场不久，湖北将军都兴阿与李续宾、杨载福水陆各军正在进攻九江及小池口，胡林翼令鲍超前往小池口会战，听从都兴阿指挥。

咸丰六年底，鲍超进扎小池口。这时他所统领的新勇，分中、前、后、左、右五营，每营六百人。除了五个正营以外，还有亲兵三百人。霆军兵力总计三千三百人。

小池口与南岸的九江对峙，太平军在这里建立了城堡，城外筑垒浚濠，密排炮位。霆军首次投入陆战，鲍超令部队先备茅柴，派六百名长矛手负柴填濠，四面攻扑，同声并进，直捣敌营，杀敌三千余名。咸丰七年（1857）二月，朝廷将鲍超补授宜君营参将（师长级），以示嘉奖。

接下来，都兴阿派兵攻击小池口下游段窑的太平军，令鲍超扼守小池口以西，以牵制敌军兵力。城堡内的太平军分三路扑来，都被鲍超分兵击退。霆军奋力鏖战，使友军得以夹击东路敌军获胜。

都兴阿在远处观战，扬起马鞭，指着鲍超的部队，对身边的将佐说："你们看，鲍超搞什么名堂？怎么他的军官都穿官服？这不是故意把指挥官暴露给逆贼吗？"

一名将佐回答："回大人，鲍超就爱搞怪。他不顾将官临阵须与士卒装束相同的规定，从营官到哨长、队长，都穿本色官服。说什么这样看得清楚，功过一目了然，还能避免军官蒙混造假，侥幸逃脱。"

"嗯，明白了。"都兴阿笑道，"鲍超存心让军官无处遁形，必得与敌军血战到底，倒也不失为一个办法。只是军官死伤太多，未免可惜了吧？"

小池城内的太平军企图出兵袭击孔垅的清军营盘，都兴阿令鲍超先发制人。霆军行至小池口西边，城内的太平军乘夜大出骑兵，在堤下设伏，突然杀出，向鲍军冲锋。鲍超率队从江岸横击，在皎白的月光下，上演了一场惨烈的鏖战。马蹄践踏，刀矛相击有声，敌军尸体相枕藉。

鲍超杀得兴起，下令乘胜攻城，被滚木打伤左手，右腿也受枪伤。他不去裹伤，立在马上大呼，指挥士卒拔桩越濠。部队伤亡严重，更糟糕的是，鲍超又被铅弹击中脑门，鲜血迸流而出。他仿佛感觉不到痛楚，指挥部下加力攻城，打到天明，方才下令收队。太平军见鲍超没有后援，蜂拥而出，紧追不舍。鲍超亲自殿后，缓辔徐行，太平军竟不敢再追，部队安全回营。杨载福听说鲍超负了重伤，将他迎到船上，发现子弹击中了要害，不禁哭出声来。

鲍超说："莫哭撒，为国捐躯，死又何憾！只是未能荡平此贼，死不瞑目！"

话刚说完，紫血奔流，晕死过去。这一晕就是三天，鲍司令奄奄一息，众人都以为他绝对活不成了。幸好有医生赶来，为他取出了脑门上的铅弹。鲍超被救活了，但后脑勺从此低陷一窝，有一个指头那么深。这次脑伤，成为终身的后遗症。

鲍超屡次攻坚，士卒受伤的前后多达六百多人，超出一营人数。胡林翼为他们奏请假期，在营中调养。他给鲍超写信，劝他不要再去攻坚，以身涉险。

咸丰七年四月，太平军在安徽大为得势，又分兵西进湖北，威胁武汉。官文与胡林翼急令鲍超增援小池口。鲍超伤病未愈，向部属密授方略，令他们会同多隆阿的骑兵分路齐进，一同挫败陈玉成的几万兵力，人心稍定。

几个月后，清军将领王国才被敌军偷袭营垒，死于阵中，部队溃败，清军各部也多吃了败仗。都兴阿决定撤回各军，与水师相依扼守。他知道鲍超是个烈性子，担心他从中阻拦，于是先撤各军，然后才通知鲍超一同撤退。果然，鲍超不肯后撤。多隆阿力劝道："贼势浩大，各军俱退，你的霆军只有五营，孤立贼冲，不是个办法啊。"

鲍超说："行兵有进无退。武汉三次陷落，朝廷花费大量军费，通过两年努力，好不容易收复。如今贼势蔓延数十里，不如乘他们聚集在此，一举击溃，使他们不敢再打湖北的主意，对大局很有好处。我军虽只有五营，但颇令敌军胆寒，愿为多公一战破之！"

多隆阿虽是一员骁将，但一向行事沉稳，不如鲍超这般猛悍。但此刻他被鲍超这一番气魄不凡的话震服了，于是愿意听从鲍超的安排。

霆军屹立于大敌之前，太平军果然不敢来攻。他们全部集结在黄梅境内，深沟高垒，企图持久，把霆军拖垮。

太平军不惹鲍超，鲍超却要去打他们。多隆阿率骑兵，鲍超率步兵，分五路进攻黄蜡山等处敌营。太平军漫山遍野出兵迎击。鏖战几个时辰，清军枪箭齐发，杀毙敌军几十名精锐，太平军败归各垒。鲍超立即率部追杀，分攻敌垒，纵火延烧敌营。太平军狂逃，尸横遍野。霆军先后捣毁敌垒四十八座，斩敌五千多名，溪水被鲜血染红，太平军扑港淹死者无数，余敌躲进山谷。

官文和胡林翼向朝廷报捷，奏道："鲍超一员连日血战，率同亲兵累尸登垒，身腿受伤，仍不少却，尤为忠勇罕匹。"朝廷给鲍超赏加总兵衔（军长级），以示鼓励。

小池口战役，鲍超以四千多名骑兵与步兵，对抗十几万太平军，当时官方都以为鲍超陷身危境，万万没想到他会一战获胜。陈玉成只身逃走。

从"塔罗李鲍"到"多龙鲍虎"

鲍超与多隆阿联手作战以后，捷报频传。这时塔齐布、罗泽南已先后阵亡，湘军阵营中塔罗李鲍四员大将，只剩下鲍超与李续宾。战争的重心逐步向鲍超与多隆阿转移，湘军进入了所谓"多龙鲍虎"的时期。多隆阿此时已是记名副都统，职务高于鲍超，又是满人，所以排名在前。要论战斗力，一龙一虎，究竟孰优孰劣，还得从战绩中考察。

咸丰八年（1858）八月，鲍超与多隆阿收复了太湖县城，李续宾收复了潜山县城。鲍、多两军将石牌上下两镇敌垒一律踏平。紧接着，都兴阿决定东攻安庆，派鲍超与多隆阿打前锋，但是李续宾的惨败，致使局势急转直下。

当时李续宾连克舒城、桐城，率部抵达三河镇，声威甚壮。陈玉成率主力抄绕官军后路，迎敌李军，企图为安庆解围。太平军将李军围死在三河镇，全歼一万多人，李续宾阵亡。舒城与桐城的湘军守兵也相继溃挫。

塔罗李鲍四将又折一员，湘军上下一片哀哭之声，士气萎靡不振。湖广总督官文认为应暂缓围攻安庆，饬令鲍、多两军撤退，以牵制敌军，而稳定湖北。

决定做出之后，鲍超乘夜拔营，急行军撤兵，抵达二郎河驻扎。营垒未立，敌军已接踵而来。鲍超奋勇迎击，将敌军击退。太平军多达二十万人。鲍军与多军相隔三十多里，中间以骑兵往来巡逻联系。鲍超认为，敌垒如此逼近，不战必致坐困。于是多隆阿趁夜衔枚疾进，驰到二郎河，会合霆军，分路进攻。太平军抽派精锐列阵，分布数十层，绵亘二十多里，蜂拥来扑。其余各垒的太平军仍然坚守不动。他们的计划是：如果攻击部队获胜，就直吞二郎河霆军营垒，如果失败，就从各垒的夹缝退回，战守相护，以拖垮清军。

鲍超在敌军猛扑时，令各营坚持不动。既而见敌军气势渐疲，便挥军向前突击。多隆阿的骑兵也分途鏖战，敌军势力不支，败回各垒夹缝。鲍超挥师紧蹑其后，长驱直入，四面枪炮如雨，霆军绝不后退一步。冲过群垒之后，败敌不及归垒，垒中敌军又不敢出救。鲍超急令纵火，烧毁后路敌垒及敌军所占村庄几十座，毙敌甚多。

年底，陈玉成以主力分三路齐逼太湖。多隆阿忽令鲍超转移到潜山小池驿，作为阻击前锋。敌军漫山遍野逼来，方圆三十多里筑了一百多座壁垒。陈玉成派主力围扑鲍超军营，日夜不息。多隆阿按兵不动，全靠霆军独力将敌军击退。

鲍超并不责怪多隆阿，第二天和他商议分路进攻敌垒，霆军奋力冲锋，将东岸敌垒十一座全部踏平，斩杀悍敌无数。西岸的敌垒也被连踏数座，太平军向山内溃逃。当天鏖战五时之久，毙敌六七千人。

这一仗激怒了陈玉成，他力图报复，对小池驿倾注全力，连营百余里，步步逼近，敌对双方可以听到彼此的咳嗽声。鲍超不为所动，日夜作战，以三千余人抗击五六万太平军的攻击，稳扎稳打。

鲍超性格粗豪，却善解人意。胡林翼为了平衡关系，任命多隆阿为前敌总指挥，曾国藩担心鲍超不服。他没想到，鲍超能够体谅胡林翼的良苦用心，一心顾全大局，一切行动听从多隆阿的指挥。胡林翼心中大慰。

胡林翼反过来做多隆阿的工作，写信劝导，鼓励他开阔心胸，顾全大局，不要见死不救，也不要炫耀自己，指责别人。胡林翼写信，用词一会儿温和，一会儿严肃，交替使用不同的语气，倒也把多隆阿哄住了。多隆阿终于拿出了大将风度，几乎无日不到鲍超营中慰问。

曾国藩看出鲍超的大将气质，就是从这时开始的。咸丰九年（1859）十一月，他领兵进驻宿松，见鲍超的营垒处在万分危急之中，加拨护军三千人和骑兵一营驰赴太湖，抽调唐训方一军赴援小池驿。两个月后，他见霆军饷道不通，又抽调七营兵力驰赴新仓援助。多隆阿不再袖手旁观了，率部为鲍超护运，并派兵接替霆军左营，让他们转移到中营养伤。

但是陈玉成仍然咬着小池驿不放。鲍超受够了窝囊气，决定发起一次反击。咸丰十年（1860）正月，他亲率五营空壁而出，直逼敌营。各垒太平军出兵救助，将霆军重重包围。鲍超令部队连环射击，敌军不敢逼近。多隆阿伸出援手，派兵横截、抄尾，又派兵扼守右翼，而自率骑兵和步兵从中路杀入。敌军大败，损失几千人。当晚，鲍超与多隆阿分东、西、中三路乘胜急攻。东路小池驿的敌军分作四路抵抗，有几万人，而田垄中的大股尤多。鲍超亲率九名得力将领，从东路左面打击田垄的敌军。左面敌军人多而凶悍，唐训方见霆军首当其冲，拨四营来助。清军勇气更加奋发，声震山谷，陈玉成不得不下令撤退。多隆阿指挥中、西两路兵力并力攻打，山冲内外两面夹击，杀得敌军尸横涧谷。清军合东、西、中三路一齐追杀，乘胜合攻敌军壁垒。时值东南风紧，火箭火弹触处即燃，顷刻间，敌棚敌馆延烧七八里，燎及山腰，烟焰蔽天，树焦山赤，大小敌垒一百几十座全被踏平，几百处棚馆无一留存。太湖城内的太平军见援兵大败，即日宵遁。小池、太湖一万多名太平军逃入潜山城内。多隆阿自率部队与蒋凝学等部趁敌军惊魂未定，前往潜山攻击，当即攻克县城。

官文、胡林翼、曾国藩同奏："是役也，毙贼二万余人，为军兴以来仅见之大战，非鲍超以三千余人独御前敌，伤亡千余，犹复血战，兼旬不却一步，不失一垒，则应援各师必有缓不济急之势。"不久奉到上谕："总兵鲍超着赏加提督衔。"

且说鲍超统兵攻占城市，常常大肆抢掠。有人向胡林翼告状。胡林翼说："春霆是个豪杰，我自有办法处理。"

第二天，鲍超求见。胡林翼说："鲍老弟，辛苦了。"

鲍超回答："没啥子。"

胡林翼说："你家里一个月开销多少？"

鲍超说了个数目。胡林翼为他仔细算了一笔家用账，又说："鲍老弟尽瘁王事，岂可使你有后顾之忧？你家所需的银两，就由老兄我每月如数代你寄回家吧。"

鲍超不傻，知道胡大哥这是为了劝诫他约束部队，为了顾全他的脸面，采用迂回战术。他心中感激不尽，从此不再纵容部下抢掠。

咸丰十年（1860）三月，鲍超离营回乡休假。这时曾国藩、胡林翼两人正在商议三路肃清安徽，又商议奏派鲍超指挥部队增援浙江，让他独当一路。鲍超于五月份抵达夔州，就接到调他东征的命令。不久曾国藩奉旨署理两江总督，咨调霆字全军渡江。从这时起，霆军就改隶曾国藩所部了。

鲍超在家只待了一个月，便重新奔赴战场。这时曾国藩奉旨补授两江总督，并授为钦差大臣，督办江南军务。鲍超抵达祁门湘军大营，曾国藩大喜。

当时宁国已经丢失，岭外太平军各股精锐乘胜内扑，徽州、绩溪、祁门、黟县处处告急。曾国藩驻扎祁门城北，李元度没有守住徽城，太平军侍王李世贤从严州返回徽州，辅王杨雄清等稳据旌德，徽州周边方圆二百里都是太平军，而李秀成直攻祁门，窥伺江西，计策十分老辣。曾国藩手书遗嘱，帐悬佩刀，打算宁死不做俘虏。此刻他唯一的指望就是鲍超了。他飞调鲍超驻守渔亭，张运兰回驻黟县，以阻遏敌军的得胜之师。

鲍超尚未接到调令，主动领兵援救。他率部急行军一百多里，赶到渔亭。李秀成带领三万多人忽然从羊栈岭突入岭内，企图截断霆军与湘军的粮道。黟岭各路防军全被忠王击溃，李秀成从卢村进入黟县，张运兰被李秀成击败。霆军赶到前线，迎头痛击，毙敌一千多人，会同老湘营追入黟县，当即克复城池。随即跟追，大战于柏庄岭，十荡十决，敌军大溃，奔逃出岭，积尸遍山。

曾国藩致信胡林翼说，多亏鲍超与张运兰在未接到求救信时主动发兵，才保全了他这个湘军大帅的性命。咸丰五年，鲍超以一个营弁的身份在汉阳救了胡林翼；这一仗，他以一名统将的身份在祁门救了曾国藩。这两次救命，关系到清末历史大局，影响不可估量。曾国藩奏报他的战功，朝廷赏给他"薄通额巴图鲁"名号。

曾国藩虽然救下了，但皖南太平军拼死也要为安庆解围，分出三大主力包围祁门。古隆贤与赖裕新的主力还修筑两座壁垒，打算长久驻扎，作为进攻祁门的前进基地。湘军大营文报不通，危在旦夕。

鲍超已奉曾国藩之命赴援景德镇，与左宗棠会合作战，以保祁门大营的粮路，援救江西北面。由于下雨，鲍超未能拔营行军，而太平军却不知霆军仍在祁门，所以趁机入岭。鲍超密派宋国永率领几营，加上黑龙江骑兵，驰赴黟县，与刘松山等人在卢村会师抄击，大破敌军。从此岭外的敌军不敢攻入岭内。

随后，鲍超率部从祁门回援景德镇。左宗棠高兴地说："鲍军门来得正好！你我联手，把黄老虎吃掉怎么样？"

曾国藩曾对鲍超说："左公谋划精密，远在我与胡中丞之上，你事事要向左公请教。"鲍超记住了这番话，此时非常谦虚地说："左公，你足智多谋，你说咋个打嘛！"

"你我兵力都不多，不宜分散，还是合作一处吧。下大雪了，我军不宜进攻，我部进扼梅源桥，请贵部进扎洋塘。我们先与黄文金对峙，看他还敢怎样！"

"要得！"鲍超爽快地回答。

左宗棠来到鲍超军营，四处看了一下，心想：这个鲍超，扎营也不利用地势，就这么扎在空旷处，四周毫无遮拦！真是一介莽夫，全靠勇猛得胜啊。不行，我还得替他提防着一点。于是喊道："罗近秋！"

罗干将应声而来。左宗棠吩咐道："你把部队驻扎在鲍将军军营侧边，护卫他的侧翼！"

左宗棠所说的黄老虎，就是太平军悍将黄文金。他在恶劣的天气里等待了一个多月，早已按捺不住，挥师进逼洋塘对岸的鸡公坡，修筑壁垒，一直延伸到谢家滩，绵亘二十里。

左宗棠冒着雨雪，策马来到鲍超的军营："鲍军门，贵部是湘军劲旅，可否请你率部出战？楚军沿河保护贵部军营，另派一支部队埋伏在洋塘左边，防备黄文金抄袭。你攻我守，定能挫败黄文金！"

"要得要得。"鲍超还是那么爽快。他相信，黄老虎打不过他这个鲍老虎。

黄文金三路来攻，鲍超分路出兵，在鸡公坡阻击。黄文金以为鲍超军营空虚，另派一支奇兵，从谢家滩悄悄渡过西河，企图袭击中军大帐。楚军力扼河口，将黄文金的奇袭部队死死挡住。鲍超没有后顾之忧，挥师渡河，奋力纵击，大败黄文金，斩杀四千人。楚军和霆军联合反攻，黄文金招架不住，分路退向青阳与彭泽。但他还不甘心，召集建德的太平军杀个回马枪。

鲍超在前方迎战，左宗棠派出四营兵力增援。半个月后，霆军在黄麦铺大败黄文金，攻占建德。黄文金负伤，连夜逃走。楚军各部返回景德镇驻守。

洋塘一战，左宗棠和曾国藩感到惊心动魄。祁门大营已被太平军三面包围，唯有景德镇这一面靠着左鲍保住了湘军大营的一线生路。鲍超却并未将事态看得多么严重，因为他是以少胜多的战神，何况还有左宗棠这个智多星调度指挥，他有什么可担心的呢？

鲍超从洋塘获胜后，追敌到彭泽境内，左宗棠也派队从右路驰进。霆军共毙敌六千多名，于是饶州与九江辖境一律肃清。

咸丰十一年（1861）二月，曾国藩奏派霆军为机动部队，以应援江西、安徽各路。上谕批准。鲍超驰逐大江南北的局面就此形成。后来各路围师将帅，总是以克复城池的功劳自诩，而霆军都未参与。其实鲍超应援各路，在运动中歼灭敌军，劳苦勋绩远远超过围城部队。

鲍超成为机动部队后，曾国藩调他去安庆为曾国荃救急。霆军急行军赶到石牌，陈玉成闻风撤走，在集贤关外的赤冈岭留下四座大垒，令死党悍将刘玱林据守。鲍超亲自领兵攻其头垒，派三将攻其二垒，又派三将攻其三垒。太平军营垒中都是多年精锐，沉着老练，静默无声。但是，霆军只要靠近壁垒，垒中就会枪炮大作。鲍超怒气冲天，下令拔签填濠，四面猛扑，还是无法前进。他下令环濠修筑几十座炮台，昼夜围攻。半个月后，将第四垒轰倒几丈，敌军仍然踞垒不出。

鲍超派各营列队将第四垒团团围定，令人入垒传呼，饬令胁从弃械出降。于是敌军全部求降。霆军将敌军全部俘虏。

第二天，鲍超继续围攻刘玱林的第一垒。当晚三更后，刘玱林蓦然突围，鲍超率部杀到，将其全股俘虏。鲍超解提刘玱林到杨载福大营，讯明肢解，并函首送枭安庆城外，叫城内与壁垒之内的太平军观看，以寒敌胆。

清军在湖北与安徽节节获胜，太平军被迫撤往江西集结。江西的太平军有了五大股，蔓延甚广。李秀成一股深入腹地，占据瑞州，逼近省城，九江、南康警报纷至，迫切希望鲍超增援。

鲍超行抵九江时，附近的太平军已闻风先逃，盘踞樟树、沙湖一带。鲍超从瑞州拔营追攻，行抵丰城。太平军出动大批兵力，排列山冈，鲍超派三营兵力从中路进攻，派四营兵力攻左，另派四营兵力攻右，又派劲旅从山后奇袭。鏖战一个时辰，各营分途齐进，大败敌军，烧毁浮桥，追杀五十多里，傍晚方才收兵。

霆军丰城一捷，便已扭转江西大局，曾国藩调鲍超回援安庆。鲍超兼程北援，于八月十日抵达距省城四十里的武阳渡时，才知道安庆已于八月一日克复。

彭杨曾鲍时期

收复安庆的消息，和咸丰皇帝去世的噩耗，几乎同时传到鲍超这里。鲍超以这两条新闻动员将士精忠报国，奋力杀敌。霆军即刻拔队，驰抵抚州，摧毁几十万人的巨敌，如疾风扫落叶，一战而成大功。

李秀成的大部队已撤往江西东面，联合三支福建造反军和广东花旗军，共有二十多万人，蔓延几百里。鲍超决定横扫李军，冒雨进兵，驰抵贵溪，敌军已闻风先逃。鲍超又攻至双港，李秀成摆出长达二十多里的阵势迎战。

鲍超考察敌阵，发现右侧是广东花旗军。鲍超素知该军最为强悍，但作风轻佻，只要打垮这支部队，敌军一定望风大溃。于是鲍超分兵五路并进，自率精骑攻击右翼。花旗军没料到鲍超首先来收拾他们，大惊后逃。鲍军直冲敌阵，其阵大乱。果然，敌军全部夺路狂奔。鲍军追杀六十多里，沿途毙敌一万多人。

当晚，鲍超探知李秀成率败敌奔向铅山，四更初转，率领马步全军进攻，于凌晨抵达铅山城外，缘梯登城，敌军偷偷打开东门逃走。霆军又追杀六十多里，毙敌无数。骑兵追过广信，立刻解了此城之围。

这时，胡林翼在武昌去世的消息传来，鲍超悲悼不已。胡大哥走了，他的靠山倒了。他对诸将说："我们能有今天，都是胡公所赐。我如今失去一位知己，而国家倒下了一道长城！"

胡林翼去世后，湘军节节获胜，多隆阿连克舒城、宿松、黄梅，杨岳斌、曾国荃先后克复金陵上游的各处敌垒。但是浙江各地接连被太平军攻陷，杭州与湖州也岌岌可危。

在这种情势下，曾国藩奉旨统辖江苏、安徽、江西三省并浙江全省军务，四省巡抚提镇以下各官都归他指挥。这样一来，管辖的地段宽而兵力单薄，于是他奏定左宗棠从衢州增援浙江，从正路以张军威；鲍超从宁国援浙，从旁路以牵掣敌军兵力。

鲍超很快就率领霆军回到了皖南。青阳为宁国最重要的门户，敌军在此苦守，阻击鲍军进兵之路。同治元年（1862）正月，鲍超补授浙江提督。他以孤军驻扎青阳坚城之下，兵勇欠饷多达八九个月，敌军精锐日夜找机会企图解围，曾国藩的手心为鲍超捏着一把汗。

青阳敌军首领古隆贤屡次被鲍超击败，畏伏城内。鲍超千方百计诱他出战，他就是不肯出城。他在南门外猪婆店增筑九座壁垒，企图打通粮路，钻空子反击鲍军。壁垒刚刚修好，鲍超令将士分九路齐进。古隆贤亲带龙旗老兵，挥令各垒出兵迎击，气势极为猛鸷。鲍军奋勇争先，以一当十，不到一个时辰，将九垒全部踏平。古隆贤率余部逃往石埭。鲍军追杀四十多里，方才收队。

鲍超分兵五路，合围石埭，奋力急攻，从西、北两门斩关而入，当即攻克城池,追击败敌二十里,歼毙五千多人。

古隆贤丢了石埭,更加惶惧,集结二万多兵力杀来。鲍超率部倍道疾驰,遥见敌军密密麻麻,如蝇如蚁,气势十分枭悍。急派三营从中路进攻,派六营分两翼包抄。鏖战几个时辰,敌军屡退屡进,霆军从山后突出奇兵,冲动敌阵,古军不再成队,弃垒而逃。鲍军全力追赶,进逼太平县城西门,用火箭围射,延烧火药局,烟焰蔽天,古军惊溃,开启东门,朝泾县大道逃去。

古隆贤逃出黄华岭外,所率败敌不满七八千人,企图逃往泾县。刚走了几里,被降将张遇春一通格杀。古军大为错愕,往密箐丛莽中越岭急逃。张遇春入山搜捕,擒杀近四千人。古隆贤一股几无孑遗。

几天后,霆军攻下泾县县城,从青阳拔营,进攻宁国。此时湘军已形成收复东南全局的大态势,以宁国为用兵枢纽,霆军势处中坚,各路将帅都倚以为重。

太平军辅王杨辅清集结十多万兵力坚守宁国府城。鲍超在城外隔河挖濠筑墙,并不急于出战,企图令敌军懈怠。接着,他一举夺下宁国外围要隘寒亭。

杨辅清坚伏城中,正在修缮守城工事,听说寒亭战败,连忙召集太平军八王等四支大部队,绕城结垒,延亘三十多里。杨辅清自己与桂王合军,从城西的敬亭山连营至望城冈一带,以图力抗官军。

鲍超派部队诱敌出击。杨辅清果然轻视霆军兵力单薄,从山岗直压而下。刚刚交锋,鲍超派十营兵力从两翼包抄。杨军被鲍军阻挡,打算撤走,瞥见旗帜如林,掩映山谷间,以为城南和城北的友军全部来增援了,于是回鞭转头,汹涌如潮。不料霆军两支伏兵突然从山谷中腾跃而前,将杨军冲为几段。霆军将士凶狠冲杀,遇者则死。逃出的杨军又被霆军骑兵追上,擒斩八九千人。

杨辅清受到重创后,略无斗志,乘霆军未布长围,暗中召集另外三名王爷的部队,列队城根,并在夏家渡石桥旁修筑坚垒,借以负固自保。

两军相持一个月,太平军从南城出动二万多人,全力扑攻霆军,再次被霆军击败。四天后,洪仁玕等王爷在南门外山岗列队,企图袭击霆军之后,另有兵力北门外列队,企图夹攻。

鲍超见敌军已经渡河,欣喜地对诸将说:"敌军有斗志,我们便可以一显身手了!"于是分兵攻打北门、西门和南门。城内和垒中的敌军蜂拥而出,霆军如墙并进,搏战一个多时辰,都未得手。这时霆军悍将宋国永等人跃入敌阵,纵横荡决,先将中路一段击败,另一支霆军遏住了敌军归路。洪军旗帜渐乱,扑河回奔。降将韦志俊和张遇春从山腰斜冲而出,洪军纷纷溃散,将过浮桥,但浮桥被霆军烧断，太平军几乎无人逃脱。

第二天，杨辅清沉不住气了，打算背城一战。鲍超率各军骤然进攻，势如风雨，杨辅清一战即逃，狂奔六十里，单骑逃脱。霆军收队归来，大呼直入府城东门。

同治元年五月，多隆阿奉调西进陕西，离开了东南战场。随着彭玉麟、杨载福、曾国荃东进金陵，鲍超在外围打运动战，湘军的主要战区进入彭杨曾鲍时期。

宁国与广德收复后，鲍超打算乘胜进兵。可是大江以南流行瘟疫，宁国境内最为严重。霆军勇夫一万多人生病，死了几千人，以至于炊爨寥寥。

在这种严酷的情势下，李秀成率十多万人西援金陵，从东坝扑攻金宝圩，抄袭霆军粮路。鲍超在芜湖养病，得知金陵援敌围扑曾国荃大营，情况危急，恨不能亲自赴援。又听说黄文金与胡鼎文等敌将从东、西两路分扑宁国，担心宁国动摇，危害皖南全局，便带病返回宁国军营。

李秀成知道鲍超大病新起，趁机扑攻。鲍超将敌军击退，扼扎距郡城二十里的高祖山，水路粮运被敌军梗塞。霆军苦守四十六天一直挺到曾国荃的部队到来，终于获得大捷。

李秀成被赶走后，旌德的太平军又攻陷祁门，宁国粮路一直没有打通。鲍超忽然接到讣告，继母邓太夫人去世。他向曾国藩请假奔丧，曾国藩没有批准。

同治二年（1863）春节，赖文鸿、古隆贤、刘官方几名太平军王爷，联合花旗军击败老湘营，进逼泾县。鲍超从高祖山轻装疾驰九十里，抵达泾县，四面夹击，大败敌军，立刻解了泾县之围。鲍超从泾县回军，遇到另一股敌军企图乘虚来端高祖山大营。太平军南望旗帜蔽空，军容甚盛，于是相顾惊呼："鲍大人来了！"一哄而散。敌军畏惮鲍超，到了望风惊溃的地步。

当时集结于宁国的太平军有十多万人。霆军虽然两次大捷，许多要隘仍被敌军占据，霆军还须从两百多里之外运米。敌军企图引诱鲍超去救泾县，趁机偷袭老营。鲍超将计就计，做出增援泾县的假象，实则率主力在大营附近设伏。太平军果然上当，全力扑攻霆军大营，霆军从各路杀出，很快将敌军击溃。然后奋勇追击穷寇，将地垒全部荡平。

肃清宁国境内之后，曾国藩得知李秀成的大部队正在围攻石涧埠，当地守军粮路断绝，文报不通。曾国藩不得已，飞令鲍超渡江北援。鲍超北援之师刚到无为州，李秀成便已解围而去。曾国藩飞令鲍超急登北岸，先援庐江。鲍超尚未抵达庐江，李秀成又已解围西进，围攻舒城。他分兵冲到六安州，迭次攻城，形势危急。曾国藩又限令鲍超四天内赶到六安。六安敌军闻风撤围，逃往庐州，曾国藩急令鲍超去庐州追击。霆军行抵清溪镇，大破敌军，擒斩几千人，略地而东，与友军会师含山，星夜往袭和州。敌军大怖，出垒求降。

北岸太平军连不得逞，折而向东。李秀成与诸王从江北进兵，近援天京，远救苏州。霆军沿途追击，抄遏逃敌之前。太平军逃到九洑洲，洲上城堡的自己人不肯接纳，清军水师截江围击，逃敌无法渡江。霆军又从北岸逼攻，逃敌蚁聚于濠汉芦苇之中，几万人淹死。没死的啼饥江边，都被杀死。湘军水师迭克下关、草鞋峡、燕子矶三隘，又攻克九洑洲城堡。

九洑洲大捷之后，曾国荃商请鲍超合围金陵，并派兵保卫鲍超的粮路。霆军南渡大江，正打算合金陵之围，却因疫病大作，死亡相继，几乎丧失战斗力。曾国藩将霆军调离前敌，令鲍超继续机动作战。当年十月，霆军攻毁东夏敌垒，会合友军攻克东坝敌城，收复建平县城，接受几万人投降，随后收复溧水县城。同治三年（1864）三月份，霆军又收复句容和金坛县城。

接着，由于太平军大批涌入江西，霆军又向江西进发。六月份在丰城一战，击败广东花旗军。江西各军声势为之一振，主动出击，都有斩获。霆军接着大战许湾，击败太平军康王汪海洋的劲旅。接着进攻金溪，击败太平军听王陈炳文的主力，迫使陈炳文率部投降。太平军余部全部逃往南丰，归并沛王一股。鲍超派兵搜攻，先后收复泸溪、南丰和新城。然后挥师追杀四十多里，直抵长山，宣告江西东路全部肃清。

曾国荃已于六月十九日攻克金陵，太平天国幼主洪福瑱逃亡在外。汪海洋从许湾败挫后，联合丁太洋等部占据瑞金，势力重张。鲍超于九月份分兵前往赣南，踏平宁都州城外面的敌垒，克复瑞金县城，江西全省肃清。鲍超军功卓著，蒙赏一等子爵。

哗变门事件

江西与安徽全部肃清后，鲍超请求给假一年，驰回四川本籍，亲自操办母亲的丧事，兼养伤病。曾国藩和朝廷再也没有理由驳回他的请求，于是奉上谕赏假两个月回籍葬亲。

同治四年（1865）三月份，鲍超抵达夔州原籍。营葬母亲之后，在墓侧修庐居住。

三月八日，鲍超第一次奉到朝廷寄谕。朝廷已经决定派他增援甘肃，令他奏报筹备西征的情形，并准许他专折奏报。从这时开始，鲍超有了直接跟最高统治者对话的特权。

霆军部将宋国永根据朝廷旨意，带领部分霆军向西开拔，于四月份抵达湖北金口。谁也没有料到，这支霆军在金口发生了哗变，给鲍超带来一生中仅见的奇耻大辱。

霆军哗变的直接原因是欠饷太多，积怨颇深，而主帅鲍超已经离营，无人足以弹压。霆军自咸丰十年（1860）六月改隶曾国藩部下以来，陆续欠饷多达一百几十万两。同治三年（1864）五月以后，改归江西粮台发饷，积欠数目也是巨大。指战员们得不到应得的报酬，又听说要开往艰苦的西北作战，于是不肯前进，声言要回江西索饷。部队溃散到咸宁。

无独有偶，娄云庆统领另一支霆军增援福建，因江西省供饷不及时，于四月九日粮食断绝，在上杭发生哗变，将士们逼迫娄云庆带他们回江西弄饭吃。娄云庆沉得住气，军士们连续三天找他吵闹，他都从容不迫，好言相劝，所以没有造成决裂。江西巡抚连忙给他们发银六万两，送到营中，事情平息下来，好歹为鲍超挣回了一点面子。

但是咸宁的霆军溃勇越闹越凶，进入江西义宁州境内，遭到官军迎头截击，败回江西湖南交界的铜鼓营。叛勇几十天内裹挟到二三万人，并且立了指挥、检点等明目，已经是公然造反。他们扑攻袁州府城，被官军击败，随即解围从萍乡逃走，又经湖南进入广东。

鲍超过了一段时间才奉到朝廷为兵变而怪罪他的旨意，同时得知溃勇造成的严重后果。他请求朝廷给自己治罪，并准许他先治疗一段时间，再动身去收拾霆军的烂摊子。

鲍超派人散布他要去江西的消息，叛勇听说旧帅即将东来，已先后解散十分之六七。六月份，溃勇向广东清军投降，随即又叛投太平军。鲍超从夔州起程，奔赴江西办理军务。

十一月份，鲍超移军会昌。这时候，左宗棠正在部署在广东歼灭太平军余部的最后一仗，催令各部从三面进逼嘉应州，又令鲍超督军从武平、上杭分进，逼近嘉应州城的北面，形成四面锁围之势。

最后一仗打响了。十二月十二日，汪海洋率部出扑，与官军鏖战，汪海洋中枪阵亡，余部驻扎城内，人数尚多。五天后，霆军进扎平成铺，离州城只有十里。太平军见鲍超长途跋涉而来，部队疲乏，所部又多新募之卒，打算乘其初到，出动主力，捏一捏这个软柿子，或许能够侥幸获胜，突围而出。

十二月二十日，鲍超正在督队筑营，谭体元率大部队来攻，据岭布阵。鲍超分兵从山下分抄岭后，自率主力从山下仰攻，腾跃而上。谭军发射枪炮矢石，霆军虽接连受伤，却无人敢后退。鲍超亲督军士跃马冲锋，谭军纷纷向岭后逃跑。霆军奋勇毕登，乘势压下，山下包抄之军左右绕出，截敌归路。谭军更加慌乱，鲍超督催各军纵横掩杀，四面兜击，毙敌四千多名，一直追到城下，将敌垒敌卡全部荡平，谭军全部败退入城。

两天后，大风雨彻夜不止，鲍超估计城内敌军已经胆寒，很快就会突围。他预派兵力埋伏在黄砂障、北溪和白沙坝。敌军果然于当天夜间偷启西南门，向黄砂障突围。鲍超即率轻骑追赶，从黄砂障左路追到白沙坝，伏兵在前面截击，追兵在后面掩杀，将敌军截为几段，尸横遍野，共毙敌八千多人。敌军见四面被围，罗拜求生。当即将二万多人一律兜擒，全部处以磔刑。诸路清军受降五万多人，其歼毙的敌军人数，霆军独多。左宗棠向朝廷报捷，奉上谕："浙江提督、一等子爵鲍超，着赏加一云骑尉世职。"

战事结束，鲍超从广东拔营，仍取道江西回师，奉寄谕前往河南镇压捻军。鲍超认为北方地势平坦，要多设骑兵，才能制胜，于是派人去口外购马，并采买洋枪，准备编立十五营。他激劝所部各营将士，将国家历年拖欠的军饷二百多万银两，全数报捐，一刀砍断，都不要了，将士们欣然赞同。这件事直接反映了鲍超在军内的威信和个人魅力。他不在军中时，部队因缺饷而哗变；他在军中时，可以号召将士们放弃应得的军饷。

同治五年（1866）九月，霆军追逐捻军抵达鲁山。

这年冬天，捻军任柱、赖汶光、牛洪、李允等部，从河南驰向湖北，沿途扩军，部众增加到十万以上，盘旋在德安与安陆之间，打算分为三路：一支部队越过襄河，征战四川；一支部队驻扎湖北，作为声援；一支部队闯到武关，联合西捻张宗禹。

曾国藩令刘铭传、潘鼎新、张树珊三军驰攻东路，而派霆军及刘秉璋、杨鼎勋、刘松山等军专办西路。鲍超追敌到陕州，挥军前往南阳。这时奉到寄谕："鲍超一军，即着曾国藩催令入关助剿。"

在朝廷严催之下，曾国藩命令霆军向陕西开拔。他担心霆军再次因缺粮而哗变，便叮嘱鲍超：遇到困难，可以折回。此次出兵，行至西安为止，不再西行。而且，准许你只打捻军，不打回民。

鲍超在南阳整军援秦时，李鸿章已从曾国藩手中接办军务，请求朝廷将霆军留在河南与湖北，以免因缺粮而再生意外。朝廷令他与曾国藩随时筹商妥办。

霆军尽管经历了哗变的曲折，但仍然是朝廷的一张王牌，湖北和陕西都争着要鲍超增援。这时郭松林、张树珊先后在湖北挫败，而陕西清军大败于灞桥，西捻向西挺进，西安文报梗阻。

朝廷又叫鲍超开往陕西，鲍超遵旨西行，抵达樊城，连接曾国荃的羽毛信，说东捻被官军拦截，回窜钟祥、旧口一带，湖北主客各军都成尾追之势，东路要隘已有兵严防，所以要留鲍超在樊城专顾西路一面。鲍超暂驻樊城，派专人打探，发现东捻距樊城只有六十里。鲍超心想，东捻既逼樊城，牵制我军不能西向，那就应该就近先打掉东捻。于是他拔营攻击，一面请曾国荃迅派大军赶赴随州、枣阳一带，择要严防。

迟到门事件

捻军是战斗力极强的军队，曾国藩深有体会。他说，捻军善战，而不肯轻易出击，但每战凶悍异常，用骑兵和步兵将官军重重围困，稍有不利，则电掣而去，顷刻百里，所以官军时常大挫，而捻军从不吃亏。他认为对付捻军比对付太平军困难几倍。他自叹到了老年还遇到如此棘手的战事，担心湘军和淮军都打不过捻军，致使他身败名裂，而大局更加堪忧。

鲍超当然也知道捻军的厉害，但他是无敌的战神，一心想挫一挫劲敌的凶焰。他于同治六年（1867）正月八日督兵赶到郧城，东捻已逃往旧口。忽接曾国荃来函，称下游东北两路要隘均已派有大军，叮嘱他与刘铭传从西路进攻。

恰好刘铭传追赶东捻，也已抵达郧城，于是两人熟商，等到雨雪稍住，即分两路夹击。

鲍超总统霆军二十二营，总共一万六千人，刘铭传总统铭军二十营，总共一万人，两军约定正月十五日元宵节辰刻进军夹击。

鲍超和刘铭传原本互不服气。鲍超自命为湘军宿将，屡歼强敌，功劳最多，而刘铭传是后起之秀，战绩远远不如霆军，鲍超有些轻视他；刘铭传则认为鲍超有勇无谋，只是一名战将，但威名在自己之上，令他颇为不快。

不过，鲍超此时志在协力镇压捻军，并无他意。刘铭传则有些小肚鸡肠，召集部下各位将领，商议道："我军之力，足可以击败捻军。如果会合霆军得胜，霆军必居首功，别人还会说我们是靠着他鲍某打赢的。不如提前一个时辰出兵，等到我军已歼灭此敌，让他来看一看，他也就不得不服我铭军能征善战了。"

刘铭传与诸将计议停当，正月十五日卯刻，铭军秣马蓐食，从下洋港逼迫尹隆河。捻军部队都在对岸，刘铭传分出五营留护辎重，亲率骑兵、步兵十五营渡河鏖战。任柱派骑兵扑向铭军左翼，派牛洪攻击铭军右翼，派赖文光和李允合扑中军。铭军左翼五营与捻军骑兵交手，力不能支，败退渡河。任柱转而急攻铭军中路。唐殿魁的右路铭军击退了牛洪，赶来增援中路，那时中路也已败退。

捻军全部攻击铭军右翼，唐殿魁力战而死。此人是铭军良将，他的死，导致军心涣散，部队大溃。捻军挥师追击，杀过河来，铭军全盘崩溃。

霆军在辰刻按约开到，势如风雨，张开两翼，朝捻军压来。酣战良久，呼声震撼十多里，大败捻军，捣毁捻军馆舍几百所，俘虏老捻八千多人，斩杀一万多人，缴获骡马五千多匹，将刘铭传等人从重围中救出，另外解救铭军将士两千人，夺回铭军所失枪支四百杆，号衣几千件，以及一切辎重武器，加上刘铭传的红顶花翎，都于第二天早晨送还刘铭传大营。

鲍超向朝廷奏捷："据获贼供，任怀邦受伤甚重，赖文光不知下落。"朝廷表扬鲍超，仍令他加紧入关，以后将军情咨报左宗棠具奏。

但是事情接着就有了戏剧性的变化，变得不利于鲍超。简言之，刘铭传的早到变成了鲍超的迟到，于是成为鲍超的"迟到门"。

尹隆河战役，铭军如果不提前出师，就不会失败。落败以后，若无霆军救援，就会全军覆没。鲍超克制着自己，没有显露一点得意的神色，刘铭传内心惭愧无比。他想：我一直诋毁霆军，如今一起打捻军，我败他胜，霆军一定耻笑我辈。越想越气，无法释怀。他把主持文案的书记找来，叫他书写公文，向李鸿章报告，大旨是：与霆军约好黎明攻击敌人，霆军未能按时会师。铭军孤军进攻，初获小胜，忽然后路惊传有捻军杀来，队伍稍稍动摇，其实是霆军到来。铭军抽五营过河保卫辎重，捻军趁机反扑，以致铭军大败。铭军又奋力相持，会合霆军迎击，于是大获全胜。

李鸿章照着这个口径上奏朝廷。归咎于友军，自揽战功，这是咸同年间内战开始以来清军几十年的积习，不单是铭军如此。李鸿章刚刚上任剿捻总指挥，也有些担心鲍超不听命令。鲍超上疏陈述获胜的情况，也把实情向李鸿章做了报告。但李鸿章对亲信的报告先入为主，幕府执笔者又玩了些文字游戏，致使军机大臣左都御史汪元方说：鲍超虚报战功，满纸谎言，他既延误了战期，又惊扰了铭军，以致大败，如果以错失战机和掩饰败绩论罪，可以将鲍超斩首。

在此之前，左宗棠已有密疏报告朝廷，说鲍超骄横，已经当面斥责。左宗棠正要入关攻击回民军，屡次请朝廷下旨派霆军入关，是想让朝廷打击一下鲍超的气焰，便于自己指挥调度。汪元方不明白这是左宗棠的政治手腕，对这番话信以为真，又不知鲍超确实立了大功。他平生办事不大发表明确的见解，唯独这一次坚持己见，还说：如果不惩罚一下鲍超，不足以警示骄将。不过，同事们都觉得此事还有疑问，于是朝廷仅仅把鲍超训斥了一通。

鲍超在尹隆河击败捻军之后，第二天就拔队穷追，接连将捻军压迫到直河、丰乐河与襄河边，斩杀一万几千人，俘虏四千人，解散胁从一万多人，解放难民二万人，抓到了任柱、赖文光和李允的妻子，一直追到枣阳和唐县境内。鲍超自以为打败了强敌，将铭军救出险境，功劳极大，应该会得到朝廷褒奖。没想到，在途中接到圣旨严饬，才恍然大悟，原来铭军对他恶意中伤！

恰在此时，湖北巡抚曾国荃根据俘虏供词奏报军情，又弄错了一件事，说铭军攻打的是战斗力较强的任柱，霆军攻打的是战斗力较弱的赖文光，所以霆军获胜，铭军失败。

曾国荃的报告直接暗示鲍超是虚报战功，使鲍超很失面子。鲍超愤郁成疾，引发旧伤，一天不如一天，奏请开缺回家调理。敌军打不垮的鲍超，被自己人打垮了。

曾国藩这时已回到两江总督任上，听说了这件事情，写信给鲍超，安慰劝解。李鸿章马上奏报：鲍超功高，请加奖护。曾国荃也上奏，大赞鲍超有功。这都是曾国藩一手操纵的，两人都得到了曾国藩的书信。

于是朝廷连下谕旨慰勉，颁赏人参，并令鲍超疾病痊愈以后留军攻打东捻军，暂缓入关。

鲍超并非托病告假，而是真的病入膏肓了。调治了几个月，毫无起色，曾国藩奏请解除他的浙江提督一职，批准他回家休养。他考虑到鲍超回家后，霆军未必能够得力。如果令这支部队西征，则金口之变，前鉴不远。环顾大局，兼权统筹，不得不将霆军裁撤。

朝廷批准鲍超开缺回籍调理，所部各营令提督娄云庆接统，以专责成。可是，宋国永不敢统领霆军，娄云庆也因霆军将领反对，不敢接统。于是霆军在七月份裁撤。霆军共有步兵二十营，骑兵十二营。骑兵全部撤销，留下步兵十四营，由曾国荃主持调度，仍令宋国永驻营照料。又令娄云庆驰赴安陆府，另招步兵九营。

八月份，鲍超从武昌起程回籍。十月份抵达夔州原籍。鲍超这一去，十年没有出山。

鲍超这次回家，大兴土木，修建府邸。此事有个野史段子讲述。

官宦人家宅邸的大门，一定要悬挂一块匾额，高官宅邸要署明"宫保宅第""大学士宅第""尚书宅第""总督宅第""中丞宅第"等。次一等的官员，也会署明"方伯宅第""观察宅第""大夫宅第"等。

鲍超赐封一等子爵，宅邸落成时，也要悬挂匾额。门客都说，他位列五等爵爷，也就是古代的诸侯了；而诸侯宅邸应该称为"宫"，不必称为"第"。而"宫"字上面当然还得安几个字，很难找到合适的字眼。大家商量了一番，一位幕客忽然说："不妨直书'子宫'二字，其他官阶可以略去。"

鲍超没有细想，令工匠制匾。匾制成后，正要悬挂，有个明眼人见了大笑，对幕客说："'子宫'二字的意义，究竟是指什么啊？"众人恍然大悟，连忙把匾额收了起来。

鲍超在家安心休养，霆军自然无人关照，到同治七年（1868）为止，霆军已经裁撤一空。时隔几年，昔日劲旅成为过眼云烟。一支威武之师，因为主帅离去，就这样化为乌有。由于湘军奉行"兵为将有"的组织原则，树倒猢狲散的凄怆结局，虽然令人颇有万事成空的感慨，颇有时过境迁的寒心，却是无可避免的宿命。

霆军已不复存在，他们的统帅已经奄奄一息。但只要战神一息尚存，就是一种力量的存在，霆军还有东山再起的希望。

同治七年（1868）十二月，曾国藩奉调直隶总督，入京觐见，皇太后问："你这次来，带将官没有？"奏答："带了一个。"又问："叫什么名字？"奏答："叫王衍庆。"再问："他是什么官？"奏答："他是记名提督，是鲍超的部将。"问："你这些年见过好将官没有？"答："好的倒也不少。多隆阿就是极好的，有勇有谋，此人可惜；鲍超也很好；塔齐布甚好，死得太早；罗泽南是好的；杨岳斌也好。目下的将官就要算刘铭传、刘松山。"

太后问："鲍超病好了没有？他现在哪里？"奏答："听说病好些了，在四川夔州府住。"

又问："鲍超旧部撤了没有？"奏答："全撤了。本存八九千人，今年四月撤了五千人，九月间臣调直隶时，恐怕生事，又将四千人全行撤了。皇上如要用鲍超，尚可再招得的。"

也许，慈禧太后记住了曾国藩的这句话，因此，在这位大臣去世若干年后，朝廷的谕旨还会再次将鲍超从病榻上唤起。

从抗俄到抗法

光绪六年（1880）正月，鲍超在籍养病，特诏命他再次出山。正月二十一日，军机大臣奉到上谕："前浙江提督鲍超，着丁宝桢传旨饬令来京陛见，该前提督曾经办理军务，屡著战功，现在时事艰难，需才孔亟，务当禀遵谕旨，迅速来京，不准推诿迟延。"

鲍超自报起程后，带病北上，于四月二十八日行抵通州，奉旨：湖南提督着鲍超补授。

五月份，鲍超入都，蒙召见二次。六月四日，鲍超出京，仍由天津航海赴湖南新任。七月十二日，鲍超抵达长沙，与巡抚李明墀晤商一切。然后，他行走几十里，去拜谒曾国藩之墓。

鲍超正在墓前举哀，忽传驿骑到来，递送寄谕："前因俄国议约不易转圜，闻有派兵来华借端挟制，并调拨兵船约八九月间将封辽海之信，当经谕令李鸿章等妥慎防范，并令曾国荃督办山海关一带海防事宜，以期周密。因思沿海地方辽阔，防不胜防，非有大支劲旅居中扼扎，相机策应，不足壮濒海之声援，为京圻之翊卫。湖南提督鲍超久历戎行，声望素著，即着于湖北、湖南等处选募得力勇丁万人，克日成军，由该提督统带，乘轮船北上，限八月以前驶到。此军到后，应于天津、山海关两处适中之地择要驻扎。"

鲍超八月八日在长沙登船，二十日抵达武昌。九月六日，鲍超领兵航海北上，二十三日抵达天津。三天后从天津起程，十月一日抵达直隶乐亭防所，西北距京城四百八十里，西南距天津三百六十里，东距山海关二百四十里。后因《中俄伊犁条约》签订，朝廷下令裁撤乐亭驻防军，鲍超又称病辞职，回家休养。

光绪十一年（1885）春天，中法战争进入关键时期，五十七岁的鲍超奉旨去云南边境作战。他虽年老多病，仍然奋不顾身，星夜调集旧部，招募兵勇，驰奔云南，驻守马白关（今马关）外。后来清政府与法国议和，鲍超得知后，与彭玉麟一样愤怒，出语指责天子："圣上昏聩，有负天朝！"但他无力回天，只得撤防回籍。

光绪十四年（1888）秋天，鲍超在家乡去世，赐谥"忠壮"。

鲍超虽然遍体鳞伤，但毕竟没有死在战场上，比跟他齐名的塔齐布、罗泽南、李续宾、多隆阿幸运多了。他一生无所畏惧，勇往直前，却未曾吃过败仗，可谓幸运的无敌战神。虽然他吃过自己人的暗箭，但也不曾致命，也未有损于他的威名。

他身后留下三个儿子：鲍祖龄、鲍祖恩、鲍祖祥。长子鲍祖龄承袭爵位。

江忠源：湘军的祖师爷

詹姆斯·黑尔《曾国藩与太平天国》：

　　如果他（江忠源）活得长久一些，能够参与后来的战争，他的名字肯定会排在曾国藩、左宗棠、李鸿章之列，或许还是排在第一个。他的工作为后来曾国藩更为引人注目的作为奠定了基础。

曾国藩《江忠烈公神道碑铭》：

　　公尝疏请三省造舟练习水师，又尝寓书国藩，坚属广置船炮，肃清江面，以弭巨患。其后国藩专力水军，幸而有成。从公谋也。

引子：曾国藩看中的浪子

　　自从洪秀全及其追随者从历史舞台上消逝以后，人们都说咸同年间帮助清廷打垮洪杨的军事大明星是曾国藩，而很少有人关心是谁替这位有口皆碑的大人物铺好了星光大道的红地毯。

　　湖南的书生率领乡勇镇压反抗清廷的农民，与拜上帝会的信徒角逐博弈，曾国藩不是开山鼻祖。在人们常说的湘军四大元勋曾左彭胡投身军旅之前，已经有人做了许多开创性的工作。这个人就是湖南新宁人江忠源。如果他没有在咸丰三年底过早的死去，清朝的皇帝本来应该把镇压太平军的军功桂冠授给他，而不是戴在曾国藩的头上。一位名叫詹姆斯·黑尔的美国历史学家准确地界定了江忠源在这场战争中的历史地位：

> 如果他活得长久一些，能够参与后来的战争，他的名字肯定会排在曾国藩、左宗棠、李鸿章之列，或许还是排在第一个。他的工作为后来曾国藩更为引人注目的作为奠定了基础。

江忠源是湘军将帅中最早的前驱者。他首开书生带兵的先河，率领他亲自训练的新宁乡勇镇压本地造反武装；在洪秀全金田举事之后，他又是第一个率领湖南乡勇出省攻击太平军的将领，并且鼓吹以民兵取代正规军，作为战争主力；他积极探索镇压太平军的方略，率先倡议建立水师，控制长江流域，为曾国藩提供了杀敌制胜的不二法门；他因转战南北，战功卓著，成为第一个以军功被提拔为封疆大吏的湖南书生，他的事迹吸引了大批湖南读书人投身军旅。他的军事实践，开创了湖南乡勇以十多年时间彻底镇压太平天国的巨大事业。如果说湘军是一本书，江忠源就是这本书的前言或引子；如果说湖南人在清末的战争中鼓舞了志气，那么江忠源就是第一个鼓动者；如果说湘军是一棵苍劲的大树，江忠源就是播种的人。

江忠源为什么会在湘军的历史上占据许多第一的位置，自然会引起人们的好奇。人们往往强调时势造英雄，而忽略了英雄本身必须具备的条件，包括他所处的位置、他的资历以及他的性格和素质储备。江忠源之所以成为先驱，固然因为他身处容易产出英雄的动乱地区，但更重要的是，在大动乱到来的时候，他不仅已有多年的军事素养，拥有驰骋疆场的履历，而且具备为天下事挺身而出、勇于牺牲的悲壮性格。

江忠源在嘉庆十七年（1812）出生于一个书香门第。父亲江上景隐居教学，清贫度日，督促长子江忠源攻读诗书，江忠源少年时即能写一手好文章，十五岁便考中了秀才。

江忠源的秉性烙印了湘南山地人的特色，朴质醇厚，豪爽不羁。所以年轻的江秀才不是中规中矩的斯文种，常常有出轨的行为，既爱赌钱，又恋美色，在社会上率性玩耍。

奇怪的是，江忠源并未因嫖赌荒废学业，竟然在二十五岁考取了举人。他的中举在新宁是一大盛事。此地自清朝开国以来，读书人都与中举无缘，江忠源破了天荒。

江忠源中举之后，便进京参加会试，初次考试落第，暂且居住京城。由于行为不检点，京城的秀才们不屑于跟他交往。但是，他的古道热肠和乐于助人，渐渐使人们扭转了对他的看法。特别是在他进京六七年后，在京城做官的湘乡人曾国藩和他一见如故，凭借自己的影响，使舆论向有利于江忠源的方向发展。

那次会面，是由湘阴人郭嵩焘引见的，宾主谈话无拘无束。几个读书人居然没有切磋学问，也不谈国事，只聊市井琐事，不时开怀大笑。江忠源毫无掩饰，胸襟坦荡，侠气酣畅，曾国藩竟有相见恨晚的感觉。目送他出门时，回头对郭嵩焘说："京师求如此人才不可得。此人他日当办大事，必立功名于天下，然当以节义死。"

郭嵩焘一愣，问道："涤兄为何如此判断？"

"凡人言行，如青天白日，毫无文饰者，必成大器。"曾国藩回答。

江忠源的直率，也许正是曾国藩和许多文士所缺乏的品质。年轻人最难抵抗人生享乐的诱惑。面对女人、美食和玩乐，此时的曾国藩心中也是波澜起伏，但他非但不敢放浪形骸，还要在内心做剧烈的挣扎，在日记中拷问自己的品性。他看到江忠源能够心口如一，爱饮嗜赌，垂涎美色，并不藏掖，于是钦佩之情油然而生，非但能够包容，还向别人推荐。

曾国藩在江忠源身上看到的不是瑕疵，而是优点。他洞察了江忠源的侠义和献身精神。他的预言性的评价把江忠源拔高了许多。曾国藩不是信口开河的人，尽管听者不敢苟同，却在吃惊之余有几分羡慕，不知江忠源为何人了曾大人的法眼。

江忠源能够打动曾国藩，当然不是单靠几句言谈，他以实际行为表明了自己道德的高尚。他每当会试落第南归时，总会做些别人办不到的好事。

进京赶考的公车，多数家境贫寒，含辛茹苦，进京北漂，一些人命运不济，不但未能博得功名，反而输掉了性命。江忠源有三位同年生客死京师，唤起他无限的同情。这三人去世后，江忠源毅然为他们料理后事。他历来视钱财为身外之物，哪怕典当衣物，徒步当车，也要将朋友的灵柩送回家。他的侠骨柔肠，令看重道德的曾国藩感慨不已。

陕西学子邹兴如，祖籍湖南新化，算得上江忠源的老乡。此人温文尔雅，身体羸弱，江忠源一向对他十分照顾。邹兴如落第后，病倒在客栈，咳嗽咳血，江忠源搬来和他同住，为他寻医问药，进行特级护理。但他无力回天，几个月后，邹兴如病故。江忠源买来棺木，收殓友人，嘱咐他的族人将遗体送归陕西。

湘乡学子邓鹤龄当过江忠源的老师，因病咯血，奄奄一息。江忠源护送邓老师南归。病人在路途中去世，江忠源买来棺木收殓尸骨，将灵柩送回湘乡。

江忠源再度进京时，同年生曾如昚在京师故世，江忠源又将遗体送回他的故里武冈。

江忠源所办的这些好事，很少人能够做到。谁会愿意行程万里，只为将朋友的灵柩送回原籍，而不惜耽误自己的考期？如此的古道热肠，也许是前无古人，后无来者。他的急公好义声震京师，令大家对他刮目相看。此事不仅在湖南人中传为美谈，外省人士也以结识他为荣幸。瑕不掩瑜，他那些放纵的行为，不但没有损害他的声望，反而令人从中觉出他的豪爽。

江忠源在京师客居八年，赢得的美誉，不下于注重修身养性的曾国藩。江曾二人被誉为操节最佳的湖南士子，在官员和学者中有口皆碑。传闻说，京城里只要死了人，曾国藩必送挽联，江忠源必会帮忙买棺材。

曾国藩被江忠源的行为感动了。他既居于京官之尊位，又以自我修养见长，就萌发了一个念头，想给江忠源做思想品德的导师，要求他阅读先儒的语录，用以约束自己的言行，当一个无懈可击的道德标兵。江忠源诚恳接受曾国藩的劝诫，开始与正人君子交往，端正品行。

戒赌是一个痛苦的过程，要下极大的决心。江忠源每次经过路边的赌摊，或者听到赌场内吆五喝六，都会情不自禁地停下脚步，流连忘返。但他还是忍住了，不再参与。偶然到友人家，在门外听见里面有打牌的声音，便依依不舍地离去。

江忠源将曾国藩尊为道德之师，努力按照曾老师的要求去做，做到多少算多少。赌瘾戒了，美色还是贪恋，那就缓一步再说。总而言之，三十岁成为他个人修养的一条分界线。他开始留心圣贤之学，言行举止大多中规中矩，犹如恂恂儒者，与往昔判若两人。

曾国藩看到江忠源的进步，自然十分高兴。他以为自己慧眼看上的这个浪荡子，将会跟随他步入理学的殿堂。他绝对没有想到，他跟这位弟子的缘分最终是在战场上凸显出来的，而且他作为一名德高望重的京官，还得向这位弟子学习战争的经验，并且继承他一手开创的团练乡勇打击造反武装的宏大事业。

两百年一遇的好知县

江忠源在京城屡试不第，决定放弃仕途，开始新的人生追求。

曾国藩预言江忠源将要干一番大事，为国献身，既是评价，也是鞭策，或许还是一种暗示。江忠源与社会基层接触较广，能够洞察社会动向。嘉庆道光以来，社会危机四伏，湘南到处都是会党，蠢蠢欲动，丛莽之间弥漫着造反的氛围。江忠源深有感触，预见到天下兵戈将动，社会面临着巨大的动乱。他客居京师时期，密切关注家乡会党的动态，湖南天地会、青莲教有什么风吹草动，都未逃出他的视野。

面对天下将乱的形势，江忠源决定以暴制暴。他要组建一支武装，来铲除动乱的因素。他对曾国藩倾诉了自己的想法。他说，他的家乡新宁是一个动乱之源，他要回家团练乡人，依靠民间武装来保卫桑梓。

江忠源告别了客居八年的京师，返回会党四伏的新宁。在家里，除了培养弟弟江忠淑读书，他把全部精力用于钻研兵法，从事本乡的民兵建设。道光二十七年（1847），一个名叫雷再浩的新宁瑶族人聚众起事，江忠源率领他组训的民兵奔赴战场，经过几个月的战斗，将雷再浩的武装彻底镇压，取得了他一生中初次的军事胜利。

江忠源在新宁的军功惊动了朝廷，道光皇帝因此给了他一个知县的头衔，江忠源借助武功步入了官场。道光二十九年（1849），他奉派前往浙江。此时浙江全省因发大水，秀水县是重灾区，那里饥民遍地，抢劫之风猖獗。巡抚吴文镕正愁没有合适的人选去秀水赈灾捕盗，他从门生曾国藩那里听说江忠源是个能干的官员，便把这桩差事交给了这个新来的下属。

江忠源领命来到秀水县，微服私访一圈，看到一幅悲惨的场景：市面米价昂贵，饥民们耐饿不住，只好四处打劫。江忠源进入县衙，只见桌上案卷堆积如山，顺手一翻，抢劫案就有二十几桩。江忠源连下几道命令，捕快四出，抓了一百多名盗贼。有一名重犯，作恶多端，百姓提起他就为之变色。江忠源说："治乱世须用重典，一定要狠刹盗抢之风。传本县之令，将此犯关进牢笼，让他在烈日下曝晒而死。其余人犯关进大牢，暂且不问。"

盗抢的根源是饥饿。杀一儆百之后，盗抢之风有所收敛，但饥饿仍然存在。为了使饥民能有食物果腹，江忠源全力投入赈灾。但是要让有钱人拿钱出来周济穷人，不是很容易办到的事情。江县令彻夜未眠，想出几条计策，第二天马上实行。

第二天清晨，他跑到赈灾局，召集管事的绅士，邀他们一起去拜城隍神。本县有头脸的人物到齐以后，江忠源从袖子里抽出一份誓词，问道："我带领诸位来拜城隍神，在神灵之前起誓赈济灾民。宣誓过后，诸位肯不肯签名？"

绅士们岂敢欺骗神灵，人人点头首肯。江忠源命人焚香燃烛，敲响钟鼓，率领一干人在神像前跪下，高声领读誓词，他念一句，绅士们跟着念一句。誓词中写道：如若昧了良心，不尽心尽力救灾，请神灵惩罚，天打雷劈。

誓词念出口以后，绅士们惊出一身冷汗：这可是要命的毒誓啊！如果发誓后不去遵守，不知会有什么后果！这一番宣誓自然不俗，绅士们不敢不履行对神灵的诺言。

接下来，江忠源令人制成两种匾额，一种写上"乐善好施"，另一种写上"为富不仁"，准备送给有钱人。谁捐款捐粮捐得多，就叫人敲锣打鼓，把"乐善好施"匾给他送去，还给他戴上大红花；谁不肯捐款捐粮，就把"为富不仁"匾挂在他家门上，责令地保巡视，不准取下匾额，也不许掩盖，让他承受公开的羞辱。

江忠源的两项措施一经实施，无异于文明方式的劫富济贫，围观的百姓欢声雷动，民心安定下来。江忠源把稳了富人的脉搏：越是大户人家，越是害怕盗抢。为了提高富豪捐款捐粮的积极性，他决定大力保护捐献多的大户，在他们家门口张贴禁抢的告示，上面写道：此户踊跃捐款救灾，若有人胆敢来此抢劫，一律处以站笼晒毙之刑。这种告示比一百个护院壮丁还管用，有钱人自然乐于以积极赈灾来换取官府的保护。

江知县到任短短几天，未费多少周折，赈灾局就收到了十多万两银子的捐款。有钱人家知道这个湖南来的江知县有些雷霆手段，说得到做得到，抢着要县府的禁抢告示，以保护全家生命财产的安全。

江忠源为了保证捐款迅速发到灾民手中，禁止官员和绅董染指赈灾的钱粮，以杜绝管理人员中饱私囊。他亲自乘船到各处查核饥民人数，分段汇编成册，交给捐赈的绅士，让他们自行按册发给粮款，每五天向县里汇报一次，以供查核。

江忠源的办法太好了，好到给其他县份添了乱。此事传到嘉兴县，百姓哗然，对县太爷说："大人为什么不学学江青天，也来救救我们，反而鱼肉百姓？"大家一窝蜂似的涌向县衙，又打又砸，气势汹汹。知府隆锡堂亲自前往弹压，还是无法制止。无奈之下，只得把江忠源叫去做安抚工作，事情才告平息。

赈灾告一段落，江忠源跟幕友商量如何处置县牢里关押的一百多名人犯。大家的意见，不是斩首，就是绞刑，不是充军，就是流放。

　　江忠源说："他们都是可怜人，饿得没法子了，才敢以身试法。一律打几棍子，都放回去吧。也用不着一一审理，总的造个册子上报就行了。"

　　幕友们说："大人如此宽纵抢劫犯，难道不怕上峰驳回？"

　　江忠源说："吴中丞那里，由我去解释。"他风风火火地赶到杭州，跑进巡抚衙门，向吴巡抚当面陈情。吴文镕对他的做法非常欣赏，夸赞道："江知县，你杀了一个人，却保全了一百多人的性命，功德无量嘛。本部院要通令全省：对待盗抢人犯，一律照秀水江县令的办法办理。"

　　灾后重建的任务，继续考验江忠源的施政能力。洪水退后，已是秋天，田地里略有收获，聊供饥民果腹。江忠源下令，本县一概免征农业税。江浙州县的征税官员，素来欺善怕恶，弄得民不聊生。江忠源把赋税一免，万众欢腾。百姓渡过了难关，但县府和他私人亏欠了上万两银子，给后任留下了一大截亏空。

　　灾后的耕种遇到了难题。秀水县地势低洼，积水排泄不了，无法补种粮食。江忠源到郊野巡视，发现较高的地面没有被水，便劝说农民补种杂粮。浙江西部盛行养蚕，但在水灾之后，桑树大多枯槁。江忠源从《农桑集要》等书籍中找到补救的办法，写成《补救六条》，告示百姓。

　　灾民流亡在外，田地缺人耕种。江忠源将流浪者召回，禁止游手好闲，惩治奸猾刁民。他发现，秀水虽穷，但民风奢侈，喜好摆阔，恶习难改。若要提倡节俭，喊几句口号是不行的。他想了一个绝招，令人张贴告示，广告百姓：本县每天只花六十四文钱。知县带头，民间不再以勤俭寒酸为耻。

　　江忠源在秀水知县任上干了九个月，改变了一县的大局，抚平了水灾的创伤。一位士绅提笔写诗，歌颂他的善政，称他为两百年未见的好官。

　　二弟江忠济到秀水来看大哥，一入县境，便问父老："当今的县令如何？"父老说："父母生了我，如果我患病死亡，父母不能救活我。如今洪水杀人，甚于疾病害人，而江使君把我救活了。使君之恩，大于父母之恩哪。"

　　江忠济到了县衙，见江忠源天未明就起床，半夜才睡觉，每天忙得团团转，一刻也闲不下来。

　　江忠济说："大哥，不能歇歇吗？"

　　江忠源回答："二弟只见我身体劳作，却看不见我心中的歉疚。我是想以身体的劳作，来弥补心中的歉疚啊。"

江忠源在秀水干出成绩的时候，丽水知县在任上去世，士民禀报吴文镕，请求委任江忠源代理知县。吴文镕征得朝廷批准，令他去丽水上任。

江忠源官职卑微，战功和政绩却引人注目。咸丰即位之后，下诏求贤，吴文镕向朝廷举荐这位小官。曾国藩也上疏举荐。咸丰第一次听到这个名字，颇为重视，命他来部引见。

京官曾国藩举荐丽水知县江忠源，引起了朝中的议论。曾国藩是礼部侍郎，中央政府的部臣，举荐地方官员，有私结朋党之嫌。浙江布政使汪本铨起了疑心，以为其中有什么猫腻。亏得武进人赵振祚路过杭州，将秀水绅士赞扬江忠源的那首诗念给汪本铨听了，汪某才解除了疑虑。

江忠源仕途升迁有望，正要进京觐见皇帝，不料海塘决口，必须干员指挥修筑，而此人非江忠源莫属。吴文镕上疏请留江知县，派他治理连年决口的海塘。四个月后，海塘工程完毕，江忠源可以进京了，没想到父亲去世的噩耗传来，他哀恸不已，呕出不少鲜血，一病不起。

恰在此时，江忠源家乡的造反军首领李元发率部攻占了新宁县城，谣传江忠源全家已被会军杀死。曾国藩听说此事，不知虚实，但他想，即便此系谣言，但会党寻仇，为害江忠源一家，极有可能，不能不防。他连忙给江忠源写信，劝他弃官回家救人。其实李元发不久便撤离了新宁县城，江家并无损害。可是江忠源在信息未通之时，且忧且愤，不知所措，病情加重，无医能治。

浙江有位名医能治绝症，只是索金太高，轻易不肯出手。秀水人听说江知县在杭州病入膏肓，结伴来求名医，请他赶紧去杭州治病救人。大家凑齐了医药费，没料到那位以爱财出名的回春妙手笑道："给江公看病，谁还好意思要钱？"他当下雇了一条船，赶到杭州，日夜为江忠源把脉问诊，开具处方，一切在所不惜。恰好新宁杨溪村有信寄到，江忠源得知母亲平安无恙，心火去了几分，病情渐渐好转，名医才告辞而去。

江忠源的健康有了起色，便要回家为父亲奔丧。秀水人得知他囊中羞涩，争着给他凑盘缠，江忠源恳切辞谢。吴文镕听到此事，感叹道："像江县令这样的贤官，怎么可以让他穷到没有钱回家，回了家又没钱埋葬父亲呢？"正巧吴文镕奉旨调任云贵总督，他从浙江的官库里，以云贵总督的名义借支五百两养廉银，交给江忠源，叫他不要推辞。汪本铨也送给他一千两银子。江忠源感激他们的一片至诚至爱，哭泣着收下了，往家里赶去。

江忠源因父亲去世，必须回家奔丧，失去了进京觐见的机遇，仕途由此而中断。然而，他的前途上还有大把的机会。他具备良好的军事素质，有过镇压造反武装的经验，更重要的是，他充满建功立业的热情，他是这个动乱时代的骄子，是战争组织最渴求的人才，所以他仍有大显身手的机会。

振奋朝野的大捷

咸丰元年（1851），洪秀全的拜上帝会在广西东乡一带屡次击败清军，咸丰皇帝向广西派出一批又一批前朝勋臣，仍然未能挽回败局。当年五月，朝廷派往广西指挥剿匪的钦差大臣赛尚阿在驰赴广西的途中，深感手下人才匮乏，奏请将江忠源派往广西。

咸丰皇帝对江忠源这个名字并不陌生，又了解到他是首席军机大臣祁俊藻推荐给赛尚阿的干才，于是批准了赛尚阿的请求。正在家乡为父亲守哀的江忠源，很快就接到了叫他前往广西军营的命令。

江忠源去广西参战之后，清军与太平军的战争中接连出现了几个亮点，先后有蓑衣渡战役、长沙战役、南昌战役和庐州战役。这些清廷引以为荣的战例，其中除长沙战役之外，都是由江忠源主持的，而长沙战役江忠源也是功不可没。在这几次著名的战役中，江忠源以他卓有成效的军事实践，为湖南乡勇、清军各级将领乃至最高统治者提供了打击太平军的重要经验，而从他的经验中获益最大的人，就是在江忠源死后迅速投入作战的湘军大帅曾国藩。

咸丰二年（1852）二月下旬，洪秀全的部队成功从永安突围，以迅雷不及掩耳之势，兵临桂林城下，企图攻下广西的省城。由于江忠源的楚勇积极参与防御，洪秀全未能得逞，于是撤围北上，围攻与湖南交界的全州。

全州守军进行了激烈的抵抗，可是清军主力赶到全州外围，不再前进，只有江忠源不怕死，率领两千七百名楚勇进逼全州城下，但因兵力太单薄，被太平军阻隔，无法进城。江忠源杀不退太平军，就对他们大肆骚扰。每当太平军攻城，楚勇便在一旁鼓噪射击，牵制敌军兵力，使他们无法集中全力仰攻城墙。

太平天国南王冯云山为了对付楚勇，下令将湿柴烧燃，散布股股浓烟。烟雾和火焰阻挡了楚勇的视线，咫尺莫辨，部队战斗力大减。江忠源只是一名下级官吏，孤军与太平军交手，所起的作用有限。他急切地呼吁各路清军扼要部署，防止敌军四出，可是犹如石沉大海，无人响应。

萧朝贵趁此机会加紧攻城，引爆地雷，炸裂城墙，一拥而入。守军知大势已去，乘乱逃出。太平军进城后，江忠源孤军守在城外，北望湖南，想到战火很快就要烧到家乡。楚勇将士都不免心情沉重。

江忠源在营帐内徘徊沉思，琢磨洪秀全将会从哪条路杀进湖南。他的家乡新宁与全州交界，两座县城相距只有一百多里，洪秀全会不会杀入新宁呢？他越想越觉得此事很可能发生，他有责任替新宁父老挡住造反军队。他向部众陈述了自己的担忧，将士们一致要求扼守进兵新宁之路。于是江忠源当天便率部赶到富塘埠，严守通往新宁的桥头。

江忠源卡住了新宁的隘口，却又想到了另一种可能。那时湘江正在涨水，便于行舟。如果洪秀全趁机抢夺船只，顺流向北进军，攻打省城长沙，岂不是对大局更为不利？

想到这里，江忠源惊出一身冷汗，立即向湘江沿岸派出哨探，侦察敌军动向。哨探很快就传回情报，证实了江忠源的推测。太平军知道富塘埠已被楚勇进占，不愿与楚勇硬拼，徒损兵力。他们看好水路进兵的便利与快捷，当即由冯云山征用几百艘民船，将老幼妇女和辎重金帛全部载在船上，准备顺湘江水陆并进，尽快北攻长沙。

江忠源身为朝廷命官，不能只顾家乡，不顾省城。他和刘长佑走到江边，把二弟江忠济和小弟江忠淑找来商议。江忠源说："大雨连日，江水暴涨，逆贼若顺流而下，三四天就可抵达长沙。为了拖住逆贼，我们应在两岸伏击。"

刘长佑道："伏击地点选在哪里？此处向北十里有个蓑衣渡，选在那里如何？"

"印渠兄所言极是，"江忠源说，"那蓑衣渡江面狭窄，水流湍急。两岸重峦叠嶂，树木参天，地势险要。下游三里有个弯道，可以就地取材，砍伐树木，在江中密钉排桩，构筑木堰，堵塞江道，拦截贼船。"

四人计议已定，决计火速控制蓑衣渡，在湘江西岸连营驻扎，阻扼太平军北上。

楚勇开到蓑衣渡后，刘长佑一挥马鞭，指着对岸说："我军兵力不够，只能在西岸埋伏。若得一支劲旅埋伏在东岸，逆贼插翅难逃！"

江忠源道："印渠高见！我立即给和镇台写信，请他调兵扼守东岸。如果他能办成此事，或能大功告成。不过据我的经验，和镇台刚刚奉到统兵的命令，别人买不买账，还很难说。那些贪生怕死的军爷，恐怕连他也调摆不了。"江忠源说罢，摇头叹息。他对清军的新任前敌总指挥和春颇有好感，但为和春指挥不动各军将领而抱憾。

刘长佑说："既是如此，我们要做最坏的打算。我派些人到对岸插上军旗，布置疑兵，虚张声势，迷惑逆贼，至少也能让他们恐慌一阵。"

楚勇将领分头部署伏击战，江忠源派出信使，给和春送去十万火急的鸡毛信，请他调兵在湘江东岸阻击。

为了进一步迷惑对手，不让他们觉察到蓑衣渡有埋伏，江忠源亲自率领几百人攻击太平军的营垒，向敌人显示兵力所在。这次攻击遭到顽强抵抗，江忠源要把假戏做真，策马当先，鼓勇齐进，迫使太平军撤到水上。

冯云山见江忠源亲自攻营，没有疑心楚勇会在湘江岸边设伏。太平军放心大胆，分水陆两路顺流而下，六七千人沿湘江西岸推进。

楚勇的潜伏哨发出警报：敌军来了。江忠源引颈瞭望，只见二百多艘船鱼贯而来，载着辎重和妇女，水上和岸边都有军队护卫。船队驶到蓑衣渡，被木桩拦住，挤作一团。江忠源一声令下，楚勇枪炮火箭齐射，江上火起，岸上也乱作一团。

太平军前敌总指挥是精明沉稳的南王冯云山，他连忙调派精锐部队保护船队，仓促应战。太平军仗着数倍于楚勇的兵力，轮番冲锋，前仆后继，顽强向岸边攻击。

江忠源与冯云山从凌晨拼到下午，鏖战七个时辰，毙敌几千人。太平军尸体沿江漂下，直达湘潭和长沙，惨不忍睹。太平军因两百多艘船只被楚勇焚烧殆尽，只得放弃向北的攻势。最令洪秀全痛心的是，冯云山中炮身亡，太平天国在战场上失去了号称七千岁的南王。

江忠源一战得手，认为围歼太平军的时机完全成熟，又派快马给和春报信，请他火速率主力在湘江东岸连营，以防洪秀全从东岸逃走。和春很想照办，但苦于指挥不动各部，迟疑未决，错失了战机。

太平军被江忠源打得心寒，不敢再从西岸进兵，全部撤出全州城，趁夜夺船东渡，以重兵掩护老幼妇女登上东岸，辎重船只一概抛弃。楚勇人数不多，因连续作战而十分疲累，江忠源不敢挥军涉河追击。此时和春已经赶到西岸，令部队用劈山炮轰击河流钉塞处，又派熟悉水性的小分队潜到江中，烧毁敌船二只。

战斗进行到第三天，天刚黎明，和春命令部队分路攻击。太平军又抢来船只，将二百多艘船聚泊在蓑衣渡江心，构成水上营垒。两岸安设大炮，以炮火阻止官军过江。楚勇鏖战一昼夜，又夺获敌船一百多艘。和春亲率部队四路攻击，太平军拼死阻击几个时辰，精锐部队消耗殆尽。此时和春虽然未在江东部署兵力拦截，但若有一支湖南官军在边界防堵，前后夹攻，仍然有可能把太平军聚歼在全州附近。然而湘江东岸完全没有官军的影子，太平军余部从东岸走小路翻越山岭，向东北方行进四五十里，当天就进入湖南，朝永州方向行进。

蓑衣渡伏击战重创了洪秀全的生力军，虽然未能将其全歼，却是清军抗击太平军以来取得的最大胜仗。江忠源成为一个传奇的勇士，他的名字传遍大江南北。王闿运后来在《湘军志》中写道：

> 蓑衣渡一战，为保全湖南首功。

这次战役对咸丰同治年间的内战影响深远。就太平天国方面而言，蓑衣渡夺去了南王冯云山的生命，较之几千精锐的伤亡，是更为严重的损失。这个组织失去了最可能令造反运动变得不可战胜的领袖人物。冯云山离开舞台之后，太平天国主张政治建国的理性派领袖只剩下了韦昌辉和石达开，他们没有足够的力量对抗杨秀清和萧朝贵用以作为立国之本的不伦不类的宗教迷信。于是这场造反运动日益脱离广大国民，尤其无法得到知识分子阶层的理解和支持，甚至激起了普遍的反抗，直至走向失败。

就清朝帝国而言，蓑衣渡战役是振聋发聩的一仗。不久之前，在新墟和永安，十多位朝廷大员率领几万名官军，两度将拜上帝会包围，却都让他们几乎是毫发无伤地逃走了。而江忠源率领一支小小的民兵部队，稳扎在蓑衣渡口，把乘胜前进的太平大军打得转向而逃，为官军在湖南省会长沙部署防御赢得了大把的时间。咸丰及其重臣们从这次战斗中发现了击垮造反军的新生力量，曾国藩、骆秉章、胡林翼、左宗棠等人则从新宁乡勇身上得到了莫大的启示。朝廷和湖南的有识之士，即将遵照江忠源开创的模式，克服现存体制中存在的致命弱点，开创对抗洪秀全造反的新局面。

对于蓑衣渡战役，我们还可以引用一段权威的评价。这场战役过去四分之三个世纪以后，威廉·黑尔在《曾国藩与太平天国》中指出：

太平军在道州驻留一个多月,吸收了成千上万的追随者,组织中注入了新鲜血液。他们增强了兵力,得以成功地进军南京。但是这个有利的因素,被蓑衣渡战役的深远影响所抵消了。

大手笔的战略家

太平军从蓑衣渡开进湖南以后,在道州补充了大量兵员。西王萧朝贵四出奇兵,扰乱官军的视线,成功地从道州突围,连下嘉禾、桂阳州和郴州。紧接着,他又率领一支分遣队北上,企图以突袭攻取长沙。

萧朝贵带领人称"武缘双雄"的壮族骁将李开芳和林凤翔,以及两千多名死士,轻装行军,不走衡州大道,绕行山路,奇袭安仁、攸县与醴陵,神不知鬼不觉地出现在湖南省城南边十里处。

江忠源得知太平军前锋迅速北上,担心前方无兵堵御,长沙有可能失守。他请和春挑选一千多人,自己和刘长佑带领五百名楚勇,一起援救长沙。他们从衡州大道日夜兼程,赶到长沙时,长沙攻防战已在酷暑之中进行了半个月,萧朝贵已被炮弹击成重伤,奄奄一息,太平军的攻击已经暂停。

江忠源进城报到,向骆秉章等人提议:既然敌军兵力不多,攻势并不猛烈,官军何不内外夹攻,将敌军聚歼在长沙城下?江忠源的军事风格历来是主张积极进攻,和春对此建议深以为然,于是在中秋节那天发起攻击。太平军负隅坚守,从墙孔开炮阻击,官军不敢上前,整个上午只是开炮对射。江忠源等得不耐烦了,说道:"老是从远处发炮,不敢近战,何时是个了局?"他率领楚勇抢到墙边,夺获大黄绸旗一面,但后续部队没有跟上来,无法将敌军逼出营垒。

战斗结束后,刘长佑说:"东南角的地势高瞰城内,若被逆贼抢先占据,就会对城东和城北构成威胁。"江忠源点点头,立刻去找和春,说:"城南天心阁地势甚高,与城外东南侧的蔡公坟形成掎角,可以屏蔽东面和北面。如今逆贼已在蔡公坟修建木栅壁垒,占据了半边。我军必须抢占蔡公坟,才可与逆贼相持。若一任逆贼盘踞,东门和北门将会受敌,西北角的粮道也会受阻。如果逆贼援军到来,容易形成对府城的合围之势。"

江忠源说服了和春,决定相机行事。官军第二天又发起进攻,太平军仍然从墙眼射击,颇具杀伤力,官军无法得手。江忠源对刘长佑说:"趁着这边交火,你赶紧带一队人去蔡公坟挖筑营垒！"

太平军发现了楚勇的企图，林凤祥从妙高峰寺派出一千多人扑向楚勇，抢夺阵地。江忠源分兵迎击，掩护刘长佑筑垒。蔡公坟营垒筑成后，和春与江忠源迅速移军扎营，与东路官军形成掎角之势，使官军在城外也站住了脚跟。由于楚勇强行揳入，太平军占据的阵地只剩下南城外面和西南角上的一块，无法向旁边发展，大大有利于长沙守军的防御。太平军营垒背水面城，处于绝地，即便有增援部队陆续到来，也无法发挥兵力优势。

林凤祥发现楚勇占了上风，不断派兵前来争夺。楚勇一边作战，一边向前筑垒，和春也督率所部跟进，挡住了林凤祥的攻势。江、和两军的壁垒连成一气，逼近太平军，敌对双方从同一口井中汲水，夜间梆声相闻。

楚勇与太平军对峙，双方都蛰伏在军营内。营外一里，行人来往自如。百姓想进城，只要避开南门就行了，其余六道城门，都可攀绳出入。街道和小巷里，女人们来往行走，餐馆照常营业，食客盈门，比平时还要热闹，因为楚勇在城外给市民提供了安全保障。

官军开抵长沙的援军，加上原有守军，已有一万多人，对付太平军先遣队几千人绰绰有余，只要内外夹击，完全可以歼灭萧朝贵的这支劲旅。可是城内的三位高官和城外的和春、王家琳两员总兵，都没有采取积极的军事行动。湖南提督鲍起豹一味强调敌军居高负固，砖墙林立，既难围剿，又难火攻，不愿主动发起攻势。

官军的拖延，给林凤翔带来了生机。洪秀全派来三四千人增援，抵达长沙以南不远处的仰天湖。秦定三和江忠源赶紧前往迎击，双方短兵相接时，藏匿在坟茔草丛中的太平军挺矛刺伤江忠源的小腿。楚勇将江忠源扶上战马，护卫他回到军营。由于太平军兵力已大大增厚，官军失去了围歼萧朝贵先遣队的机会。

紧接着，洪秀全率主力抵达长沙，太平军总计有一万多人。江忠源分析敌情，脑子里形成一个更大的计划。他发现，敌军的一万人当中只有两三千人具有战斗力，而这两三千人也并非异常骁勇。官军只要积极作战，就能将太平军聚歼于长沙城下。

江忠源对长沙战役有了胜算，可是他对前敌总指挥向荣毫无信心。他盼望晓畅兵机的左宗棠能够到来。他们两人联手，或许能在此役中有所作为。

江忠源进扎蔡公坟以后，立即派人去六十里外的湘阴给左宗棠送信，请这位当世的诸葛亮出山谋划战局。他在信中写道："季高兄，长沙危险了，要靠我们湖南人自己来保卫。官军现在处于优势，倘若季高兄能够前来，运筹帷幄，长沙就有望保住了！"

左宗棠素知江忠源的为人和才干，他的邀请分量很重。这对左宗棠最终决定出山，是一个重要的因素。新任湖南巡抚张亮基和左宗棠先后抵达长沙。左宗棠视察城防以后，赶紧去见江忠源，寒暄过后，急切地问道："岷樵兄，你在蓑衣渡、道州和郴州，就想聚歼洪逆，未能如愿以偿。如今洪逆的全部兵力都集中在长沙城外，被我军压迫在江东一隅。只要能够说服中丞大人调兵堵住湘江西岸，江东的兵力压缩包围圈，你的愿望不就实现了？"

江忠源道："季高所言正合我意，据我所知，这也正是皇上的意思。"

"哦？圣上也有此意？那就太好了！岷樵兄，此事不难嘛。冯云山在蓑衣渡被楚勇击毙了，萧朝贵乃是洪秀全手下最厉害的角色，足智多谋，打仗勇猛，可他也死在长沙城下了。洪逆刚刚封了五个王，转眼间只剩下三个。杨秀清和石达开两人勉强算得上劲敌，只要除掉这两人，洪秀全就会元气大伤。岷樵兄的楚勇威震敌胆，若能过江，定能挡住逆贼，可惜你腿伤未好，无法领兵，我们还得请中丞另外调兵过江。"

两人来到张亮基的公事房，掩饰不住内心的激动。左宗棠说道："中丞大人，粤贼背水面城，已自趋绝地。只是西路的要隘土墙头和龙回潭，我军尚未把守，粤贼定会过江，从那两处登陆掠夺粮食，也可从那里逃窜。我们必须先派一支部队渡到河西，阻断逆贼逃路，便可将其一举聚歼。"

"对呀。"张亮基眼睛一亮，"不过，那向荣如今总管军事，他知道我曾和吴中堂联衔弹劾他，记恨在心，我说的话，恐怕他不会听。何况赛中堂对他言听计从，兵力调动，还得跟他们商量着办。"

由于官场的制约牵掣，江忠源和左宗棠的提议未能得到执行，官军没有及时派兵控制湘江以西的要点，为太平军的西渡留下了机会和空间。石达开启动西进预案，一面向城东发起猛攻，一面派兵渡向河西，袭击龙回潭一带的村庄。左宗棠最担心的事情发生了。龙回潭有路可通宝庆和常德，距湘潭县城只有五十多里。石达开已经意识到这是一个军事要地，正在设法布兵。

石达开渡到龙回潭一带后，见到一条东西向的小河，当地人告诉他，此河名叫见家河。太平军渡到见家河以南，驻扎在阳湖村等地。此地离坪塘镇只有几里，而坪塘镇是从湘潭进至长沙的必经之路。

太平军渡过湘江以后，形势骤然开朗。洪秀全将军力分为两部，东王杨秀清留在长沙城南指挥攻城，翼王石达开负责湘江以西的行动。这项行动一举数得：阳湖一带盛产大米，他们可以得到粮食补给；控制了湘江两岸渡口，可以从容往来渡兵；更重要的是，他们占领了撤退的前进基地，随时可以从西岸撤走。

江忠源和左宗棠要走的几步关键棋，还未到位，石达开已经填补了漏洞。他们围歼太平军的企图已很难实现。而太平军想尽办法，也未能攻破长沙城，洪秀全和杨秀清决定撤离这座顽强的城市。在长沙攻防战进行到第八十一天的时候，杨秀清一声令下，太平军从浮桥渡过湘江，向西推进。他们取道龙回潭，分队抄小路行军，很快就消失在广袤的丘陵之间。

长沙战役以太平军撤离而告终。洪秀全此去，很快就由西向北，攻占岳州，拿下武汉，然后东进金陵，一发不可收拾。江忠源由于官职太小，终于未能实现围歼敌军于长沙城外的宏大构想。尽管清军保住了湖南的省会，长沙战役算得上内战早期一次成功的防御战，但江忠源和左宗棠这两位大手笔的战略家，一直因未能聚歼太平军于家乡的省会而深感遗憾。

赖汉英的伤心之地

咸丰三年（1853）初，太平天国建都金陵，随后派出北伐、西征两路大军。北伐一路企图直捣北京，西征一路向长江上游推进。这时候，江忠源奉旨在九江驻守，阻挡洪杨的西征部队。

江西巡抚张芾判断太平军有可能进军九江，也可能从湖口进入鄱阳湖，直指南昌。如果他们入湖，官军在沿湖要隘驻兵无多，无力阻挡，只能听任他们南下。南昌守军正规军加民兵，共计五千多人，对付太平军大将赖汉英的数万人马，防守也将十分吃力。

张芾正在感到为难之际，督粮道邓仁坤向他建议：只有江忠源能够守住南昌，应当立即上疏请调楚勇来防守南昌。张芾当天就拜发了请调江忠源的奏疏。他等不及上谕到来，决定先派军官去请江忠源。一匹快马将他的告急信送到九江城内。

江忠源先前所奉的上谕是坚守九江，但从巡抚的告急信中已可看出事态的紧急。前线的情况瞬息万变，他想起戏文中常说的一句话："将在外，君命有所不受。"

他派人把刘长佑找来，说道："皇上没叫我去守南昌，但南昌是未经战火之地，应该保全。事情紧急，难度较大，我应当先挑重担。"

刘长佑说："部队因伤亡和中暑，已经大大减员，还望斟酌。"

江忠源问道："除掉病弱，精兵还有多少？"

"一千二百人。"

江忠源说："留下伤病号，集合所有精壮，准备出发！"

江忠源决定先斩后奏。他给咸丰上了一道奏疏，不等批复，立即开拔，力争抢在太平军之前进入南昌。楚勇刚刚起程，探闻敌船已入鄱阳湖口，乘风直上。情况已经十分明显，敌军的攻击目标不是九江而是南昌。江忠源庆幸自己先走了一步。

楚勇开始用脚板跟赖汉英的船队比赛，比赖汉英早十几个小时抵达南昌。他见城外的民房鳞次栉比，很可能成为太平军的隐蔽所，见到张芾以后便说："请中丞下令，立刻焚烧城外的房屋。"

张芾一愣，问道："为什么？"

"靠近新城门的章江门和广润门，外面人烟稠密，贼寇一到，藏在民房里，谁也看不见！必须全部烧毁，否则没法守城！"

张芾略一沉吟，果断地说："听凭江公处置。"

南昌市民不如张巡抚觉悟高，对烧房一事想不通。街头巷尾都有市民议论："江大人是什么人？怎么一来就要烧房子？逆贼还没杀到，你就实行焦土政策，不是你家的房子，烧了不心疼，是不是？"

江忠源向绅士父老耐心解释："你们不是军人，没守过桂林和长沙，不知贼军占据了城外的民房，就有了前进隐蔽所。南昌城周围房屋这么多，楼高墙厚，留下来后患无穷啊。"

江忠源没有更多的工夫磨嘴皮，手一挥，率领亲兵出城放火。据说大火三日不息，古代名胜滕王阁也被烧毁。

江忠源巡视城防，看过地势以后，预测太平军将从东北方向攻来，而得胜门和章江门首当其冲。他分派楚勇防守这两座城门，自己在敌人将会主攻的章江门楼坐镇。他当天就夜宿谯楼，下令炸毁城墙外面的矮墙，不让太平军有隐蔽之地。

第二天上午，赖汉英率领一千多艘船只组成的大军，乘着北风大作，向章江门驶来，风帆蔽江，黑压压一片。船队在南昌附近停泊，赖汉英说："我军突袭，城内应无准备，兵贵神速，立即进攻！"

江忠济随大哥站在章江门城楼上，只见敌船向岸边靠拢，纷纷向城头开炮。

江家兄弟冒着炮火，指挥守军开炮还击。一排炮弹射到江面，击沉敌船三艘，把太平军压制在水面上。

赖汉英被炮火震得站立不稳，抬头一看，只见楚勇的蓝色军旗在章江门上空飘扬，不由得倒抽一口冷气，惊叹一声："江忠源来了？他怎么来得这么快？"

城头上忽然一阵喧哗。江忠源问道："什么事情？"只见江忠济带领楚勇押着四名绿营兵过来，报告说："敌军方才开炮，这四人就要攀绳逃出城外，被楚勇抓住了。"

江忠源说："统统斩首，以肃军纪！"楚勇杀了四名逃兵，再也无人开小差。

赖汉英初战失利，损兵折将，颇为懊悔不该轻敌。当下派小船抄到南门外的南湾。这里的守军指挥官是知府林福祥，他命令机动部队开炮，击沉敌船二艘，并将登陆的敌军击退。

南昌官军初战小胜，士气高昂。江忠源对友军还是放心不下，对张芾说："我带来的楚勇，个个身经百战，军纪森严。我要派他们到四城督战。"江忠源将一千二百名新宁勇抽出七百名，分派到七座城门，每座城门各派一百名楚勇，对他们下令：只要发现有人企图逃走，立即斩首。

楚勇的勇敢表现大大鼓舞了友军，南昌的城防力量顿时加强。赖汉英在湖南吃过江家军的苦头，知道这一次的攻坚战不好打，决定稍稍后退，率领船队向德胜门驶去。这时城外的大火还没烧尽，赖汉英指挥部队登陆，下令救火。太平军扑灭了得胜门外的火焰，这里的民居保留下来，成为太平军的掩体。他们以此为根据地，不久便挖地道轰城，南昌人这才明白：江公果然有先见之明。

这时北京的上谕送到了，咸丰不但批准江忠源增援南昌，还根据张芾和陈孚恩的奏请，任命他总统城内外各营兵勇，统一指挥。

赖汉英以城外残存的民房作为前进基地，令部队一边对城内开火，一边暗挖地道。江忠源决定先发制人，令楚勇从永和门空心炮台突出门外，三四千名太平军在高坡上开火射击。楚勇冒着枪林弹雨直扑敌阵，太平军抵挡不住，退到坡后。楚勇在高地站稳脚跟，太平军拼死回扑，楚勇顽强抵御，当天击退了太平军的四次冲锋。

楚勇不怕死的精神再次鼓舞了守军。知府耆龄和林福祥在城上指挥大炮和抬枪射击，打破两军对峙的僵局。邓仁坤新筑空心炮台，指挥乡勇在台内用大炮连射，以猛烈的火力击毙不少敌军。城内各营不忍让楚勇孤军作战，下城增援，一时矢石如雨，迫使太平军全军撤退。

楚勇收队之后，江忠源下令加筑月城，鼓励士卒下城焚屋清濠，以防地道暗攻。赖汉英没有强攻南昌城，而是在完善自己的营垒，同时让工兵悄悄挖掘地道。得胜门外很快就竖起了一道栅栏，保护太平军的水师。他们将上千艘船连接起来，绵延十多里，构成水上封锁线。赖汉英又令部队稍稍退后，靠着文孝庙修筑三座壁垒，三面围墙，一面靠水，保护船队。部队前可登陆，后可上船。

太平军的壁垒修得坚不可摧，开挖的地道长达五六里，斜向逼近城墙。江忠源隐隐听到地下的声响，知道老对手在打什么主意。他令人迎着声响挖过去，破坏了四条地道。楚勇又用石头在城门外垒砌一座小城，阻挡一面，以防敌军把地道挖到城墙下。

江忠源和刘长佑是城防的主心骨，两人轻易不敢合眼，长期缺乏睡眠。地下常常传来一些怪异的声响，仿佛死神随时可能从地底钻出，弄得人心惶惶。全靠着楚勇将领镇定自若，军心才未动摇。

赖汉英的攻城策略，使南昌攻防战的核心转移为地道战。太平军不断在城北得胜门外暗挖地道，江忠源则在城内加筑月城，从章江门到德胜门楼，两军不断接仗。江忠源又令部队在德胜门老月城内开掘深壕，安设瓮听，侦察敌军动向，防止敌军轰塌城墙。

六月四日早晨，赖汉英下令引爆地雷，炸塌了得胜门西月城外六丈多长的城墙，缺口两旁还各有三四丈的裂缝，声震一城，黑烟迷目。江忠济率领一百多人用布袋盛土垒筑，修补缺口。不料城墙大垮，筑墙者多被埋在墙下，江忠济也在其中。未被埋掉的随从将他拔掖而出。

江忠济站立起来，只见几千名太平军蜂拥而上，江忠源和江忠济督率楚勇当先阻击。张芾闻报赶到缺口处，战情正在紧要之时，太平军用火箭枪炮向城内射击，子密如雨，楚勇站立缺口冒死拒敌，血战一个时辰，将冲上缺口的敌军全部杀毙，敌军方才稍稍退却。楚勇乘势压下，太平军抵敌不住，败入屋内。楚勇林立城下，形成一道防御线，使太平军无隙可乘。

赖汉英功亏一篑，大为遗憾，下令在这条地道的左右继续开挖几条地道，暂不动用主力攻城。攻城部队躲在屋内凿孔，用枪炮射击，派小股部队四处侦察。江忠源派出探子，测出敌营位置，指挥大炮轰击，击毁几处敌营。又令各部在城内开挖暗壕，杜绝太平军的地道。

南昌保卫战打到此时，从湖北、江苏和湖南陆续有清军的几千援兵赶到。江忠源让援兵在永和门和章江门外扎营，分为左右二翼。东南四门距离太平军稍远，防守较易，江忠源未派部队在那里驻扎。

六月二十三日凌晨三点，赖汉英在前次炸开的城墙缺口之西，又用地雷炸塌四丈多的城墙，太平军趁势发起冲锋。江忠济正在巡城，发现敌情，指挥楚勇打退敌军冲锋，正要乘胜压下，缺口右边相连处的城墙又被轰塌五丈多，两处共塌九丈多，轰伤多名官军。江忠济见势危急，持刀督勇向前，誓不独存。他刚刚冲到缺口，太平军抛来的大火药包爆炸，烧伤几十名楚勇。太平军将领手执黄旗，乘势上城，江忠济率部奋力迎击，太平军站不住脚，将领被江忠济击毙。楚勇一齐赶上，将太平军赶下城头。

西边打得正惨烈的时候，太平军又在旧缺口东面引爆地雷，炸垮六丈多长的城墙。多亏这里的楚勇没有擅离岗位半步，当即堵住了缺口。太平军将大火药包抛掷进来，时值南风劲吹，毒烟内灌，许多楚勇官兵受伤，自计必死。刹那间，北风骤起，将火刮向城外，太平军阵脚动摇。

江忠源听到爆炸声后，亲自带人到缺口救援，部队士气更加高涨。江忠源想：士气必须鼓舞，光靠嘴巴表扬不行，还得加上物质刺激。他把布政使叫来，令他派人到银库里提取银子，摆在城墙上。副省长立即照办，银子很快就运来了。江忠源说："传我的命令，运一块砖来，赏银一两！运一块石头、一根木头过来，赏银五两！"

在银子的诱惑下，群众的积极性空前高涨，砖石木头大量运来，一日之内，缺口已经填塞，新墙修得跟旧墙一般高。

赖汉英这次攻城，同时在三处爆破城墙，轰塌城墙共二十五丈有余，致使城防比前面几次更加危险。由于新宁勇的杰出表现，守军仍然化险为夷。各处守军前后毙敌二百多名。

赖汉英不断向金陵求援，石达开陆续向南昌派出援军。赖汉英兵力得到补充，虽然攻城未果，但足以扫清南昌外围。然而这对攻城并未带来多大的好处，他几经博弈，都未能达到目的，只得继续在德胜门以西挖掘地道。为了牵制赖汉英，江忠源派新宁勇专门对付地道，从城内向外挖掘，十天之内破坏了三处，大大拖延了赖汉英的攻城进度。

这时候，从湖南开来的新宁勇和湘乡勇陆续抵达南昌，夏廷樾统带一千三百人抵达永和门外扎营。罗泽南和朱孙贻的一千二百人抵达南昌外围，驻扎在得胜门外的七里街。江忠淑的一千名新宁勇也同时开到，在章江门外扎营。

与此同时，太平军也有援军新到，他们的七十多艘战船从下游驶到河干停泊。

湖南援兵一到，江忠源立即部署官军分七路出击。此次出击，最激烈的战场在七里街。音德布统带云南营，朱孙贻带领湘乡勇，王坤带领镇筸营，加上川勇和贵勇，总共两千八百人，来到永和门东北，分三路进攻七里街敌营。

太平军出动三四千人迎敌。罗泽南带湘乡勇首先出击，云南兵随后。鏖战良久，太平军后撤。罗泽南不知是计，挥军追杀，直抵敌营。罗泽南见到太平军纷纷上船，心中大喜，令部队焚烧船只，捣毁敌营。忽听一声炮响，两千多名太平军从左边山后抄出，侧击湘乡勇。罗泽南反身抵抗。太平军又从右边营后抄出一千多人，湘乡勇腹背受敌，顿时乱了阵脚，纷纷逃走，千总杨受春等人当即阵亡。

太平军乘势扑来，领队的湘乡书生拼死搏杀，罗信东、罗镇南、易良干和谢邦翰四人战死，太平军仍然紧追不舍。阵亡的四位书生都是罗泽南的弟子，虽然他们不怕死，却无法约束部队。幸亏武生杨虎臣率部奋力横截敌前，勉强抵挡一阵，才保住了湘乡勇主力。经查点，云南兵阵亡三十二名，湘乡勇阵亡八十一名。

湘乡勇刚刚战败，张芾又接到警报：南昌西南方几百里外有会军起事，攻打泰和与安福。紧接着，吉安告急：会军正在攻城，杀死了知府。

张芾领着一帮僚属急匆匆来找江忠源商量对策。江忠源沉思片刻，说道："湘军刚刚吃了败仗，颇难对付粤逆，不如派去泰和镇压会党。我把楚勇也派去，合成三千人，吉安当可无恙。"

江忠源是湖南团勇的老大哥，为了照顾湘乡勇，打算让他们离开主战场。张芾对江忠源言听计从，唯独这件事有所顾虑。他说："逆贼几次炸毁城墙，城内人心惶惶。如今抽出三千人增援吉安，城防力量大大削弱，恐怕不妥吧？"

张芾提出反对意见，僚属们纷纷附和。他们说，不管湘乡勇是不是劲旅，多一个人就多一分力量，少一支部队就少一分胜算。

江忠源道："泰和土匪刚刚造反，即时扑灭，还算容易。要是他们扩张了势力，与长毛勾结起来，断绝了南昌上下的道路，那就危险了！如今南昌的兵力超过一万，留下这三千人，也不会多到哪里去，派出这三千人，城防兵力也不为少。事情孰轻孰重，一眼就能看出，诸位还犹疑什么？"

江忠源力排众议，将湘勇和楚勇派了出去。事实表明，他的想法是正确的，城内减少三千兵力，并未影响城防大局，而泰和与安福的会党遭到湘勇和楚勇的打击，很快就被镇压下去，未能为赖汉英提供增援。赖汉英攻打南昌九十多天，折损了不少精锐，丧失了攻占此城的信心，所以后期并无大的举动。江忠源忖度出地道的方位，令健卒向城外挖沟，引水灌入地道，已将太平军所挖的地道废除。太平军此前连克武昌、安庆、金陵三座省会城市，赖汉英本以为攻占南昌是小菜一碟，没想到碰上了江忠源这块硬骨头。杨秀清和石达开决定将他撤回长江之滨，改攻长江上下游。

江忠源看出赖汉英已经丧失攻击意志，决定发起反攻，迫使敌人撤围。此时南昌城内的高官对局势看得很清楚，以现有兵力和设施，要想把这股太平军聚歼在南昌城外是不可能的，最好的结果也就是保住南昌城了。

南昌坚守了九十五天，终于解围。太平军撤退时，官军没有船队，无法顺流尾追，只得眼睁睁地看着赖汉英撤走。太平军渡过鄱阳湖，进入长江，扬长而去。南昌战役为江忠源的形象增添了一份神勇，给赖汉英的履历表记上了一笔耻辱。

视死如归的抉择

南昌战役过后，太平军改攻长江上游，迅速逼近武汉。江忠源奉令在武汉附近与太平军作战，咸丰三年十月二日夜间，突然奉到圣旨，得知皇上已将他补授安徽巡抚，令他立即驰骋赴任。咸丰告诉他：逆贼已逼近庐州，安徽等着你去照管。

江忠源是第一个从戎以后被封为封疆大吏的湖南书生。他这次受到提拔，是咸丰人事改革的典型事例，对于所有已经投身于这场战争的湖南书生是一个强烈的震动。江忠源本人受宠若惊，觉得皇恩深重，万难报答。他拟折"叩谢天恩"，向皇帝表明志向：如果能够立下战功，战死也不需要抚恤；如果辜负了委任，就是下鼎锅烹煮也在所不辞。此时他心中充塞着一腔悲壮的气概，乐于为提拔他的朝廷献身。

江忠源此时几乎只能以一人之力来报效朝廷，因为他手中根本就没有足以对抗敌军的兵力。曾国藩自咸丰二年底出任湖南的帮办团练大臣以后，一直对团练乡勇非常积极，但偏偏在这时候，曾大人对乡勇的评价突然降低，更令江忠源有如雪上加霜。他在武昌从两广总督吴文镕手中拿到曾国藩给他的一封来信，曾国藩在信中明确地告诉他：听说乡勇经常求赏闹事，可见他们跟正规军一样，也是靠不住的，所以，他不打算继续招募乡勇。

身处前线的江忠源急于扩充乡勇部队，待在后方的曾国藩却突然顾虑重重，使得江忠源心急如焚。亲身经历告诉他，乡勇不但具有战斗力，而且是忠诚可靠的部队。乡勇闹事，事出有因，只要指挥员多加注意，应当可以避免。如果说正规军和民兵都不可靠，那么朝廷还能依靠什么武装力量呢？他这个安徽巡抚又能带领什么部队作战呢？他重任在肩，无法求助于外省人，只能对家乡人寄予莫大的期望，亟盼湖南的勇队前来增援。他匆匆提笔，给分手不久的郭嵩焘写信，请他回家后立刻赶往长沙，一定要尽力说服曾侍郎尽快增募乡勇。

过了几天，江忠源意识到曾老师并非跟他过不去，而是眼下有些走极端，犯了以偏概全的毛病。他越想越急，直接致信曾国藩，陈述增募乡勇的可行性和必要性。

江忠源给曾国藩打气，此时他转换了角色，已不再是以学生的身份恭谨地讨教，而是以一员老将的身份向曾老师传授经验。他不仅希望曾国藩增募团勇，还指望他牵头统率湖南团勇，成就剿平太平天国的大业。他似乎已经预见到湖南勇队和曾国藩在这场战争中将要发挥决定性的作用，而他即将把接力棒交到曾国藩手中。

咸丰皇帝现在给了江忠源两个自主权。第一，他可以选择是留在湖北，还是前往更加危险的安徽；第二，他可以决定从湖北带走多少兵力。江忠源选择了牺牲自己，拿性命去赌一赌运气。他决定前往安徽上任，并决定不能削弱武昌现有的兵力，只带他收集的一千四百多名溃兵去安徽上任。他赌的是湖南有无援军到来。倘若湖南有大批团勇来援，他就有了胜算；如果曾老师不助他一把，他就只好为国捐躯了。

江忠源启程前，正式奏调曾国藩所练的六千勇丁增援安徽，咸丰爽快地批准了这个请求。他令曾国藩立即如数选募湖南乡勇，酌配炮械，筹雇船只，亲自率领，驶出洞庭湖，从长江上游迎头截击太平军，肃清江面的敌船。

江忠源从陆路兼程前进，风雨无阻，从湖北的东北角插入安徽。部队抵达安徽霍邱县境内的洪家集时，江忠源忽然咳嗽打喷嚏，寒热交作。第二天带病疾行八十里，晚间到达六安州城，因高烧而头晕目眩。他勉强睁着两眼，对部将音德布说："我得吃点药才行。部队也已疲惫不堪，不如暂留州城吧。"

到了第三天，探马来报：太平军大将胡以晃于昨日下午进陷舒城，安徽团练大臣吕贤基死在城内。江忠源二话不说，大口喝药，巴不得立即康复。可是服了几天汤药，病势反而加重，一时无法上路。江忠源迷迷糊糊地想：如果胡以晃从舒城杀到六安，他就留下来，与六安城共存亡；如果敌军从舒城杀往庐州，他就等不到病愈，叫人搀扶着登上轿子，立刻动身去救临时省会。

进入六安的第五天，江忠源热度稍退。布政使刘裕钤派人送来了巡抚关防和芜湖关的关防。这两个关防此时已成烫手山芋，谁接到手里，保全安徽的责任就落到了谁的肩上。这一天是十一月八日，江忠源捧着官印，微微一笑，说道："本部院从今天开始，正式接管安徽军政。"

庐州知府胡元炜捎来一封信，报告敌军已从舒城和桐城向庐州进军，庐州十分吃紧；所幸省会兵力充足，团丁就有一万多人，军饷也很丰足，请巡抚大人火速前来指挥防守。江忠源以为庐州真有许多兵力，把音德布招来，说："六安暂且无事，庐州方面告急，我决定前往庐州。六安就交给你了，给你留下一千多人。我们不但要防守，还要积极进攻。我先在庐州布防，然后与你约定时日，两路夹攻舒城，力争收复失地！"

接印的第二天，江忠源勉强打起精神，带领两千七百多人从六安出发，兼程疾进，于两天后驰抵庐州。

庐州是一个交通枢纽，夹在淮河与长江之间，水陆交通都很便利。如今金陵、扬州、镇江三城已成洪秀全的大本营，林凤祥又像钉子一样插在京城的脚板上，庐州处于太平军南北对接的途中，成为争夺的焦点。加上此城新改省会，关系安徽全局，江忠源能否守住此地，将决定今后的战局向何方倾斜。

江忠源来到巡抚衙门，胡元炜已在门口守候。江忠源见到他，剧烈咳嗽一阵，然后清清嗓子，说道："本部院在来庐州的路上，给你送来命令，叫你清野浚濠，简料军实，不料你一件都没办！"

胡元炜额头上冷汗直冒，垂手站立，一言不发。

江忠源问道："庐州共有几座城门？"

"回大人，共有七座城门。东边的两座叫威武门和时雍门，南边的两座叫南薰门和德胜门，西边的两座叫大西门和水西门，北门只有一座，名叫拱辰门。"

江忠源说："胡知府，我刚才见到，只有南边两座城门外没有房屋，水西门外房屋不多，其余各门外民房鳞次栉比，逆贼一到，便于隐藏，为什么还不派人烧毁？另外，你说工事都修好了，可是据我所见，城上并无守御器械。你这知府是怎样当的？"

胡元炜支支吾吾，答不明白。江忠源又询问兵力装备，胡元炜回答："城内原本只有营兵几百人，加上李鸿章的六百名乡勇。不过，藩台刘大人新募了几千乡勇，加起来也有将近一万人了。"

江忠源顿时血往头上涌，还是压住怒气，瞪着他说："哪来的一万人？能打仗的兵力，加上本部院带来的部队，满打满算，总共才有三千人。我从湖北带来的只有七百多人，其余两千人是在六安新募的乡勇；刘大人新募的乡勇还需训练，方能得力。你岂不是睁眼说瞎话？"

胡元炜说话闪烁其词，言不由衷，江忠源已经感到此人惯于撒谎。他又询问城中军粮的数量，胡元炜回答："由于乡勇进城，消耗不少，存粮已经不足，藩库的银子也用完了。东关守卫部队已欠发口粮二十多天。"

现在一切情况都明白了，原来庐州钱粮军火都很匮乏。江忠源感到自己被人诱入了一个巨大的陷阱，他清朗的眼神里忽然蒙上了狐疑的阴霾。他一向以忠诚待人，最不能忍受欺骗，何况在最紧要的关头。他的心犹如被刀插一般刺痛。他强压着怒火，用嘶哑的声音说道："你下去吧。"

胡元炜低眉回答："下官就去筹备，就去筹备。"

胡元炜走后，江忠源独自思量，庐州是座大城，城墙都已倒塌，他所有的兵力还不够扼守一道城门。他被胡元炜戴了笼子，若无援兵到来，庐州肯定守不住。但是笼子已经套在头上，已经逃不掉了。按照江忠源的脾气，他既然已到庐州，就不肯弃城退守。

庐州的防务存在太多漏洞，应该马上弥补。江忠源呼唤随从，派人到街上张贴告示，要求拆毁城外民房。深夜，刘裕鉁匆匆赶到巡抚衙门，说道："江大人，逆贼已过沙河，现在拆房都来不及了！"

江忠源下令关闭城门，连夜撰写防御守则，告诫全城官吏。第二天黎明，太平军从四面逼近庐州。江忠源登上南墙瞭望，只见车马扬起一片飞尘，炮弹落在城楼下方，大炮弹有鹅蛋那么大。

江忠源询问随从："留在城内的百姓，不知还有多少？怎么都不见人？"

随从回答："城内还有四五万人，只因官员不许百姓登城，故而无人上街。"

江忠源道："庐州居民没有见过逆贼，如今躲也躲不过。倒不如请百姓各备铲子锄头，全部登城，自由观战。"

欢迎百姓上城观战的告示发布不久，城墙下人头攒动，几万人居民似乎都涌到了街上，发出一阵阵呐喊。太平军听到城内人声鼎沸，不知守军虚实，稍稍退却，抢占民房，构筑掩体，用枪炮向城内射击。江忠源拖着病躯登上城楼，激励将士誓死守城。他写就几纸公文，叫来通信兵，令他们飞马分头送往六安、东关和凤阳，请各地火速派兵来援。

江忠源发现，水西门城墙太矮，城外的坡垄偏偏最高，太平军在坡上扎营，可以俯瞰城内，所以此处最为危险。江忠源说："我就驻扎在这里，我要亲眼看到城墙加高培厚。"

巡查结果表明，大西门也是一个隐患。这里民房逼近城根，城外又无壕沟，太平军一到，就在该处开挖地道。江忠源派令楚勇悍将驻守，雇觅民夫，从内朝外迎挖。

江忠源在水西门现场办公，当即给其余各门委派守将，要求文武官员一律驻扎城上，分头守卫关键之处。庐州城墙三十六里，共有四千五百七十多个城垛，可是守军只有三千三百人，就算一人守一个城垛，兵力还是不够。而且部队多为刚刚招募的乡勇，不懂守城规矩。江忠源将他带来的几百名老兵分布在各个城门，他手边并无一支劲旅。好在城内的绅民给巡抚送来了温暖。他们见江忠源带病登城部署防御，出于感激，家家出丁助守，而且自动设立后勤局，分头送茶送饭送粥，昼夜不断。部队无须开伙，可以专意守垛。

江忠源调动了庐州百姓守城的积极性，太平军也在城内安插了不少内应，衙役和乡勇当中都有他们的人，秘密破坏社会秩序，造谣生事，动摇军心民心。庐州城内暗流汹涌，令新任巡抚防不胜防。他感觉到知府衙门有鬼，对胡元炜已经起了杀意，只是还没找到机会下手。

江忠源鉴于兵力严重不足，再次上疏向朝廷求援。咸丰接到奏报后，情急之下，严催陕甘总督舒兴阿率部驰救庐州，令已到徐州的和春向庐州开拔，还叫吴文镕速派戴文兰赴皖。曾国藩率领六千名楚勇，乘坐炮船去增援江忠源，仍是咸丰最大的指望。

然而曾国藩再次改变了主意。他原本打算增募六千名步兵交给江忠源统带，但他忽然接到筹备水师的旨意，扩展了原定计划，决定建立一支以水师为主的万人大军，由他亲自率领，大举东征。江忠源从庐州发来求援信，语气非常迫切，曾国藩却未给他大发援兵，只是跟湖南巡抚骆秉章商议，决定派江忠源的大弟弟江忠浚率领一千名新宁勇增援庐州，曾国藩自己则留在湖南抓紧经营战舰。江忠源急盼的援兵因此大打折扣。

江忠源在庐州的最大隐患，仍然是太平军的地雷。胡以晃初到庐州时，就曾下令在大西门开挖地道，江忠源令负责守守该门的邹汉勋从内迎掘，排除了此处的险情。胡以晃并不死心，又在大东门这边掘地施工。江忠源侦知以后，悬赏重金，募得二百多名敢死队员，趁夜从月城以南挖道而出，偷袭敌道。一名太平军将领刚把秃头从洞口伸出窥探，被守军挥刀斩下，秃顶的头颅应刀落地。守军朝地道内连掷火罐。只听得一阵惨叫，地道内没了声息。事后清点，地道内共有四十七具烧焦的尸体。

守军捣毁大东门的地道时，刘长佑和江忠信的楚勇援军开到了庐州西南面的四十里铺。总兵玉山的部队也从店埠开到庐州。江忠源盼望援兵，心急如焚，掐着指头推算日子。他一早就登上水西门，遥见远处红蓝旗帜招展，知道是音德布带兵从六安来援，连忙向全城报喜。消息传开，军民欢呼雀跃，纷纷要求出城助战。江忠源派出几百人下城接应，却被太平军拼死拦阻，无法与援兵会师。过了一阵，瞭望哨报告：红旗直朝西面远去了。原来，城外的援兵都因部署不周而受挫，让城内军民空欢喜一场。

为了配合城外援兵，江忠源决定驱赶德胜门外的敌军。他派六安勇缒城而下，傍城扎营。营盘刚刚建成，几千名太平军蜂拥而至，六安勇在营内开火，城上守军用火力支援。太平军虽然凶悍，却无法靠近城墙。江忠源令楚勇为骨干，从大西门去接应六安勇。三路官军发起反攻，太平军抵挡不住，大败逃奔。守军正午收队入城，楚勇和六安勇撤回大西门，不料太平军引爆地雷，轰倒大西门月城十丈六尺。太平军蜂拥而上，邹汉勋身先士卒，率部奋力阻击，将太平军击退。官军追出缺口，拦住敌军，用沙袋和石块抢修缺口，堆积到五六尺之高，才令城外官军撤回城内。

刘长佑和音德布再次向庐州推进，开抵城西的二十里铺。他们和戴文兰兵分三路，并力向庐州冲击，江忠源令各门派兵分路出城接应。城外官军捣毁敌营之外的哨棚二十多座，随后扔掷火弹，敌营顿时起火，烧得烟雾弥漫，帐篷开裂。官军各部乘势扑杀，转战到西平门外的五里墩。刘长佑眼看着城墙就在前面，但是太平军作战非常顽强，内攻外突，楚勇殊死拼杀，仍然无法过关。各门守军出城攻敌，小有斩获，却都无法与援军会合。

随着庐州攻防战进入白热化的阶段，胡以晃攻破庐州的信心已经动摇。他得到情报，舒兴阿已到庐州城外，对围城太平军构成极大威胁。胡以晃决定加紧攻城，最后一搏。他下令引爆大西门下的最后一处地雷。太平军的重逢遭到守军奋力堵击，城上一门大炮忽然自动射击，炮弹击碎了太平军主将的脑袋，他的部属顿时溃退，胡以晃的地雷战再次落空。城内外官军合力夹击，各路均有斩擒。太平军感到了来自四面八方的压力，不敢进扑城门。胡以晃被迫将四面围攻改为重点进攻，水西门遭到太平军昼夜攻击，城内一天落下一百几十颗炮弹。

守军连续作战，已经十分疲惫，江忠源担心还有未被发现的地道，感到防不胜防。他派人通知城外援兵，让他们步步为营，渐逼城下，随时接应。

绿营将领张印塘与郝光甲开始行动，两路直扑木城。鏖战八小时，太平军退回北门木城，坚守不出。第二天，舒兴阿率主力骑兵一万五千人进援水西门。但他非常胆怯，只派几百名川勇打先锋，令本地的一万多名乡勇殿后，而他自己率领主力在一旁观战。

舒兴阿的进攻遭到胡以晃的顽强阻击，川勇倒是打得颇为顽强，舒兴阿的骑兵却坏了大局。他们的坐骑被敌军惊扰，完全失控，踩踏自家步兵，搅乱了阵脚。太平军倾巢出动，一通追逐。幸亏团勇人多势众，严阵以待，太平军不敢冲击，骑兵才得以撤回营内。

舒兴阿的失利，江忠源在城头看得一清二楚。通过两天的观察，他发现城外援兵虽多，却无称职的统帅。刘长佑官职太小，戴文兰已到城内，音德布和张印塘都不善战阵。郝光甲与杨青鹤虽是总兵，指挥作战毫无章法。舒兴阿一心保存实力，骑兵没有用在刀刃上。江忠源认为必须临阵换帅，决定请求朝廷让和春来统一指挥城外的援军。

江忠源的担心不是杞人忧天。胡以晃果然又在水西门外挖通了一条地道，采用声东击西的手法，先派几百人在小东门外大张声势，发起攻击，再伺机引爆地雷。小东门的守军二百多人奋力阻击，江忠源又添派三十名楚勇前往增援。但他已经看出敌军对小东门只是佯攻，再三叮嘱马良勋和戴文兰加意严防水西门和大西门。

果然，小东门那边激战犹酣，水西门外传来一声惊天动地的爆响，月城以北的城垛忽然炸开八丈多的缺口。大火烧到火药库，更如万雷迸发。黑烟喷涌，昏不见人。缺口处的守军衣裤着火，不得不跳入护城河内，遍身皮肤都烧焦了。其余守军正准备阻击，但见火光凶猛，城身摇撼，士卒纷纷从马道滚下。城墙缺口眼看就要失守，全赖马良勋和戴文兰站立缺口处，纹丝不动。江忠源久病卧床，闻声跃起，手执大旗，缘陴行走，大声呼喊，召集士卒，朝缺口处飞奔。

恰在此时，太平军发起冲锋，一名黄衣将领手执大旗越过缺口。马良勋朝敌将扑去，敌将一挺长矛，直刺马良勋胸膛。马良勋抬起左手，格开长矛，右手将长矛刺出，正中敌将胸膛，敌将踉跄后退几步，滚落城下。又一名太平军朝马良勋扑来，也被长矛刺死。戴文兰跟着扑上来，手刃几名敌军。江忠源令部队朝缺口外射击，抛掷火弹，击毙敌军一百多名，击伤无数。猛烈的火势烧得砖石四迸，反而击中太平军，重创攻城部队。太平军付出了巨大代价，无法冲过缺口，终于稍稍退后。攻击小东门的太平军在守军的顽强阻击下，阵亡四五十人，也撤出战斗。守军从营内抄出城根，跟踪追击，毙敌十多名。

太平军撤走后，百姓们迅速修复了城墙。胡以晃此次攻击差一点得手，对于庐州守军而言，这是最凶险的一次战斗，安危在呼吸之间。

庐州攻防战最惨烈的时候，江忠源盼望的和春已抵庐州城外。和春的到来，本来使官军有了更大的胜算。和春愿意助江忠源一臂之力，但他所带的部队未经阵仗，他觉得底气不足。他得知庐州东南面敌军最多，又是太平军北上的咽喉，认为必须在庐州以东的店埠集结主力，请求舒兴阿给他分拨二三千人，以便迅速发起攻击。但是舒兴阿和所有大员一样，惯于拥兵自重，他自己没有发起有效的攻势，却舍不得把一兵一卒交给别人。和春手无重兵，只能眼看着江忠源在城内苦熬，爱莫能助。

援救庐州最为心切的莫过于江家兄弟。江忠浚率领一千五百名楚勇开到，两战之后，进营西平门外的五里墩。第二天深夜，楚勇带着蜡烛和银子入城劳师。到此为止，城外援兵先后有四百人进城，但来自城外的援助仍然解决不了粮食问题。

舒兴阿不但不给和春调拨兵力，反而令张印塘从店埠向他靠拢。他手握重兵，却在第二次救援战斗中再遭惨败。他的骑兵向四面溃逃，舍马徒步逃跑，有的藏入松林，有的坐地哭泣。太平军赶到，一刀一个，犹如削瓜，有个太平军连杀十几名官军骑兵。

官军援兵云集庐州，本来占尽了优势。太平军号称几万人，其实只有一万兵力，遭到江忠源打击，死伤一半，多次受挫，打算撤围。但是城外官军不仅贪生怕死，还对百姓倒行逆施，失去了乡团的支持。太平军在几天内从劣势转为优势。他们在城内的间谍更加活跃，给胡以晃送来情报：守军已无粮食，军火也快用完，天国军队不应放弃攻击。

胡以晃信心陡增，令骑兵把官军援兵隔在外围，不许逼近城墙。他把最后攻击的目标锁定在水西门。这是一座旧城楼，江忠源就睡在城楼上。城楼外面地势起伏不平，便于隐蔽。胡以晃在要害处逼近城墙扎营，决定打一场硬仗，与江忠源一较高低。

守军的内讧给胡以晃提供了更有利的条件。淮勇头目徐怀义过去做过县里的衙役，有胡元炜做靠山，善于玩弄权术，他的死党饮酒赌博，每晚呼呼大睡，巡城官多次训诫，他们全不理睬。有些人过去就跟太平军勾结，时常靠在城头喊话，与敌军互通手语。太平军新招的枪手与徐怀义所募的乡勇都是近邻。城内的乡勇与胡以晃约定，在下一次攻击时举事内应。

咸丰三年十二月十七日凌晨，浓雾如雨，能见度极低。水西门地雷引爆，轰隆声中，十多丈外墙骤然垮塌。太平军冲向缺口，江忠源已领兵堵在这里，以猛烈的火力阻击，太平军被迫暂停冲击。江忠源急令各门严守，民众奋力呼喊，愿意效死。如果没有内应，太平军很难得手。可是太平军的奸细积极活动起来，在其他城门下手。拱辰门城楼有人放火，烧成一片火海，守城乡勇逃遁。有几人从东北面跑来，绕城大呼："贼军杀来了，还不快逃！"这是造谣惑众，其实民众还没有见到一名太平军。

拱辰门就是徐怀义负责驻守的地段。徐怀义放火驱走守军之后，自己也撤离岗位，把绳子拴在城垛上，让太平军攀绳登城。

水西门外还在继续战斗。江忠源纵兵将太平军击退后，马良勋率部追赶，杀到金斗圩，转战到城北，发现太平军已在这边爬上城头，马良勋挥师砍杀登上城墙的敌军。战了一个时辰，官军越打越少，马良勋受伤阵亡。

与此同时，太平军主力攻打大西门。这里是邹汉勋驻守的地段。他夜饮方半，听到喊杀声，拔出佩刀，冲上去杀敌，砍倒几人。太平军将他团团围住，一刀砍中他的颈脖，顿时鲜血迸射，头颅偏折。在两名士卒护卫下，他前行几步，倒地死去。这时戴文兰也已负伤。十几名死士杀开一条血路，企图向西大营求援，也被太平军拦住，全部战死。

太平军回头夹攻水西门。江忠源正在组织人员抢堵缺口，不料下层的地雷引爆，胡以晃指挥部队登上废墟。江忠源挥军拦截，无奈士卒或死或降，乱作一团。军士们听说城南有太平军登梯而上，军心大乱。天将明，露水簌簌如雨，几名军官砍开一条血路，簇拥着江忠源，请他离城而去。江忠源哪里肯逃，大声说："城破了，如何向百姓交代！"说罢欲拔刀自刎，被随从拦下。

随从劝道："大人，城外就有我们楚军的营盘，我们定能将大人护送到营中。"无奈江忠源已抱定必死的信心，不愿苟且逃生。一名士卒不由分说，将他扛在背上，奋力奔逃。行至水关桥的古塘，江忠源咬住他的脖子，迫使他放手。士卒忍痛不过，将他放在水滨，江忠源跳进古塘，溺水而亡。

那一天，庐州城内死去的官员，还有布政使刘裕鉁和李本仁，以及池州知府陈源兖等人。庐州城破的过程，城外的援军或者亲眼看见，或者亲耳所闻。城外的楚勇进行了最后的拼搏，仍然无法突破太平军的阻击线。

作为安徽的新任巡抚，江忠源看到了庐州人为战争付出的牺牲。他只有死在这里，才对得起自己的子民。悲壮地战死，是他自己的选择。咸丰登基以后，一直鼓励臣子们为朝廷殉难，但天子似乎并不希望江忠源死在庐州。北京已有廷寄送往安徽，上面有皇帝的朱批：不必与城共存亡。这道圣旨晚到了两天，不过，即便江忠源及时接到了圣旨，他很可能仍然会选择结束自己的生命。

江忠源死后，咸丰追赠他为总督，赐予"忠烈"称号，赏骑都尉兼一云骑尉世职，褒扬三代，入祀昭忠祠，并在湖南、江西和庐州为他建祠。

江忠源战死庐州前后，曾国藩加紧在衡州组建和训练新军。这支新军的组建，最初的动机是为江忠源提供有用的兵力，而最终的动机也是配合江忠源南北夹击。这同时也是咸丰皇帝的战略性安排。所以，曾国藩和江忠源的事业是一脉相承的关系。江忠源死后，曾国藩的崛起，对咸丰年间的军政格局发生了决定性的影响。

刘长佑：黑面不倒翁

曾国藩语录：

大败而仍刻日战胜者，惟楚军能之。

引子：无缝的鸡蛋

湖南新宁人刘长佑在咸丰末年登上直隶总督的高位，成为政坛上的一颗新星。他出名以后，有关他的野史段子一直不多，很可能是因为这位高官秉性凝重，生活作风严谨，既不好色又不贪财，为人又很低调，是一只无缝的鸡蛋，爱写八卦逸闻的文人们从他身上找不到能够吸引眼球的素材。于是关于刘长佑的几个野史段子，都是取材于正史，且无漫画笔法，全是渲染他的冷峻无私。

一则野史说，刘长佑年轻时以拔贡生的身份进京参加朝考，那时曾国藩已身为贵人，位居阅卷大臣，有心为家乡来的刘考生开点后门。他向刘长佑索取楷书，打算预先记住他的字迹，以便阅卷时行个方便。但是刘长佑不愿舞弊，虎着一张黑脸予以拒绝，使曾侍郎颇有热脸贴上冷屁股的尴尬。

另一则野史说，刘长佑出任直隶总督之后，捻军势力正强，曾国藩主张分堵，刘长佑主张合剿。刘长佑写好奏疏，将要拜发，一位幕僚提醒他："如果曾公意见不同，怎么办？"

刘长佑义正词严地回答："我只管所提建议是否合理，其他何足担心！"

结果曾国藩看了他的奏疏，甚以为然。刘长佑得知后，对幕客说："我料想涤翁对此毫无芥蒂，因为他是做过圣贤功夫的。"此话好像是对曾国藩的赞扬，但似乎能听出几分挖苦的意味。

还有一则野史，讲述刘长佑为人一丝不苟。

广西人岑毓英当云南巡抚时，用了不到二百万两银子的军费，就肃清了全省的造反军，也算得上清末军政界的一个奇才了。他对云贵总督刘长佑十分崇敬，提出要跟刘大人结成儿女亲家。刘长佑回答："对不起，老夫的儿子已经作古，女儿已经嫁人，没法同岑大人结下秦晋之好了。"

岑毓英说："刘公误解了我的意思。听说刘公有好几位孙儿，我想把小女嫁给刘公之孙啊。"

刘长佑说："我与岑公是平辈之交，如果让我的孙儿给你当女婿，岂不是折了岑公的辈分，如何敢当呢？"

岑毓英说："那有何妨？在下尊刘公为长辈，那是在下的荣幸。"

话说到这个份上，刘长佑才不得不答应下来。

岑毓英曾说："刘公官至一品，而终身不二色（没讨小老婆），可谓伟丈夫。"刘长佑退休时，钱袋空空如也，岑毓英送给他一千两银子，而求他将乘过的轿子交给自己收藏，以表对刘总督的景仰。

另一则野史强调刘长佑持身谨严，无微不至，是个名副其实的理学家。

刘长佑的媳妇知道公公望孙心切，而自己久未生育，自请为夫纳妾。刘长佑表扬她没有妒忌之心，同意她的所请。儿子纳妾后，妾来拜见公公。夜间，刘长佑就寝后，突然想起，按照旧俗，初见儿子之妾，必须打发钱物，忙将仆从叫来，令他通知账房，按照惯例给予。接着，他自言自语："糟了！"因为他意识到，躺在床上想到儿子的妾，好像有些出格。

有一则野史将刘长佑称为"白身督抚"。话说刘长佑晚年就任云贵总督以后，接连上疏请求退休，朝廷不予批准。最后他请求觐见皇上，朝廷才准许他离任进京。刘长佑抵达京城后，两宫太后殷勤慰劳。当时他因云南报销费用的案子遭到弹劾，太后对此事只字未提。

可是，刘长佑从京城回家的路上，忽然奉到圣旨：官降二级，另候委任。刘长佑并不感到意外，他知道自己此次在京城居住几个月，由于没钱打点内廷官员，肯定会有人给他穿小鞋。果然，他离京不久，对他的弹劾就生效了。

刘长佑在官位上两袖清风，叫他拿什么东西馈赠内廷官员？大家都不喜欢他，也是无可奈何的事情。当时的封疆大吏多数得到朝廷的赏赐，例如赏给宫保衔，赏穿黄马褂，赏紫禁城骑马之类，不一而足；但刘长佑无钱运作内廷，一样也没得到，所以一身清白换来了一身空白，于是他在六十岁高龄调侃自己是"白身督抚"。

刘长佑晚年自号"扶彝黑叟"。"扶彝"是他家乡的河流，"黑叟"想必是他以冷峻无私、坚韧不拔自况，本文称他为黑面不倒翁，用以标志他贯穿一生的性格与作风。

头脑冷静的指挥官

刘长佑生于嘉庆二十三年（1818）仲冬。出生地是新宁县金城村的刘家宅院。诞生前一天，他的伯母李夫人梦见一颗巨星落在刘宅的堂屋前，发出灿烂的金光。按照这位夫人的理解，第二天出生的小侄儿自然是星宿下凡。这位星宿从娘肚子出来便可谓"扶彝黑婴"，遍体栗色，两条粉嫩的小腿上隐隐有黑斑突起，犹如鳞甲，一张大口能够容下拳头。这个婴儿的面貌和表情更为奇特，眉目之间竟有一道威棱，表情严肃。这种从出生起就有的面目和秉性，一直陪伴刘长佑走完一生。

在三十一岁以前，刘长佑一直过着循规蹈矩的日子，生活内容除了学习考试，就是结婚生子。他虽考取了秀才，却一直无缘中举。三十一岁这年考取了拔贡生，主考官颇有幽默感，说道："此次得一黑大人。"

此年七月，刘长佑又去参加会考。发榜之前，他从长沙回家，路过湘乡，下榻旅馆。夜间入梦，到了岳麓山的魁星楼下，看到几名同学在楼上向他招手，叫他上去。他顺楼梯而上，眼看就要登上二层，忽见魁星起身下座。刘长佑不敢上前，呆立在楼梯上。魁星手执大笔，向他额上一点，说："去！"这一声吆喝吓醒了刘长佑。他为自己解梦，料定这一科又考不中了。既然神谕如此，他打定主意，此后不再参加秋试。

刘长佑是一个纯粹的读书人，既不留意兵法，也不关心军武。即便不再参加科举考试，他也会教书育人，墨守斯文。虽然他跟江忠源既是同乡好友，又是亲家，但他并未像江忠源一样立志团练乡勇，应对动乱。可是，由于他家住新宁，处于乱世旋涡的中心，他命中注定逃不出战争之神的手心。

这年十月份，新宁爆发了著名的李元发武装造反。造反军占领新宁县城以后，刘长佑奉宝庆知府之命，组织乡勇协助官军收复县城。刘长佑身不由己，投身于一场恶战，他率领乡勇与李元发周旋，在镇压李元发的战争中发挥了重要作用，向人们显示了他的韬略武功，令高官和乡人刮目相看。

此后，刘长佑又回归书生的生活轨迹，但战争再次挡在他的前方。咸丰二年（1852），洪秀全的军队攻打广西省城桂林，江忠源力邀三十四岁的刘长佑招募乡勇，前往桂林打击太平军。当年三月，刘长佑领着乡勇在桂林与江忠源会合，立即投入战斗。从此以后，他成为江忠源楚军的第二号人物，走上了靠武力建功立业的道路。他跟随楚军南征北战，从桂林到长沙，从长沙到南昌，从南昌到庐州，在江忠源领兵作战的主要战场，到处都有他的身影，到处都有他的谋略，到处都有他的战功。

咸丰三年（1853）底，江忠源在庐州保卫战中殉职。在最后的日子里，江忠源在城内苦守待援，刘长佑在城外拼命向城里冲杀，终于未能重逢。

咸丰五年（1855）二月，刘长佑已因军功升为知府。他和江忠源的弟弟未能夺回庐州，未能杀死胡以晃，也就无法为江忠源复仇。刘长佑决定率领五百名请假回乡的勇丁，护送江忠源的灵柩返回湖南。一路上，为了绕过敌占区，历尽艰辛，到五月初才抵达长沙。

刘长佑上岸以后，匆匆前去拜访巡抚骆秉章。刚进衙署，迎面碰见师爷左宗棠。

"荫渠回来了？"左宗棠一见刘长佑，顿时面露喜色，赶紧领他进了内堂。

骆秉章见了刘长佑，慰问一番，然后说道："荫渠回来，真是及时啊。广东的红巾贼攻陷了东安，我已令江忠淑招募两千名勇丁，配合各部进剿，却不料屡战不利。"

左宗棠连忙接口道："荫渠兄若能代替江忠淑指挥楚军，另外派人把灵柩送回新宁，想必很快就能扭转局势。"

刘长佑说："我想亲手将岷樵的灵柩送回去，领兵之事，能否放一放？"

"军务紧急啊。"骆秉章摇头不止。

"那就让我顺路回家看望老人，帮助江家料理丧事如何？"

"这倒可以。"

刘长佑回到新宁，只是略作停留，就前往东安军营接领江忠淑所部，就这样，他正式成为楚军的司令员。

刘长佑一介书生，被时势逼得拿起武器，被朋友力劝从军，又被高官执意委任为指挥员，最终历练成为叱咤风云的湘军大帅，似乎都是身不由己。他不是一个战争狂，从来不逞匹夫之勇，对杀人的游戏毫无兴趣，但他不得不服从命运的安排。他在被迫参与的这场战争中，始终保持着低调的姿态，冷静的头脑，靠智谋、靠耐力来取得一个又一个的胜利。

楚军大帅刘长佑不是常胜将军，他跟湘军大帅曾国藩一样，常常被太平军打得惨败。但刘曾二人有个根本的区别：曾国藩落败后要经过长期休整才能复振军威，刘长佑却能迅速地死而复生，转败为胜，犹如一个击不垮的不倒翁。

从咸丰五年（1855）到咸丰九年（1859），刘长佑经历了三次著名的惨败，每次都在被击倒后迅速站立起来。

第一次惨败，发生在新宁的松风亭。

刘长佑接管江家军以后，主要跟王鑫合作，在湖南境内镇压会党。他们很快就收复了东安，抓获了升平军的定南王胡有禄。升平军的另一首领平南王朱洪英率领一万多人围攻新宁，刘长佑率部援救，抵达城东的发官岭。楚勇喘息未定，新宁绅士便催促出兵。刘长佑知道仓促攻击定会吃亏，但拗不过绅士，传令六成兵力修垒，四成兵力列队攻击，结果疲乏之兵在松风亭遭到太平军猛扑，楚勇大溃。

刘长佑跟着溃军逃跑，在泥泞的道路上摔倒，三名亲兵将他拉起，轮流背着他奔跑于丛林之间。山峡中突然出现一名敌军悍将，袒胸披发，提枪来追。将要追及，挺枪一刺，眼看就要洞穿刘长佑的背部。千钧一发之际，小路旁边的茅屋中跃出一只狗，咬住敌将之足，敌将回刺，一半矛头刺入狗腹之中，刘长佑才得以逃脱。

要是换了其他将领，遭此惨败，恐怕就此一蹶不振。刘长佑却毫不气馁，当晚住在民家，连夜写了二十几份信函，分别送达各部，激励部将及各乡民团，令他们在指定时间到县城外边集结，继续作战。两天后，溃勇全部聚拢，各乡团练集合，刘长佑同刘坤一巡视各营，部署战斗，发布动员令。

接下来，楚勇和团练大举进攻，重创敌军，一举解了城围。民众欢声动地，知县张士宽在刘长佑马首下拜。这一年，刘长佑仗着超好的心理素质，稳扎稳打，为肃清湘南立下汗马功劳，升为道员。

刘长佑的第二次惨败发生在江西临江府的太坪墟。

咸丰六年（1856），刘长佑率领三千名楚勇增援江西，部将有刘坤一和黄三清。另一路兵力由萧启江、田兴恕等率领，也要服从刘长佑调遣。援赣军很快就收复了萍乡和万载。刘长佑领着三千人的小部队，愈战愈厉，接着攻复袁州，刘长佑获得按察使官衔（副省级）。接着，骆秉章令萧启江率三千五百人攻打上高，令刘长佑率五千人攻打新喻。两军很快攻克上高与新喻，败敌退踞罗坊。

罗坊距临江城七十里，是吉水、峡江、新淦三地枢纽，处于太平军环绕之中。咸丰七年（1857）二月八日，刘长佑部开抵太坪墟，逼近罗坊。楚军将领屡次获胜，麻痹轻敌，在太坪墟左侧平坦的树林间扎营，不便瞭望。刘长佑抵达时，壁垒已经修成。

九天后，五六万太平军前来攻击，大举扑攻楚勇军营，横向列阵十多里，楚军各部坚守壁垒，待敌军逼近，用枪炮轮番射击。投降的太平军将领毅金魁由于没有当上祂将，逃回太平军营内，报告楚勇的虚实。太平军绕过楚勇营后，将楚勇前后截断，纵火放烟，遮天蔽日。刘长佑与刘坤一率亲兵往来督战，被矛刺伤耳部。楚勇各将率部死战，敌军前锋死伤相继，仍然如潮水般涌来，楚勇终被击溃。

这一回刘长佑不如上次镇定，望见营中起火，下马抽出佩刀自刎。刘坤一令亲兵夺去他的佩刀，急忙拥护他上马，突出重围。太平军在后面追赶，刘长佑全靠亲随回马冲杀，斩杀几名悍敌，才将敌军稍稍逼退。几十名飞虎军前来接应，刘长佑退到新喻，接着又退到分宜。

刘长佑以为自己陷入绝境无可自拔了，没料到附近各县的绅士们率领丁壮前来相助，一共来了几千人，送粮送银子，还提供武器。五天后，溃卒也有四千人回营。楚勇进扎新喻城外，军威复振，连打胜仗，很快又推进到罗坊。

经过几个月艰苦卓绝的战斗，刘长佑的部队在临江城外挖掘长壕，企图困死临江守敌。可是太平军从各处派来大批援兵，对官军实施反包围，令楚勇陷入绝地。刘军腹背受敌，人人自危。有人请刘长佑下令退兵，躲避敌人锋芒。刘长佑说："如果我们撤退，那就是前功尽弃，而大长了敌人的志气！"

太平军从罗坊至太坪墟，连营十多里，企图形成大包围圈。刘长佑认为，如果敌军完全合围，自己就会困死在这里，所以必须急战。刘坤一也说，敌军人数虽多，但军容并不整齐，是可以击败的。第二天，敌军援兵在田野里焚烧禾稿，烟雾灌入楚军营帐。刘长佑知道再也不能犹豫了，于是下达了攻击命令。

各路官军于四更时分分路并进。刘长佑自率亲兵，四路策应。太平军听说官军出动，大举迎战，敌旗蔽空。军士们面露惧色，刘长佑说："严阵以待，不许移动！"

忽然，战场上大风扬尘，天色昏暗，太平军无法分辨官军人数。刘长佑下令对空发射火箭，然后鸣钲。火箭本来是楚军收兵的信号，刘长佑考虑到以少战多，必须加强气势，于是预先约定将火箭改为进兵信号。各军一齐拥进，连破六座敌营。

太平军大为惊慌，连忙出动骑兵冲锋，又被击败。骑兵回逃，自相践踏，于是大溃。刘长佑挥师直进，踏平敌垒四十七座。

从此以后，临江守军士气低迷，军心动摇，陆续有人出城投降。十二月八日夜间，守军打开西门突围，刘长佑张开两翼追杀，擒获敌军主将聂才坚，方才收兵。

湖南援赣军收复临江府城以后，骆秉章上报战功，夸奖此役文武官员劳苦备至，得旨加赏刘长佑布政使官衔。

太平军死守临江，是因为此城位于瑞州与吉安之间，东可窥视南昌，西可直捣瑞州，战略位置过于重要。所以瑞州、吉安、峡江、新淦和抚州的太平军竭尽全力过来增援。太平军在袁州和临江所辖各县拥有良好的群众基础，刘长佑部与萧启江部加起来不过一万人，必须靠着坚韧不拔来与太平军争夺民心。援赣军围攻临江将近一年，经历了太坪墟和罗坊两次大的挫败，始终没有撤回，终于挖成长壕，断绝临江的外援，将之攻克，打垮几十万敌军。根据骆秉章的考核，刘长佑之所以能够取得如此难得的胜利，是因为他"忠谨笃厚，坚忍耐劳"，的确是说到了点子上。

曾国藩起初对刘长佑缺乏信心。在临江久攻不下时，他曾提出应当打运动战，不要打攻坚战。他从南昌派来使者，督促刘长佑解围，刘长佑笑着答应，但并不执行，来了个阳奉阴违。好在他隶属湖南巡抚，并不直属曾国藩领导，也就没有大碍。现在他把临江攻下来了，曾国藩收到捷报，喜形于色，连忙写信慰问，也算是向这位功臣致歉了。

此后，援赣军又经过八个月苦战，基本上肃清了江西。楚军劳苦三载，大小二百余战，收复几十座城市，歼敌上万人。将士冒罹锋镝，身染疾疫，伤亡几千人。太坪墟战败，伤亡惨重，刘长佑的随从无几人逃脱。若非主帅有超人的毅力，援赣军绝对撑不到胜利。

江西巡抚耆龄看出了刘长佑的实力，奏请将楚军留作江西驻军。曾国藩赞扬刘长佑，说江西各州县靠他收复，战功甚伟。绅士和官员们将他比作郭子仪和王阳明，纷纷向朝廷保荐。刘长佑却在名望最隆之时萌生了退志。他自称连年苦战，时发晕眩，恐误军事，决定功成身退。此年作《营次感怀诗》，其中咏道："有功难补过，多病恐辜恩。"他只留下四营兵力交给江忠浚统领，自率所部返回湖南，就此遣散。

刘长佑回到新宁以后，打算安稳度日，但是树欲静而风不止，石达开在咸丰九年初将战火烧到湖南边界。湖南巡抚骆秉章令刘长佑招募五千勇丁备战，刘长佑不得不再次出山，转战永州、东安，继而回援新宁。于是就有了他的第三次惨败，地点为新宁蓝庙。

这一次，刘长佑所带的全是新兵，连续作战，部队疲劳，又饿又渴，在蓝庙遭到太平军三万人猛攻，楚勇纷纷突围回家，营垒全被攻陷。这是刘长佑在家门口的第二次重大失利，他还是临危不乱，收集溃卒，淘汰疲弱，添补装备，三天后又重整旗鼓，一个月时间肃清了武冈和新宁，将黄金亮的太平军赶到广西境内。

六月上旬，刘长佑率部增援宝庆，骆秉章令他担任西路军司令。石达开曾与楚军久战江西，仇人见面，分外眼红，调动六七万人的劲旅攻击高家冲楚军营盘，被楚军奋力击败。刘长佑与东路军司令李续宜密切配合，用了四十天时间，就将石达开的二十万大军从宝庆城外赶走。

石达开逃入广西后，刘长佑请求在湖南境内休整部队，医治病疫，汰补疲弱，清理欠饷。

刘长佑重视部队的整训。战斗空隙，他常召集各级军官上帐团坐，讲习战略战术，进行政治动员。特别是在打了败仗以后，更是对部众谆谆教诲，令他们因愧而奋，虽然温词霁色，却令人懔懔生畏。他在新宁先后有松风亭与蓝庙的重挫，在江西则有太坪墟与罗坊的惨败，都因他镇定自若，勤于联络部众，低潮几天就过去，部队很快就转败为胜。

左宗棠熟知刘长佑的秉性，这次蓝庙之败的消息传到长沙，他立刻对骆秉章说："别担心，荫渠的捷报已在路上了！"曾国藩也看出了刘长佑是个不倒翁，曾经说："唯有楚军能在大败之后迅速获胜。"

行政干才

刘长佑自咸丰元年加入楚军起，一直为朝廷效力疆场。九年过去了，他虽然有了副省长的级别，却还未曾担任过实际的官职。九年当中，他虽戎马倥偬，却已在各种场合表现出他有文职官员的才干。咸丰二年（1852）初，他跟随江忠源在湖南浏阳镇压征义堂会军之后，湖南巡抚张亮基令他处理善后，他遣散胁从，不许滥杀，做得十分漂亮，因此后来在衡州剿匪之后，又被巡抚委以查处贪官的差事。在江西的几年，他妥善地处理了军地关系和军民关系，赢得了百姓的支持，才可能战胜劲敌。

刘长佑既有当好文官的素质，朝廷已在考虑对他的任命。而刘长佑的仕途，似乎跟他的宿敌石达开颇有关系。

石达开被赶入广西之后，桂林的官员们十分恐慌。广西巡抚曹澍钟急召按察使蒋益澧从平乐回援省城，湖南巡抚骆秉章则派大军越境增援，刘长佑奉命率八千楚军前往。

楚军于九月上旬解了桂林之围，接着向柳州挺进，企图端掉这个广西土匪的根据地。可是刘长佑于月底奉旨补授广西按察使，不得不于十月初回省接任。这就是刘长佑做官的开始。刘长佑此年四十一岁，虽然在官场上起步稍晚，但是起点很高，一上来就是主管政法的副省长。十二天后，他又更上一层楼，奉旨改任代理布政使。

刘长佑任官以后，评估广西全省的局势，认为剿匪是第一要务。所以他接印方才七天，马上离开桂林，前往永福大营指挥作战。

咸丰十年（1860）正月九日，楚军收复柳州城。但柳州所辖各地还有许多土匪，从三月到闰三月，楚军无日不战，战无不胜。刘长佑剀切告示，招降纳叛，解散胁从，柳州一带的情况稍有好转。四月三日，刘长佑奉旨补授广西巡抚，成为封疆大吏。

这时候，石达开盘踞在庆远、思恩一带，是广西社会动乱的最大因素。刘长佑认为，要拯救广西的民生，必须整肃官场；而要整肃官场，必须先平寇贼。他令邹汉章等人分赴湖南和广东添造战舰、扒船，招募水勇，铸造火炮，然后按照部署，用了半年时间，收复贺县，逐步扫清柳州、梧州与浔州。从咸丰十一年（1861）开始，楚军用九个月的时间追击石达开，直至将其赶入湖南。

其实刘长佑本来有个极好的机会，可以办成收降石达开的大事，可惜阴差阳错，未能奏功。那时石达开徘徊于南宁一带，处境艰难，有些灰心丧气。他对刘长佑容人的度量颇为心服，打算与官方商讨投降安抚，但苦于找不到联络途径。有一次，太平军抓到楚军军需官员蒋玉和，石达开写下求降书，叮嘱他火速送交刘大帅。刘长佑阅信大喜，送给蒋玉和白骡一匹，外加几十两银子，叫他与石达开约定投降日期。不幸的是，蒋玉和在途中被游匪杀死，石达开长久得不到刘长佑的答复，便从贵州逃往四川。倘若蒋玉和未死，石达开降了刘长佑，也许是他的幸运，不至于在四川的老鸦漩败得那么惨。

刘长佑刚来广西时，群盗如毛，部队经常断饷。每年的农业税只能收入一到两成，桂林、平乐、梧州的商品税每月不过二三万两银子，而各军月饷需银十多万两，湖南、广东协助广西的军饷拖欠一百几十万两。经过刘长佑三年的治理，广西已经建立水师，厘金（商品税）和梧州的税收已有专人管理。勇队与团练互相配合，上下巡逻，官运商旅畅通。通过调查，他发现广西厘卡过密，于是逐节裁减。商品税收入逐步增多，军饷和官库已经充实。各地土匪逐步剪除，余党已经不多，而且屡经挫败，不敢出山。

凡是刚刚收复的地区，疮痍未复，刘长佑都奏请朝廷免税或缓税，禁止军队骚扰，严惩贪官劣绅。边远州县的官员，有些人因为缺乏资金，或者因为衙署已毁，不敢上任，刘长佑令财务部门预支薪俸，或由省局筹款津贴，资助他们前去上任。刘长佑还聘礼师儒，表彰节义，在郡城改修镇安试院，并首捐考试经费，倡导全省官员捐款资助，于是得以补行两科乡试。

刘长佑喜欢犒劳将士，由于公费不足，他全部自己掏腰包。新任的广西巡抚常常拿出收入的一半来劳军。他聘请的幕僚，所得礼金丰厚，跟他同桌吃饭。在官府接见小吏、学官、杂职，他必定亲切交谈。他有一句名言："地方上的民情，只要学官有心，比知县了解得还要透彻。"

同治元年（1862）九月二十三日，刘长佑在浔州军营中奉旨补授两广总督。两个多月后，他在广州开始履行总督职务。但他在新的岗位上刚刚热身一个月，又接到朝廷的调令，叫他迅速航海北上，随后奉旨调补直隶总督。对于汉人官员而言，担任京畿附近的封疆职务是极大的荣耀，表明朝廷对他的莫大信任。上谕还叫他选带一些旧部去上任，更是非同寻常。刘长佑旧部多在广西和湖南，他只带了儿子刘思谦和三名家丁、八名亲兵随行。

同治二年（1863）二月二十二日，刘长佑抵达天津，接见下属，询访大概。

两宫太后把刘长佑调到直隶，是因这里发生了降将张锡珠等部的反叛，京城大为震动。张锡珠有几千部众，袭扰京畿以南的州县，部队打着黄旗，另外还有蓝旗军、红旗军、黑旗军与绿旗军，或数百骑，或一二千骑不等。

刘长佑向朝廷请求骑兵。他说，楚军擅长山地作战，却不善于驰骋广漠，与敌军骑兵角逐。所以，请朝廷调来吉林蒙古骑兵一二千人，或就近先拨僧格林沁的骑兵一千人，交给他来调遣。当时他手下仍然是前任代理总督的部队，多为绿营步兵，而骑兵寥寥，所以他有此一请。

朝廷得知刘长佑已到军营，深为欣慰，要求他"尽其心力，申明军律，整饬吏治"。

刘长佑抵达威县军营后，只用了一个月时间，就扫平了黄、蓝、红、黑、绿五旗土匪。奏报到京，两宫太后松了一口气。朝廷立刻任命他为直隶、山东、河南三省交界地区剿匪总司令，将旗营和绿营都交给他指挥，主要是为了对付投降复叛的宋景诗。经过近五个月的努力，刘长佑基本肃清了宋景诗的武装。

刘长佑管带旗营兵马，是湘军大帅中少有的经历。那些旗人将领从不隶属汉人大帅，而刘长佑遇事沉着，不露声色，难免被骄横的将领轻视，虽然大权在握，却指挥不灵。刘长佑为了解决这个难题，只得推诚相与，随事婉商，每闻警报，亲自带领步兵昼夜分追，废寝忘餐，从不避难就易、透过攘功，不久便赢得了所有将领的拥戴。

刘长佑在指挥三省边界剿匪时，不可避免要跟骄狂的蒙古亲王僧格林沁打交道，这对他的交际修养是最大的考验。有一次，僧王的部曲遇敌溃逃，却编织谎言，把失败的责任推卸给直隶官军。僧格林沁信以为真，上疏弹劾刘长佑。二十多天后，他的世子伯彦纳谟祜带着御赐珍物赴营探亲，行至阜城，突然遇到土匪逃兵，幸亏刘长佑的步兵将土匪击散，他才得免于难。世子仍旧折回京师，面奏皇帝，说他遇匪前后未见蒙古骑兵。僧格林沁奉到廷寄，恍然大悟，知道自己被部属欺骗了，颇为后悔，说了刘长佑的不少好话。

又有一次，僧格林沁以骑兵拦截宋景诗的部队，攻破山东冠县的宋军根据地，宋军将领全部逃进直隶，被直隶步兵一网打尽。宋景诗的部将中有个朱登峰，也成了直隶官军的俘虏。僧军的佐领手持亲王令牌，气势汹汹地来要朱登峰，每天都来三四次。直隶将领不想交人，刘长佑劝道："我们不交人，从此两军的关系就闹僵了，还是交出去吧。"

朱登峰被押解到僧军营帐，僧王大喜，审问朱登峰："谁抓的你？"朱登峰说："直隶官军。"僧王一听，连忙派几名骑校去把刘长佑接来，倾身引接，延之上座，用手指着自己的耳朵说："刘公苦于军事，老夫差点被此物所误。"

刘长佑谦逊地道谢，做了深刻的自我检讨，别无他言。僧王派人去传侍郎恩承，叫他立刻起草奏疏，并坚持要刘长佑留下，与他会衔拜发。不一会儿，恩承将疏稿送到，平立一旁侍读，刘长佑也离座站立良久。僧王为了让刘长佑坐下，只好为恩承在榻旁设了座席。

恩承念完以后，将疏稿呈给刘长佑，请他敬书奏字。拜疏时，僧王令人并排设垫，拉着刘长佑一同行礼。刘长佑再三推辞，僧王不许，刘长佑便将垫子稍向后移，行礼后立即告辞。僧王解下自己所佩的火镰小刀相赠，并送给他四匹良马。

由于刘长佑不卑不亢，行为得体，僧格林沁对他更加畏忌。于是上疏说："专倚南方勇丁，恐一经示弱，日久轻视北方。"朝廷有旨，将吴永敖招募的一千名楚勇拨付河南助剿，然后寄谕张之万妥为遣撤。几天后又奉旨查明直隶勇丁可遣撤者尚存若干，即选派将领带队，赴蒙城交给富明阿调遣。刘长佑保存了汉人的尊严，却无法在天子脚下经营楚勇的势力，最终仍然站不住脚，对后来担任直隶总督的曾国藩是一个提醒。

刘长佑息兵之后，返回省城保定，开始整顿吏治，狠抓部队操练，这就是清末"练军"的起源。他正己率属，察吏简军，举动必公，赏罚必信，一扫从前文武官员疲沓懈怠、玩忽职守的作风。他向有声望的绅士咨询利弊，考核得失，请他们多交改革提案。年轻的书生，年老的秀才，都可以向总督进言。凡是有利于精神文明、有利于国计民生的提案，立即付诸施行。他又自掏腰包，购买几百部《牧令书》，发给各级官员学习。经过几个月的努力，直隶官场面貌一新。

刘长佑于同治二年（1863）抵达直隶，到同治七年（1868）出京回家，直隶境内两度经历战争。官府的对手除了叛变的张锡珠和宋景诗，还有河南的捻军，关外的马贼，山东盐山与静海的枭匪，刘总督为了社会治安，南北奔驰，几无宁日。他只能抓住在秋天返回省城清理公案的时间，随时整顿盐政，筹备赈灾，讲求吏治与团练，辛劳无比。

刘长佑到任时，直隶的财政拖欠军饷已多达三百三十万两。直隶的开销几乎是个无底洞，本省的兵差要钱，海防需要经费，旱灾水涝必须赈恤，金堤必须修筑，奉安定陵也要开支，还要协助东三省的军饷，为僧王的部队提供军费，陕西、山西、宁夏、新疆和北京都伸手向直隶索求数额巨大的军饷。刘长佑创立水师，修造炮船，又是一笔大费用。直隶总督摆脱不了银子的困扰，每当军饷供应不上的时候，刘长佑彻夜难眠。

刘长佑虽然从未摆脱财政的困境，但是他责成布政使试办商品税和募捐，清理亏空，基本上扭转了财政形势。到同治六年（1867）他离开总督职位时，直隶的兵勇已经练足六支部队，战马配足了六成，募捐的军粮累积了二万八千多石，募捐制造了二百一十门洋炮和三四十艘大小炮船，修好了省城保定的护城壕，还维修加固了十余座县城的城墙。在他的任内，黄河在汛期有四年未闹灾害，在历任总督的任期内是唯一的奇迹。

直隶省人口稠密，官司特多，由于就在京城门口，上访告状十分方便，刘长佑时时面对着中央政府催促复查案件的压力。其中有些案件，是原审官员草率断案，冤枉了被告，有的是原告行贿，收买官员，断出冤案。同治二年（1863），刘长佑从战场凯旋，回到保定，赶紧审结以前积压的五百多起案件，为审判官制定了严格的奖惩条例，以审断案件的数量来考核官员的出勤。同治三年至四年（1864—1865），他又审结积压案件六百起，以及进京上访的案件一百多起。

平山、灵寿等地，经常发生百姓与外国教会的纠纷，有的案件惊动了总理各国事务衙门，专函知会总督。刘长佑令有关部门持平断结，一定要令官司双方心服口服，在他任上没有激发暴力事件。

刘长佑是一个节省公费的模范。同治四年（1865），八达沟出现了骑马的土匪，当时刘长佑正好护卫皇帝出行，竟然秋毫无犯。天子赞赏他办差稳妥慎重，按照惯例，应该会有特殊奖励。可是诏书下达时，只是给了他加一级的普通奖励。大学士官文询问刘长佑："你荫渠兄承办这样的差事，怎么会有做得不到位的？"刘长佑想了一阵，慢慢答道："好像没什么不到位呀，只是给要害部门贵人的馈赠，比往常稍稍减了一些，为朝廷节约了八九万两的开支。"官文说："这就是你没有获得特殊奖赏的原因了！"刘长佑确实做得很抠门，对恭亲王这样的大人物，他都只送二百两银子，恭亲王根本不受。大家不讲刘长佑的坏话，就算是照顾他了，谁还会替他在老佛爷跟前美言呢？

刘长佑私生活非常俭朴，厨房无故不杀生，家居衣着没有艳色，一件布衫一穿就是好几年。早年在江西军中，夏无葛，冬无裘，箱子里只有布棉袄。到直隶以后，由于气候寒冷，儿子给他买来一件狐白裘，被他训斥一通。此后就穿这件裘衣，膝盖及臀部都磨穿了，每年缝补一次。

刘长佑巡视各地，不许铺设地毯，即便是粗毡也要撤掉。有一次在安肃住宿高碑店，旅店狭小，有人说，时间还早，不如找个更好的店家，刘长佑不许。儿子刘思询单独来劝他，刘长佑说："你们不会体察人情，地方官安排在此住宿，你们却嫌狭小而要换地方，何苦叫地方官心生疑惧？只住一个晚上，有什么不能忍受的？"

在宣化检阅部队时，正当酷暑，刘总督只支了一顶夹帐篷，随从们热不可耐。刘思询叫了一声热，刘长佑说："你离开军营刚几天，难道就习惯了高堂大厦？"

刘长佑公案上的几样文房器具，不过是瓷器和锡器，除了书帖以外，世人喜欢珍玩的古董，他既不入手，也不寓目。值钱的东西有一块怀表，是江忠义送给他的，佩戴了三十年。还有一方墨池，则是李续宜给他的临别留念。

刘长佑每次接见下属，必定谆谆告诫，鼓励他们洁己励精，实心任事，爱民息讼，除暴安民。只要发现哪座城池残破不全，必定下令及时劝捐修葺，各地知府、知县纷纷响应，讲求治理。对于不称职的文武官员，发现一个，参劾一个，从不回护奉旨查参的官员，哪怕是副省级高官，他也会据实核查罪名。

刘长佑对仆从要求十分严格。他平生参见贵人，都不会给看门人塞红包，也不许自己的门丁收受下属官员的红包。家丁的收入只有每月的工资与伙食费，有的人跟随他两年之久，也仅仅是能够自给而已。差人和家丁如果找由头勒索钱财，刘长佑一经发现，立即上枷示众，一时吏畏民怀，舆论拥戴。

在打理政务的短暂空隙里，刘长佑还要巡视关隘河防，检阅团练的操演，肃清御道，往往一天奔波百多里，半夜还不能歇息。刘长佑曾用一句话总结这段为官的经历："这些年来，只有吃饭时才能暂歇片刻。"曾国藩在山东军营与刘长佑会晤时，对他说："像刘君这般劳累繁忙，我一天都干不下去！"

刘长佑如此兢兢业业，任劳任怨，却因他招抚的一股土匪倒戈反叛，官军未能迅速将之剿灭，朝廷于同治六年（1867）十一月将他革职。刘长佑离职不离岗，仍然率部追击土匪，一个月就将此股土匪全部歼灭。十二月十九日，有旨赏给他三品顶戴，令他带队回乡，不久又赏加二品顶戴。

刘长佑在家乡整整待了三年，由于两广军情紧急，同治十年（1871）四月十五日，朝廷颁下特旨，起用他为广东巡抚，叫他立即前往广州上任。

刘长佑这次接任后，仍然是屁股还没坐热，又有新的调令到来，令他转任广西巡抚。他在广州待了不到一个月，却用一纸命令救了一村人的性命，令百姓感恩戴德，留下一段脍炙人口的事迹。

广东有一桩杀人案，被害者到北京上访，朝廷要求广东官府迅速将凶手捉拿归案。可是凶犯藏在村子里，受到族人的保护，官府屡次提人，众人不肯。总督和知府决定派兵攻打村庄，只有刘巡抚持不同意见，认为人命关天，应当谨慎。总督府将公文送到他手里，请他会签，那时兵轮已经起航。时值深夜二更，刘长佑把送稿人叫来，令他通知总督："我立刻发一道命令，叫巡捕传达给该村人等，他们不肯交人，再出兵攻剿，不争这一二天的时间。"

于是，他当即书写一千多字的命令，交给巡捕，乘小火轮抵达该村。村民先前得知官军已经出发，连邻村人都开始逃难，人车满道。他们读了巡抚的命令，知道官方只是索要两三名凶犯，交给巡捕去省城交差就行了，于是感动不已，哭声震天，当即遵令照办。

刘长佑来到广西后，面临着跨国的严重匪情。南宁、太平、泗州等边境地区会党聚集，有的逃到越南杀人抢劫，官军正打算增援越南，镇压流动的匪寇。朝廷考虑到广西的会党原本都是刘长佑的手下败将，相信他是广西巡抚的最佳人选，一定可以胜任西南锁钥，靖内匡外。

刘长佑抵达桂林后，受到官方和民间的热烈欢迎。他离开桂林已有十年，人们还在怀念他的政绩。刘长佑只要见到欢迎的人群中有老人，必定下轿步行，温言安慰。各地知府和知县，都是老面孔，衙参整肃，全省没有不到任的官员。刘长佑担心官员们苟且偷安，粉饰太平，与高级干部们仔细筹划，要求立即举纳贤才，及时改革，培补民间元气。他密令各个地区报告各县县令的表现，令各州县报告有无漏网的巨匪，又令官军各部勤奋操防，吏治与军政顿时振作起来。

边境剿匪是一个很大的难题。广西的西南边境与越南接壤，绵亘千里，隘卡甚多，而镇南关则是出入大道。太平府境外是越南的谅山省，其南则是北宁；南宁府境外是越南的海阳省，其东的海宁和广安都与广东交界；镇安府的辖地，境外为越南的高平省和牧马省，其南则是宣光和太原，其西的安边与河阳，则与云南交界。

刘长佑刚到广西时，苏帼汉的流动土匪盘踞在广安，黄崇英的匪帮盘踞在安边与河阳，都有几千名部众，冯子材正在派兵出关追击。刘长佑与冯提督会商，决定在肃清谅山北部地区后，即回军驻防关隘，余匪交给越南自行搜捕。冯子材的部队花了将近半年时间，完成了这项任务，谅山北部各地已无匪踪。官军挑留十营兵力助防诸隘，刘长佑照会越南国王派兵接防。

广西是清末动乱的发源地，被战争摧残最久，很难迅速恢复元气，对于特困州县，刘长佑按年请朝廷免除或缓征税赋。由于还要供养大批军队，商品税一时难以撤销，其中存在很多弊端。刘长佑轮流派人负责征税，借以保障公正与廉洁。此年冬天，他决定撤销二十七处税卡，对小商品免税，对于留下的税卡，也要求从轻征税。

广西自动乱以来，已有多年没有向朝廷贡献土产，刘长佑上任之后，内务府下文查询。刘长佑尽可能满足朝廷的要求，但对于山羊血、石羊胆这些珍品，则请求延期纳贡。内务府又要广西采办园工大木，刘长佑申辩说，广西向来不产楠木与柏木，其他木材都是兵燹后新长的，不合规格，何况山溪险僻，伐运艰难，请求免贡，以苏民困。

同治十二年（1873）春天，布政使文格与代理按察使严树森先后到任。这两人也是享誉一时的干才，而且曾任封疆，经历过挫折，他们与升授盐道谢棠照、桂林知府鹿传霖一起，横扫陈规陋习，励精图治，成为刘长佑的好帮手。广西出现欣欣向荣的景象，百姓称他们为"五星联珠"。在他们的推动下，中下级官吏关注民生，督促民间广植桑树，教导蚕工。刘长佑号召全省垦荒劝农，改变女耕男惰的旧风俗，吏治民风大为改观。

"欲保云南，必攻日本"

在刘长佑任广西巡抚时，越南是一个久未振兴的贫弱国家。刘长佑打算将驻防越南的广西军队撤回，越南不但没有派兵接防，还时时请求中国添兵增援，而太原、镇安沿边关隘城堡残破不堪，无兵把守。

同治十二年（1873）春天，流窜到越南的游匪黄崇英部攻打越南的保乐州，骚扰镇安边境，而越南的土匪刘六、阮四、周建新等，也从宣光抵达保乐，进入太原、波赖，分居苏街。冯子材派兵将这些土匪击走。一股几百人的水匪在海上落败后，逃至北宁的陆岸县，也被中国军队击走，北宁和太原辖境没有匪踪。

冯子材把关外的十营兵力交给部属接统，把六营兵力调回边境，驻扎在关外的文渊，作为左路防军，以备打击谅山各地的游匪；他另派十营兵力分驻镇安、归顺等各个关口，作为右路防军，以备打击高平的游匪。

冯子材与刘长佑商定以后，打算回驻柳州。这时，越南贡使潘仕俶等人经过桂林，称黄崇英的部队盘踞河阳，越南军队独木难支，越南国王有外交公文交给他，叫他送给礼部代呈同治皇帝，恳求中国仍派部队增援。刘长佑以外交辞令答复：我们体察皇上的圣意，不敢漠视贵国的请求。但贵国必须自强，才能镇压各匪，则广西军队虽然不能深入贵国，也必会相机应援。

十月二十三日，左右两军统领报告：法国军队于当月一日攻破越南河内省城。黄崇英等匪帮攻袭太原、山西，越南官员一拨又一拨跑到军营求援。

刘长佑早就知道，法国对越南垂涎已久，黄崇英暗中与法军勾结，有可能对我国不利。他已多次将情况奏报朝廷。接到部队的报告后，他又担心发生外交纠纷，赶紧向朝廷奏报：广西军队一半驻扎关外，距离河内虽远，却要担心越南的各股匪帮假借法军的名义，使我们难以分辨；更要担心越南的官军假借广西官军的名义，与法军发生纠纷。加上离营的散勇和沿边的游民，有的出入敌营，有的往来河内，鱼龙混杂，谣言乱传，都可能挑起国际衅端，扰乱时局。

刘长佑为了避免与法国开战，咨商两广总督瑞麟，以督抚的名义，转告法国领事及安参将：广西军队在边关内外堵剿越南土匪，绝对不是针对法国军队的军事行为。不久，越南提督刘永福开炮击毙安参将，收复河内省城。法国人与越南议和，洋船退泊左金口。

刘长佑观察越南的形势，得出几条结论。第一，越南官军最有战斗力的部队，是刘永福的黑旗军；第二，越南境内的各股匪帮，最危险的是黄崇英一股；第三，法国人企图消灭刘永福，笼络黄崇英。由此推论，广西军队驻扎越南，给越南官军撑腰，越南就不会听从法国的意思消灭刘永福，招抚黄崇英，所以法国人提出要中国召回广西的军队，并召回流窜越南的匪徒，同时提出他们要与越南官军联合剿匪。

刘长佑认为，广西军队出驻关外，已有四五年之久，一是为了保卫边疆，二是因为越南求援，不能漠视，并不是因为越南与法国交战后才进驻越南的。越南的高平和谅山两省，靠近三关，乃是军事重地，自从广西军队将其收复之后，越南依赖中国保持这一地区的安定。如果中国现在立即撤回军队，高平和谅山随后便会丢失，北宁和太原更加孤立，越南的匪帮必定会分兵东进，广西边境各地又要处处设防，前功尽弃，后患无穷，所以广西在越南的驻防军不能立刻撤回。至于从中国逃窜到越南的各股匪徒，多半是漏网余凶，抚叛无常，如果不加区别，一概召回国内，恐怕后患无穷，所以只能有条件地招安。

刘长佑分析，法国人提出与越南联合剿匪，是为了让中国撤回驻军，以报河内落败之仇，并让越南自绝于中国，使广西自动失去外藩。刘长佑决定装个糊涂，推说没有奉到谕旨，也没有接到越南的外交公文，就此搪塞过去，让部队留在原地不动。

广西官军留在越南，就捆住了法国人的手脚。法国本以为越南在其掌握之中，却被刘永福的抵抗弄得十分头痛，没有理由将刘永福划为土匪一类，也没有胆量立刻加以打击。亲法的黄崇英远在河阳，中间被刘永福阻隔，与河内声息不通；广西官军分驻高平与谅山，又挡住了黄崇英东进之路。

刘长佑打定主意，越南各股匪徒一日不除，关内外的广西官军便一日不撤。

广西官军绝对不跟法军交战，但也绝对不能对越南的事情坐视不管，对于越南各股土匪还要采取更加积极的军事行动。

广西官军执行刘长佑制定的方针，与刘永福配合作战，于光绪元年（1875）七月俘虏黄崇英，将其处以磔刑，越南人无不拍手称快。接着搜捕余匪，将宣光、河阳、金沙江上下一律肃清。刘长佑遵旨令左右两路防军凯撤入关，分别驻扎在镇安与太平各个隘口。

刘长佑深知越南万难自守，法国人志在吞并，所以在广西强兵积饷，未雨绸缪。这时，由于英国人抓住云南的玛加理一案大做文章，十二月二日，刘长佑奉旨出任云贵总督，应对颇为复杂的外交与内政。

光绪二年（1876）四月二十二日，刘长佑抵达贵阳，马上阐述了他对云南涉外事务的看法。他指出，云南盛产五金，矿山丰富，洋人觊觎已非一时。他们反复拿玛加理等案做文章，恐怕就是故意生事，挑拨是非，以便提出开矿的要求。

刘长佑提出的对策是：我国应该先发制人，以高薪聘用洋人的地质专家，或者在江苏、福建的机器局中挑选熟悉洋务的中国人，就地携带器具，来云南开矿，则利益不会落入洋人之手。

作为云贵总督，刘长佑决定加强边防力量。他指出，云南与越南和缅甸交界，这两个国家原本弱小，越南割地给法国人，敌国已在咫尺之外；缅甸接壤印度，洋人往来十分方便，如同走大路一样。这两个国家未能自立，我国岂能将之当作屏障？边防力量不强，难以抵御外侮；国家军力疲弱，难以为小国提供庇护。只要军饷稍微充足，他就要练成劲旅，扼守咽喉之地，加强战备，与邻国近接声援，借以捍卫国土。

英国人提出要在云南开设通商口岸，朝廷征询刘长佑的意见，刘长佑强调客观困难，认为条件还不成熟，请求缓行。刘长佑总结不利通商的情况，共有三条。

第一是边界治安形势不好。云南省的西部和南部都与外国交界，边界以内，除汉人以外，还有土人和回民，边界以外，又有土人和野人，加上逃亡的罪犯，民情犷悍，时有抢掠事件发生。内战开始以来，边界防守松弛，匪徒神出鬼没，骚扰居民和旅客。

第二是腹地会党横行。云南内地户口耗散，田地荒芜，本地人口稀少，外省人口居多，多数游手好闲，烧香拜会，呼弟称哥，小则拦路劫杀，大则入城焚掠，一经剿捕，四散无踪，离良好的商业环境相距甚远。

第三是地方官绅不遵法令。云南常年内战，官府多用本地绅士团练乡勇，许多绅士立下战功，保举任官，往往拥兵自重，挟制长官，以致上下猜忌，法令不行，对商业活动大为不利。

刘长佑指出，以上弊端日久年深，必须下大力气治理，但不能操之过急，以免激发事端。如果洋人马上过来经商，恐怕又会发生第二起玛加理事件，甚至闹出更大的乱子，对全局影响太大。

朝廷非常重视刘长佑的看法，暂未同意英国人在云南通商。可是刘长佑对外国列强一直保持高度的警惕，潜心思考国防和外交策略。从光绪元年到光绪七年，他想了七八个年头，终于向朝廷提出一个惊世骇俗的建议：为了保住云南，先要攻打日本。

刘长佑说，中国的外藩邻国中，最亲密的是朝鲜，最顺从的是琉球，最恭敬的是越南。其中朝鲜是盛京的门户，越南则与云南和广西唇齿相依，只有琉球远在海南，位置对西洋各国更为重要。

法国垂涎越南已久，自光绪七年（1881）入秋以后，增加驻越南海军的经费，法国的下议院批准筹借二百五十万法郎，经营东京海湾舰队，海军大臣格罗爱逐日筹划夺取越南的东京。刘长佑估计法国人此举志在侵吞整个越南。得手之后，一定会请求在云南的蒙自等处设立领事，争夺金锡矿山的利益，或者取道四川，以通江汉，占据各国通商口岸的上游。

刘长佑提出一个问题：我们对法国人不薄，既租地又给钱，他们为什么受恩不感，嗜利无厌，野心勃勃？刘长佑的答案是：因为日本给法国树立了一个坏榜样。

日本只是一个小小的岛国，孤悬海上，不向中国朝贡。自从西洋人来中国通商之后，它跟在列强屁股后面，在上海设立公司。日本不如英国与法国那么富有，又不如普鲁士和德国那么强大，朝廷待之以宽厚，只希望它不要闹事。但日本不知感恩，首败盟约，在同治末年弄兵台湾，与生番造衅，以此向西洋人炫耀武力，顺带看看中国的反应。同治皇帝放他们一马，他们接着就灭掉了琉球，夷平了该国的宗社。

刘长佑说，琉球的中山王世受天朝职命，一直是中国的属藩，现在被日本人灭掉了，我们有义务替他们出头征讨日本。同是国家，日本肆意暴横，哪怕按照西洋人所订立的万国公法，也是罪有必问。可是英法诸国都不谴责日本，是因他们对我中华沃土各怀野心，只因我国威尚震，不敢先动。哪个国家领头开战，如果打赢了，别的国家就会一哄而上；如果打输了，别的国家就会畏葸不前。我们没有惩罚日本人，于是各国都知道中国喜欢和平，厌恶战争。他们认为，中国既然不问日本灭琉球之罪，将来一定不会干涉法国与越南的战争。所以法国人胆子壮了起来，敢于窥视我国的门户，剪除我国的藩篱。

法国人企图吞占越南，刘长佑是坚决主张增援越南的。但他认为更好的办法是，中国趁着法国人还没有占领越南东京之前，立即出兵，讨伐日本，收复琉球。只要一战告捷，就能令法国人害怕，不敢轻举妄动，如此就能不与法国交战而保全越南。

刘长佑指出，如果一味追求息兵养民，不愿劳师远征，桀骜的列强必然会效法日本，从长久来看，终究不能息兵省钱，所用的军费将百倍于今日征讨日本。只要朝廷果断决策，声讨日本人的罪行，就可以杜绝列强的奸谋。日本依赖与中国通商来获得财政收入，如今他们的财力虚耗，刑法严厉，穷兵黩武，民怨沸腾，多次戕杀官吏，已有动乱的征兆，不如法国财富民强，将吏矫健。日本要侵犯我国江苏和浙江，必定要等候风潮，他们帆船所到之处，我们是可以预测的。跟法国人交手，情况就复杂多了。越南与云南、广西边界交错，山谷绵亘，防不胜防。现在不去征讨日本，而坐待越南亡国，则美国对朝鲜觊觎已久，必定出兵掠夺；英国已通缅甸，必定起兵劫持；暹罗与缅甸构衅，俄国与新疆交界，又将趁机侵越，因利乘便，同时并举，则不但云南和广西堪忧，那时想要东征也不可能了。所以，中国按兵不动会惹大祸，出兵急征危险很小。

刘长佑的思维逻辑是：不征讨日本的罪行，就无法挫败法国的企图；不挫败法国的企图，就无法制止列强的野心。他请求朝廷选拔有威望的宿将，率领东三省的部队，从松花江开抵库页岛，另派一军前往朝鲜，扼守日本之西，然后选派水师名将，率领舰队，从宁波、定海奔赴长崎，攻打日本南部。如果担心日军来侵扰中国沿海，那么东南沿海久设练军，自然可以抵御。那时候，天戈远震，四夷戢兵，不但越南可以保全，就连朝鲜、暹罗和缅甸诸国，也可避免被列强蚕食。

刘长佑的这个建议极有见地。他提出攻打日本的时候，左宗棠已经率领精锐之师在大西北从外国侵略者手中成功地收复了失地，中国军队的武功正盛，也许刘长佑受到了左宗棠的鼓舞，才会提出这个大胆的想法。如果他能像左宗棠一样，说服慈禧太后，让他训练一支劲旅，为琉球复国而东征，未必不会取得胜利。但是他在清廷的高层没有得到共鸣，他的提案被搁置到一边。清廷的眼光还是盯着大西南，希望刘长佑筹划对付法国人的策略，要求他设法消弭战争的威胁，保证边境的安全。

刘长佑考虑到，自从列强与我国通商以来，江海重地都被他们窥伺，没有开市的只有西南一隅，如果法国人占据了越南，进而侵犯云南与广西，那么内地藩篱尽撤，外患更深。于是，他主张采取积极的应对措施。

他说，越南海面向来没有中国的战船往来，近年来招商轮船运米去越南，对那里的海面倒是非常熟悉了。李鸿章请求在商船往来之际，添派兵轮同往巡逻，曾纪泽也请拨几艘兵舰移近南疆，两人所见略同。如果中国战船借着运米的机会，渐渐向东京靠近，以保护商船的名义分泊在顺化等处，既可以远壮声威，使法军有所忌惮，也可以近探动静，便于预防。然后派出得力大员，和越王交换情报，则越南君臣即便不能发奋自强，也不忍背弃我国的大德。

对于陆军的部署，刘长佑提议，除了现有防军驻扎越南边境协助剿匪以外，还要从现有的部队中添调劲兵，在两国毗连的地区暗中设防，备战于无形之中，与水师互相呼应，又不至于引起法国人的怀疑。

中国在云南与越南交界之处从来未曾设立驻防军，刘长佑认为不必马上派兵驻扎边境，以免闹出很大的动静，引起法军和国内土匪的注意。他下令在临安、开化、广南各地增募练军，勤加训练，在边境巡逻，一旦有事，相机应援。

刘长佑分析，法国人的战略意图是在云南通商，图谋越南是一种尝试。如果中国有心庇护越南，法国人就会以云南通商为条件，放弃对越南的企图；如果中国不管越南的事情，法国人就会占领整个广西，然后循序渐进。因此，中国现在处在一个关键时期，如果此时采取错误的对策，将来遗患无穷。

因此，刘长佑主张在法国人刚有举动时，立即制止他们的挑衅。那么有什么好办法呢？出兵深入越南是一个办法。越南从三江口到海阳，东西距离只有几百里，其西北部的宣光与兴化，已有越南副提督刘永福驻守。中国出兵为越南防御东京，由于可将兵力集中用于一处，比防守云南、广西边界省力多了，对中国而言也更为安全。

但是，这个办法有个弊端：中国突然出兵驻扎河内，法国人会指责我们挑起衅端。如果等到法国已经发起攻势才出境增援，又恐怕一时鞭长莫及。

最好的办法是什么？那就是公开地打出外交牌。越南是我国藩臣，同治年间以来，广西省多次遵奉朝廷谕旨出兵协助他们剿匪，各国众所周知。那么中国可以公开宣布出兵，平定藩国的动乱，直接用中国的兵力为越南御敌。刘长佑建议皇上下诏，令总理衙门召集各国驻京公使，并令南洋大臣和北洋大臣召集各国领事，公开举行会议，宣布这一消息，并以国际公法挫败法国人的诈术。如果取得良好的效果，就能不动兵戈；如果法国人还不放弃侵略越南的意图，那么就是法国开启衅端，错在法国。我国可以公开宣布用兵的意图，法国人无法以此为开战的借口。这样，我们将边防力量用于关外，而不会损害名誉；将边防部队转移到江边，而不会引起争议。一朝有警，朝发夕至，可以及时救护越都东京。

解决了出兵的舆论问题以后，刘长佑对兵力部署提出如下建议：以广西的二万兵力为中路，广东与云南各派一万人为掎角。如果派广东的水陆之师从廉州进入越南，云南的部队从洮江东进，另派轮船驻守广南顺化港口，切断法军首尾，法军绝对无法自全。此外可令驻扎在保胜州的刘永福与云南边界的河口互相接应，要求越王信任刘永福，给他提供军饷，刘长佑暗中联络刘军，就能得到他的大力协助。

刘长佑考虑到云南和广西的三路兵力相隔千里，行动有快有慢，很难同时并进，恐怕会有疏漏。他指出，只有统一指挥权，才能调度自如，应请朝廷在南洋大臣和北洋大臣中选派一员，驻扎广西，督办军务，统一指挥广东、云南官军，便可事权归一，声息相通，东西并进，不必担心违律失机。如果任命两广总督为总司令，也可方便调度指挥。

刘长佑为中国军队增援越南抵御法国侵略的军事行动制订了成熟的方案，但他没有等到中法战争爆发，由于年迈多病，多次提出辞职申请，于光绪八年（1882）五月获得批准，令他进京陛见。他于九月初起行，第二年五月抵达都门，接连受到召见。光绪皇帝说："看你拜跪这么艰难，相信你屡次请病假都不是托词。"

当年十二月，刘长佑返回故乡。肩头的重任已经卸下，心体闲畅，偃息遂园，眠食渐佳。他归田三载，其间听说法国人侵扰我国，海疆戒严，不由义愤填膺，拟写奏疏，请求进京销假，约同在籍的各位将帅，同仇敌忾，为皇帝一雪此愤。后来因事态平息，才没有成行，但此事一直耿耿于怀，无法消气。

光绪十三年（1887）六月二十三日申刻，刘长佑在家乡去世，享年六十九岁。在他去世的前几天，对门姻亲李家共见一颗大星落在遂园之中，不敢吱声，后来才知道这是刘长佑去世的预兆。

左宗棠：大将筹边

曾国藩语录：

我辈自粤匪平，精力易尽，惟左季高下文方长耳。

此时西陲若无季高，无论我不足当此任，即起胡文忠于九原，亦未知何如。君言朝端无两，我以为天下一人耳。

美国海军陆战队上尉 W. L. 贝尔斯：

在任何一个国家，同一个人兼有非凡的军事才干和政治才能，的确非常罕见。正因为二者兼具，左宗棠成为一个真正卓越的人物。他能征服，也能治愈战争造成的创伤。

引子：天下只此一人

对于清代汉人的评价，很多人会把曾国藩置于第一。曾国藩是他那个时代最杰出的学者；他的忠心和诚实在他自己的时代无与伦比；他能吃苦耐劳，具有超凡的心理承受能力；他为人和蔼，对人体贴，赢得广泛的好评。

左宗棠跟曾国藩有所差别。虽然无人可以否认他是清代最伟大的汉人将帅，但在学术上，在整体的人格魅力上，人们觉得他比曾国藩稍微逊色。人们承认左大学士是优秀的学者，但认为他还不及曾国藩那般深邃而渊博。他非常自负，脾气太大，说话太直，容易伤害别人的感情。人们崇拜他的成就，尊重他的才干，但无法忍受他的性格，颇难与他亲近。

但是，如果换一个角度来看，以对民族、对国家的贡献来衡量，曾涤生和左季高谁的功劳较大，往往舆论的天平就倒向了左宗棠这一端。

同治五年（1866），太平天国遭到彻底镇压之后，曾国藩收敛锋芒，逐渐在军政舞台上退隐。急流勇退，见好就收，也许这正是他博得人们欣赏的高明之处。对于个人而言，他的做法诚为明哲保身的处世之道，但对国家对民族而言，却未必是什么好事。

在曾国藩抽身隐退的同时，左宗棠却热情澎湃，正在投入他一生真正感兴趣的事业：治理祖国的大西北。他从这个起点出发，去干一桩对中华民族功在千秋的大事业。

左宗棠跟曾国藩一样，是靠镇压太平天国起家的，因此人们很容易忽略一个事实：他对打内战其实并无很大的热情。内战在广西爆发前后，他既没有像江忠源、罗泽南、王鑫、李续宾那样积极地团练乡勇，也没有如曾国藩、胡林翼一样主动向当道者贡献计谋。咸丰二年（1852），当湖南巡抚张亮基请他出山来辅佐自己保卫长沙的时候，他曾犹豫再三；当他离开张亮基回乡以后，新任湖南巡抚骆秉章请他当师爷，他又一再推托，同时拒绝了江忠源和曾国藩请他领兵出战的邀请。而且他在出山后的前八年，并未如许多湖南书生一样领兵打仗，只是当了湖南巡抚的师爷。左宗棠不愿在内战中出山，你可以理解为草根寒士清高摆谱的矫情，也可以理解为诸葛亮对刘备有无诚意的考验，但更好的理解方式是从正面入手：左宗棠就是不大愿意去打太平军。

左宗棠是个不折不扣的军事奇才，他不大情愿参与镇压洪秀全造反的内战，那么他愿意投身怎样的战争呢？看一看他四十岁以前的经历，答案非常明显。

左宗棠一生关注的焦点都在边疆，或者说，他真正关心的大事，是如何抵抗列强的侵略。他二十一岁第一次进京赶考时所作的《癸巳燕台杂感八首》，专写西域军政大计，提议清廷建省于新疆。时值道光十三年（1833），国防危机隐伏未发，满朝文武，全国士子，连海疆防御尚未考虑，有谁会去思考西域那一片广袤国土的安危？左宗棠作为一名青涩的考生，未曾接触任何军政机要，却对大西北的治理拿出了一份成熟的方案。他呼吁朝廷在新疆设立省一级的行政区划，驻扎军队，兴办农垦，生产自给，长期稳定边疆。

左宗棠那时便已看出中国处在西洋列强环伺之中，危机四伏。国人昏睡未醒，不知危险在悄悄逼近。《燕台杂感》的第四章，满篇忧危之词，试图敲响警钟，呼吁朝廷筹备国防。

七年以后，鸦片战争的炮声轰然响起。大清帝国的臣民才意识到，二百多年的铁桶江山，已经脆弱得经不起一点敲打。一向沉稳的道光帝居然惊慌失措，放下爱新觉罗皇族的架子，不顾中华民族的尊严，开始书写一段屈辱的历史。

左宗棠一生中有两件憾事，令他感到刻骨铭心的屈辱和痛苦。第一是三次会试不第，未能完成科举大业；第二是眼睁睁地看着祖国在鸦片战争中失败。关于个人的前途，他还没到四十岁就看开了，甘愿做个湘上农人；对于中国的前途，对于林则徐的遭遇，他却满怀愤懑和忧伤，一直无法释怀。清廷在他心目中是个腐败的政权，他早已不抱幻想。

内战爆发后，他在高官、亲人、好友的推动下，勉强加入了清军一方，效法他所崇拜的诸葛孔明，前后当了八年军师，没有领兵作战。后来他为了躲避官场的倾轧，决定奔赴前线。他在胡林翼和曾国藩等人的帮助下，成为新楚军的统领，转战皖南和赣北，保卫曾国藩的祁门大营，接着主管浙江军务，采取稳扎稳打、步步为营的进攻战略，肃清了浙江的太平军，然后在福建和广东消灭了太平军的全部残余。

到此为止，尽管左宗棠在内战中展现了他杰出的军政才干，既当过出色的参谋长，又当过横扫敌军的统帅，但这还不是他要追求的人生辉煌。他没有忘记他还是一介布衣时林则徐对他的嘱托："东南洋夷，或许有别人能够抵御，而日后西定新疆，非君莫属！"

左宗棠一生最大的愿望，就是投身于加强国防、抵御外侮的事业，他最想看到的景况，就是中华民族能够自立于世界民族之林。他在打败太平军以后，以巨大的热情说服朝廷在福州开设船厂，制造海军战舰，然后筹备平定西北的征战。

左宗棠在大西北作战时，曾国藩已经看出这位故人正在建立莫大的功勋。他去世前不久，在苏州会见了一位名叫吕庭芷的高官，那人刚从甘肃返回故乡。两人长谈甘肃局势，曾国藩谈起他跟左宗棠之间的分歧，说道："我生平以诚自信，而左公却向皇上奏报，说我假报洪秀全儿子的死讯，所以我不免对他耿耿于怀。不过，你平心而论，不要隐瞒，也不要客气：左公这人究竟怎样？"

吕庭芷说，左宗棠处事精详，律身艰苦，体国公忠，照他看来，是朝端无两。

曾国藩拍案说道："的确如此！如果左公离开甘肃，不但我不能取代他，哪怕胡文忠起死回生，也是无法代替他啊。你说左公朝端无两，我却要说他是天下第一！”

曾国藩此话传开，得到不少好评。人们说曾国藩心怀宽博。他尽管很不喜欢左宗棠，却能承认左宗棠对国家做出了巨大的贡献。

左宗棠也有自知之明。平定陕甘、收复新疆之后，他很清楚自己干成了一件多么伟大的事业。有一天，幕客方铸告辞回乡，左宗棠留他畅饮，席间得意地说道：“儒生眼界不可不宽，不要说今人不如古人。就像我，经营陕西、甘肃、新疆数省，开始当然不敢说一定会成功，但几年之间，竟得酬所志。”

左宗棠顿了一顿，接着掀髯笑道：“卫青、霍去病都比不上啊。”

左宗棠平定西北各省的动乱，收复了新疆，为中国保住了六分之一的疆土，尽管在国内外赢得了极高的声誉，却没有得到最高规格的奖赏。朝廷大臣们讨论如何奖励他时，援引长龄镇压张格尔被封为公爵的成例，建议将他封为一等公爵。两宫太后却说，以前曾国藩收复金陵只封了侯爵，左宗棠是曾国藩推荐的人才，他手下的部队最得力的又是老湘营，也是曾国藩调派给他的，而老湘营的将领刘松山等人也是曾国藩举荐的，如果给左宗棠封公爵，那么以前赏给曾国藩的爵位就显得太低了。最终决定，让左宗棠由一等恪靖伯晋升为二等恪靖侯，之所以不给一等，是要让他稍逊曾国藩一筹。可以看出，慈禧和慈安是为了搞平衡，提出的理由拐弯抹角。如果就事论事，左宗棠功劳巨大，所受的封赏，是应该在曾国藩之上的。

在对待列强的态度上，左宗棠和曾国藩算不上一路人。咸丰同治年间，西洋各国势力日益强盛，曾国藩、李鸿章两人讨论外交，总是主张和平。左宗棠则主张张扬国威。光绪年间，他从新疆回京，见各国使馆修筑了高楼，可以俯瞰内廷。左宗棠出任军机大臣，发文下令改为原式，还说：“如果你们不拆，我就代为拆之！”各国公使害怕，竟然遵命而行。光绪八年（1882），左宗棠巡视上海，带领武装人员通过租界，西洋人对他十分恭谨。外国军官执鞭为他开道，租界换升中国龙旗，鸣放礼炮十三响。围观者人山人海，惊奇地说：“从未见过西洋人对中国官员如此恭敬啊。”

左宗棠是清末的国防先锋和卫国元勋，作为一名军人，他对祖国的贡献是无与伦比的。在这种意义上说，这个性格与为人并非十分完美的湖南人，是那个时代四亿中国人当中最杰出的人物。

五年计划的实施

同治五年（1866）初，全歼太平军余部的广东嘉应之战结束以后，左宗棠回到福建，整顿行政体系和社会治安，福建很快就恢复到内战以前的安定局面。左宗棠立刻着手为中国建立一支现代海军。他选好了建立船政局的地址，向朝廷奏报：只要找来干才管理这个企业，国家一定获益匪浅。

左宗棠起初希望亲自领导海军的建军事业，但是朝廷要把他派往战火纷飞的西北地区。当年七月二十八日，慈禧颁下上谕，令左宗棠出任陕甘总督。

慈禧的命令，左宗棠不能不执行。但他真是舍不得离开福建。造船事业刚刚起步，八字刚有了一撇，厂址刚刚选好，正在拟定规章条约。在这个关键的时候，他能撒手不管吗？而且，他已在福建试行经济改革，盐政收入比以前增加了三倍，好不容易堵住了朝廷里反对派的嘴巴，他还打算进一步深化改革。对于福建的军队和官场，他也在逐步进行整顿，提出了减兵并饷的办法，就要动刀子了。

但是，西北的军情容不得他告别戎马生涯。那时捻军分为东、西两支，张宗禹的西捻军将要杀入陕甘，以联络回民军，对清廷构成很大的威胁。

圣命难违，左宗棠出驻行营，挑选所部三千人从征。他起用刘典帮办陕甘军务，从湖南招募旧部三千人到汉口会师。十一月十日，左宗棠启行离开福州。

同治六年（1867）正月初一，清廷命左宗棠督办陕甘军务。他在年底抵达汉口，就地等待部队集结。九天后，他向朝廷提出西征方略，用八个字概括：先捻后回，先陕后甘。他将旧部将领吴士迈召到汉口商议设立屯田总局，在陕甘两省有水草的地方开展屯田。

清廷同意他的战略安排，令他出任钦差大臣。左宗棠逐步创制独轮炮车，派人到北口购买战马，组建骑兵队。在汉口的近两个月中，他忙于筹集装备，安排物资的收发。

左宗棠此时已经适应了使命的转换，进入了陕甘总督的角色。他在童年时代就为长城末端以外的西部土地魂牵梦萦，在早年求学的青葱岁月里，对祖国的大西北已是一往情深。他贪婪地索求描述甘肃和新疆的图书，抓住一切机会加深对西域的了解。因此，他拥有有关陕甘与新疆的宝贵信息。

左宗棠迅速地训练出了战车营，所调各部渐渐集结。他下令将部队编为前、中、后十五营，共计七千五百人，将车炮分配到各营。自己率领十哨四旗亲军一千名，加上骑兵队，于二月二十日离开汉口启行。

由于东捻军攻击湖北，左宗棠在湖北境内行进缓慢，帮助湖北巡抚曾国荃对捻军展开了战斗，用炮车对付捻军骑兵，用骑兵对付捻军步兵。东捻军一见炮车，仿佛遇见克星，不战而逃。但是，清廷发来上谕，明确规定左宗棠的责任是把西捻军歼灭在陕西境内，不许他们逃到河南与湖北，坚决不让他们与东捻军会合。左宗棠不再关照湖北，分兵三路入关。他率领的部队于六月十四日翻越函谷关。

进入陕西之后，左宗棠发现张宗禹部众甚多，回民军也很活跃。他决定不变动用兵次序，还是先捻后回。他的战略是拦住回民军进山之路，不予攻击，先打张宗禹。他要将西捻军压迫到泾水与洛河之间加以歼灭。但是，由于兵力不足，军粮断顿，左宗棠无法将西捻军围死，同时由于回民军积极进攻，他不得不与之交战，兵力受到牵制。经过四个月的战斗，西捻军仍然左冲右突，南北驰骋。慈禧担心西捻军东渡黄河，开进山西，影响直隶，威胁京城。她以严厉的口气颁发上谕：左宗棠就地歼灭西捻，否则唯你是问！

左宗棠的回奏非常客观：西捻很可能进入山西，不以我的意志为转移，因为黄河东岸漫长的防御线无兵处处设防，而张宗禹只要突破一点，便可挥师东进，我们打的是无把握之仗！

同治六年十一月二十二日，左军主力刘松山部被回民军大举出兵拦截，张宗禹得以趁机抄小路南下，抵达黄河岸边，在宜川一个名叫龙王辿的渡口踏冰渡河，进入山西。

慈禧最担心的事情终于发生了。左宗棠知道自己责无旁贷，自请处分，并请求进入山西督战，追击西捻。他跟李鸿章等大臣配合，用了七八个月的时间，在徒骇河暴涨形成的有利条件下，将西捻军歼灭在山东境内。

同治七年（1868）八月十日，左宗棠进入北京。两天后，清廷颁下谕旨，着加恩左宗棠在紫禁城内骑马。又过了三天，慈安、慈禧两位太后召见左宗棠，垂询西征事宜。

慈禧说："左卿劳苦功高，东太后与本宫心知肚明。前些日子那些个处分，现在也都撤销了，想必你能明白我们的心思吧？"

左宗棠奏答："微臣攻剿不力，致使张逆从陕西逃脱，威胁京师，自知罪不可赦。蒙两位皇太后开恩，自当图报。"

慈禧摆摆手说："罢了罢了，不说这些。左卿此次进兵陕甘，须由东而西，力顾山西防御，勿令回军进入内地。依你看，西部的战事，何时是个了局啊？"

左宗棠慎重地回答："陕甘遭受兵燹，遍地荒寂，进兵运粮，多所阻难。臣不敢说大话，此事需要五年才能办妥。"

左宗棠向朝廷提出了一个五年计划，虽然慈禧觉得时间太长，但她知道，西北的作战还是不得不依靠这位肱股之臣。第二次西征即将开始，左宗棠无心待在京城。他陛辞出都，于十月十三日抵达西安。七个星期后，他便派出四路大军，攻击陕北的造反军。到同治八年（1869）四月中旬为止，陕西稍具规模的造反军已被全部肃清。

左宗棠用了不到半年的时间把回民军赶出了陕西，立即向甘肃推进。一个月后，他移驻甘肃边界的泾州，准备扫平甘肃的主要回民武装堡垒。他的首要目标是宁夏城以南不远处的金积堡。他根据种种迹象断定，那里的回民首领马化龙就是甘肃回民武装的总司令。

左军驻守着甘肃东部的一系列城市，而陕西西部和北部的所有城市都有重兵把守，并且拥有三条交通线。南路交通线从西安沿渭河向西延伸；中路交通线是从西安起始的官道；北路交通线起自山西的汾州，通过绥德，直达靖边。

攻击金积堡的战斗从同治八年（1869）八月份开始，刘松山进展迅速，只用了四个月，便逼近金积堡十里之内，然后夺取了金积堡北、东、南三面筑有工事的村庄和壁垒，逼到了城墙之下。然而，刘松山即将攻克金积堡的时候，却在同治九年（1870）元宵节那一天饮弹而亡。这个偶然事件使左宗棠陷入极大的困境。

刘松山一死，战局急转直下。

马化龙听说刘松山已死，连忙命令部属加紧攻击各个战略要地。左军的雷正绾所部为了争夺龙王庙峡口，遭到马化龙援兵的袭击，伤亡几百人。回民军将雷正绾的军营团团围住，左宗棠不得不派兵火速赴援。增援部队尚未集结，便被迫开战，一战失利，相继败退固原。

这时，回民军的各路援兵相继开到金积堡一带。马化龙派往陕西的部队从三水袭击渭水以北，向东挺进蒲城、富阳、同官和朝邑。北路的回民军向定边挺进。另一路回民军出兵宁条梁，抵达鄜州与甘泉，影响及于韩城与合阳。

一时之间，整个战局大变，战场形势对马化龙大为有利。他趁机向东猛攻，将湘军截为两段。北段的湘军缩回了吴忠，被回民军包围。另一方面，他加紧对陕西的攻击，实施围魏救赵的战略，企图把左军引出甘肃。

刘松山阵亡不久，左宗棠的夫人周诒端病死于长沙家中。左宗棠接到家书，心境凄凉。他天天腹泻，大便不禁，一天更衣几十次，担心自己不久也将同归大暮了。加上军事失利之后，谤议四起，其心境可想而知。

一切都在考验左宗棠的意志，但他毫无被压垮的迹象。他想：既然出来办事，就把身家性命抛在脑后了。同事掣肘，小人暗害，朝廷训斥，这些都不重要了。只要能够扭转颓局，赴汤蹈火也在所不辞。

左宗棠满心悲痛，但他头脑还很清醒。他要迅速地挑选另一员大将，来填补刘松山的空缺。清廷颁下严旨诘责他，但他已顾不上个人得失。马化龙把战火烧到了陕西，他必须应战。他派出刘端冕、李辉武两个支队分道东援，其余部队仍然留在甘肃，维持对金积堡的压力。

他冷静地思考了几天，于同治九年（1870）正月十六日拜发奏折，请求朝廷对刘松山从优议恤，并提出由刘锦棠接管老湘军。此人是刘松山兄长的儿子，也是刘松山最得力的部属。左宗棠经过深思熟虑，决定给这个二十六岁的年轻将领压上重担。

刘锦棠不负众望，很快就恢复了对金积堡的攻势，马化龙只好把他派往陕西东部的两大拨回民军调回甘肃。这些部队在宁州和固原遭到左军重创，溃不成军。到了同治九年四月份，陕西已经没有大股的回民军。

随着刘锦棠扭转湘军在金积堡周边的被动局面，左宗棠在各条战线上重掌了主动权。他把能省下来的兵力全部派到金积堡，不断加强攻势。在左军有效的打击下，许多陕甘回民愿意接受安抚。左宗棠把投降的回民安置到平凉，发给牲畜和种子，让他们从事耕作。

当年十月二十二日半夜时分，左军逼近金积堡东门修筑高台，安放火炮，俯瞰堡内，守军更为恐慌。十一月二十六日，马化龙只带一名随从，来到刘锦棠军营外面的桥头伏地叩头。随后，令随从过桥呈递投降书，希望官军念其族众多数无辜，只拿他一人抵罪。

刘锦棠打开营门接纳了马化龙，派人飞马请示左宗棠，一边令马化龙的儿子马耀邦平毁寨墙，呈缴马匹、武器和户籍，等候命令。

金积堡一带的陕西回民尚存男女一万一千多人。左宗棠令刘锦棠将这些人分批解送平凉安置。从此宁、灵两州没有了陕西回民的踪迹。

对于马化龙，左宗棠经过深思熟虑，认为此人对于河西王家疃各堡的招抚具有影响，决定将他留在军中。他向清廷密奏，请求将马化龙暂缓处死。慈禧准了他的折子。

马化龙不想死，配合官军劝降，把几百名回民军召回金积堡接受安抚。刘锦棠逐步编造马化龙余部的户口。马耀邦已将马匹武器呈缴完毕，老湘军在堡中又搜出洋枪一千多支。

同治十年（1871）正月十二日，刘锦棠提出马化龙父子及其亲属十三人，以匿藏枪械的罪名处以极刑。金积堡被夷为平地，堡中老弱妇幼一万两千人被送到固原州安插。外来人口及被胁迫的甘肃回民三千多人，则迁移到平凉安置。

左宗棠控制了甘肃东部以后，日夜筹划粮运，打算向甘肃回民运动的第二大堡垒河州进兵，令各部分别肃清中路和南路的回民军残余部队。

河州一地，自从回民运动以来，已经完全不在清廷控制之中。从兰州东行的驿道早已断绝。河州回民军首领是马占鳌，所部具有很强的战斗力。甘肃东部的回民军残部都将家累和辎重寄放在河州。安置好了后院，他们就一身轻松地外出作战。

左宗棠令一路兵力从马盘向安定监视前进，另一路兵力从静宁开向会宁，逐步造船修桥，渡过洮河，修治兰州大道，以利运输军资火药，在静宁储备。

左军早已攻占狄道和渭源，马占鳌等部向东出兵，必须绕道洮河的三甲集，渡到河东的康家岩，前往金县、安定与会宁，然后分兵向四面进发。同治十年（1871）八月二日，左宗棠抵达安定，把大营扎在马占鳌等部往来的要冲。

接着，左军从安定向河州进兵，在强渡洮河时遇到顽强阻击，加上浮桥被湍急的水流冲散，部队被截为两段，许多士兵落入水中，部队损失几千人，两名总兵阵亡。但是左宗棠继续发动攻势，此后又有三甲集与太子寺激战，每前进一步都付出了很大的伤亡。同治十一年（1872）正月十一日突发沙尘暴，大风扬沙，马占鳌趁机对左军发起攻击，左军先胜后败，各营溃退，一发不可收拾。左军大将徐文秀独自率领三百人拼死抵抗，直至战死。

左宗棠接到败报，毫不气馁，火速派人接收败军的指挥权，斩杀最先溃退的六名将官，令各部推进扎营。左军一再深入，虽屡屡受挫，但在左宗棠坚定不移的意志鼓舞之下，士气重新振作。马占鳌被这股气势吓倒了。他不敢再战，派马俊等人到清军营中参见，表示愿意呈缴马匹和武器，接受安抚。此后他带领两营回勇为清廷效力，积极招降甘肃南部的回民军。左宗棠奏请朝廷给了他五品顶戴。

当年七月十五日，左宗棠从安定转移，入驻陕甘总督驻地兰州。此时刘锦棠已率在湖南经过整补的老湘军赶来。左宗棠派他肃清西宁及其周边地区的回民军。与此同时，为了打通前往新疆的道路，左宗棠已派徐占彪所部攻打肃州。一个多月后，刘锦棠攻占西宁，而甘肃回民军的最后堡垒肃州却是久攻不克。新疆已经落入外国侵略者手中，清军必须前往收复。左宗棠急于占领肃州，进兵新疆，在那里重建中国的地方政府。他快六十岁了，但他还不能休息，要把剩余的精力奉献给大西北。

左宗棠为收复新疆进行物资准备。他在夏秋之间创办兰州制造局，任命总兵赖长担任总经理。这是一座兵工厂，主要仿造西洋的枪炮弹药，兼造织呢机和抽水机。左宗棠指望该局尽快为部队提供现代化的武器装备。部队出关，就要跟外国军队作战，必须拥有先进的装备。在他的督促下，这所兵工厂一年以后就造出了先进武器。

左宗棠进驻兰州以后，并无在此安居的打算，立刻想到他人生的下一站应该是肃州。他认为，关内关外用兵虽有先后，但谋篇布局必须一气呵成。从大局着眼，关内肃清了，总督应该移驻肃州，调度军粮，以收复乌鲁木齐。等到乌鲁木齐收复了，总督应该进驻巴里坤，以收复伊犁。他尽管感到精力不济，但还是决定勉为其难，善始善终，完成使命。

在积极推进肃州作战的同时，左宗棠狠抓陕甘两省的和平建设。他首先致力于澄清吏治，为了让官员们懂得当官是为了什么，怎样做个好官，从书论中挑选一些有关吏事的好文章，编成一本书，题为《学治要言》，颁示所辖各地官员。同时，他要求尽快恢复科举考试，让读书人都有盼头。他决定将甘肃的乡试与陕西合并举行，改为甘肃分闱乡试，分设学政，录取名额增加一倍。还决定在兰州创建贡院，让西北学子们备受鼓舞。

左宗棠下令坚决拔除罂粟，种植草棉，纺纱织布，使寒冷的西北百姓能够得到温暖。不适宜种棉花的土地，都要种植杂粮。他要求赶印《种棉十要》和《棉书》，发放到基层。他在陕甘两省各地设立专门机构，传授纺织技术。他又上奏朝廷，请求蠲免同治十三年以前甘肃百姓所欠的钱粮。同时改革甘肃的茶务，添设南茶柜，向南方招商。他努力推进兰州的城市建设，改善饮水条件和城市面貌。他还奏请在甘肃改设州县，整顿和充实各级领导班子。

左宗棠不仅治理陕甘，还密切关注和思考海防与塞防。继同治十年（1871）五月沙皇俄国出兵侵占新疆伊犁地区以后，新疆的事态还在进一步恶化。同治十一年（1872）五月三日，俄国与入侵新疆的外国人阿古柏签订《俄国与喀什噶尔条约》，承认阿古柏为哲德沙尔元首。他们拿别人的领土做人情，出手非常大方，一下子甩给阿古柏七座城市。作为回报，俄国从阿古柏手里得到了在南疆从事商贸的特权。英国人也在幕后给阿古柏撑腰，于同治十年派出三百人的庞大使团，送给他六万支步枪和小炮，外加弹药和维修设备。

阿古柏在新疆一些地方悬挂奥斯曼土耳其帝国的国旗，发行自己的货币。他将中亚地区中世纪的封建制度完全移植到新疆，把大片土地分封给爪牙，盘剥百姓，强征劳役，税收繁多。新疆人民苦不堪言。对于大清而言，一百六十万平方公里的土地从版图上消失了。

东南沿海形势又吃紧了。日本刚有点实力，就开始侵略台湾。左宗棠想：幸亏我们在造轮船，否则沿海防不胜防。有了轮船，一日千里，警报一来，就可出发，不会错失战机，能够以战为防。他还指出，沿海要修造炮台，布放水雷。

左宗棠一直关心着福建船政局的工作进展。同治十二年（1873）冬天，该局制造的第十五号轮船即将下水，左宗棠当年制订的计划就要完成了。这些轮船有的驻泊天津与牛庄，有的归招商局驾驶，其中大部分充当战舰，左宗棠请求将之常驻澎湖，操练阵势。他还请求派舰分驻台北、厦门与福州，以巩固东南门户。

左宗棠还不满足，与沈葆桢联衔上奏，请求继续造船，并派遣学生奔赴英法两国的船厂深造，进一步钻研造船技术和驾驶技术。他认为普鲁士的枪炮造得格外精密，该国的水雷新产品足以炸毁轮船，应该派人过去学习制造方法，以备以后使用。他提出，哪个国家有好技术，就派人到那里去学习，而不要局限于英法两国。

这个时期，左宗棠呼吁国防资源要合理分布。他强调，新疆要收复，海防也要巩固。天平两端，一定要保持平衡。李鸿章一味强调海防的重要性，左宗棠也承认海防必不可少；但他希望不要"扶得东边，倒了西边"。国家资金有限，只能投放在该用的地方。海防和塞防，都要合理投入，不能厚此薄彼。

当然，左宗棠最关心的还是肃州之战。面对新疆的复杂形势，他知道收复新疆的作战已经迫在眉睫。这种想法使他更加急于攻克肃州。同治十二年（1873）八月十二日，他率领亲军从兰州抵达肃州。第二天，他绕城走了一圈，巡视长濠。肃州回民军首领马文禄登城瞭望，看见左宗棠的帅旗，倒吸一口冷气，顿时失去了斗志。八月十四日，他派人参谒徐占彪，请求投降，领兵出关杀敌，以报效朝廷。

左宗棠接到徐占彪的报告，摇摇头，没有说话。大帅来到肃州，静默无声，是更大的压力。徐占彪加强了攻城力度。炮火猛烈地发射，所有地雷同时引爆。

九月十日，刘锦棠的老湘军从西宁开到，驻扎城南。攻城部队齐声欢呼，守军胆战心惊。

五天后，马文禄只身出城，参谒左宗棠，请求招抚。左宗棠说："马文禄罪在不赦，必须缴出全部马匹和武器，分别造出本地回民和外来回民的户口册，呈交官军。"

肃州守军投降了。左宗棠的部队进驻肃州，陕甘两省的回民运动就此平息。左宗棠用五年时间平定了陕甘，比他在同治七年向慈禧太后提出的预计时间提前了一个月。

君臣默契

在左宗棠看来，肃清陕甘只是进军新疆的前奏。他在同治六年（1867）春季离开汉口之前，已经决定要在新疆恢复中国的主权。他的眼光一直盯着那片土地，随着时间推移，这个目标逐渐靠近。他从陕西到甘肃的作战一直是按部就班，朝廷的大臣们屡屡怀疑他无法平定陕甘两省，至于何时能抵达新疆，更是说不清楚。但是左宗棠从不怀疑自己的战略能够成功，只是担心自己来日无多，总有一种强烈的紧迫感。

同治年间，新疆发生了很多变故，中国的主权受到严重的威胁。咸丰年间，西宁回民妥明游历关外，传播新教。同治三年（1864），此人乘陕甘大乱之际，率部占据乌鲁木齐，戕杀都统和提督，派兵分驻古牧地、玛纳斯和吐鲁番各城。那时，俄罗斯刚好灭了浩罕国，该国的安集延部失去领地，喀什噶尔的回民金相印引导安集延的军官阿古柏进入中国的边城，安集延部趁势攻占了新疆南路的八座城池，接着派兵攻打乌鲁木齐，迫使妥明投降。阿古柏把妥明收归帐下，令他仍然驻守乌鲁木齐，另派甘肃回民马仲担任阿奇木（地方首席长官）。

迪化民团将领徐学功为了收复国土，起兵反抗，斩杀了马仲。马仲之子马人得承袭父位，与妥明关系紧张，纠集安集延人攻击妥明。妥明逃到玛纳斯城，在这里死去，时值同治九年（1870）。

阿古柏的侵略势力延伸到新疆全境，他在各城征收地税，令回民和汉民都改易服装，遵从浩罕国的风俗。这时候，沙皇俄国以回民军多次袭扰该国边境为由，突然派兵驱赶回民军，占据伊犁，并声言将要代替中国政府攻取乌鲁木齐。

清廷一直没有采取措施应对新疆的混乱局面，直到同治十年（1871）夏季接到俄国外交部的通知，得知俄军已经占领了固尔扎与伊犁河谷，慈禧太后才开始重视新疆问题。她立即命令左宗棠全力攻取肃州，作为进军新疆的大本营。西太后的态度，表明中国的最高统治者决定维护这一大片国家领土的完整。

肃州攻取之后，进军新疆的道路打通了。慈禧连连催促军队向新疆推进。左宗棠对此事与朝廷一样热情。不过，他除了急切的心情以外，还有冷静的考虑。北京的指挥意图根本不顾实际，恨不得立刻把一支支大军送往关外；而左宗棠却在计算新粮何时上市，把粮食运往部队前进处所有多少里程，需要多少运力。有了精确的计算，才能制订合理的进兵计划。

两宫太后与左大臣的意见在同治十二年（1873）底发生了冲突。左宗棠指出，官军出关，必须分批起程，陆续开拔，不能一哄而出。出关的部队要经过审查和挑选。必须淘汰病弱伤残，补充健壮兵员，还要增配新制枪炮。部队出关，必须有能力供给军粮，而军粮转运是最大的困难。从凉州经肃州，再过嘉峪关，运到玉门、安西，路程有一千四百多里，都是沙石路，只适合用骆驼载运。可是骆驼很难买到。千里迢迢的运输，每走一步都费银子！运价高于粮价，供给费力、费时、费财，还难保源源不断，部队还是有饥溃的危险。

左宗棠的折子还没送到北京，北京的上谕先到了兰州，令左宗棠统筹各军所需粮饷与军火，"倘因粮饷不继，致误戎机，唯左宗棠是问"。

这道谕旨是逼着左宗棠去为无米之炊。明明知道筹兵难以筹饷，筹饷难以筹转运，却要大军一起出关，稍有延搁，罪责都在左宗棠一身。

左宗棠不得不把实际困难细细重述一遍。他说：部队出关确实不难，从安西到哈密，路途千里，穿越茫茫戈壁，没有服务区，没有水草，还有匪徒袭扰，这些困难也许都能克服；但是到了哈密，再往西去，微臣就真是力所不及了。部队到了哈密以后，必须设法筹粮。慈禧看出左宗棠不是有意推搪，而是愿尽全力，办不到的事情无法勉强，于是准了他的折子。

同治十三年（1874）七月十二日，清廷谕令，补授左宗棠为东阁大学士，仍然留任陕甘总督。这是左宗棠一生辉煌的顶点。慈禧突然授给他最高的官职，意思非常明显。这位勋臣长年带兵作战，吃尽了苦头，身体已经垮了。但朝廷还要倚重他，可能把他调到京城，参与军国大事的决策。

出关的部队这时已先后开抵安西。清廷任命了西征大帅，令景廉出任钦差大臣，金顺出任帮办大臣，督师西征。统帅和副统帅都是满人，慈禧很想看到本族人再建武功。她交给左宗棠的任务，是为景廉和金顺担任后勤部部长。景廉此时十分得意：你左宗棠不是能干吗？那好，就请你为我担起军粮筹运的重任吧。

根据朝旨，西征部队要越过哈密西进。那么，到了哈密以西，粮食从何而来？左宗棠急了，他虽是巧妇，却不能为无米之炊。他不会承诺办不到的事情，一次又一次指出：哈密以西的军粮，应该由景廉自己在新疆北路采运。

当然，还有一个更好的办法，那就是军屯。左宗棠所谓的军屯，不同于自古以来的军屯概念。他把军屯分为两种。一种是让军人又种田又打仗，他说这是假军屯；一种是让军屯带动民屯，军队做模范，带动逃避战乱的百姓回家种田，然后把军队开垦的土地无偿地交给百姓耕种，他说这才是真军屯。他指出，百姓有了粮食，军队才会有粮可买，才能从根本上扭转粮食缺乏的局面。这就是左宗棠为张曜所部在哈密开展军屯所做的设计。

可是，景廉对于筹粮之事一概不管，全赖在左宗棠身上。西进部队的供粮问题得不到解决，妨碍了进程。金顺的前锋部队和额尔庆额的骑兵于八月份开到古城，其余各部留在肃州与安西，观望形势，不敢继续前进。

景廉得到了朝中一些大臣的支持。他们说，以前用兵关外，都在肃州设立粮台，由重臣督率经理。清廷采纳众说，下诏令左宗棠督办粮饷转运，从关内运到古城。

左宗棠抵抗着来自各方的压力，坚持自认为正确的做法。他指出，金顺的部队既然已从哈密前进，开到了新疆北路，粮台就不应该迁设肃州。供给不能舍近求远，舍便宜而求昂贵！

正在此时，后勤助理袁保恒也来捣乱。他突然上奏，说他正在遵旨筹备将粮台移到肃州。左宗棠大吃一惊：事情怎么能这么办？考虑尚未成熟，道理尚未辩明，就要搞成既成事实？

他连忙上奏指出：额尔庆额与金顺两军已经抵达北路的巴里坤、古城与济木萨，如果把西征粮台移到肃州，则偏于南路，北距古城两千九百六十里，管理人员无法考察各部粮食的数量，做出相应的调度；东北距科布多四千三百多里，距乌里雅苏台近六千里，管理部门怎么能了解运价高低和运输的快慢呢？部队在北边，后勤部设在南边，岂非前所未有的怪事！

左宗棠说，在新疆北路采办粮食，确实有粮可买，而且现在道路已经疏通，为什么不能把粮台总局移设北路，为北路的部队提供粮食呢？在左宗棠的坚持下，袁保恒只得请将西征粮台转移到南北两路之间的巴里坤，距前线部队近了很多。不过，袁保恒还留了一手，建议除了在北路购粮之外，还是要从南路调运。朝廷将他的请求发到肃州，征求左宗棠的意见。

左宗棠在回奏时，又把景廉和袁保恒不切实际的想法狠批了一通。他指出，既然粮台移到了巴里坤，就应该在北边广开门路，采运粮食，这是明摆着的道理。

他通过广泛调查，发现从归化、包头到射台和大巴直至巴里坤一带，路程共有三十多站，这一路上，产粮的地方太多了！巴里坤商业繁荣，商人络绎不绝，棉价、布价和粮价与内地相近。商人们都是来自乌里雅苏台和科布多一带，所走的道路，就是这条捷径。物价低，就说明路程近，运费不高。

左宗棠指责袁保恒不搞调研，总是指望从肃州把粮食运过去。可以肯定，他一粒粮食也运不到目的地！原因何在？因为从肃州经安西越过哈密，路程虽然只有两千二百多里，但各站之间的间隔很长，还要经过许多戈壁，就算日夜兼程，也要三十多天才能赶到巴里坤。每头骡子每天要吃八斤料，每辆车子一名车夫，口粮每天需要两斤。车行三十多天，每车运载的粮食最多不过六百斤，喂养两头骡子，就消耗掉五百几十斤，车夫又消耗六七十斤，车上的粮食就被吃光了，哪里还有余粮运到巴里坤？

左宗棠把事情讲得十分透彻，但景廉那帮人是榆木脑袋，就是想不通。景廉坚称巴里坤和古城是新收复地区，条件很差，无粮可买，必须靠关内接济，才能避免出师久无战功。他请朝廷仍令左宗棠按既定方针筹办后路粮运台站，不要推诿。新疆其他一些大臣也随声附和。

负责西征的大臣们对于军粮的筹运意见分歧，吵得慈禧的头都大了。朝臣们也拿不出统一的意见。于是上谕只好放空炮，仍然责成左宗棠"切实筹办，力任其难"。

左宗棠就西征粮运问题与一帮无能官僚唇枪舌剑的时候，朝臣们鉴于日本的威胁，开始纷纷讨论如何加强海防。左宗棠知道，朝廷财政遇到大难题了。西北有战事，沿海防务也须加强。但国防资源十分有限。如何合理地分配资源，保证塞防与海防两不误，成了一个大难题。左宗棠努力不与海防建设争夺资源，西北军饷的筹集遇到了巨大的挑战。

关于海防与塞防的争论很快就正式提上了朝廷的议事日程，许多朝廷重臣卷入了海防与塞防孰轻孰重的争论。清廷决定加强海防，东南各省不给西征军提供军饷了。左宗棠置身于争论之外，企图另辟蹊径，为自己的部队寻求饷源。他想：西征军能不能向洋人借款呢？于是他向朝廷提出商借洋款三百万两的申请。

左宗棠能够体谅海防的困难，别人却未必能够为他在西北用兵着想。不久，直隶总督兼北洋大臣李鸿章要求国防政策一边倒，将重点全部放在东南海防，并提出裁撤已经出塞与尚未出塞的所有部队，将西征军的军饷用于海防。他的话说得十分露骨：西征这么困难，取消西征行不行？新疆那个地方，咱们中国不要了！他还把已经去世的曾国藩搬了出来，说这位勋臣生前有过"暂弃关外、专清关内"的提议，的确是老成谋国的见解。

李鸿章提出不要新疆，把慈禧都吓了一跳。这还了得？祖宗打下的基业，说不要就不要了？李鸿章显然失之偏颇，于是有人跟他唱对台戏。湖南巡抚王文韶上了一个针锋相对的折子。他说，只要俄国人不能在西北得逞，列强就不会在东南沿海挑起战端。他也要求国防政策一边倒，不过方向相反，是全力注重西北。

光绪元年（1875）二月三日，清廷密谕左宗棠，令他统筹全局。左宗棠知道慈禧很想让他这位三朝老臣出来力挑重担。特别难得的是，西太后在撤西补东的一片叫喊声中，还能如此看重他的意见，不愿放弃西北的塞防，左宗棠作为臣子，怎能不鼎力而为呢？于是，他赶紧提笔起草奏章，力主东边的海防和西边的塞防必须二者并重。他指出，西方列强联手对付中国，目的在于通商取利。这些国家的收入来源于商业，所以他们每到一个国家，专占码头，争夺海口，而不占土地，不管人民。他们知道，占了土地就得增兵驻防，管辖人民就必须设立官府。想要得利，反而先要支出。从商人的智慧来看，这样做并不划算。自从通商条约签订以后，码头口岸已经形成，各国将其作为长期的利源，懂得违约就会妨碍本国的利益。商人们每天都要赢利，也知道违约就会影响生计，若非迫不得已，怎敢轻易发难？

左宗棠说，停撤西北出关部队的军饷，用来供给海防，必须有所依据。如果海防比塞防更为紧急，如果甘肃的军饷比海防更加充裕，那么这个问题是可以提出来的。可是甘肃的军饷实在少得可怜，还要用于撤遣冗兵溃卒，抚辑土匪，安插回民。每年实收不满五百万两，支出却不下八百多万两。他这个陕甘总督，没有一天不是勒紧裤腰带过日子。

他呼吁那些提议撤销出关兵饷的人想一想：乌鲁木齐还没有收复，哪里有撤兵的道理？如果现在就停兵节饷，自撤藩篱，那么我们后退一寸，敌人就会前进一尺。所以，停兵节饷对海防未必有益，对边塞却大为有害。

左宗棠针对朝中大臣对俄国干预的担忧，明智地指出：俄国人窃踞伊犁，是趁着我国兵事纷繁，没有精力远顾，所以借口代守，企图攫夺财利以自肥。他们在伊犁肇事，也是垂涎这片距俄国南疆稍近的沃土。自从我军平定了肃州，接着收复了安西的州县，分批进驻哈密、巴里坤和济木萨，关内外声息渐通，中间只有乌鲁木齐、红庙子为白彦虎占据，而且官军要打败白彦虎并无难处。有鉴于此，俄国不至于越过乌鲁木齐和红庙子，挟持白彦虎与我国为难。所以，中国无须因为忌惮俄国而将现已出塞及尚未出塞的部队全部停撤。

关于西征军的供给问题，左宗棠再次重申自己的意见。他这份奏疏的核心有三点：第一，出关部队不能停撤；第二，关外大帅不要景廉担任，换成金顺；第三，后勤大事不要袁保恒插手，由他一人负责。

这份折子，左宗棠在三月七日拜发，清廷二十天后就下诏逐条答复：第一，关外现在应该收复乌鲁木齐，而南边的巴里坤与哈密两城与北边的塔尔巴哈台城，应该设置重兵。现在就停兵节饷，对海防未必有益，对边塞大有所妨。第二，任命金顺为乌鲁木齐都统，将景廉调补白旗汉军都统，与袁保恒一并来京供职。第三，任命左宗棠为钦差大臣，督办关外剿匪事宜，金顺为帮办。左宗棠可以驻扎肃州，也可以随时出关料理。

由此可见，左宗棠的每一条意见，慈禧无不采纳。西太后本来打算倚仗满人大臣收复新疆，只要左宗棠负责后勤。但她现在发现景廉根本无法胜任，不得不让左宗棠出任西征统帅。

左宗棠奉旨之后，立即着手逐步广开粮路和屯田，整顿关外各军。他经过深思熟虑，做出一个重要的决策：尽快将刘锦棠及其老湘军派到关外，作为西征主力。他奏请朝廷任命刘锦棠总理行营营务处，率老湘军全军随同出征。同时，起用湘军宿将刘典帮办陕甘军务，留驻兰州，为他把住大后方。左宗棠此举，是要把最精良的部队派往新疆。他指望这支军队在收复新疆的过程中在国内外树立威望。精兵作战，方能速战速决，震撼人心。他给部队装备了大量外国造的武器。骑兵每人装备一支骑枪和一把刀，步兵则装备了来复枪。

六月二十八日，左宗棠上奏，陈述他的各项计划。其一是广筹军粮。出兵新疆北路，便用北路之粮。不但节省费用，也避免了粮食损耗。南路肃州的粮局既有现粮，又购雇了较多的车驮和骆驼，可以灌运，以增加储备。其二是开垦屯田。他指出，作战时办理屯田，可以节省运费；事定之后办理，利在长远。其三是趁早整顿军务，重组军队。左宗棠认为，西征战事久无成效，是因为吃闲饭的兵员太多，作战部队太少。他决定将兵士和农民区分开来，把精壮胆大的挑出来当兵，会骑马的当骑兵，善跑步的当步兵；那些胆小而体力较差的，全部解散，去当农民，发给荒地、种子、农具和耕牛，令他们开垦。

慈禧看了这份折子，知道左宗棠终于挑起了重担，大为放心，连忙下诏嘉勉。

左宗棠最感为难的是军饷。在关键时刻，慈禧不顾众臣反对，发布一纸诏书："加恩着于户部库存四成洋税项下拨给二百万两，并准其借用洋款五百万两，各省应解西征协饷，提前拨解三百万两，以足一千万两之数。"这道上谕解决了左宗棠的燃眉之急，表明慈禧大力为西征军撑腰。左宗棠把上谕向部属宣布，命令部队聚餐，士卒欢声雷动。

收复北疆

光绪二年（1876）四月三日，西征军主力在肃州大营前举行出关祭旗仪式，刘锦棠率汉回骑步兵三十二营分批开拔。临行前，左宗棠一再告诫：部队行动要先慢后快，缓进急战。

六月十九日，老湘军一万六千人在济木萨集结。在此之前，清军各部已分批开进新疆，顺利地抵达指定地点，供给没有出现困难。张曜率十四营已于同治十三年（1874）出关，此时驻扎哈密，开展屯田。金顺与额尔庆额率十营兵力，也在那年春天相继出关，此时驻扎古城。光绪元年（1875）春季，苏占彪率十五营兵力出关，此时驻扎巴里坤。

在老湘军出关的同时，左宗棠给张曜、金顺与苏占彪增兵，使三地驻军都增至二十营。按每营五百人计算，左宗棠此时在古城、巴里坤与哈密分别拥有一万名官兵。这样一来，左军开进新疆的部队，共有九十二营，总兵力为四万六千人。

左军的供给问题已经完满解决。张曜所部自从驻扎哈密以来，修治台站，竖起天山扶栏，清理了道路。刘锦棠令军士携带哈密存粮，分批短运，越过天山，抵达巴里坤；又从巴里坤短运，抵达古城。左宗棠从俄国买来粮食运到古城，这时已有四百多万斤，打算拨给金顺的部队。北路从归化和包头采运粮食，绕道五千多里，已有五百多万斤运到巴里坤。从宁夏运来的粮食也有一百多万斤。南路从肃州运到安西与哈密储备的粮食超过了一千万斤。

张曜所部在哈密的屯垦已见成效。这个建设兵团按照总设计师左宗棠的规划，把兵屯和民屯结合起来，第一做到了军队自给，不再向国家和百姓伸手要粮；第二将老弱病残的军士淘汰出了作战部队，让他们从事生产；第三减掉了作战部队的冗员。在新疆打仗，动辄驰驱千里，兵不在多而在精。精兵以后，作战部队的战斗力大为提高，消耗的粮饷大为减少。

张曜忠实执行左宗棠的设计，在哈密做出了一个很好的屯田样板。该部一共开出水田三千五百亩，旱地一万五千八百亩，植树十万株，开挖石渠十一里半。

兵屯带动了民屯，种下粮食，几个月就见成效。不到两年时间，哈密成了新疆的一个大粮仓。

左宗棠是一员福帅，从同治十三年（1874）到光绪二年（1876），连续三年都是难得遇见的好天气，甘肃年成丰饶，凉州和肃州更加丰产，西征所需的军饷，有了很大的保障。

尽管西征的形势一片大好，反对西征的声浪却一直未平息，李鸿章继续拿海防军饷不够来做文章。在他的影响下，许多官员成了西征的怀疑派：收复新疆，难道就这么容易吗？用东南各省提供的巨饷，孤军深入，后果将会怎样？还是稳妥一点好啊，不如在要隘驻军，从当地部落中选几个首领，让他们表面上服从我们就行了。

这是老调重弹，左宗棠完全不为所动，并且坚决地予以驳斥。他指出：乌鲁木齐没有收复，中国军队就没有要地可以扼守。玉门关以外，岂能用玉斧斩断？撤销西部防御，以充实东部的军饷，也无法填满无底之洞，而先已坏了万里长城，所以必须慎重对待。

左宗棠针对李鸿章的论调驳斥道：如今甘肃已经平定，我军兵威正盛，不及时收回本国的城市，以后版图日见收缩，还叫什么国家？难道只有牛庄和天津才有隐患，别的地方可以一概不管了吗？大臣谋国，不能不预计万全。如果只顾眼前，不看长远，清夜自思，怎能心安？还有人借着外寇来恐吓自己人，更是混账逻辑！

左宗棠敢于进军新疆，其实已经胸有成竹。早在攻克肃州以后，他几次派人出关考察，敌情强弱，运饷道路的远近曲折，都已了然于胸。情报显示，盘踞乌鲁木齐的敌军以当地回军居多。白彦虎所部盘踞红庙子、古牧地和玛纳斯等处，与南路安集延侵略者的首领帕夏相通。这个帕夏管理部众很有手腕，又从印度购买了许多西洋枪炮，势力更加强大。所以，官军出塞以后，应该先攻北路，击溃乌鲁木齐各处的敌军，然后向南路进军。当官军进攻北路时，安集延也许会出动全部兵力，与白彦虎及当地回军拼死抵抗，可以预计，会有几场恶仗要打。但是官军势力不弱，只要不出意外，完全能够歼除白彦虎所部，重创安集延的劲旅，然后挥师南下。这样，官军就能致力于北，收功于南。

左宗棠向慈禧指出：朝廷大臣中，有人以为西征容易，有人以为西征太难；有人以为西征可以延搁，有人以为出师便可获胜。有的主张撤兵节饷，有的认为难得易失。众说纷纭，意见不一。从他们的动机来看，好像都是为了有利于海防，其实却是言不由衷。

左宗棠说，他力主西征，绝不是为了自己。他本来只是一介书生，承蒙两朝皇帝赐予特殊的恩典，得到了高官显爵，是生平做梦都没有想到的，难道还会打算靠着立功边域来邀取更多的恩赐？何况他已六十五岁，衰老多病，难道还会不自量力，一定要把边荒艰巨的重任揽在自己身上？他挂帅西征，乃是万不得已。若不攻克乌鲁木齐各城，中国军队就没有驻军的枢纽。乾隆时期开始在各城分设军府，然后西部边陲才安静了这么些年，那是开拓边境腴疆用以养兵的成效。如果现在对新疆置之不问，后患将会无穷！

大臣们发出的不同声音，未能阻止西征进军的步伐。老湘军开进济木萨以后的第七天，刘锦棠和金顺所部联合进军阜康。乌鲁木齐的回民军首领马人得听说官军大部队开到，在古牧地增兵，联合白彦虎并力抵抗。南路的安集延人也派兵过来增援，越过阜康西进五十里，抵达黑沟驿。此处是一片戈壁，没有水泉。敌军已在驿前的黄田设卡，企图断绝官军汲水的道路。刘锦棠侦察到城西有大片野潦，纵横二十里，可以疏通废渠，导水供给汲饮。他命令部队从大道进兵，抽调军士在城西开沟引水，注入废渠，在渠旁修筑营垒。

光绪二年（1876）六月二十一日，刘锦棠派兵偷袭黄田，攻敌不备。顷刻间，号角声从四面响起。战了一个多时辰，官军纵横冲击，敌军大败，丢弃辎重狂逃。官军追到古牧地城外方才收兵。两天后，刘锦棠和金顺开始攻打古牧地。刚到红庙子，敌军几千名骑兵从东北方向杀来。刘锦棠令骑兵迎击，将步兵分成两路攻打南关。他督率亲军攻打山垒，一鼓作气，立马攻克。部众见山垒已下，冒着枪林弹雨先登。敌军弃关回城，老湘军进营关垒。

敌军援兵被骑兵阻遏，无法前进。金顺所部击毙援兵高级将领，援敌向南面溃败。

老湘军和金顺所部分别在古牧地城的东南和西北扎营，昼夜修筑炮台，高出城墙一丈，连日炮击，炸塌东北和正东城墙。官军调来更多的劈山炮围攻，使守军无法修补城墙。又在正南方安放一座开花大炮，于六月二十八日黎明时分开炮轰倒南城墙，刘锦棠在山垒击鼓下令，各部填壕登城，当即攻下古牧地城，击毙敌军六千人。几百名安集延援军也全军覆没。

白彦虎在官军攻破黄田卡时就已逃走，到乌鲁木齐与安集延将领和回军将领马人得相会。他们听说古牧地失守，精锐被歼，哪里还有心思应战，各率妇女南逃。

刘锦棠得到探马报告，知道乌鲁木齐兵力空虚，当即下令掩杀过去，长驱直捣乌城。部队距城十里，刘锦棠接到军报：敌军全部逃走了。他督促各部急行军，看到前方有敌军骑兵正在南逃，立刻挥军分路猛追。接着领兵进城，接管城市，搜捕敌军残余。安集延的帕夏增派几千名骑兵来援，抵达距城西一百八十里处，听说官军已攻破乌鲁木齐，只得策马返回。

捷报传到肃州，左宗棠颇感意外。前敌部队在十天之间连克几座坚城，可见敌军不堪一击。他派出快马向京城告捷，激动地说："我军速胜，好不痛快！西征军站稳了脚跟，没有辜负朝廷的期望！"

北路获胜，左宗棠考虑进规南路，打算由刘锦棠所部攻打达坂城，张曜与徐占彪合攻吐鲁番，而北路只留下金顺防守。西征军继续推进。七月六日，金顺率部从昌吉进攻，老湘军分路在东南山谷搜查逃敌，越过盐池墩，抵达柴窝堡，每天都有斩获。从柴窝堡往西一百二十里便是达坂城，距离乌鲁木齐城南二百里。帕夏听说北路据点全部丢失，赶紧收拢乌鲁木齐各城逃出的部队，进入达坂城驻守。他本人来到托克逊，修筑三城，以为犄角，派劲旅守卫，以抵抗从乌鲁木齐开来的官军。另派马人得防守吐鲁番，以抵御哈密开来的官军。

白彦虎擅长偷袭，他侦知官军将要攻打达坂城，便骚扰官军后路，每到一处，都遇到了老湘军的铁拳。他发现官军的包围圈没有空子可钻，便到托克逊来投靠安集延。

新疆南路自从乾隆二十四年平定以后，建了八座城市，分别是喀什噶尔、英吉沙尔、叶尔羌、和田、阿克苏、乌什、库车、喀喇沙尔，称为"南八城"。吐鲁番却不在八城之列，因为它地处天山之南，是南八城的门户，前往回疆，必须取道于此。从吐鲁番向西，经过喀喇沙尔、库车、阿克苏、叶尔羌、英吉沙尔，就到了喀什噶尔，中间有四十九台，路程四千一百里，比乌鲁木齐至伊犁的一千三百里还远了三倍。

左宗棠安排南进，攻击兵力有骑兵和步兵四十多营二万多人，兵力比较雄厚。但是，大军向前推进，不但后路重地需要增兵，军需后勤也要依次设立机构，以便供给部队，于是需要卫队。前敌攻克城堡，必须留兵驻守，剿灭残匪，安抚百姓。部队走得越远，留防兵力需求越大，攻击部队兵力越少，士气不免低落。军事经验告诉左宗棠：开战时的劲旅到头来衰败下去，多半是因为兵力大减。

左宗棠根据南路地势的特点制订作战方案。这一路地势东南长而西北短，他决定在各个枢纽都派主力扼守，然后直捣中坚，迅速结束战役。吐鲁番、达坂城与托克逊都被敌军占领，前方两千多里都是敌占区，作战难度颇大。此时进军，粮饷缺乏，兵员短少，若在途中停下请求增援，耽搁了时间，恐生不测。他考虑再三，决定暂不南下，先事增兵。他从包头调来记名提督金运昌统领的淮北勇丁骑步五千多人，充实西征军的兵力。

收复新疆的战役打响以后，中俄关系进入微妙时期。为了战争顺利进行，左宗棠暂时不想与俄国交兵，但他非常在意俄国人的反应。外交无小事，左宗棠知道新疆的武官们缺乏外交经验，担心他们闹出什么意外。他请求慈禧对大臣们严加约束，凡是与俄国人交涉，必须征得他的同意。慈禧准奏。

左宗棠增派三营，增强刘锦棠的兵力，逐步搜捕后路逃敌，运送行军粮草和军火，储备在乌鲁木齐。又调张曜所部从哈密出兵，向辟展进军，与徐占彪会师。安西的五营驻军奉令调到巴里坤的各个隘口。哈密办事大臣的部队奉令驻防哈密。

在左宗棠重新部署兵力期间，金顺所部攻打玛纳斯南城，首次遇到难啃的骨头，久未攻下。左宗棠令老湘军火速增援。中秋节那天，刘锦棠派六千人赴援金顺。代理伊犁将军荣全也派兵增援。援兵开到后，分头开挖地道，几次爆破，将城墙炸开裂口。守军拼死堵御，用人墙来挡。攻守双方伤亡惨重。

九月一日，官军开炮猛轰，炸死敌军韩姓主将。又战了十八天，敌将海宴请降。两天后，几千敌军带武器出城。金顺发觉有诈，严阵以待，向敌军喊话，要求他们放下武器。敌军突然开枪，扑向城壕。官军各部一并杀出，奋力反击，将敌军全歼。玛纳斯南城便告收复。

左宗棠下令在已复各城广泛开展屯田，招来团民，发给种子和农具，派员在巴里坤设立机构，招商开市。这样一来，北路基本上平定，只有伊犁还在俄国人手中。

俄国先前与中国约定，等到中国收复乌鲁木齐和玛纳斯便交还伊犁。现在此二城都已收回，朝廷大员们非常乐观：既然各城已经收复，就应该与俄国交涉，叫他们遵约归还伊犁。

左宗棠身处边陲，却没有这么乐观。他预见到俄国人一定会提出很多条件来要挟。就算现在收回了伊犁，恐怕还会有什么意外，反而颇难兼顾。不如暂时让他们守着伊犁，使官军得以专心于南路的作战。等到南路收复以后，伊犁便可不索而还。

左宗棠看到，英国人的干涉也是一个不利因素。他们一直与俄国争夺地盘，互有摩擦。英国人有意拉拢安集延，支持帕夏盘踞回部，为印度多设一道屏障。

因此，他们想方设法通过外交途径阻止中国官军深入。果然，左宗棠即将向南路进兵时，英国公使威妥玛闻风而动，跑到总理各国事务衙门代帕夏说情。他还搬出俄国来吓唬中国：西部老是这么打下去，你们不怕俄国人趁火打劫？总理衙门没有跟他多费口舌，断然回答：帕夏是窃踞南疆的侵略者，不是什么属国。如果他要请降，就应该将叛乱者绑送中国官府，并缴还南八城。

慈禧受到西征军连战连捷的鼓舞，打算加快收复全疆的进程。光绪二年十月，清廷加授金顺为伊犁将军，令他进兵库尔喀喇和乌苏。同时颁发上谕，催促左宗棠进兵南路。

左宗棠一点也没有感染浮躁的情绪，给了慈禧一个沉稳的答复：缓进急战的战略不能更改，必须等到运来的粮食足以接上新粮，方才能够向南进兵。

左宗棠准备了三路大军：刘锦棠的老湘军从北路南下；张曜的嵩武军从哈密出兵，自东向西；徐占彪的蜀军在巴里坤与古城之间向西南推进。三路军力联合进攻，预计将势如破竹。

兵力已经安排妥当，但左宗棠非常尊重天时。为了出师必胜，宁可等待，也不愿仓促出兵。老湘军会同金顺攻下玛纳斯以后，回师乌鲁木齐。这时大雪已经封山，而金运昌的增援部队尚未开到。塞外天气奇寒，大雪封山，冰凌悬挂，不利于行军，不利于车驮转运。如果把出师日期推迟到明春，那时冰雪融化，万事俱备，大军气足神完，风驰电掣，战事有望一气呵成。左宗棠坚持将南下的日期推迟到明春融雪之时，慈禧只得耐下性子等待。

帕夏以为官军会立即南下，一看没有动静，便将达坂新城转移到两山之间，派重兵据守。他将次子海古拉召到托克逊，把城防重任托付给他。吐鲁番的防务交给了马人得与白彦虎。帕夏自率主力驻扎距离托克逊八百四十里的喀喇沙尔，名为策应，实际上是躲避锋芒。

决战南疆

光绪三年（1877）二月，大军整装待发，左宗棠通令前敌各部，反复交代政策：回民备受安集延人的欺诈驱迫，变乱给他们造成了很大的不幸。官兵要心怀宽大，随时把王土王民放在心中。部队所到之处，要让回民如同脱离虎口，回归慈母的怀抱。唯有如此，胜利之日才会提早到来，以后的防守才有依靠。各部必须遵守纪律，严禁滥杀无辜，抢掠民财。投靠安集延人的回民，只要愿意反正，一律不予追究。

攻击命令终于下达。三月一日，刘锦棠率老湘军离开乌鲁木齐，越过岭南，攻击达坂城。张曜于同一天督率大军从哈密继进。与此同时，徐占彪所部从穆家地沟西南开拔，在盐池与张曜的部将孙金彪会师，先攻七克腾木关隘。

两天后，老湘军进抵柴窝营垒。刘锦棠令九营骑兵与四营步兵乘夜衔枚疾进，直奔达坂城，约定五鼓在城下集结，共同锁围。路上遇到敌军十几骑侦察兵，将其全歼。

达坂守军已经引来湖水，淹灌了城外四周。除此以外，没有其他防御措施。老湘军开到城边，淤泥深及马腹。士卒全部下马，蹚水走过深淖。敌军疏于防备，老湘军已在城下集结，他们竟无察觉。等到天明雾散，守军在城墙上看见官军，才知道大事不妙。

中午，刘锦棠策马巡视城壕，所到之处，弹如雨下，坐骑和随从都被击伤。刘锦棠换马而行，继续勘察。敌军不敢出兵迎战。刘锦棠下令修筑濠垒，阻击敌军援兵。

三月五日，刘锦棠的部将谭拔萃下令在方度营建炮台，架设开花炮。忽报山后有几百骑敌军援兵杀到。陶生林和余虎恩分头出兵抄击，迅速将敌军逼退。他们追逐到几里之外，斩杀一百多人。敌军一千多骑驰来，收纳败军，一起撤退。

黄昏时分，城内有回民出来投奔官军，报告消息：守军等不到援兵，打算突围。刘锦棠告诫各营警备，排列火把，把城外照得如同白昼。第二天，炮台修成，湘军测准敌军炮台及城墙，连续轰击一个多时辰，相继将目标击毁。一颗炮弹飞到城内，击中火药房，只听得轰隆一声，犹如山崩地裂，大风骤起，火势燎原，烧燃所有弹药和开花弹，爆炸声震撼全城，人碎马裂，遗骸成堆。敌军无心再守，争开东门逃走。老湘军从四面压迫过去，守军无法出城。刘锦棠下令传告市民：将敌军中服饰异样者绑来献俘者有赏！这一招很灵，侵略军将领爱伊德尔呼里及以下全部就擒。这一仗，老湘军毙敌两千多人，生擒一千多人，无一骑逃脱。收缴大量精利炮械和战马。

达坂一仗，大震新疆南路。刘锦棠牢记"急战"方略，于三月十一日夜间带领部队悄悄出发，第二天抵达白杨河，派罗长祜与谭拔萃分领三千人火速赶往吐鲁番，与徐占彪会师。他自带七千人直捣托克逊。途中接到托克逊城回民的报告：安集延人听说达坂城已失，人心惶惶，打算逃跑，叫白彦虎出去掠夺村庄。城内居民盼望官军快点到来。

刘锦棠令黄万鹏率骑兵先行，敌军从四面迎战。先锋骑兵纵横冲击，刘锦棠督率主力分几路杀入阵中，里外夹击，杀得敌军尸体堆积，残部崩溃。海拉古见势头不对，下令纵火弃城。刘锦棠挥师入收托克逊城，派兵追击败敌。被安集延胁迫的两万多名回民环跪求抚。

话分两头。在老湘军攻打达坂城时，徐占彪与孙金彪两军越过戈壁，于三月八日攻克七克腾木，第二天乘胜攻克辟展。五天后，徐、孙两军会师，从哈拉和卓城直捣吐鲁番。行军到距目标十多里处，敌军倾城而出，令守卡敌军与各城败军会合，迎战官军。

徐、孙两部与敌军交手，将之追逐到城下，罗长祐和谭拔萃率三千人从北路杀到，敌军大惊，狂奔不已。三部会合，追出几十里，方才收兵。官军开进吐鲁番，将安集延所储军粮、火药全部缴获。马人得率一万多名回民从汉城出来投降。吐鲁番全境平定。

左宗棠接到战报，令张曜所部会同老湘军将巴里坤的存粮运到吐鲁番储存，然后向托克逊转运。又派员赶赴吐鲁番安辑回民，设局采运，留下徐占彪、孙金彪两军镇抚。

当月，金运昌所部开进古城。左宗棠上奏，任命他代理乌鲁木齐提督。

托克逊和吐鲁番是南八城门户，帕夏听说门户已失，非常沮丧。官军释放的回民感念威德，互相转告，更多回民军解体，协助官军作战。帕夏绝望了，日夜哭泣，于四月份在库尔勒服毒自杀。海古拉把资金、财宝和军用物资全部交给白彦虎，令他防守库尔勒，自己带人抬着父亲的尸体向西逃窜，中途被长兄伯克胡里杀害。伯克胡里来到喀什噶尔，率领党羽和叛变的军官何步云分别驻守满汉两城。从此，各城的回民都内谋反正，日夜盼望官军到来。只有白彦虎据守开都河西岸，试图拦截官军。

左宗棠说："白彦虎已失去靠山，我军可一鼓扫平南路！"

正在这时，库伦办事大臣担心俄英表面上不与我国争夺，暗地里却会支助安集延，提议不要继续向南疆进军。他的奏报居然得到多数朝臣的赞成。他们说：西征耗费过多，既然已经收复了乌鲁木齐和吐鲁番，军队有了落脚之处，就在这里建立一道藩篱算了。

收复全部失地的机会明明就摆在眼前，这些人却要画地缩守，怎么能够巩固边围，向强邻显示实力？左宗棠越想越气，拍着桌子喊道："以后追究贻误战机的罪人，老臣不能负这个责任！即便大家和我意见不同，我也要把自己的看法坚持到底！"

慈禧自然是想一举收复全疆，连伊犁问题也一并解决。但那些大臣的絮絮叨叨，又不免令她怀疑事情会不会如此顺手。她一定要听听左宗棠的分析才能放心，否则夜里也睡不安稳。

左宗棠奉旨筹划，奏答说：重视新疆，是为了保卫蒙古；而保卫蒙古，是为了拱卫京师。如果新疆不稳，蒙古就会不安，不但陕西、甘肃、山西各地会遭到侵扰，防不胜防，就连直北关山，也将没有安眠之日。

左宗棠捧出乾隆做榜样：高宗平定新疆，拓展的领土，周边达二万里。那时候，运筹帷幄的大臣们也曾质疑，认为不该消耗内地的财源供给西部作战。圣意没有动摇，因为从过去设防的贫瘠之地推广出去，设置新定的丰饶疆土，边防军并未扩充兵力，军饷也没有额外增加，疆宇却更加巩固，可以作为长久之计。

左宗棠向慈禧保证：西征军作战形势一派大好，各城居民如同刚刚脱离虎口，投入慈母的怀抱，无人反抗朝廷。部队一边打击敌人，一边安抚百姓，不难收回旧有的疆宇。

他的结论是：地不可弃，兵不可停，但是军饷匮乏，只有迅速收复新疆，才能得到供给。为了省费节劳，为新疆制订长治久安的规划，解除朝廷的西顾之忧，就只有设立行省，改置郡县。左宗棠第一次向朝廷提出新疆建省，虽然没有得到足够的重视，但这个重要的方案已在他脑子里成型。

慈禧看了这份奏折，又吃下了一颗定心丸，决定放手让左宗棠去大干一番。君臣二人决心收复新疆全境，但左宗棠考虑到后路粮运艰难，将继续进兵的日期推到了新秋时节。

光绪三年（1877）六月份，左宗棠将徐占彪所部调回巴里坤与古城驻防，增派前寿春镇总兵易开俊率两千人驻扎吐鲁番。白彦虎得到喘息之机，逐步将部众派到库尔勒以北驻扎，打算在官军进攻时逃跑。左宗棠令北路的金顺等部加强边防，防止白彦虎逃窜。

这时候，郭嵩焘正在英国出任公使。安集延派了一名代表抵达英国，请求英国代他们向中国请降。英国人仍然打算庇护安集延，向郭嵩焘提出：请中国拿出毗连北路的几座城市，让安集延立国。郭嵩焘将此事禀报朝廷，谈了他的意见：若能乘着阿古柏已死之机，大军席卷扫荡，不出几个月就能大获全胜；如果进展不顺，及时谈判，也可节省兵力，消除边患。他的意见模棱两可：能速胜则速胜，不能速胜就和谈。是战是和，以机会为转移。

慈禧征询左宗棠的看法，左钦差坚决不同意让出国土。他说：英国暗中庇护安集延十几年，从来没有为我国说过一句话。英国声称要保护安集延立国，是担心他们依附俄国。安集延并非没有立足之处，怎么需要英国人为他们另外立国？就算要另立国家，那么把英国的土地割让给他们就行了，或者把印度的土地割给他们也行，为什么要把我国肥沃的领土拿去做人情呢？我们越是示弱，对方越会逞强，会有什么好处？我国必须坚决拒绝这种无理的要求。

咸丰三年八月一日，南路攻势由老湘军继续发动。前锋各部分别从苏巴什、阿哈布与拉伊拉湖进驻曲惠，按路程储备薪草，开挖泉水，等待大军到来。八月十日，大军全部开抵曲惠。十七天后，刘锦棠令余虎恩与黄万鹏等部首先傍着博斯腾淖尔西行，开抵库尔勒背后，作为奇兵。他自率大军从大道向开都河开进，作为正兵，于八月二十九日启程。

开都河发源于天山脚下，向南流贯库尔勒、喀喇沙尔，注入博斯腾淖尔。白彦虎经过西岸时，阻塞河水，企图阻挡官军。河水漫流一百多里，刘锦棠只得绕行一百二十里碱地，才到达东岸，然后架设浮桥，堵塞上流，在碱地上修筑车道。

九月一日，大军开抵喀喇沙尔城，发现城内回民已被白彦虎掠走，全城水深几尺，庐舍荡然无存。两天后，大军开抵哈尔哈阿满沟，敌军骑兵一百多人袭掠而过。刘锦棠纵兵追击，斩杀十几人，捕获二人。俘虏供称：白彦虎已从库尔勒与各城胖色提一起劫持回民西走库车。

余虎恩等部当天也从小路赶到，一起进入库尔勒，发现城内空无一人。部队所带的粮食已经吃完，刘锦棠令军士寻挖地窖藏粮，得到几十万斤。九月六日，后路粮运陆续到来，刘锦棠挑选两千五百名精骑，率领他们先行，第二天抵达策达雅尔。敌军已经掠过洋萨尔，奔向布告尔。刘锦棠乘夜疾进，在太阳偏西时抵达布告尔。敌军一千多名骑兵据险抵抗。老湘军立即冲锋，敌军接战就退，丢下一百多具尸体。

九月十日黎明，老湘军各部会合，推进四十里，远远看见敌军几万名步兵和骑兵。刘锦棠举起望远镜，发现持武器者只有一千多人。刘锦棠下令：只杀持武器者。敌军丢下难民，前进几里，反身搏斗。官军以排山之势推进，所向披靡。刘锦棠派兵护送难民返回。

第二天，老湘军开进托和奈，俘虏了敌军的零散骑兵。他们招供：敌军主力当天正向库车推进。各庄的蒙民与回民遭到胁迫，还有一万多人没有随行，都向官军呼号求救。刘锦棠安抚一番，令他们各自安居，不要害怕，随后率部开向库车。部队前行三十里，追到敌军。几万名被裹挟的回民散布郊野。敌军出动几千名骑兵，分左右两路迎战。刘锦棠令骑兵左右出击，令步兵左右援应，另派部队在中路断后。交战良久，不分胜负，刘锦棠令后路部队并进，斩杀回民将领马由布。敌军见大将被杀，立时乱了阵脚，全线溃退。老湘军追逐四十里，毙敌一千多人。九月十二日，老湘军收复库车，把被劫掠的回民召回故居。然后从库尔勒追击，六天内行军九百里，解放难民数以十万计。刘锦棠派飞马向左宗棠报告战果，又拔队奔赴拜城，军锋指向阿克苏。左宗棠派人在各城设立机构，筹备救济粮，劝说百姓耕种放牧，逐步修建水陆道路，修造船舶，设立驿站。

两天后，刘锦棠所部开进河色尔。当天，白彦虎杀害不愿西迁的拜城回民首领，激起回民各部反抗。白彦虎无法进城，只得将城外村庄全部洗劫一遍，落荒而逃。第二天，官军开抵拜城，回民大开城门迎接。刘锦棠留兵镇抚，令主力携带军粮，乘冰夜进。风冷霜凝，人马受冻，部队奋力行军八十里，在铜厂追上敌军。白彦虎驱赶二万回民，正要渡河，刘锦棠挥师猛进，传令：见敌军骑兵立斩。老湘军掩杀过去，敌军人马僵尸堆积，堵塞了水流。刘锦棠分兵护送难民返回拜城，令作战部队渡过乱流追击。敌军在几十里外的上铜厂集结，白彦虎还想夺路而逃，各城的胖色提却力主抗击，将部众分为两路迎战。

刘锦棠将骑兵部署在前，令夏辛西等部为右路，步兵继之，以搏战安集延人；令黄万鹏等部为左路，步兵继之，以搏战白彦虎所部。他自率亲军策应两翼。部署刚定，敌军猛烈射击，夏辛西部冲锋陷阵，斩杀安集延将领要路打什。官军乘势冲锋，骑步配合，杀敌无数。

白彦虎见右路已败，立刻率死党先逃，部众大溃。黄万鹏等部乘机掩杀，几十里路上都有敌军尸体。追到察尔齐克台，斩杀几千人，俘虏一百多人。

九月十七日，老湘军越过一百四十里戈壁，追到哈拉裕勒，乘夜开进札木台，距阿克苏城只有几里。登高遥望，只见城上枪矛林立。探马报告：白彦虎见官军进兵神速，已挟持回民首领逃走，城内有回民十多万人，正严阵以待。刘锦棠下令：派人喊话，令他们推举头领出城接受安抚。这一招立刻见效，刘锦棠率部进城。然后点齐人马，分兵追踪拦截。追到胡玛纳克河，擒斩上千名敌军。敌军分路逃跑，安集延人奔向叶尔羌，白彦虎奔向乌什。刘锦棠决定暂不追杀安集延人，专追白彦虎，令各部向乌什进发。老湘军踏冰渡过胡玛纳克河，抓到白彦虎死党马有才等十六人，全部处死。白彦虎残部更加惶恐，全部逃走。老湘军追到乌什城东，抄到敌后，斩杀一百几十人。白彦虎派部属与俄国人联系，从布鲁特边境逃往喀什噶尔。第二天，老湘军追到阿他什伯，放眼望去，全是戈壁，便收兵平定乌什。

老湘军自从收复库车以后，就地采粮，节省了大半转运。到此为止，南疆东四城全部平定，部队行军作战已经不愁无粮。

十月二日，张曜所部从喀喇沙尔进军库车。库车以南沙雅尔的回民首领麻木尔乘官军攻克库车之时，率几百名部众依附侵略军，悄悄奔向距阿克苏四百里的哈番，企图袭击官军。刘锦棠得到谍报，于十月八日率两千名骑步兵攻击屈乌克拱拜，将麻木尔所部全歼。

此前，和田的伯克呢牙斯得知官军南下，迅速集结所部回民攻打叶尔羌，响应官军的攻势。伯克胡里得报，留下阿里达什防守喀什噶尔，自率五千骑兵增援叶尔羌。这时白彦虎从布鲁特边境窜到喀什噶尔，阿里达什拒不接纳。何步云与英韶等人趁机占据汉城，宣布反正。

伯克胡里领兵来到叶尔羌，大败呢牙斯，攻克和田。呢牙斯无处可走，只得投奔张曜。

伯克胡里一战得手，向英国和俄国告捷，带领部众返回喀什噶尔。路上听说何步云反正，他一气之下，将英吉沙尔的汉民全部屠杀，令阿里达什接纳白彦虎，并力攻打汉城。

何步云势单力孤，派人向老湘军告急。刘锦棠刚刚回师阿克苏，正想先取叶尔羌，听说何步云反正，身陷包围，决定先攻喀什噶尔。他派余虎恩与黄万鹏各率两千人分路奔赴喀什噶尔，要求他们一定要于十一月二十四日在喀什噶尔会师。他自己领兵扼守叶尔羌与和田之间的要冲，为两部声援。十一月十三日，黄万鹏所部抵达喀什噶尔城以北的麻古木，余虎恩所部抵达喀城以东的牌素特，两军相距六十里。

伯克胡里与白彦虎驻守喀什噶尔。被裹挟的回民听说朝廷大军开到，纷纷走散。安集延将领屠杀百姓，仍然无法制止。守军见势头不妙，又决定开溜。白彦虎向西北方逃遁，伯克胡里和余小虎保护家累和辎重向正西逃走。留下小部队守城，企图拖住官军。

当晚，余虎恩部从城东大道进攻，只见城内守军纵火，光如白昼。老湘军轻骑从左右翼攻击卡隘，刚到城下，敌军一千多骑冲来。余虎恩指挥步兵大战，将回民将领刺落下马，敌军立刻退却。老湘军骑兵联合围攻，将敌军歼捕殆尽。这时，几千敌骑从城西北赶来救援，余虎恩正要分兵迎击，黄万鹏从北路杀到。老湘军会师，士气更盛，两头夹击，大败敌军。何步云等人率部在汉城内呐喊助威，城内敌军打开西门，与败军一起狂奔。老湘军进驻喀什噶尔。天明时分，老湘军留兵守城，黄万鹏向西北追击白彦虎，余虎恩向正西追击伯克胡里。

刘锦棠将各部派往喀什噶尔之后，料想敌军已经起了内讧，应该乘其不备，大举掩杀。他不等张曜所部赶到，领兵直捣叶尔羌和英吉沙尔。他于十一月十七日进攻叶尔羌城，守敌全部散逃。这时余虎恩的通信兵赶到，报告喀城已经收复。

三天后，刘锦棠派总兵董福祥收取和田，自己领兵急行军，奔赴英吉沙尔。这里的安集延部队早已逃走，刘锦棠进城安抚回民，留兵搜捕各城逃敌，自己赶赴喀什噶尔。

再说余虎恩追击伯克胡里，于十一月十五日在明要路追上，毙敌一千五百人，活捉了余小虎及其眷属四百余口，得知伯克胡里已于前一天窜过陆峡，逃入俄国境内。

当天，黄万鹏所部赶到岌岌槽，在后拒追到白彦虎，活捉其将领马元，全歼其部众。第二天穷追到恰哈玛纳，被俄属布鲁特人挡住去路。白彦虎逃到纳林河，俄国人收缴他的武器，让他渡河。余虎恩赶来与黄万鹏会合，见白彦虎已进入俄国，决定回师。

十一月二十六日，刘锦棠抵达喀什噶尔。十三天后，董福祥部收复和田。南疆八城一律收复，阿古柏的侵略被彻底粉碎。

刘锦棠派兵维护治安，先后搜获帕夏的四个儿子，以及过去曾招引帕夷入境的金印相父子，和余小虎、马元一起，在街市上处以磔刑。新疆南八城全部平定。左宗棠向朝廷告捷。

只用了一年多的时间，西征军大获全胜。这是晚清历史上最令人扬眉吐气的一件大事，是晚清夕照图中最光彩的一笔，也是左宗棠戎马生涯中最华彩的篇章。左宗棠自己也不无得意地说："戎机顺迅，实史传罕见之事。"

新疆各族人民为了感念他救民于水火之中的恩德，在大小村镇建立左公祠，烧香礼拜。

对于左宗棠收复新疆，光绪四年（1878）四月的一份西方报纸发了一则时评，其中写道：

陕甘的左大帅当年招募兵勇，在关外屯田，外国人嘲笑他迂腐，现在看来，这位左大帅先筹军粮，谋定而往，实施老成持重的战略，完全出乎西方人意料之外。汉兵从吐鲁番、库车进军阿克苏，势如破竹，迎刃而解。他们队伍严整，运筹周密，如同俄国人进攻基法一般。……欧洲人打仗，战法也不过如此了。平时欧洲人轻视中国，说中国人不懂军事，现在看来，中国恢复回部，更胜于收复云南大理，足以令我们欧洲人清醒一把了。

收复伊犁

左宗棠的西征军在北疆和南疆先后获胜之后，光绪四年（1878）五月，中国政府打算正式启动中俄边界交涉的谈判程序。左宗棠向总理衙门提出一个方案：从目前情况来看，中俄边界交涉只能以同治三年会勘的界址地图为依据，不必提出另外的依据，以至于争论不休。

同年六月二十一日，清廷派吏部侍郎崇厚出使俄国，交涉收回伊犁等事宜。

四个月后，左宗棠上奏《复陈新疆情形折》，第三次提出新疆建省，同时报告伊犁现状，以及收回伊犁之后的布防计划。鉴于逃入俄国境内的叛国者屡次入犯我国，左宗棠要求朝廷在俄国没有交还伊犁之前，禁止俄国人通商。此事令俄国人很不舒服。崇厚抵达俄国，商议交还伊犁，俄国人最迫切的要求，就是撤销沿边通商的禁令。

崇厚把俄国人提的条件奏到朝廷，大臣们议来议去，认为俄国提出通商的地方过多，在边界划定的问题上，企图侵吞我国领土，赔款的数额也没有明确提出，如果立即放开通商禁令，他们必然会提出更多的要求。朝廷下诏，令崇厚坚持定见，不能因急于索还伊犁而留下后患。崇厚的奏章也发到了左宗棠手里，朝廷令他与伊犁将军金顺等人广泛讨论。

左宗棠主管新疆事务，最有发言的资格。他把自己的意见汇总奏报。他说，伊犁一地，早该归还我国了，本来不用等到现在。他提出，界务问题，可以按照同治三年明谊与俄国官员商定的办法划定；商务问题，这次崇厚同意俄国在嘉峪关设立领事，已经超过了俄国人的期望，不能再有让步；赔款问题，俄国把土地归还我国，我国还要以重金酬谢，似乎不合道理，不过汉文帝对待北匈奴的大单于，除了颁发诏书以外，还送了缯帛，推古及今，似乎也说得过去。

左宗棠担心崇厚一味退让，会让俄国人认为中国没有底气，从而乱提条件，一发而不可收。他希望崇厚坚持定见，与俄国外交部从长计议，立足于充分的理由，表达诚恳的心意，尽到睦邻之谊，使俄国人的贪欲无以复加。同时，他请求朝廷将准许外国烟土在口岸销售一项从条约中删除。

光绪五年（1879）八月，崇厚对国人搞了个突然袭击，按照以前所议的条件，与俄国人画押签订条约。他的奏折上达天听以后，朝廷对他轻率从事大为震怒。一时舆论大哗，大臣们踊跃上疏弹劾。

左宗棠不料中俄谈判有此变故，得到消息后大吃一惊。上谕跟着就到了，责令他设法弥补崇厚所捅的娄子。左宗棠被崇厚的做法气得目瞪口呆，叹息几声，坐下来书写新的折子，但愿能为国家挽回一些损失。

左宗棠指责崇厚"轻率定议"。他回奏说：条约第七款称，中国接收伊犁后，霍尔果斯河西及伊犁山南的特克斯河划归俄国，致使我国失去大片领土，并使伊犁处于俄国环绕之中，一天也住不安生；第八款称，塔城界址拟定稍作改变，参照同治三年议定的边界，又在西境和南境划去不少地段，从此伊犁势成孤立，难以控守，加之山南划去的土地，内有通向南八城的两条要道，关系回疆全局，对我国更加不利；第十款规定，除过去约定的在喀什噶尔和库伦开设领事馆以外，在嘉峪关、乌里雅苏台、科布多、哈密、吐鲁番、乌鲁木齐、古城七处，也要酌情设立领事；第十四款规定，俄国商人运输俄国货物走张家口、嘉峪关赴天津、汉口，经过通州、西安、汉中运土货回国，不但口岸过多，并且妨碍中国商人的生计。

左宗棠接着指出，在打不过对手的时候，会有人割地求和；现在一枪未发，就同意捐弃要地，满足对手的欲望，这就如同把骨头丢给一只狗，狗把骨头吃完了，还不过瘾。目前的弊病已经形成，以后的忧患没有尽头！

左宗棠不同意接受俄国提出的条款，提出收复伊犁不妨以武力相威慑。在他看来，俄国人错误地以为中国近来或许已经厌烦了战争，不打算在边境与之开战；所以，左宗棠作为朝廷疆吏，会提出如此强硬的办法，或许是俄国人始料不及的。

不过，左宗棠认为仍然应该坚持有理有节的外交方针，首先应与俄国人谈判，委婉而用机智；然后以战阵论输赢，坚忍而求胜。他请朝廷批准他在下一年春天解冻以后，亲率驻肃州的亲军，增调骑兵和步兵各部前往哈密，在南北两路适中之地驻扎，上下一心，维持大局。

在维护国家主权的声浪中，李鸿章又发出了不同的声音。他担心崇厚已经签署了条约，如果朝廷不予批准，恐怕会开启衅端。

左宗棠认为李鸿章根本不值一驳。这种畏惧洋人的软弱态度,不但民众不会容许,多数朝臣也会反对。但他这次决定不再针锋相对,而是搞一次迂回进攻。他提议朝廷将崇厚签署的条款下发军机大臣、总理衙门、六部九卿及将军督抚,供大家讨论,让大家各抒己见。他显然是想借诸位朝廷重臣的权威来压一压李鸿章这个软骨头大臣。

在给总理衙门的信函中,左宗棠明确提出了对崇厚所签条约的处理意见:崇厚虽然是全权大臣,但所订的条约,必须得到御笔批准才能生效,所以我国并没有同意在先;由于必须等待御批,也不存在后来反悔。如果俄国在大的原则问题上不肯让步,就命令新疆南路部队分别从阿克苏和乌什兼程疾进,直取伊犁,同时索逮叛国者,集中关内的兵力,堵塞他们的蹊径,令他们就范。

左宗棠雷厉风行,逐步调换驻防部队,增加刘锦棠的兵力。

当年十一月五日,清廷发布上谕,肯定左宗棠不惜以武力收复伊犁的方针,要求他对新疆南北两路边防军务预先部署。

不久之后,崇厚灰溜溜地返回北京,朝廷将他判处死刑,缓期执行,待秋后处决。然后,朝廷按照左宗棠提出的办法,将崇厚签署的各款条约,下发阁部九卿、翰詹科道讨论。随后采纳王公大臣的建议,做出一个重要的决定:改命驻英法大使曾纪泽赴俄国重新谈判条款。

于是,曾国藩的儿子曾纪泽,在收复伊犁一事中开始与左宗棠紧密合作。曾国藩生前要求儿子师从左宗棠,而曾纪泽与左宗棠心有灵犀一点通。师徒二人一文一武,在收复伊犁这件大事上面,配合得十分默契。曾纪泽是谈判代表,唱的是白脸;红脸的角色由左宗棠担当。慈禧仍然令他统筹新疆南北两路的战守。

光绪六年(1880)正月十日,清廷向俄国递交国书,指出崇厚所议的条约多有违训越权之处,无法执行,决定再派大理寺少卿曾纪泽为出使俄国钦差大臣,重新谈判订约。

俄国在这年春季不断进行政治讹诈和军事威胁,伊犁处在严重的危机之中,战争有一触即发的可能。中国军民极为愤慨,北京城厢街谈巷议,无不以一战为快。

国人的眼睛,都盯在六十八岁的左宗棠身上。

二月二十三日,左宗棠发言了。他表示支持曾纪泽赴俄重新谈判,呼吁谈判结果首先要有利于巩固领土的防御。他向朝廷报告,他已为收复伊犁部署了三路兵力:东路由伊犁将军金顺在精河一带加强戒备,扼住对方逃窜的道路;中路由广东陆路提督张曜主持，起于阿克苏冰岭之东，沿特克斯河直到伊犁；西路由通政使司通政使刘锦棠主持，取道乌什，从冰岭之西经布鲁特游牧地直达伊犁。

接着，左宗棠马上筹备出关。

光绪六年（1880）四月十八日，左宗棠履行他对朝廷的承诺，率领亲军骑兵从肃州启程出关。左恪靖军的大旗在队伍前面迎风招展，各家将字旗号和营旗随后飘扬。湘军展示了最新式的武器，如同一场盛大的阅兵式。

四百名精壮亲兵在前面开道，四百名护卫簇拥在后。左宗棠在八百铁骑护卫之中，骑乘一匹白马，神情凛然。他的身后，八个彪形大汉抬着一口南方特有的黑色棺材，是为他自己准备的，威风而悲壮。初夏的天气已是热不可耐，官兵们一个个汗如雨下。他们怀着视死如归的心情，跟随六十八岁的老帅踏上新的征途。

这支雄师越过安西，穿过星星峡，于五月八日行抵哈密。左宗棠令南北两路部队加强戒备，将他带来的部队派往巴里坤、古城与安西设防，在科布多至古城之间增设台站。

左宗棠来到哈密时，俄国向伊犁阿来增兵，时常派游骑兵越境设置军营。左宗棠告诫各部不要轻举妄动，先用信函质问俄国官员。俄国游骑兵随后撤回原军营。但是俄国仍然以武力威胁，扬言要派军舰封锁我国辽海。沿海不得不加以戒备。

清廷认为海疆防务不足以抵挡俄国的进攻，于五月十九日被迫接受英法两国的调停，暂免崇厚死罪，以求俄国接受谈判。七月初二立秋日，少詹事宝廷认为形势日益紧迫，朝廷一定要有寇准和李纲那样的大臣主持危局，建议将左宗棠召回北京，以备顾问。

四天后，清廷接受这个建议，令左宗棠来京陛见。

左宗棠奉到上谕，于七月二十四日致书刘锦棠，要他速赴哈密，详细筹划各项要务，挑起新疆这副重担。十天后，他向朝廷推荐刘锦棠督办新疆军务，请将哈密及镇迪道划归新疆管辖。陕甘总督一职，他想交由杨昌浚代理。

左宗棠即将离开他苦心经营十几年的大西北，慎重地考虑走后的人事安排，坚持站好最后一班岗。

八月二十二日，清廷谕令刘锦棠代理钦差大臣，办理新疆军务。左宗棠非常高兴后继有人，又于十月五日立冬日奏请朝廷任命另一位功臣张曜帮办新疆军务。

第二天，刘锦棠从喀什噶尔抵达哈密。左宗棠与他连日商谈新疆应办的大事，将新疆的军务、饷事和采运工作，分项开单移交，同时和他交接钦差大臣的关防。

十月十二日，左宗棠离开哈密东行入关。

左宗棠虽然离开了新疆，但他导演的针对俄国的大戏仍在紧锣密鼓地演出。他的创意是文武并举。左宗棠展示的是武力和雄心，曾纪泽所用的是外交手腕。他们期望大戏有个圆满的大结局：收复伊犁。

曾纪泽从光绪六年六月份抵达俄国京城圣彼得堡以后，与俄国人开始了会谈辩论，其中有记录可查的会谈就多达五十一次，反复争辩的文章多达几十万字。

左宗棠离开新疆了，但是对俄国的备战态势并未随他离开。刘锦棠继任他的职务，就是一个信号：新疆的大帅仍然是一个强硬派。靠着这个人事安排，就维持了对沙俄的压力。

清廷把左宗棠调离前线，本意是不想把俄国人逼急了，但是效果适得其反。左宗棠离开哈密，俄国人反而更加紧张。这次人事调动给俄国人造成了一个错觉，他们认为清廷召左钦差进京，是为了商议对俄开战。

俄国人有些心慌了。诚如左宗棠所料，沙俄刚刚结束俄土战争，大伤元气，其实是外强中干。他们硬充面子，让自己的谈判代表放风说："只有痛打他们一顿，才能使他们老实下来。"私下里却不得不承认，真要打仗，他们国家的财力的确承担不起。随着左宗棠突然离开新疆，沙俄谈判代表在谈判桌上的态度居然有所收敛。

不过俄国人也不会轻言放弃，继续向我国东北边境施加高压。他们已在珲春筑城，军舰也开到了新开河，而乌里雅苏台也报告俄军逼近边界。

左宗棠见俄国人示形于东北，令王诗正率领亲军两千人，刘璈、王德榜各率所部五百人，先行入关，取道镇番，奔赴归化城，然后赶赴张家口扎营。

左宗棠已经做好打仗的准备。十月十八日，他给刘锦棠写信：

> 俄事非决战不可。
>
> 连日通盘筹划，无论胜负云何，非将其侵占康熙朝地段收回不可。

十一月二十一日，左宗棠抵达兰州，与杨昌浚紧急会商，检点案卷，移交公务。清廷下诏，令杨昌浚代理陕甘总督。

十二月四日，左宗棠离开兰州赴京。所过之处，士民夹道挽留。街头巷尾，议论纷纷：怎样才能把左公留下啊？白头老叟，学龄儿童，女流之辈，都有天将塌下的感觉。他们顶香跪送，几十里绵延不绝。左宗棠频频下车，连连劝慰，请大家起身返回。

行走十七天，左宗棠抵达西安。只歇三天，继续前行。随即换雇车驮，从潼关渡过黄河，进入山西北上。

左宗棠的另一位朋友在收复伊犁的这场大戏中担任了角色。曾纪泽的叔叔曾国荃，年已五十六岁，时任陕西巡抚，奉旨督办京东军务，率部驻扎山海关，防备沙俄侵略。

俄国代理外交大臣吉尔斯感到了左宗棠的锋芒，对曾纪泽说道："我国皇帝听说左相奉召入京，责成我等务须及早定议，免生枝节。"

于是中俄谈判进行得颇为顺利。

光绪七年（1881）正月二十六日，曾纪泽与俄国订立《中俄伊犁条约》。俄国归还伊犁全境，在嘉峪关、吐鲁番设立领事。

与崇厚所签的条约相比，曾纪泽谈成的这个条约为中国争回了许多利益。虽然伊犁西境霍尔果斯河以西地区和北面的斋桑湖以东地区仍为沙俄强行割去，但中国收回了乌宗岛山及伊犁南境特克斯河一带的领土。此外，还取消了俄国人可到天津、汉口与西安等地进行经济活动等条款，废除了俄国人在松花江行船和贸易、侵犯中国内河主权等规定。在中国收复的领土上，各族人民免遭殖民统治，重回祖国怀抱。

左宗棠得知协议达成，松了一口气。但他对这个结果并不满意。

> 伊犁仅得一块荒土，各逆相庇以安，不料和议如此结局，言之痛心。

然而在清廷看来，这已经是一个很大的胜利了。左宗棠的硬气，慈禧虽然欣赏，却不敢让他发挥到底。清廷下诏，命令金顺率部接收伊犁，按图划界。

在曾纪泽签署条约的第二天，左宗棠从崇文门进入北京，不久便在中央政府任职。

中法战争的主心骨

光绪九年（1883）六月份，法军在越南加紧攻势。左宗棠在两江总督任上，指出此事的严重性：越南一亡，我国的外藩尽撤，广东边防就危险了，云南和贵州的边境与腹地都很棘手，后患无穷。

左宗棠主张抗击法军。他四处为前线筹集军火，派王德榜回到永州，将军火解送到前方，接济边防驻军。王德榜还奉令就地招募几千名广勇。接着，左宗棠向朝廷请战，要求赶赴云南和广西坐镇指挥。

慈禧太后答复：云南和广西都有重兵，不用左卿前往。

到了年底，边防事务更加棘手。法军攻打越南的山西，遭到中国驻军抵抗。中法战争就此爆发，法军很快占领了山西。朝廷令左宗棠派王德榜招募部队出关，左宗棠在永州储备的军火派上了大用。左宗棠加紧整顿江南防务，令王德榜在永州招募十营勇丁，号称"恪靖定边军"，筹备军火饷需，使之能够迅速开拔。

光绪十年（1884）初，法国当局将侵越兵力增加到一万七千人，进攻清军据守的战略要地北宁。清军在主力决战中失败，法军控制了红河三角洲，利用海军的机动作战能力，对中国形成大面积威胁。北宁和兴化相继失守之后，只有王德榜的五千人扼守谅山镇南关。海上传来警报，法国军舰分别驶入福建和江南海口。

左宗棠听到前方告急，愤怒至极，寝食难安。他主动取消病假，继续为朝廷出力。他知道王德榜兵力单薄，请求派黄少春在湖南招募新军继进。

法国人听说左宗棠要出来主持战局，心里不免发怵。他们为了赢得时间休整兵力，开打外交牌，提出和谈，条件是清廷必须承认法国对越南的保护权，开放中国的西南各省。

法国公使来到了天津。慈禧为了借重左宗棠的威望，于四月九日召他回京入见。

中法《简明条款》于四月十七日在天津签订。五月二十日，左宗棠进入京城，发现紫禁城内外风气萎靡。他连忙会见主战的两位亲王，向他们呼吁：我们要舒张正气，能打赢固然要打，打不赢也要打！李鸿章一意求降，会使其他列强也想咬我们一口，中国将会永无宁日！只有坚决抵抗，中国才有出路！

朝廷的三位大员一致主战，京城内外顿时豪气萌生。五天后，七十二岁的左宗棠奉旨再次入值军机，开始调兵遣将。

法国人果如左宗棠所料，得陇望蜀，出尔反尔，协议墨迹未干，就大动干戈。条约签订前后，南线的法军突然开抵北黎地区，要求从中国军队手中"接防"，挑起战争。王德榜指挥清军打赢了这一仗，史称"北黎冲突"。

法国照会清廷，要求驻越清军火速撤退，并赔偿二亿五千万法郎的军费。由于有左宗棠这个主心骨，清廷坚决驳斥了法国的要求，颁发了奕譞所谓的"二十余年中国第一次振作之照会"。左宗棠令云南与广西的驻防部队稳扎稳打，抗击法军，另派黄少春迅速组建部队前往增援。

法军陆路失利，指望海战得胜。法国远东舰队开向福州，七月三日，中法马江海战爆发。海战不到三十分钟，左宗棠主持筹建的福建水师全军覆没。法军还摧毁了马尾造船厂和两岸炮台。左宗棠得到报告，不由咳出血来。

法军在福建海面一战得手，大举转攻台湾，于七月九日轰击基隆，强行登陆。

中国政府被迫对法宣战，必须有一位强硬的大臣来任总司令。此人非左宗棠莫属。只要他活着，抵御侵略就少不了他来当统帅。福建、浙江和台湾纷纷告急，朝廷只能依靠他来收拾局面。七月十八日，左宗棠出任钦差大臣，督办福建军务。

左宗棠抵达天津，与直隶总督李鸿章商讨军饷问题，谈得很不融洽。分手之后，左宗棠对亲信说："我老了，不能像往年一样抬杠了。到了天津，与李二抬杠不中用，到了江南，不能再跟曾九抬杠。"

八月十三日，法军攻陷基隆，随后封锁台湾海域。左宗棠发出调令，召集旧部五千人随他前往福建前线。

他在金陵与曾国荃相见，执手唏嘘，彼此打量对方的鬓须。

左宗棠说："老九还认得我吗？我却认不出老九了。老九之兄死了，我便是老九之兄。"

曾国荃听懂了意思，回答："老兄此去闽海，协兵协饷，是小弟的事情。"

左曾二人联衔奏请南洋水师和北洋水师各抽调五艘军舰，在上海集结，运载杨岳斌所部湘军十二营到厦门，准备与法国海军大战一场。这是非常及时的对策。可是李鸿章未派兵轮南下。杨岳斌所部只得改用商船运输，无法按时抵达厦门。左宗棠改派几艘南洋军舰南下，遭到法舰截击，未能到达福建。但是左宗棠仍然大大加强了台湾的防御力量，使法军登陆部队无法深入台湾陆地。

左宗棠于十月二十七日抵达阔别近二十年的福州。自从马江挫败以后，官民一夕数惊。左宗棠到达福州，人心才安定下来。左钦差在内地部署驻防军，在沿海设立渔团。

十二月二十九日，左宗棠问左右："今天是什么日子？"

左右回答："快过年了。"

左宗棠说："今年不准过年，要打仗！法国人趁我们过年，正好打厦门。小孩儿出队，我当前敌！"

闽浙总督杨昌浚说:"法国人怕中堂,自然不来,中堂可不去。"

左宗棠说:"此话何足信?仗还是要打呀。"

穆图善走进来,跟着大家劝道:"中堂是大帅,应该坐镇省城。我们做将军和总督的,才应该去打仗嘛。"

左宗棠说:"你们两人已是大官了,还是我去吧。"

穆图善说:"我们固然是大官,还是不如中堂关系大局。"

左宗棠沉默一会儿,慢慢说道:"既是这样,你们两人也不必去了,叫各位统领去吧。凡是统领,不能留下一个人!"

法国人以为左宗棠在厦门未设重兵,打算在大年初一奇袭厦门。法舰驶到离厦门五十里处,用望远镜观察沿海的各个山头,只见到处插着恪靖军的红旗,知道左宗棠已有防备。法军司令说:"撤吧,左宗棠厉害,不可进攻。"

左宗棠得知法军正在攻打台北,决定再次向台湾增兵。李鸿章不派军舰,那就用渔船吧。他令南洋军舰出海佯动,假装直逼台北,吸引法国海军。王诗正率领五营部队乘坐渔船,从泉州蚶江冒险密渡。元宵节前两天,王诗正所部抵达台南,一举夺回月眉山。左宗棠担心台湾兵力还不够,嚷着要亲赴台湾督战,解救台湾危机。众人苦苦劝留。

杨岳斌说:"中堂不用去,还是我去吧。"

幕僚悄声对他说:"台湾危险。"

杨岳斌说:"中堂硕德众望,他都要去,我怎能不去?"

左宗棠说:"去吧,很好很好,只是要保密。"

不久,杨岳斌派人来报告,说他病了。左宗棠一拍大腿,说:"厚庵病了,怎么办?"连忙派人去探望,那人回来复命说:"病得很厉害,留下了一个儿子,在身边侍奉汤药。"

左宗棠又一拍大腿,说:"很好,厚庵去台湾了。"

杨岳斌身体健朗,身穿洋布旧衫,只带一个儿子,乘渔船渡海,把帮办钦差的关防钉在船底,法军未能搜出。到了台湾,他召集两千名湘军,连夜造出杨字旗,每个班都装成一个连的兵力,在山岭上连绵驻扎。法国人见到杨岳斌的旗帜,不知这支大军从何而来,惊慌失措,杨岳斌当即指挥部队夺回几处失地。

法军进攻福建,意在牵制中越边境的清军,目的没有达到,反倒损失了兵将和战船。他们知道,左宗棠坐镇福州,台湾很难得手。他们不敢贸然犯险,又将进攻重点转回中越边界。

在法军强大的攻势下，中越边境的清军相继撤退，谅山危急。正在此时，冯子材率部奔赴镇南关，进攻凭祥。他出任前敌总指挥，清军士气大振，取得临洮大捷，乘胜收复几个府县，西线形势十分喜人。随后，冯子材和王德榜取得镇南关大捷，歼灭法军精锐近千人，不仅使东线的清军反败为胜，而且从根本上扭转了全盘战局。清军各部乘胜冲出镇南关，攻克文渊，又分路进攻，直取谅山。法军丢弃大批装备物资，深夜撤出谅山。清军主力收复谅山，节节取胜，收复了开战以来丢失的地盘。法国人陆海两路失利，而且无望挽回败局。他们再度抛出外交牌，拿出以前签订的那份条约请求和谈。李鸿章力主适可而止，见好就收，重开和谈。清军正要对法军发起最后一击，朝廷却于光绪十一年（1885）二月十五日下达了停战撤兵的命令。中法战争就此停止，中国军队功亏一篑。左宗棠最不愿意看到的事情还是被李鸿章办到了。四月二十一日，中国代表在天津签署了辱国的《中法会订越南条约》。

有一天，左宗棠忽然咄咄自语："今天大喜事，赶快张灯挂彩。"

穆图善和杨昌浚不知有何喜事，相率入贺，问道："恭喜中堂，有何喜事？"

左宗棠说："这么大的喜事，你们都不知道，未免太不关心时局。我昨天已奏告朝廷：已经全歼法军！"

穆图善和杨昌浚退出，派人把合约拿给左宗棠阅览。左宗棠一见，气得浑身发抖，读不成句，叹息道："阎中堂为全国清议所归，怎么连他也赞成签订和约！"

左宗棠一气之下，神志不清，不时连声高喊："哈哈，出队出队！"接着呕出血来。

光绪十一年（1885）七月二十七日，左宗棠在福州去世。

中法战争，在左宗棠的指导下，中国军队顽强抵抗法国侵略军，是中国近代史上一场重要的战争，也是"晚清中兴"由左宗棠时代向李鸿章时代推移的重要转折点。

这场战争，中国在军事上取得胜利，迎来了其后的十年安宁，但在政治和外交上却被以李鸿章为代表的妥协派抹上败笔，酝酿出十年后甲午战争的惨败。

听说中国不败而败，法国不胜而胜，湘军将领无不义愤填膺。对于清廷的软弱怯战，最气愤最忧伤的，莫过于这场战争的统帅左宗棠。他身心交瘁，再也经不住如此的折腾。

这一场中法战争，留下了太多的遗憾。中国本来有希望通过这场反侵略战争，崛立于世界强国之林，如同二十年之后的日俄战争，日本终于战胜俄国，而令列强为之震胆。但是中国未能利用军队在战场上取得的优势，于是左宗棠留给后世的是一份遗恨。他在遗折中说：

> 此次越南和战，实中国强弱一大关键。臣督师南下，迄未大伸挞伐，张我国威，遗憾平生，不能瞑目。

左宗棠还对清廷寄予一点期望。他在口授的奏章中说：

> 伏乞皇太后皇上于诸臣海军之议速赐乾断，期于必成，凡铁路、矿务、船炮各政，及早举行，以策富强之效，则臣虽死之日，犹生之年矣。

左宗棠愿与国家同命运，只要国家富强，他虽死犹生。

曾国藩：追求完美的大帅

左宗棠挽曾国藩联语：

> 知人之明，谋国之忠，自愧不如元辅；
>
> 同心若金，攻错若石，相期无负平生。

引子：机会主义的选择

曾氏家族是中国的六大家系之一，他们共同的祖先是一位先哲，即孔夫子的高足曾子。曾国藩和他那位伟大的祖先之间隔着七十个世代，但远祖的荣耀仍然照耀着曾国藩人生的道路，使他不懈地追求学术名家的历史地位。

曾国藩的直系前辈是湖南湘乡人氏，虽然家境贫寒，却承继了祖辈崇尚学术的传统，刻苦研读四书五经，争取跻身于光荣的文士之列。曾国藩的父亲曾麟书一辈子沉迷于书香，虽无成就，却也是无怨无悔。

在这样的家庭环境中，长子曾国藩很有可能步乃父后尘，成为一名书呆子。所幸他的祖父曾玉屏头脑精明，注重实际，对长孙性格的形成，施加了强烈的影响。

曾国藩出生于嘉庆十六年（1811）十月十一日。他于亥时脱胎而出，那是晚上九点之后。七十多岁的曾祖父已经入睡。老人梦见一条巨蟒盘旋空中，在住宅四周盘旋，不久进入室庭，蹲了下来。老人惊醒了，睁开眼睛，接着就听说曾孙出生了，脱胎在他做梦之时。这对他是一个莫大的惊喜，他脱口说道："这是我家的吉祥，曾氏门闾将要光大了！"

巨蟒投胎的曾国藩出生以后，曾家宅子后面的一棵古树，便有藤来缠绕。树是枯树，藤却是活力很强的新藤，一天比一天粗壮，矫若虬龙，枝叶苍翠，能够庇荫一亩见方的土地，世所罕见。巨蟒和粗壮的藤，都是力量和权势的象征。

从曾国藩降生的吉兆来看，未来的他不像学术泰斗，人师圣贤，而像一位傲世枭雄。但是曾国藩在四十岁以前并未显示出武功的征兆，走的是一条修身养性的硕儒之路。

曾国藩四岁就开始了学业，不到八岁就学习五经，开始作文。十五岁他参加长沙府试，名列第七。二十二岁那年，他跟父亲一起考取秀才。第二年他在长沙考中举人，立即进京参加会试。他在北京两度落榜，二十七岁考中进士，随后通过殿试和朝考，进入翰林院。

此后，曾国藩做了十年京官，兢兢业业，步步高升。他收入不高，时常入不敷出，但他总是慷慨地援助家人，以及客寓京师的湖南人。道光二十三年（1843）三月，道光皇帝亲临正大光明殿考试翰詹，曾国藩考取二等第一名，获得最高学术机构的高级职称，得旨以侍讲升用。四年以后，他通过了最后一次考试，成为内阁学士，兼有礼部侍郎的官衔。此年他三十八岁，整个清代没有一个湖南人在这个年纪爬到如此的高位。从此以后，曾国藩在政府所有的六部都任过副部长，积累了丰富的从政经验，使他成为官场行政方面的全才。

在道光帝统治的最后几年中，曾国藩秉承皇上唯务安静的风旨，埋头于学术和道德的追求。他沐浴着儒家理学的光辉，努力挣脱人欲的诱惑，时刻反省自己的行为、思想和情绪，试图把自己打磨出纯粹的圣贤风骨。他在颇负时望的文人圈子里酬答唱和，陶冶情操，效法儒先。但是，随着道光帝去世，社会动乱加剧，曾国藩适应社会和官场的需求，突然改变了形象，以务实的态度向登极不久的咸丰皇帝献计献策。

咸丰二年（1852）发生的一个事件，使人们看到了曾国藩严厉的面孔。太平军从广西永安成功突围之后，曾国藩作为刑部侍郎，负有为失职官员乌兰泰和赛尚阿拟定罪名的责任。曾国藩认为军事至关重大，建议对有关责任人处以最严厉的刑罚。尽管皇帝并没有采纳他的建议，但人们已经看出，曾侍郎的内涵绝非单纯的理学精神。

几个月后，曾国藩得到母亲的死讯，于八月下旬回到湖南湘乡奔丧，在这里迎面撞上了战争。那时太平军正在攻打长沙，湘乡早已进入战备状态。曾国藩一直待在家里，静观战局演变，直到太平军撤离长沙北上，于十二月四日攻克武昌。

　　武昌陷落九天后，曾国藩在湘乡家中接到湖南巡抚张亮基转来的圣旨：

　　　　前任丁忧侍郎曾国藩，籍隶湘乡，闻其在籍，其于湖南地方人情自必熟悉，着该抚传旨，令其帮同办理本省团练乡民搜查土匪诸事务。伊必尽力，不负委任。

　　曾国藩奉旨以后，第一反应是不愿出山。他在第二天起草了一份奏疏，恳请在家终制，并给张亮基写信，请他代奏皇上，陈述不能出山的苦衷。

　　按照惯例，官员回家为母亲守丧，为期须有二十七个月，如果没有满期就出山办差，便有可能遭到士大夫的谴责，被指为名利心作怪，有失于孝道。曾国藩不愿出山，拿到台面上的理由正是如此。几乎所有的人都相信，这是他不愿出山的真正动机。

　　其实曾国藩还有另外的理由不愿出来任职。咸丰皇帝这次交给他的差事，既不是查考礼制、举办祭典，也不是审查案件、拟定罪名，更不是主持考试、审阅考卷。这是一个有关军事的任命，他的任务是训练民兵，打击土匪。曾国藩从来未曾染指这种公务，他只做过和平时期的京官，满嘴是仁义道德，满脑子是宽恕容人，极少与血腥沾边。他一心想做当代的圣贤，在文章道德一途，已经赢得颇高的声望。现在皇帝命令他拿起屠刀，他是否应该走下理学的高台，去向疆场，跟一帮无知的莽汉拼杀搏斗？这样做，会不会令他身败名裂？曾国藩不愿出山，也许是吃不准利弊所在。

　　一开始，老实待在家里不去玩火的念头占了上风，所以他写了恳辞的奏疏。折子刚刚写就，还未发出，十二月十五日，张亮基派差官到荷叶塘送信，通知他武汉已经失守，长沙人心惶恐，恳望他出任帮办团练的大臣，为保卫桑梓尽心尽力。

　　按照曾国藩的说法，武汉失守令他大为震惊，他的决心动摇了。也许武汉失守的消息只是一个契机，启动了曾国藩的另一种思维。他继承了祖父精明的头脑，懂得识时务者方为俊杰。如果此时他再请辞朝廷的重托，皇上会怎么想呢？如果他为了自己做人的完美，不顾桑梓的安危，家乡的官民又会怎样想呢？近年来他留心经世之学，以关注吏治民生、练兵筹饷来自我标榜，已经给年轻的新皇帝留下了颇为深刻的印象。如今战争近在咫尺，皇上有心重用他，给了他一个大展身手的机会，难道他就让难得的机遇从手边溜走，使皇帝认为他是一个只会讲空话的绣花枕头？

正在他难做决定的时候，好友郭嵩焘来到荷叶塘，吊唁他的母亲。深夜时分，曾国藩见到了这位年轻时义结金兰的挚友，和他秉烛恳谈。话题由缅怀死者转到国事，曾国藩为了试探对方的想法，说他打算守制，无意于出山帮办团练。

郭嵩焘劝道："你素来有澄清时局的抱负，现在机会来了，你不乘机为朝廷效力，怎么对得起天恩？何况戴孝从戎，也是古来的惯例嘛。"

曾国藩没有说话，郭嵩焘却看穿了他的内心。这位友人雄心勃勃，想要整顿中国的政治秩序，只是因母丧在身，有些犹豫罢了。郭嵩焘又说道："如今适逢乱世，英雄辈出，老兄为什么不趁此机会大展宏图？"

曾国藩的心已被说动，但他城府极深，仍然没有应允，还是一口咬定：他已打定主意为母亲尽孝。郭嵩焘看出他想要下台子，但还需要阶梯。于是他去找曾国藩的父亲，大谈他儿子出山保卫家乡的必要性。老先生深以为然，把儿子找来教训一通。

也许曾国藩要的就是这个效果。父命难违，谨遵父命乃是最大的孝道。儒学的伦理规定貌似死板，但巧妙地预设了开脱的机关。只要有足够的智慧，拐几道弯子，人人都可以达成自己的意愿而无亏于大节。既然父亲开了口，曾国藩自然同意遵循皇上的旨意办事。唯有如此，曾国藩才能堵住悠悠之口。

曾国藩同意出山了，但不能表现得过于积极，于是他拖延了几天。郭嵩焘索性再烧一把火，领着弟弟郭崑焘一起前往曾家，催促曾国藩起程。曾国藩沉吟半晌，说："若要我应诏帮办团练，你兄弟二人须得入幕参赞。"

郭嵩焘并不讨厌功名，爽快地应承下来，于是曾国藩出山的一切条件都已具备。

曾国藩选择了出山，选择了墨绖从戎，选择了爬到高台上去走钢丝的风险。他没有拘泥于教条，而是顺应了形势的要求。为了在这条冒险的道路上走得稳一些，他必须不遗余力地投入新的定位。何况他是一个完美主义者，一旦担起了责任，就会尽力而为。他并非朝廷任命的唯一一位帮办团练大臣。可是，在清廷任命的几十名团练大臣中，只有他一人做到了尽忠职守。帮办团练大臣一职，既非封疆，又非钦派；既非常设的官位，又非显赫的头衔，也无明确的责任界定，有利于消极怠工，推诿责任。曾国藩本来也可以跟大家一样，在此岗位上得过且过，但他秉性敬业，无论担任何职，都会要求自己做到最好。所以，他会采用一切手段，不惜一切牺牲，把湖南的民兵事业做成全国一流。这就是湘军得以无敌于天下的根本动力之一。

建立宏伟目标

曾国藩奉旨出任帮办团练大臣后，通过三个阶段的努力，重新做好了在动乱和战争时期的人生定位。

第一阶段是狠抓湖南的社会治安。咸丰二年（1852）底，曾国藩到长沙上任，立刻进入帮办团练大臣的角色，主动承担社会治安的重任，独揽全省司法大权，把各地的乡勇纳入自己旗下，大搞军事操练。他从儒家的航线上转舵，驶上申韩法家的航道，板起面孔，瞪起三角眼，高喊"治乱世须用重典"。他的工作词典里频繁出现"严讯正法""毙之杖下"之类的字眼。一时之间，确实有人将曾国藩的名字与酷吏画上了等号，"曾屠夫"这个绰号流传开来，以至于当时在益阳任代理知县的李瀚章（李鸿章长兄）急得给曾国藩上书，劝他减轻刑罚。曾国藩根本不听劝谏，声言"残忍严酷之名在所不辞"。理学先生的名号不要了，仁恕君子的形象也可以丢掉。他这种为朝廷大业忘我牺牲的精神，颇得咸丰皇帝的赞赏。他的剿匪措施上报之后，奉朱批："办理土匪，必须从严，务期根株净尽。"

第二阶段是在运用民兵打击造反武装的同时，摸索发展湖南的民兵事业、壮大曾家军的途径。为了统一指挥全省乡勇，使自己手上有一支常规部队，曾国藩征得皇上的批准，成立了省级的乡勇指挥部，即所谓的"大团"，由他自己担任总司令。这是曾国藩从事民兵事业的一个了不起的发明，同时也是他培植曾氏武力的一个巧计。在整个咸丰三年（1853），除了江忠源在岳州镇压晏仲武、在浏阳镇压征义堂，胡林翼在安化打压土匪，其余在湖南省内的所有剿匪战斗，都有曾国藩指挥调度的影子，人们往往无法分清哪些军事行动是奉了巡抚之命，哪些作战行为是由团练大臣直接指挥。当时湖南的剿匪行动和部队训练是一个双重领导的格局，而曾国藩似乎比巡抚与提督显得更为活跃。

曾国藩打算培植自己的武力时，心中还有许多疑虑。湖南乡勇是怎样的队伍？部队应该交给什么人来统领？士卒对于将领的忠诚度如何？部队有没有战斗力？乡勇的军饷到何处获取？面对这一系列问题，曾国藩心中无底。他不容许自己做没有把握的事情，他在积极地探索答案。

咸丰三年，曾国藩看到了自身的三个优势。其一，他的道德弟子江忠源带领新宁勇队，即所谓的楚勇，南征北战，所向无敌，江忠源因此而成为全国闻名的将领。由此看来，湖南的乡勇，只要挑选朴实的山村农夫，就能组成可靠的劲旅。其二，他的家乡有几个团练迷，组建训练了几支湘乡勇，罗泽南、李续宾、王鑫、刘蓉等人，训练乡勇似乎有一套行之有效的办法，而且愿意服从他的指挥，可以称为曾家军的基本力量。其三，左宗棠等人向他推荐的长沙协副将塔齐布，骁勇善战，善于带兵，愿意追随曾大人，带领辰勇和宝勇勤加操练。曾国藩只要把这位满人将领争取到自己的阵营，就平添一支生力军，而且会给皇上一个满汉官员团结一致的好印象。

这一年五月中旬，太平军赖汉英部攻打南昌，江忠源向湖南求援。曾国藩和骆秉章奉旨派兵增援南昌，曾国藩由此而有了一个检验湘乡勇队战斗力的绝好机会。湘乡勇此前只是在省内镇压土匪，未曾与太平军这样的大敌交手。曾国藩想看一看，山农组成的勇队究竟能否经受战争的严酷考验，统领山农的书生是否敢于为建功立业的人生理想献出生命。曾国藩此时的心态，称得上一位头脑冷静的大帅，那些书生和山农的生死并不令他牵肠挂肚，他唯一关心的是这次实战试验的结果。

湘乡勇队在七月中旬抵达南昌，很快投入城外的战斗，在战斗最激烈的七里街攻打敌营。由于罗泽南轻敌上当，湘乡勇腹背受敌，这一仗打得很糟。但是领队的书生都不怕死，拼命博杀，保住了湘乡勇主力。湘乡勇阵亡八十一名，其中包括罗泽南的四位弟子。

湘乡勇在南昌的表现令曾国藩大致满意。初次攻击劲敌，中了诡计，那是难免的。书生营官挺身迎敌，直至战死，保全了部队，说明军官和士兵都很可靠。曾国藩没有为死难将士掬一把眼泪，嘴角上浮现出若隐若现的微笑，既是为家乡人的血性感到欣慰，也是庆幸自己有了不可战胜的将士。

但是，曾国藩的建军过程绝非一帆风顺，咸丰三年下半年，他经历了一系列严峻的考验。首先是湖南提督（省军区司令）鲍起豹跟他作对，纵容绿营兵攻击乡勇。鲍司令手下的镇箪兵于八月六日夜晚掌号执仗，来到参将衙门，要加害塔齐布。塔齐布躲在菜圃草中，得以幸免。镇箪兵没有得手，为了解气，将他的居室捣毁。他们的气还没出够，来到又一村，要找塔齐布的后台老板曾国藩闹事。

这里是巡抚衙门，曾国藩就住在旁边的射圃。镇筸兵闯进门内，眼看就要动粗。骆秉章见镇筸兵闹得太不像话，只得出来干预，饬令营兵散去，才算控制了局面。

堂堂二品大员，竟然遭到大头兵的人身威胁，曾国藩完全可以发作，向皇上奏参提督。可是他为了民兵事业健康发展，宁愿忍声吞气，把乡勇调到省城以外驻防，自己也于二十一天后迁移到衡州办公。

接着发生了湘乡勇内部的分裂。湘乡勇的创始人之一王鑫在与曾侍郎的合作中，表现出自发性和自主性，对曾大人不够尊重。曾国藩不愿在集团内部听到有不和谐的声音，决定将个性强烈的王鑫排除在集团之外。可是王鑫在骆秉章的支持下，招募了为数不少的湘乡勇，作为省城的驻防军。作为湘乡勇的总头子，曾国藩觉得此事很伤他的面子，但他不便公开发作，只好把不愉快埋在心里。

第三件事情是湖南乡勇连续发生索饷哗变的事件，连江忠源在南昌的得胜之师也因争赏而解散了不少人。曾国藩眼睛里揉不得沙子，鉴于乡勇思想品质存在问题，他对组建乡勇大部队的可行性产生了怀疑。在江忠源急需湖南的乡勇增援庐州时，曾国藩却耽于内心的徘徊。

总的来说，对于曾国藩而言，咸丰三年下半年是一个非常郁闷的时段。但这并没有妨碍曾国藩组建他自己的野战军。这时曾国藩进入了第三阶段：确立终极目标。他做出了一个影响一生的决定：建立一支强大的水师，准备北进武汉，沿长江东下，直捣金陵，彻底镇压洪秀全的造反。朝廷的几十万正规军已经对付不了广西的造反军，曾国藩要另辟蹊径，完成无人能够胜任的剿匪大业。他的这个决定，也将对清末的军政格局产生根本的影响。

曾国藩排除所有的干扰，非常清醒地认识到，左宗棠、郭嵩焘、江忠源等人提出建立长江水师的主张，是组建湘军最重要的方针。他抓住了水师这个制胜的关键，在衡州与湘潭大办水师。他不断请求咸丰皇帝允许他准备充分以后再出师远征，他希望湘军利剑一旦出鞘，就能给人留下深刻的印象。

退却是为了前进

追求完美的人并非总能得到完美的结果。湘军的出场，并未像曾国藩希望的那样，以显赫的胜利赢得满堂喝彩。相反，湘军出征之始，尽管也打了几场胜仗，却时常被失败的阴影所笼罩，令曾国藩受够了失败的屈辱。

咸丰四年（1854）正月二十八，曾国藩自衡州起程，率领水师一万二千人，陆勇五千多人，军容壮盛。朝廷指望他统带这支部队，迅速顺湘江而下，从太平军手中夺回武汉。

与此同时，骆秉章也派出王鑫的湘勇，令其先去湖北的黄州。部队尚未开拔，太平军已从岳州攻入湘阴，随即南下，占据长沙以北六十里处的靖港，然后攻打宁乡。

曾国藩跟随水师抵达长沙，调派陆军迎击太平军。王鑫的湘勇早行一步，在靖港与宁乡之间的乔口击败敌军。曾国藩派出的储玫躬一营兵力，在宁乡击败敌军主力。太平军向湘江下游溃逃，曾国藩令陆军和水师一齐追击，收复湘阴。曾国藩调胡林翼的黔勇从平江攻击湖北的通城，接着又令塔齐布率部增援胡林翼。岳州的太平军受到南北两方的压力，主动撤出。

王鑫的乡勇和曾氏乡勇此时似乎在竞赛，王鑫率先抵达岳州，继续北进，越过湖北的蒲圻。曾国藩所派的三营陆军随后抵达岳州。曾国藩自率水军进发，于三月二日抵达岳州。

曾国藩和王鑫的运气都不好。三月七日，北风大作，曾国藩的水师尚未遇见敌人，就被风力打败了。岳州洞庭湖畔停泊的战船及辎重船，漂沉二十四艘，撞破几十艘，船上的勇夫多数做了淹死鬼。

第二天，王鑫的湘勇也发生了惨剧。由于王鑫轻敌冒进，在羊楼司遭到伏击，被击溃后退回岳州。太平军乘胜南下，曾国藩派驻岳州城外的几营陆军跟着王鑫败退入城。

太平军对岳州发起猛攻。曾国藩急调炮船赶来岳州，登陆攻击，救出城内的溃军，乘风南下，停泊在长沙城外。太平军的船队又南下湘阴。

这次陆军失利，由王鑫承担了责任。骆秉章上奏战情，请将王鑫革职，留营效力赎罪。

但是湘军的失利，并非全面溃退。南路的湘军虽然被迫撤回了长沙，但北路的湘军在崇阳和通城屡获胜仗，胡林翼有上塔市大捷，塔齐布有沙坪之胜。曾国藩为了加强长沙的防卫，令胡林翼和塔齐布两军南下。

这次岳州失败，曾国藩有无责任？他的父亲曾麟书认为他是有责任的。他写信告诫儿子，指出湘军筑垒不坚，兵力部署过于分散，都是取败之道。皇帝却未将兵败的账算到曾国藩头上，只认为他是个超级倒霉蛋，刚一出师，战船就被大风刮坏吹走不少，不能算指挥失误，所以也不忍心将他治罪。

但是曾国藩的霉运还未走完，更惨的事情还在后头。

太平军第二次南下，还是沿着原来的路线进兵。他们的水师从湘阴上驶，占据靖港镇，再次分兵从陆路袭击宁乡，还多派了一路兵力攻打湘潭。三月二十七日，湘潭失守，太平军在城外筑垒自固，从湘江上游征得几百号民船，竖立木城，巩固江防。

湘潭失守，直接威胁到长沙的安全。南边的湘潭和北边的靖港，成了太平军夹击省城的前进基地。但是湘军已经及时采取措施，塔齐布的部队第二天就赶到了湘潭城外，奋击敌营，大破敌军。三月二十九日，曾国藩派出五营水师助攻湘潭。

塔齐布的陆军连战四天四夜，毙敌几千人。四月一日，湘军水师发威，大破停泊湘潭的太平军船队。塔齐布乘势攻破所有敌垒。

湘军本来可以打一个完美的胜仗，足以令湖南乡勇洗清在岳州蒙上的羞耻，但湘军大帅为了追求完美，却画蛇添足，落下一大败笔。

湘军大战湘潭时，曾国藩坐镇长沙。这里的绅民要求他去攻打靖港，扫除北面的隐患。曾国藩相信了绅民提供的情报，认为靖港太平军兵力不多，他可以在长沙团练的协助下一举拿下靖港。当时湘潭的捷报尚未传来，曾国藩也许是想借着亲自指挥一场靖港大捷来挽回湘军的声誉。

四月二日，曾国藩亲自督率四十号战船、八百名陆勇，对靖港发起攻击。这时西南风起，水流迅急，船队无法停泊，闯到太平军营中，遭到痛击，水勇全部溃散，战船为敌军焚烧或俘虏。陆勇和团练也溃不成军。

曾国藩苦心经营湘军，出师以后，一挫于岳州，二败于靖港，大扫颜面，羞愤已极，看着溃军从身边跑过去，急得朝水中跳去，被左右救出，接着第二次跳水，还是未能自尽。

虽然湘军败于靖港，湘潭战役的胜局却是毫无悬念。第二天，褚汝航、彭玉麟、杨载福在湘潭将太平军船队全部烧毁，陆军屡次攻破敌垒。四月五日，湘军收复湘潭县城，太平军大溃，从湘潭、靖港到岳州，一路撤退。

曾国藩从靖港返回长沙后，驻营南门外的庙高峰寺。湘勇屡次溃败，"恒为市井小人所诟侮"，官员和绅士也有讲怪话的。刻薄的人将湘军称为"相军"，意思是摆看的军队。湘军拼着命打仗，却打丢了三点水。要把三点水赚回来，不知还要多少人流血牺牲！

曾国藩受不了羞辱，几次寻死，只因总是有人拦着，所以自裁未遂。曾国藩既然活着，就要把脸面挣回来。他很快就采取积极的措施，开始整顿充实湘军。他下令补造在两次失败中损失的大半战船，共约两百艘，而且要造得比以前的更加坚固。战斗中溃散的勇丁他一概不要了，另外招募几千名水陆兵勇。

曾国藩绝不是教条主义者。经过两次失败，他认为水师不能用不懂水战的山农，而要用专业的军人。于是他向朝廷奏调两广的水师官兵。知府李孟群从广西带来一千名水勇，总兵陈辉龙从广东带来四百名水师官兵和一百尊火炮，先后向曾国藩报到。湘军规模重整，军容复壮。

湘军经过两个多月的整补训练，开始大举北上，兵力将近二万人。太平军闻风撤出占领不久的常德、澧州等城，将船队全部集中在岳州据守。湘军一鼓作气，于七月一日收复岳州。随后，水师在城陵矶挫败，陈辉龙等几员大将阵亡，而陆军在擂鼓台大捷，阵斩敌军首领曾天养。此后湘军水陆四获胜仗，乘胜前进，水师追到湖北嘉鱼县境内，太平军主力撤回武汉。湘军搜攻武汉以南的残敌，水师进扼金口，陆军收复崇阳，然后从咸宁开抵金口，与曾国藩会师。

湘军此次北攻，势如破竹，八月二十三日同时收复武昌和汉阳。接着搜剿襄河，又大获全胜。此时太平军南踞兴国州，北屯蕲州、广济，仍然以船队为军营。

曾国藩与湖广总督杨霈商议三路东进，塔齐布统率湖南兵勇为南路，攻击兴国与大治；提督桂明等率领湖北兵勇为北路，进攻蕲州与广济等处，曾国藩自督水军浮江而下。

湘军从武昌东进，仍然打得十分顺手。九月中旬，南路和北路的陆军先后拔营前进。水师后发先至，首先在蕲州城下击败敌军。接着是塔齐布收复大冶县城，罗泽南收复兴国州城。接着，水陆湘军携手于十月中旬攻克田家镇要隘，以少胜多，打得十分漂亮。水师迅速地冲到江西的九江。湘军终于以持续、迅速的胜利进军，初次显示出威武之师的辉煌。

十一月上旬，已经北渡长江的湘军陆师攻克黄梅县城，到中旬又把敌军赶出了九江对岸的小池口。水师焚烧敌船，把九江一带的江面全部肃清，进驻湖口。曾国藩随即进驻九江城外。

太平军据守九江城，坚不可摧。湘军陆师渡到长江南岸，在九江南门外扎营。按照曾国藩及所有湘军将领的想法，九江指日可定。

七百多个难熬的日子

湘军乘胜快速向东推进，很多将士都被胜利冲昏了头脑。特别是水师的指战员们，感觉自己仿佛插上了翅膀，很快就可以飞往太平天国的大本营金陵。但是稍微清醒一些的人士，包括咸丰皇帝和他身边的谋臣，包括在湖南巡抚衙门当师爷的左宗棠，包括曾国藩自己，都感到了某种潜在的危险。湘军走得太快，后方空虚，没有部队留防，也无友军填补，这是以后的隐患。此外，湘军的前方也可能隐伏着未知的危险。湘军在水上推进的速度总是快于陆地，北岸的湖北官军根本赶不上进度，湘军的陆师只好从南岸打到北岸，又从北岸打回南岸，部队十分疲劳，深感兵力不足。而水师孤军冒进会有怎样的结果，是很难预测的事情，谨慎的观察家都会捏着一把汗。

这时湘军还遇到了一个意料之外的事情。湘军将帅们没有料到，太平军据守的九江城，是一个非常顽强的堡垒。尽管湘军在半年内已从太平军手中夺回了几十座城镇，仗着余勇攻打九江，却无法撼动这里的守军。太平军以九江和湖口两城为一线，浚濠坚垒，在湖口城下结扎木筏，阻挡官军进入鄱阳湖之路，另外在梅家洲上建筑石城，水陆相倚。太平军的舰队则驻扎在湖边的大姑塘，对南康府构成威胁。

湘军前进的步伐，在九江城外停下了。水师和陆师不信邪，都急于寻求突破。十二月十二日，水师舢板（快速船队）为了追击敌船，离开大型战船，贸然驶入鄱阳湖内，焚烧敌船几十艘，乘胜追逐到大姑塘以上。萧捷三的这支部队进入鄱阳湖，很可能是中了石达开的诱敌深入之计。太平军很快就在湖口设卡筑垒增栅，堵住了入湖舢板船队的退路。湘军水师在长江上只剩下了速度较慢的快蟹、长龙等大船，调运不灵。太平军用小艇夜袭，焚烧湘军战船三十九艘，其余战船都退回九江大营。

太平军趁势发起反击。九江城外和湖口的太平军分队渡到江北，驻扎在小池口的太平军又向上游推进，攻入湖北境内。

十二月二十五日，曾国藩军事生涯中的第二次惨败在九江发生。太平军用小艇夜袭湘军水师大营，放火烧毁十多艘战船。曾国藩的指挥船被太平军夺取，文件全被缴获，还丢失了皇帝所赐的珍玩。曾国藩乘坐一艘小船逃入陆军营内，捡回了一条性命。湘军水师全部停泊南岸，与罗泽南的陆军紧相依护。后勤辎重船只全部撤到邬穴以上的江岸，战舰也有多艘溃散，逃往上游。曾国藩的羞愤不下于靖港之败，翻身上马，要去跟敌人拼死，罗泽南和刘蓉等人死死地把他扯住，他才没有死成。

湘军在咸丰四年建旗出征，大小打了几十仗，在年底从湖北推进到了江西境内，是一支令人瞩目的得胜之师。但是这支部队的总司令经历了两次丢人的惨败，致使他多次产生轻生之念，自杀未遂，从他个人而言，取得的胜利真是来之不易。更为严重的是，年底这次落败以后，湘军及其主导的战局陷入了长期的低潮。由于湘军主力被阻击在九江地区，太平军已重返上游，插到了湘军的后方，湘军已被东西两头夹住。湘军称雄一时的水师，又被分隔在外江和内湖两块，无法会师，失去了往日的战斗力，外江水师更是连遭重创，已经瘫痪。从江苏、安徽、江西到湖北，太平军在长江两岸连成一气，他们只要再打几次大胜仗，就能把湘军消灭在长江南岸一个狭小的区域内。

咸丰五年（1855）初，太平军继续向长江上游进攻，杨霈的湖北官军不堪一击，赶紧退驻汉口，接着又退守德安。曾国藩为了保住后路，不得不抽调胡林翼等部六千多人回援武昌，同时将外江炮船全部派往武汉一带。留在江西的兵力大大削弱，以塔齐布和罗泽南的陆军为主。

在此关头，曾国藩焦虑万端，连何去何从也拿不定主意。本来，他完全可以将全军西撤，去增援武汉，整顿好外江水师之后，把武昌到九江之路重走一遍，就像当初从岳州撤回长沙，然后再次北上一样。但是曾大帅是一个完美主义者，一个爱惜羽毛的男人，认为撤退是丢脸的事情。他要在江西待下去，继续攻打九江。他心里始终没有放弃横扫金陵、消灭洪秀全的大目标，跟在长沙的时候比，他现在距离这个大目标近了很多，他不愿让这个距离再次变长。

于是，曾大帅决定留在江西，而这一留就是七百多个日子。两年多的时间，对于居家的百姓来说，犹如白驹过隙，一晃就过去了，对于战火中的军人却是十分难熬。何况由于后来局势的变化，分处江西和湖北两地的湘军陷入四面楚歌之中，每天都有朝不保夕的危险，那七百多个日子，对于曾大帅而言，每天都有度日如年的感觉。若非胸怀大志，发誓要底定东南，也许就不会有打落牙齿和血吞的毅力，也练不成扎死寨、打硬仗的精神。

咸丰五年（1855），太平军攻占了武昌，胡林翼与太平军展开了持久的拉锯攻坚战。曾国藩在江西与太平军角逐，爱将塔齐布和萧捷三先后阵亡。罗泽南又率五千兵力增援湖北，曾国藩身边的兵力继续削弱，只有少数驻扎在九江和湖口城外，作为进攻的象征。

此年十月份，广东的造反军杀入江西的吉安，赣西警报频传。不久，石达开从湖北东南角的崇阳和通城等处集结部队，杀入江西境内，攻占新昌县。广东造反军连陷安福、分宜、万载等县，与石达开会师。赣水之畔掀起了民众造反的高潮，造反军多达十几万。瑞州、临江、袁州、吉安同时告警。曾国藩不得不把湖口的驻军撤到西路增援。但是太平军接连攻克瑞州、临江、袁州三府，直接威胁南昌。曾国藩又不得不把九江城外的部队调回南昌，并调内湖水师防守省河。湘军在江西从象征性的进攻，转为对省城的防御。

咸丰六年（1856），江西的战局对曾国藩更为不利。太平军攻陷吉安，主力东进，占领乐安，攻打抚州和建昌。湘军陆师在樟树大营大败，溃勇逃回南昌，人心大震，许多人夺门逃走，无法禁止，军民互相踩踏。曾国藩飞调青山陆营增援南昌，令水师撤退到吴城镇驻扎，调李元度所部从饶州绕回，进攻抚州。同时收集溃勇，筹备守御，抚定居民，人心稍安。

江西的局势到了最危急的时候。官军与太平军调换了主客之位，太平军公开活动，官军的活动被迫转入地下。从鄂州以南，直到梅岭，太平军的势力绵亘一千几百里，兵力号称几十万。江西、湖北两地湘军的通信联络，只能由特务扮成平民，携带裹藏情报的蜡丸，秘密从小路来往，多数被太平军盘获截杀，地下工作开展得十分艰难。

在这种情况下，湖南派出了以刘长佑和萧启江为首的八千部队增援曾国藩。他们攻打萍乡与万载，然后招募死士，怀揣信函，从小路进入，好不容易才将消息告知曾国藩。

湖南援赣军并没有立刻改善曾国藩的处境，江西的郡县不断落入太平军手中。在南康、建昌等府失陷后，太平军已占据八座府城和五十多座州城、县城，并且分兵南扑赣州，东攻广信。官军的文报往来，饷需转运，只有广信和饶州一路可通，但也时常遭到太平军袭击。

三月份，湘军大将罗泽南在攻打武昌的战斗中负伤，不久去世。湘军英才接连丧失，曾国藩原指望罗泽南回援江西，这下希望落空了。但他极力保持镇定，收集陆军，加以整训，每天巡视操场，然后住宿军营。他还吟写《陆师得胜歌》《水师得胜歌》，教导军士，用乐观主义精神稳定军心。

六月份，曾国藩的弟弟曾国华带领一支人数不多的援军，从湖北进抵江西境内，连克新昌和上高，直抵瑞州城外。曾国藩连忙派出四千兵力前往瑞州迎接。到这时为止，南昌与外界的联系才慢慢恢复。

但是太平军又改变了策略。他们在吉安、袁州、瑞州、临江各处制造战船和攻城器械，趁天涨水，大举向南昌开进，在瑞河口、临河口、生米司等处大修营垒。于是南昌周边发生了激烈的战争。

曾国藩的另一个弟弟曾国荃也看出大哥身处凶险之地，领兵来到江西增援。十一月中旬，他攻克安福县城，进攻吉安。尽管曾国藩得到来自湖南、福建和湖北的几路增援，境况已有所改善，但是江西八府之中，只有南康太平军不多，其余府城都有太平军的几千名精锐驻守，江西仍然在太平军掌握之中。

不过，曾国藩很快就看到了曙光。十一月二十二日，湖北官军水陆大举，攻克武昌、汉阳两城，乘胜东进。都兴阿的骑兵、李续宾的步兵、杨载福的水军水陆并进，沿江太平军望风瓦解。十二月份，湘军水师再次出现在九江江面，将敌船全部焚烧或缴获。湘军陆师也驻扎在九江城外，骑兵和步兵控制了小池口，兵威鼎盛。

在湘军水陆主力开进江西之时，赣西的官军已经攻克了若干县城，军势大振。进入咸丰七年（1857）以后，曾国藩本可以在江西大有作为，但是命运之手在这时打断了他的事业。咸丰七年二月十一日，曾国藩在瑞州接到父亲曾麟书去世的讣告。曾氏兄弟决定回家治丧。五天后，他驰折奏报丁忧开缺。又过五天，他与曾国华从军营启行，八天后回到湘乡荷叶镇。几天后，曾国荃也从吉安军营回家奔丧。

曾国藩运用他一贯鼓吹的"挺经"，在极为艰危困苦的环境下坚持了七百多个日子，当他终于要挺过黑暗的岁月时，却因丧亲的意外事件从军旅中脱身出来。如果他就此放手自己组建的湘军，就此离开镇压太平天国的前线，他就没有办法完成咸丰三年为自己设定的宏大目标，而他也就不会以打垮洪秀全的湘军大帅在青史留名。

所以，曾国藩注定还会出山，继续他未完成的事业。

从安庆恢复的奋斗

曾国藩因父丧奏请丁忧开缺，咸丰皇帝并未同意，只是批给他三个月的假期。假期届满时，曾国藩又奏请开缺守制，皇帝驳回他的请求，令他假满回营，为国效劳。但曾国藩再次请求开缺，并借机向皇帝发了一通牢骚，说他在办理军务时，堂堂一个兵部侍郎，权力竟然不如提督、总兵，而且受到地方大员的轻视。他所奏保的有功人员，也只能得到虚衔，不能得到实职，难以调动将士的积极性。曾国藩这番牢骚一发，咸丰皇帝不再勉强他，于是准了他的折子。

曾国藩在家里待了大约十六个月，战线已经向东延伸，石达开带领大军进入了浙江。咸丰八年（1858）五月份，朝廷决定起用曾国藩，令他带领湖南援赣军开往浙江增援。

曾国藩接到谕旨后，于六月七日从家乡启程，过湘乡，抵长沙，与骆秉章和左宗棠会商军事。此时见到曾国藩的人，无不发现他变得和蔼谦逊了。据说他刚到长沙就想好了十二个字的做人方针：敬胜怠，义胜欲；知其雄，守其雌。这说明他开始疏远法家，接近老庄柔术。他说："我的学问，以禹墨为体，庄老为用。"

曾国藩不仅拜访湖南的地方官员，还特意向多次批评他的左宗棠示好，请左宗棠书写篆联，表明他此时有了更加开阔的胸襟。曾左二人在冷战之后又回到了往日的好时光，曾国藩主动缓和了两人的关系。

曾国藩的朋友欧阳兆熊认为，曾国藩这次出山，正是靠着大玩柔道，才能完成镇压太平军的大业。曾国藩在家没有闲着，他一定仔细地研究过往日失败和不顺的教训。经过在家一年多的反省和修炼，他似乎已把黄老之学吸进了骨髓，从此放下了清高的架子，即便立了大功也毫无沾沾自喜之色。有一次，他再次显露曾氏诙谐，对欧阳兆熊说："以后如果有人为我写墓志，铭文我已经想好了：不信书，信运气；公之言，告万世。"

灵活运用传统学术的各种流派，以达到自己追求的目标，正是曾国藩的可贵之处。如今他看到了柔术的好处，对内有利于他游刃于充满倾轧的官场，团结一切可以团结的力量，对外则有利于他瓦解敌军，涤荡敌军的意志。为此，他愿意改变自己以往的做派，以崭新的面目出现在世人面前。

曾国藩在长沙盘桓几天，于六月下旬乘舟抵达武昌，又听取胡林翼的意见，"事无巨细，虚衷商度"。八月八日，曾国藩抵达河口军营。由于石达开的太平军从福建返回江西，曾国藩没有进军浙江，而是领兵南下，在江西建昌设立大营，四面照顾。

此年十月，李续宾在安徽三河镇殉难，湘军折损六千人，精锐丧尽。官文奏请曾国藩移师增援安徽。但是曾国藩的部队流行疾病，难以跋涉长途。朝廷令胡林翼领兵增援皖北，又令曾国藩根据战局自己决定向何方进兵。

咸丰九年（1859）正月，曾国藩在建昌营中奉谕旨统筹全局。他复奏道：从他周边的几个战区来看，安徽军情吃重，江西次之，福建又次之。他主张重点进攻安徽，在长江两岸各置重兵，分为水陆三路，向东推进。攻击皖南，可以为金陵的官军减轻压力；攻击皖北，可以为庐州的官军减轻压力。他自请担任长江南岸的攻击任务，把兵力添足到两万人。

很明显，曾国藩的这个主张，是为了让自己回到攻克金陵这个终极目标的正题上去。他此次出山，所带兵力只有张运兰和萧启江两部，并未统辖湘军陆师主力和水师，而执行的任务主要是对付石达开流动于福建和江西之间的部队，对于建军之后便立志一肩挑大任的曾国藩来说，这个任务未免偏题了，他必须把自己的位置挪到长江之滨，才能回归核心的使命。

值得曾国藩庆幸的是，朝廷认同了他的沿长江向东节节推进的主张，令他等到南方战区局势稍微松缓之时，再挺进湖北与安徽交界之处，着手筹办大局。

曾国藩奉到上谕，又开始踌躇满志，不料朝廷的意图又有了变数。由于石达开从江西进入湖南，包围了宝庆，湖广总督官文探知石达开有进入四川的意图，奏请朝廷令曾国藩带兵赶赴四川夔州一带择要扼守。朝廷决定采纳他的提议，令曾国藩前往湖北，走江路奔赴夔州。

这次调动明显不利于曾国藩实现终极的目标。他的目标在长江的东端，而他现在奉旨向长江上游开进。而且他心里还有另一种委屈：此次出山，朝廷没有给他任何名分，既非封疆大吏，也非钦差大臣，连团练大臣、兵部侍郎都不是，他的官印只能刻上"前兵部侍郎"。朝廷在多个战区都靠着他一手缔造的湘军与太平军作战，却不让他这个湘军大帅手握大权，而且还把他当个救火队长使用，东调西遣，难道他多年潜心谋划，吃尽了苦头，就落得一个走卒的下场？此时他情绪颇为低落，行为更加低调。他手下的萧启江所部已经增援宝庆去了，他索性令张运兰也返回湖南，打算只带六千人溯江西上，到宜昌驻扎，守住两湖的西路。

曾国藩的遭遇，令很多人感到寒心。胡林翼为他打抱不平，上疏请求朝廷任命曾国藩为四川总督。但是，朝廷只要曾国藩西行，却舍不得给他总督的官位，真是又要马儿跑，又要马儿不吃草。

咸丰九年（1859）七月十五日，曾国藩带着李瀚章和李鸿章一起登舟启行，向西而去。八月一日，行抵黄州，与胡林翼相见，待了七天。

这段时间非常关键，曾国藩在思考如何主导自己的命运。他与胡林翼沟通希望向东进兵的想法，希望能够得到好友的帮助。胡林翼与官文磋商，请他奏请将曾国藩留下，合力向安徽进攻。于是官文向朝廷奏报：宝庆已经解围，石达开南逃广西,四川已有备无患,请令曾国藩暂缓入川,驻扎湖口,与湖北官军一起,分四路进攻安徽。曾国藩在途中奉到上谕,令他暂驻湖北,调回湖南各军,大举向东推进。曾国藩大喜,于八月二十三日抵达武昌,与官文会商军事,逗留了十来天,随即返回黄州,与胡林翼筹备进兵。胡林翼慷慨地拨出十营兵力交给他指挥。曾国藩于九月五日在巴河登陆,坐镇陆军营垒。随即催调萧启江火速前来,会师东下。

曾国藩自从咸丰四年底在九江受挫,一直未能恢复对长江下游的攻击,尽管湘军坚守在九江的岗位上,却无法端掉九江这块拦路石。时隔四年多,曾国藩又回到了向东攻击的前进位置上,只是情况已经有所改变,九江已经回到官军手中,湘军前方的目标变成了安庆。所以,曾国藩向终极目标金陵的推进,是从安庆这个新的起点开始的。此后湘军的作战,都是围绕攻克安庆的中心任务展开。在为期约十六个月的奋斗中,曾氏三兄弟一齐上阵,曾国藩率总部推进到皖南的祁门,牵制敌军的兵力,曾国荃和曾贞干则负责对安庆的攻坚。

咸丰十年(1860)闰三月,正是曾国荃开始攻打安庆集贤关的时候,发生了一件大事,不但为曾国藩腾出了两江封疆之位,还把他推上了东南军事总指挥的高位。

在咸丰眼中这个黑色的闰三月,太平军再次攻破金陵城外的清军江南大营,把清军主力赶到了丹阳。大将张国梁阵亡,钦差大臣和春受伤,随后在浒墅关死去。接着,丹阳、苏州和常州相继失守。两江总督何桂清被革职逮问。

在湘军人物看来,黑色的闰三月颇有些希望的色彩。据说左宗棠听到江南大营崩溃的消息,高兴地说:"天下事恐怕会有转机了!"

"季公为什么这么说?"旁边的人问道。

左宗棠答道:"江南大营的官兵无能怕死,若不是遭到如此的涤荡,真还不知如何下手整顿呢。"

"谁能善后呢?"旁人又问。

胡林翼抢答:"朝廷若将东南军事交付曾公,还怕天下无法平定?"

不独是左宗棠与胡林翼想把江南大营崩溃的坏事转化成好事,北京的高官中,个别人也有类似的想法。户部尚书协办大学士肃顺一贯主张重用汉人,又最得皇帝信任,向咸丰力荐曾国藩出任两江总督。

咸丰皇帝此时对绿营已完全丧失信心,除了湘军,他没有更好的选择。于是,曾国藩在四月份奉到上谕:"曾国藩着先行赏加兵部尚书衔,迅速驰往江苏,署理两江总督。钦此。"接着又有圣旨到来："目下军情紧急,曾国藩素顾大局,不避艰险,务当兼程前进,保卫苏、常,次第收复失陷地方。重整军威,肃清丑类,朕实有厚望焉。钦此。"

接到这样的圣旨,曾国藩的心情可想而知。自从咸丰三年组建湘军以来,这个湘乡人一直以肃清东南为己任,但他经历了无数艰险,可以说是在为皇上玩命,却连一个像样的名分都没捞到手,而且距离终极目标总是那么遥远。如今好了,朝廷失去了所有的指望,必须而且只能依靠他这个湘军大帅来维护大清王朝的统治,把肃清东南的任务明确地交到他的手中,不但给了他统一指挥东南官军的权力,而且把安徽、江西和江苏三省的行政权也交给了他。地方官僚再也不敢看不起他,更不敢刁难他,他再也不会被逼到要兵无兵、要饷无饷的绝路上。

祁门故事多

咸丰十年(1860)六月十一日,曾国藩行抵安徽东南部的祁门县。皖南距离江苏、浙江和江西很近,但是长久以来属于太平天国的势力范围。湘军进入皖南,自然可以牵制太平军的兵力。这时,曾国藩从各地调来的部队相继集结,被他分派到各个要隘驻扎。

十几天后,奉到上谕:两江总督着曾国藩补授,并授为钦差大臣,督办江南军务。朝廷倚重曾国藩力挽狂澜,已是铁板钉钉的事情了。

此时,一批能人向曾国藩身边聚集。曾国藩向胡林翼要来了鲍超,又奏请朝廷调来左宗棠。此年八月和九月,战神鲍超和大军事家左宗棠先后领兵向曾国藩报到。曾国藩在皖南一直处于太平军包围和攻击之中,经历的艰险有过于咸丰五年、六年的江西。他在祁门能够挺过九个月,没死在太平天国忠王李秀成为首的一批王爷手里,主要依靠鲍超和左宗棠的军力支撑。左宗棠转战皖南和赣北,保卫祁门的后大门,确保曾军饷道的畅通,牵制了太平军的兵力,歼灭了他们的有生力量;鲍超则是机动作战,哪里吃紧就到哪里救援,往往光凭霆军的声威就能吓退太平军的劲旅。

曾国藩在祁门待的日子并不长,但这里天天都是惊心动魄的生活,令他的幕僚们个个难以忘怀。他现在当了封疆大吏,有心投靠他的友人故交和老乡纷至沓来,所以湘军大营里发生了许多五彩缤纷的故事。

曾国藩进驻祁门以后，明知自己身处危境，硬着头皮要在这里扎根。为了不做太平军的俘虏，他决心加强防御，提出要把县城拆除一半，修筑碉楼，巩固防御工事。这个方案遭到舆论反对。曾国藩没有搞议会政治，在文件上批道："撤尽东南城，永远发科名；西北留一角，科名永不绝。"这个批语，居然让舆论就范了。曾国藩不惜用强权高压办成这件事情，可见他对祁门的防御高度重视。

有一天，太平军逼近祁门，大营各部门纷纷撤走。曾国藩对主管财政的刘世墀说："我要跟大营共存亡，不能离去。你家有父母，不妨自谋生路。但你记住，不要把公家的钱送到我家，一文钱也不要送，这样才对得起我。"

当晚只听得人声鼎沸，幕僚们大惊失色。不一会儿，军士来报：是鲍超领着五百人来增援了。众人一听鲍超来了，都松了一口气，连曾国藩也不免喜形于色。不久左宗棠也领兵到来，大营终于有惊无险。

太平军的大肆围攻导致祁门物资极其匮乏，曾国藩未曾有过如此清苦的日子。但他神志淡然，若无其事，手写遗嘱，帐悬佩刀，准备在太平军攻入时从容赴死。

一天，他忽然想起安徽有许多经学大师，遭乱颠沛，还不知是死是活，便派人四处打听。活着的人，写信约他们到军营相见；死去的人，抚恤他们的妻儿，求索他们的遗文。如桐城人方存之、歙县人俞理初、黟县人程伯敷等名家，都借以脱险。

祁门虽然是个危险的地方，但还是有不少文人冒险前来投效曾国藩，无非是为了谋个一官半职。甚至有人给曾国藩送来岳飞、朱紫阳的字，以及管夫人画的竹子。曾国藩知道那是真迹，但却之不受。

有一位名叫冯卓怀的旧交来找曾国藩。说起来，此人还是曾国藩的老师，曾国藩早年在京城开始阅读先儒的著作，就是受到他的启发。可惜他性情古板，不通世情，跟左宗棠一样，喜欢当面指责人，所以曾国藩并不怎么喜欢他。

曾国藩给了冯卓怀一份差使，叫他监督碉楼的修建。冯卓怀没有完全按照曾大帅的意思去办，曾国藩便以其人之道还治其人之身，当众申斥他，声色俱厉。冯卓怀羞愤交加，拂衣而去。

冯卓怀走后，湘潭人欧阳兆熊来到了湘军大营。他是曾国藩的同年至契，以文章干略闻于当代。他是应曾国藩再三的邀请，才到祁门来当顾问。他听说了冯卓怀的事情，颇觉在曾国藩手下当差不容易，于是事先向曾国藩申明：我是来军营闲住，不是来当差的。

这时祁门大营遭到太平军的围攻，形势十分危急。李鸿章已经回到江西的寓所，幕府里只剩下程尚斋和欧阳兆熊，了无生气。程尚斋对欧阳兆熊说："死在一堆如何？"那些委员也把行李搬到船上，打算随时逃走。

大家都在惴惴不安的时候，曾国藩传下命令："敌军如此威逼，你们当中有打算回家的，大营发给三个月的薪水。形势缓和以后再回营，我不介意。"大家听了，既感动又惭愧，人心才稳定下来。

这时朝廷有旨，责怪曾国藩劳师縻饷，久未攻克徽州。曾国藩决定亲自领兵去攻，而将大营事务交给欧阳代管。欧阳兆熊等幕客力谏，曾国藩不听。幕僚们将他送到齐云山，才依依不舍地告别。曾国藩一到徽州便吃了大败仗，副将叶小鹤阵亡。曾国藩被太平军包围，募人送来密信求援，欧阳急调鲍超前往。

曾国藩率部退驻休宁，又羞又愤，不肯回营，并且写好遗嘱，部署后事。大营里的幕僚和将士惶恐不安，不知怎么应对这个危机。大家写信给曾国藩，讨论进退之道，生死之义。

有的说："死有重于泰山，凡是打算求死的人，必定会死得其所，而休宁不是大帅该死的地方。"

有的说："曾公，你是两江总督啊，两江都是你的地盘，不论到哪里，都可以叫作进，为什么一定要认为自己是撤退呢？愚见以为，祁门处在万山丛中，何况还是一块绝地，不如退到东流去吧。到了那里，可以兼顾南北两岸嘛。应该早点做出决定，何必认为这是撤退，以此为羞耻呢？"

欧阳兆熊力主曾国藩移营东流，以便遥控安庆。曾国荃含泪写信，劝大哥离开祁门，曾国藩听从了他们的意见。返回祁门十几天后，他就启程往东流去了。不过曾国藩对劝谏的信函没有一字回复。他想给大家一种印象：迁移东流是我自己的主意，不是听了谁的劝告。

曾国藩为什么不愿离开祁门？首先因为他在这里确实牵制了太平军的众多兵力。李秀成等太平王爷一再逼攻祁门，就是为了把曾国荃的兵力调来救援，以减轻安庆承受的重压，却没有达到目的，反而在皖南消耗掉了许多兵力。其次，由于东流在祁门之西，曾国藩从祁门转移到东流，容易被人理解为胆怯怕死，向后撤退，大大有损于曾大帅的声誉，所以曾国藩不肯离去，做好了以身殉职的打算。然而，幕僚们众口一词劝他离去，如果他再冥顽不化，如果他真在祁门做了烈士，恐怕也没有人会对他寄予同情，因为他实在是自己找死。所以，他最后还是牺牲了自己的完美主义，向众人妥协了。

咸丰十一年（1861）四月一日，曾国藩只带几百名亲兵抵达东流。他把自己所统领的部队全部留在了徽州境内，没有撤出，以此表明他不是撤退，而是把司令部的机关挪了个地方。

其实曾国藩离开祁门真是一着好棋。他的离开，使湘军各部没有了牵挂，作战更为自由放手，特别是鲍超一军机动性更强，可以东征西战，使各个战区的战局渐渐明朗，明显有利于官军。八月一日，曾国藩移驻东流整整四个月后，曾国荃攻克了安庆，全歼守军，完成了曾氏兄弟再次出山后重新东征的第一个任务。

最后的冲刺

安庆易手之后的第七天，曾国藩乘船来到这里。曾氏三兄弟一同进城，巡视城垣，安抚士民，确定行馆廨署。他们预感到湘军即将杀到洪秀全的都城，平乱的大业即将由曾氏兄弟完成。

果然，官军此后的作战势如破竹。在安庆以西，多隆阿分兵攻克了舒城、宿松、黄梅等县，湖北官军节节获胜；在安庆以东，湘军水师很快就收复了池州与铜陵。就在这时，曾国藩得知咸丰皇帝在湘军攻克安庆的十几天前就"龙驭上宾"了，他深为皇帝不能跟他分享胜利的喜悦而遗憾。不久他又接到胡林翼去世的讣告，他为这位友人看不到湘军最后的胜利而哀悼。

曾国荃的部队休整了一个月，便沿着长江北岸向下游推进。半个月后，曾国荃攻克泥汊口敌垒，接着又攻克神塘河敌营。未出一个月，无为州城和运漕镇都到了湘军手中，东关敌垒也成了湘军的阵地。随后，曾国荃返回安庆，跟长兄商讨直捣金陵的大计。几天后，他返回湖南增募湘勇六千人。

咸丰十一年十月十八日，曾国藩奉到上谕，令他统辖江苏、安徽、江西和浙江四省军务。但是曾国藩的眼睛只盯着金陵，他决定让左宗棠独立，把浙江划给他经营，奏请由左宗棠一军增援浙江，该省的军情由左宗棠自行奏报。于是，左宗棠不久便担任了浙江巡抚。

同治元年（1862）二月下旬，曾国荃率领经过补充的湘军沿江向金陵进发。三月上旬，李鸿章带着自己组建训练的八千兵力，开始分批从安庆乘轮船开往上海。曾国藩只以金陵为念，决定把江苏的苏州、常州、松江、上海一带划归李鸿章经营。他借此机会，可以让李鸿章成为一方大吏，成为自己的接班人。果然，李鸿章全军于月底抵达上海，李鸿章奉旨代理江苏巡抚。

这时候，曾国藩统辖着十路大军，一是曾国荃沿长江北岸打到了和州。二是曾贞干沿长江南岸打到了南陵。三是彭玉麟派水军冲江而下，助攻长江两岸。这三路都是直捣金陵的部队。四是李鸿章统领的湘、淮陆军。五是黄翼升的淮扬水师，掩护李鸿章冲过敌战区。这是增援苏州与上海的部队。六是长江以北多隆阿围攻庐州的部队。七是李续宜派援颍州的部队。八是长江以南鲍超进攻宁国的部队。九是张运兰在徽州的作战部队。十是左宗棠收复浙江全省的部队。十道并出，都是曾国藩奏派出击的。其中大多数统兵将帅，都是由曾国藩向朝廷保荐。他自己坐镇安庆，居中操纵，权威广达几千里之外。另外还有袁甲三、李世忠的淮上军队，都兴阿防守江北的部队，冯子材、魁玉驻守镇江的部队，不是湘军的派系，有的也不归曾国藩指挥，但朝廷都要他统筹兼顾。安庆一地，军报和命令往来纷纭，曾国藩正襟危坐，身上寄托着朝廷空前的倚重，承载着二十万将士的仰望，已经有了功成名就的感觉。这是他一生中最为得意的时节，但他的心境与咸丰四年初打胜仗时已大不相同，他心中的浮躁已经完全沉淀，颇为冷静地准备着最后的冲刺。

曾国荃于同治元年五月三日进军到金陵城外，在雨花台扎营。湘军对金陵的围攻，从这时揭开了帷幕。比起以前的江南大营，围攻金陵的湘军兵力大为有限，最多的时候也只达到了四万多人，而且遭遇了罕见的流行病，以至于曾贞干也病死于军中。在为期约两年的攻坚战中，金陵湘军有时遭到太平军的反包围，城内城外猛烈夹攻，面临全军被歼的险境。毕竟江南大营已经有过两次大溃的前车之鉴，曾国荃会不会成为第二个向荣、第二个和春，的确是一个未知数，所以不论是北京的当局还是安庆的曾国藩，时常为曾国荃捏着一把汗。在最艰难的日子里，曾国藩甚至劝九弟从金陵撤走，一如曾国荃在咸丰十一年劝大哥离开祁门一样。但是曾国荃挺下来了，他为大哥死死地抓住了这个终极的目标，没有放手，直到最后攻进城内，让曾国藩目睹了洪秀全的尸首，并将之焚烧。

在曾国荃围攻金陵这场大戏的尾声中，左宗棠已攻克杭州，大致肃清了浙江，李鸿章也在江苏插遍了淮军的旗帜。天京在同治三年（1864）六月十六日陷落，与太平王朝在各地的衰亡大致同步，使曾国藩人生目标的实现显得更加辉煌。这个湘乡人尽管在战争中失去了两个弟弟，遭受惨痛的损失，但他毕竟收获了人生最难得到的果实：追求完美的人得偿所愿。

攻克金陵本来有可能不是曾氏兄弟独享的功劳，因为李鸿章在此年四月份就肃清了江苏全境，只剩下金陵还在太平军手中。五月十四日，曾国藩奉到寄谕：

令李鸿章所部与曾国荃合力攻打金陵。曾国藩不得不做出积极的姿态，通知李鸿章执行这项命令。曾国藩还要特意向朝廷说明：他在李鸿章攻克苏州与常州之后，本来就打算请李鸿章来金陵共同作战，可是李鸿章说部队过于疲劳，需要休整，要等到攻克浙江的湖州以后，再向金陵拨兵增援。为了不让世人误会曾国荃贪求独功，他请求朝廷严令李鸿章火速进兵金陵。但李鸿章不但是个明白人，而且很会做人，愿意成人之美，所以不论朝廷如何严催，曾国藩如何督促，他是绝不会向金陵派出一兵一卒的。

于是金陵这场戏唱得非常圆满，如果还有什么美中不足，那就是让小天王洪福瑱跑掉了。本来这只是一个小小的遗憾，但曾国藩不知洪福瑱成了漏网之鱼，向朝廷奏报了他的死亡。就算如此，也只能算是情报上的小小的疏忽。不料左宗棠向朝廷奏报了洪福瑱出现在湖州，于是曾国藩就有了谎报军情、冒功请赏的嫌疑。如此完美的结局被左大帅一份奏折搅黄了，曾国藩对左宗棠深为怨恨，从此不相往来。

曾国藩接到攻克金陵的捷报后，"喜极而悲"，伤心得落泪了，而且伤心了很久，因为这是梦想成真的一刻，因为这一刻来得太不容易。金陵易手后的第八天，他从安庆登上一艘火轮船驶赴下游，去金陵大营慰问将领。

曾国藩来到金陵不久，便接奉上谕，得知朝廷给他加赏太子太保衔，赐封一等侯爵，世袭罔替，并赏戴双眼花翎。曾国荃也得了个太子少保衔，赐封一等伯爵，同样有了双眼花翎。此时的曾国藩也许有一丝失望，因为已故的咸丰皇帝曾经许诺，谁收复了金陵，就给谁封王。因此，曾国藩完全有理由期望自己在进入金陵后成为大清帝国的汉人王爷。但是三藩之乱的阴影在清廷仍未散去，两宫太后担心赐封拥有重兵的汉人为王会有什么风险，所以未能满足曾国藩的心愿。

曾国藩为了当个完人，也想得到敌人的赞美。湘军俘虏了李秀成，曾国荃审讯这个重要的战俘时，大摆排场，戒备森严，将李秀成押来，引得李秀成瞋目大骂。曾国藩听说李秀成不服气，便身着便服，坐在总督署的书斋，命人将李秀成押来。一见面，总督大人就抚摩着李秀成的背说："你也是个人杰，早没有遇到知己，才落得如此下场，可惜可惜！"

话没说完，李秀成被打动了，不觉双膝跪地，痛哭失声。曾国藩令他到大厅书写供状，李秀成便手书数万言，对湘军的战绩大加赞美。但他最终还是被曾国藩处死，甚至没有机会去一趟北京，很可能是因为他掌握的一些真相会对曾氏兄弟不利，曾国藩为了自己的洁白无瑕，绝对不能容许这些真相大白于天下。

这时候，各地封疆大吏和学者的贺信，如雪片一样飞来，都把曾国藩比作周召。曾国藩看了，谦虚地说："我无功有罪，没有早一点削平洪秀全，致使文物荡尽，白骨如山。"他马上奏请减免税赋，又令江南织工三年不交税，对外省来金陵的米商和木商也免税三年。于是贾客云集，过去的瓦砾场，不久室庐栉比。此年冬天举行江南乡试，考官命题为《叶公问政》两章，诗题为《桂树冬荣》，都是为了赞美新政。

布政使李宗羲和江宁知府涂宗瀛，都是有操守的官员。一天，两人议论：秦淮妓船渐渐多了起来，是不是应该赶走？为了慎重起见，两人一起拜访曾总督。

"日来河下甚是热闹，不知中堂大人听说了没有？"

"听说了。"曾总督回答，"二位的意思我知道。我看还是让它热闹去吧。不热闹很不好，热闹很好啊。二位只要派人维持秩序，不要闹出事端就行。"

李宗羲与涂宗瀛默默告退。曾国藩的意思是，大乱刚平，金陵受害最惨，现在正图恢复元气，时间紧迫，何必急着去查禁河下的红灯区？

曾国藩当然不只是放任娱乐休闲业，还大搞精神文明建设，开设书局和忠义采访局，以安置优秀的学者，虽然发给的薪俸仅够养家，但根据各人的才干让他们干出成就，所以前来投效的人才有如流水。

到此时为止，曾国藩已经拓展出一个继往开来的局面。

功成身退的完满

大约从湘军攻占安庆的时候开始，曾国藩就不得不考虑大功告成之后的处境。这时湘军势力大盛，有人向他劝进，要他坐拥半壁江山做皇帝，然后把大清皇帝赶下台。据野史记载，彭玉麟、胡林翼、左宗棠、曾国荃、王闿运等人，都先后试探过他的意思。这很可能不是纯粹的无稽之谈，至少曾国藩的日记中记下了他见过王闿运之后的躁动不安。如果真有这样的事情发生，可以断言曾国藩绝对不会同意去做大清王朝的叛逆。谈到曾国藩不愿自称做皇帝的原因，人们往往分析说，曾国藩也许是担心自己在湘军当中缺乏号召力，也许他担心湘军打不过旗营和绿营，也许他不愿继续打内战，致使生灵涂炭。其实最有说服力的理由，乃是曾国藩不想自毁形象。他已经把自己塑造为大忠臣和大儒哲圣，这个形象一点也不比皇帝逊色。如果他对清王朝造反，成功了，他会成为驱逐异族统治者的英雄；但若失败了，他就什么都不是，只会被人骂作乱臣贼子，他一生对自我形象的辛苦营造就毫无完美可言了。

湘军攻克金陵以后，曾国藩的权势如日中天。朝廷不给他封王，甚至不封他为公爵，明显地向他表达了慈禧对他的疑忌。曾国藩决定自释兵权，裁撤湘军。尽管当时西部有回民起事，北方有捻军驰骋，南方还有太平军的残余，曾国藩已不愿再置身于战争的旋涡之中，也不让自己的直系部队再次踏上征途。

也许从咸丰八年（1858）曾氏兄弟再度"夺情起复"的时候起，曾国藩就想好了功成身退这条路，因为他已按照老庄人生哲学的思路理解了成功的最高境界。他已经修炼到了荣辱不惊的层次，尽管在权势炙手可热的时刻，他也不会头脑发昏，给人家留下把柄，惹来杀身之祸。曾氏兄弟在金陵取得的胜利给他们带来了无比的荣耀，也使他们成为众矢之的。小天王洪福瑱逃走了，传说中金陵所有的巨大财宝不见了，也有人指责湘军在进城后杀人如麻，凶残如兽。这些都是有可能把曾国藩涂成乌黑的颜料。怎样才能躲过一齐射来的明箭和暗箭？最好的办法就是解除自己的武装，尽快地隐退，不再构成对任何人的威胁。

湘军攻克金陵不到一个月，曾国藩就下令裁撤湘勇二万五千人，只留一万人防守金陵，另留一万五千人在安徽机动作战。大约三个月后，又决定将湘军裁掉百分之八九十，随后曾家军逐步解甲归田，其作战任务交给淮军接手，"湘淮代兴"就此完成。

曾国藩此后尽可能地置身于战争之外。同治四年（1865）五月，他奉旨北上指挥对捻军的作战。其间他表现得很不积极，多次称病请假休息，并力争让更多的人来分担剿捻的任务。如此拖了一年半的时间，到同治五年（1866）十一月，清廷索性让他返回两江总督任上，由李鸿章来接手剿捻的总指挥。

曾国藩脱离军事以后，致力于制造轮船，购买机器，兴办洋务，筹办水利工程，恢复科举，为陕西的左宗棠湘军和湖北的李鸿章淮军筹饷。他在两江任上待了十几个月，于同治七年（1868）调补直隶总督。同治九年（1870）六月，他奉旨处理天津教案，由于担心洋人开战，处死国人以满足洋人的要求，遭到朝廷清流派和社会舆论的反对，令他十分郁闷。不久奉上谕调补两江总督，离开了天津这个是非之地。

同治十一年（1872）二月四日午后，曾国藩在总督署的西花园中散步，儿子曾纪泽在一旁照顾。曾国藩连声呼喊脚麻，曾纪泽搀扶他回到书房，端坐三刻，溘然逝去，享年六十一岁。他虽然称不上长寿，但走得十分舒适，也算是圆满结束了人生。

　　曾国藩一生追求完美，在战争中建立了罕见的勋业，并且成功地避免了鸟尽弓藏的权谋陷阱，连同他的家人一起，被他效忠的王朝褒扬为一门忠义，旷代勋臣。从人脉关系而言，他在生前已安排下了继往开来的格局，门生故旧遍天下，许多人在他的庇荫下名利双收，对他感恩戴德。他积极推动洋务运动，制造新式武器和轮船，把中国学子送往西洋留学，被视为推动社会进步的措施。他还是一位出色的学者和教育家，人们认为他开发的一整套家教理论和方法有助于后辈成才发达，热衷于研习效法。从这些角度来看，他的一生真是完美无瑕，令人羡叹不已。但尽管如此，他借以扬名于世的军事生涯，仍然给他带来了许多骂名。只要太平天国的事业能够得到人们的同情，曾国藩这个名字就等同于镇压反清农民起义运动的刽子手。这是湘军大帅在追求完美功勋时不可避免留下的硬伤，再一次证明任何事物都存在相互对立的两面性。

彭玉麟：智慧与高尚

曾国藩：

　　彭玉麟任事勇敢，励志清苦，实有烈士之风。

朱孔彰《湘军将帅别传》：

　　彭公清望，邈焉寡俦，气凌霄汉矣。

引子：非凡的情操

　　湘军水师大帅彭玉麟去世以后，清廷赐谥"刚直"。官方对他的这个盖棺定论，非常准确地反映了彭玉麟人生的一个侧面。此人一生追求公正，刚直不阿，特别是在晚年，巡视办案，惩恶申冤，在民间有"彭青天"之称，俨然一个清末的包拯。

　　彭玉麟晚年巡视长江时，闻说安徽的候补副将胡开泰召妓陪饮，却让妻子斟酒，妻子不干，胡开泰便把她开膛破肚了。这个性质极为恶劣的杀人案，由于案犯是高级军官，久久未能审结。彭玉麟一到，军事法院立刻开庭，迅速查实罪行，彭青天下令将案犯推出斩首，令骄横的军官们大为震骇。副将级的被告人在彭玉麟所办的案子里只是很小的官员，连左宗棠、刘坤一、涂宗瀛、张树声等封疆大吏被御史弹劾的案子，朝廷都交给彭玉麟查核，对他断案的公正深信不疑。

清廷对彭玉麟的评价尽管准确无误，却未能反映这位清末奇人的全貌。除了刚直公正以外，彭玉麟还是一个侠义之士，一生豪爽慷慨，乐于助人。他出身贫寒，总是囊中羞涩，直到三十五岁那年，在耒阳帮别人打理当铺，每年才有了几百两银子的收入。可是他对钱财毫不吝啬，把全部收入用于为别人排忧解难。

彭玉麟还是一个视死如归的军人。他和杨载福奠定了湘军水师冒死冲锋的顽强作风。彭杨统领的水师，使用木质的战船，无论蒙上渔网、湿棉絮、牛皮还是藤牌，总是无法挡住敌军的炮弹。于是彭杨倡导不用掩蔽，亲自站立船首，力催战船迎着炮火前进，逼近敌军以后，敌军炮火便已失效。他们这种战法，给太平军施加了很大的精神压力，往往一冲即溃。咸丰四年七月，彭玉麟和杨载福率水师与太平军在道林矶激战，湘军乘舢板冲入敌军船队，遭到猛烈的炮击，还有火箭如雨点般射来，彭玉麟的颈后、左手与右膝五处受伤。他只是草草包裹一下伤口，催促战船加速进攻，夺得韦俊的座船，致使太平军大溃。曾国藩对他这一仗的评价是"裹创陷阵，奋不顾身"，奉旨将彭玉麟以同知选用。

在所有的湘军将帅身上，很难看到像彭玉麟这样的刚柔集于一身。他身上既有宋代名臣包拯的风骨，也有唐代名臣宋璟的影子。铮铮铁骨，交织有浪漫的情怀。他喜欢文士，总是折节下交，与桐城人方宗诚、瑞安人孙衣言、德清人俞樾、湘潭人王闿运、平江人李元度十分友善。他喜欢写诗，下笔立就；又工画梅，据说全国流传的就有一万幅。他自己装在箱子里的也有不少，连一辆牛车也拉不了。

彭玉麟画梅有可能因为他是一个多情种子。野史说他在发迹之前曾经喜欢家乡一个名叫梅花的女子，想把她娶到身边。但是这个心愿还未完成，他心中的那朵娇美的花朵就凋谢了。梅花欢喜漫天雪，这朵梅花却很脆弱，还没完全绽放便已谢落，离开了赏梅人的视线。彭玉麟哀痛之余，写了好几首梅花诗，记下满腹的伤感。诗句缠绵悱恻，这个汉子的刚骨在诗歌里融化得无影无踪，令人们对他刮目相看。

彭玉麟具有千百年来为人们喜爱并讴歌的侠骨柔肠。他有高尚的品格与情怀，令人对他的成长经历十分关注。如果考察一下他在未成年时的生活，我们不但可以从他的品性和气质中看到遗传的痕迹，也可以找到生活环境留下的印记。他的成长过程充满了精神活动的气息，五味杂陈，既有人间的种种风情，又有磨难和苦涩。

彭玉麟的祖父彭启象是个佃农，供不起儿子念书。彭玉麟的父亲彭鸣九只有靠着自学才能成才。由于他刻苦向学，所以少通五经，工于楷隶。他奉母命游学江南，家里没有给他盘缠，他却能卖字为生。他在江苏镇江打工挣钱，供自己念书，几年后进入京城，考了个从九品的官衔，留在京城候选，仍然靠打工自给。嘉庆十八年（1813），吏部将他选授安徽怀宁县三桥镇巡检。

巡检司是县级以下的基层政府组织，功能类似于公安派出所，而巡检就是派出所的所长。彭鸣九上任后，忠于职守，廉洁明干，勤于出警，疾恶如仇，放手打击各种犯罪活动，当地百姓有口皆碑。但他是个读书人，有很深的文学情结，在警务工作之余，对自己进行文化充电，写诗作文，有著作遗世。

彭玉麟有个了不起的母亲。她在出阁之前就知书达理，眼界颇高，青春蹉跎，三十出头才嫁到彭家。她娘家姓王，是客居安徽的浙江人，嫁了彭鸣九这个客居安徽的湖南人。怀宁县令替这对外乡大龄男女做媒，在三桥镇举办婚礼。尽管晚婚并非时尚，但两个不同籍贯的大龄未婚男女在异乡的结合，却是分外引人注目，成为当地的一段佳话，给这个家庭留下了一抹浪漫的色彩。

彭玉麟是父母婚后的第一个孩子，出生于嘉庆二十一年（1816）。他呱呱落地的地点，是打击盗抢走私、维护乡间社会治安的基层专政机关。他的生后环境是现实的警匪剧，他从小耳濡目染警察打击罪犯的场景，心里种下了疾恶如仇的种子。他在显达之后执法如山，百姓称之为"彭青天"，可以视为童年经历的影射。

彭玉麟在安徽的小镇上过了十六年清贫的生活，突然父母接到祖母去世的讣告。父母带着他和弟弟彭玉麒回湖南老家奔丧，他第一次回到自己的家乡——衡阳县的渣江镇。

"家乡"是一个多么美好的词汇，回家是多么令人神往的温暖。也许彭玉麟一路上都在做着回家的美梦，然而他万万没有料到，回家是一段噩梦的开始，家乡是他生命中痛苦的渊薮。自从回到衡阳老家，他和弟弟就跟着父母备受煎熬，进入了青年时代的噩梦。

一个蛮横霸道、贪婪无耻的亲戚，是彭鸣九一家陷入不幸的根源。彭鸣九一生打击犯罪，却无法对付亲戚的欺侮和迫害。他在安徽辛勤工作二十几年，薪俸微薄，廉洁奉公，为了家人以后不愁温饱，他省俭度日，把一点可怜的积蓄寄回衡阳，拜托这位亲戚置办一百亩薄田。他在回家的路上，满以为卸任回家后，每年可得一百石租子。没想到回家之后，向亲戚问及田产之事，那人把地契藏了起来，不肯物归原主，反而说："你母亲生前用了我的钱，你得先把欠我的钱还了！"

田产是彭鸣九的全部生活来源，没有它一家人就无法生存。他现在身无分文，万般无奈，只得典卖衣物，凑钱营葬母亲。从此一家人租屋居住，寄食族中。没过多久，彭鸣九因亲党横暴，忧愤成疾，告别了人世。

那时彭玉麟还只有十七岁，父亲的死令他备受打击。他被亲戚的冷酷无情激怒了，大喊"我要报仇"。母亲王氏把他按下，哭泣道："儿啊，你要有远大的志向，不要惹祸害了自身。你没有证据，官司打不赢啊。"

父亲一死，彭玉麟一家更加贫困。但恶霸亲戚还不放过他们，多次派人欺负孤儿寡母。彭玉麟和弟弟连出门都失去了安全感。有一次他去集市买盐，走到田垄之间，稻田中突然有人跃起，将他挤落水中。

恶霸亲戚的暗算引起了族人的公愤，大家共讨公道，责令他把瘠田的五分之一归还彭玉麟一家，同时归还旧屋三间。

彭玉麟在苦难中熬到二十岁，遇上了衡阳大旱，田里颗粒无收。眼看一家人就要饿死，母亲忍痛拿书本换来一点大米，和野菜煮熟，聊以充饥。恶霸亲戚落井下石，嗾使无赖上门凌辱，彭玉麟兄弟不敢出门。母亲无奈，为两个孩子的安全着想，只好忍痛别离，鼓励他们离乡背井去奔前程。她对彭玉麟哭泣道："此地不可久居。娘老了，出门不方便了，你们兄弟俩进城避难去吧。"

这年冬天，彭玉麟带着弟弟进了衡州府城，住进石鼓书院，向各位老先生请教经义，学诗习书。彭玉麒小小年纪，无钱读书，在城内的商铺学做生意。

书院经费困难，提供的伙食，彭玉麟填不饱肚子。为了生存，这个知识青年决定投军，当了衡州协的标兵，充当文书。接着补了骑兵的缺额，有了固定的月饷。他在书院考试合格，还有一点收入，每月可以积攒三四千铜子。条件稍微改善，他便把母亲迎进城内，母子又能经常相见了。

彭玉麟能够自食其力了，处境渐佳，但青少年时代的这段遭遇刻骨铭心。他胸中激荡着锄强扶弱的豪情。他发誓，若有出头之日，定要铲除世间不平，人间不公，还弱势人群一个公道。

彭玉麟在军营里混了四年，遇见了一生中的第一个贵人。浙江进士高人鉴来到衡州出任知府。有一天，他造访衡州协的副将衙门，翻阅公文，看见了彭玉麟起草的文书，大为惊奇，对副将说："此人前途无量，一定会有功名。可否将他招来，让本府一见？"

彭玉麟应召来到副将署，高人鉴一见，这个小伙子果然气宇轩昂，应对得体。高知府十分高兴，当下便说："闲暇时可来府衙读书，本府亲自为你授学。"

第二年，彭玉麟二十八岁，参加衡阳府试。这次考试关系到他能否成为秀才。一千多名考生，竞争激烈，入围都不容易。但彭玉麟实力雄厚，对自己信心十足。

终审的日子到来了。黎明时分，考生们聚集在府衙前面，等待考官点名发卷。忽然，衙内走出一名办事员，说知府大人请考官入见。考官匆匆进去，不久就出来了，继续点名发卷。彭玉麟以为胜券在握，可是上榜的名字点完了，却没有叫到他的名字。

彭玉麟闷闷不乐，不知自己为何落榜。过了几天，高人鉴把他召去，对他说明原委："以文章而论，你可以取在第十名。考官都把名次定下了，可是本府叫他们把你刷下来，你可知这是为什么？"

彭玉麟说："惭愧，学生不知。"

高人鉴说："终审那一天，本府召见考官，就是为了说这件事。本府对他说：'彭某今后名位未可限量，区区一个名次，迟得早得，无关紧要。今年我还要叫他在府衙内读书，如果现在取他为第十名，别人必定说我照顾自己的学生。本府虽不怕流言蜚语，却担心成了彭某终生的污点。'"

彭玉麟第二年才考取附学生员，熬出头做了秀才。这一次是湖南学政（教育厅厅长）陈坛按临衡州，看了他的文章，赞赏不已，将他募为国士。彭玉麟当即成为衡州的名人，无人怀疑他是凭着自己的实力步入士大夫的行列。他此时明白了高人鉴的苦心，更对这位贵人心存感激。

彭玉麟在三十岁以前，尽管只是一个大头兵，却已养成了良好的资质。军队的案牍工作使他熟悉了军营的管理，书院的学习陶冶了他的文才和画技，社会历练令他不惧惊涛骇浪，世道炎凉在他心里埋下了惩恶扬善的愿望，不管命运把他推向何方，他都将是一个有用之才。

智慧：谋定而动

彭玉麟年轻时寄身军旅，在和平岁月里一晃就是十几年，直到道光二十九年（1849），天下大乱的征兆已经显露，他才第一次参加战斗。他跟随部队开往湘南的新宁，镇压李元发的造反。经过大约半年的作战，转战湖南、广西、贵州三省，最终在新宁的金峰岭将李元发俘虏。彭玉麟亲身经历了最后的血战，写诗一首，记叙金峰岭的惨烈情状，并表明他要远离杀戮的决心。

飞来将令肃于霜，万叠青峰绕战场。狡兔满山看乱窜，妖狐无地得潜藏。六韬胸运阴符策，七尺妖横宝剑光。灭尽长枪始朝食，书生从此卸戎装。

金峰岭一战过后，朝廷奖赏有功人员，湖广总督裕泰查看保举名单，发现彭玉麟竟然是个秀才，决定提升他为临武营外委，赏戴蓝翎。

可是，彭玉麟回到衡阳便告别了军旅。对他而言，这是深思熟虑的结果，是自愿的放弃。他推说母亲已老，需要奉养，辞官回到衡阳。其实彭玉麟跟他同时代的俄国贵族托尔斯泰伯爵一样，初上沙场便厌恶了人间的杀戮。这个酷爱诗情画意的书生，只是为了糊口才暂栖军营，从来未将绿营当成自己的归宿。在上级打算提拔他的时候，他毅然选择了离开。为了生计，他受清泉人杨江所聘，到耒阳为此人经营当铺。

彭玉麟是一个极有主见的男人。他有一种难得的天赋，使他能在面临抉择时综合分析各种因素，迅速做出正确的判断。这种天赋不但促使他坚定不移地选择人生道路，还多次使他得以保全一座城市，扭转一次战局，甚至挽救湘军的命运。

咸丰二年（1852）七月初，太平军占领郴州，明眼人都能看出，洪秀全如若攻下耒阳，挺进衡州，然后长驱北上，直攻长沙，是一条很方便的道路。何况太平军从道州、永明、江华、嘉禾、桂阳一直打到郴州，真的是攻无不克，要拿下防兵不多的耒阳，更是不在话下。耒阳市民议论纷纷，惶惶不可终日。

彭玉麟把情势掂量了一番，认为耒阳必须增强防守力量。他带着一个成熟的方案，去求见耒阳县令。不过，他先请教县太爷有何良策。县令答道："本县请上级发兵给饷，毫无着落，本县能有什么办法？"

彭玉麟道："大人此言差矣。耒阳之大，何患无兵无饷？城中有许多百姓，大人招募勇壮者入伍，不就有兵了？我当铺的仓库里还有几百万钱，大人先拿去用，不就是饷吗？"

县令大喜，说道："既然彭君胸有成竹，此事就交给彭君去办吧。"彭玉麟领命之后，招募几百乡勇，组织百姓制作大量旗帜和武器，旗帜插上城头，乡勇拿着武器日夜在城墙上巡逻。

此时太平天国西王萧朝贵正准备带领一支部队奇袭长沙，耒阳至衡阳这条进兵之路，自然也在他的考虑之中。但是耒阳守军已经有准备，谍探早已向他报告了耒阳壁垒森严的情况。萧朝贵是否因此而放弃了耒阳—衡州—长沙这条线路，我们很难做出推断。不过，萧朝贵率领前锋从安仁、攸县直奔长沙这个事实，完全可以令耒阳的绅士们将家乡未遭兵燹归功于彭玉麟的谋划和部署。

由于战争的影响，彭玉麟离开耒阳，返回衡州。一年以后，咸丰三年（1853）八月下旬，曾国藩来到衡州府，着手编练湘军，急切地网罗人才。已故湖北巡抚常大淳的次子常豫向他推荐彭玉麟，讲述了彭玉麟在耒阳部署城防的故事，称赞他胆略出众，可以倚重。随后，常豫又劝彭玉麟去参见曾大人。彭玉麟说母亲去世刚刚一年，他要为母亲守丧，不想出山办差。曾国藩多次写信劝他为国效力，彭玉麟想好了一个两全之策。他终于前去参见曾国藩，同意到湘军营中效力，但发誓"不求保举，不受官职"。曾国藩安排他去弟弟曾国葆营中帮办营务，彭玉麟从此投入湘军。三个月后，曾国藩奉旨在衡州设厂造船，招募水勇，创办水师。曾国葆向大哥极力推荐彭玉麟和杨载福，说他们当帮办太屈才了，应该让他们各自统领一军。曾国藩委派彭、杨二人分头招募，各率一个营的部队。彭玉麟受命，从此成为湘军水师将领，走上了一生建功立业的主要岗位。

咸丰四年（1854）正月二十八日，湘军水、陆两军练成，从衡州出兵北上。水师共有五千人，以褚汝航任总司令，彭玉麟和杨载福等人任支队司令。彭玉麟踏上征途，不久就在最为关键的湘潭战役中，以他周密的谋划，使湘军平安度过了生死关头。

当时太平军已经逼近长沙，湘军大举北征，在气势上将他们压倒。湘军前锋在宁乡与太平军初次交手，太平军无心恋战，向长沙以北的靖港撤退。彭玉麟与塔齐布等分带湘军沿湘江而下，太平军自动撤出靖港、湘阴和岳州。湘军水师进泊岳州，在洞庭西湖搜索敌船。不料几天之后，太平军从武汉大举反攻，将湘军击败。曾国藩率部退返长沙，太平军乘胜南下，再次进占樟树港和靖港，距长沙仅六十里；又从陆路攻破宁乡，占领湘潭，对长沙形成夹击之势。

此时湘军的水师和陆军已经分离。塔齐布正在湖北，接到警报后，率部回援湘潭。曾国藩在长沙召开军事会议，讨论如何解救省城的危局，决定水师的去向。

湘军水师这时有四种选择。第一是北攻靖港，第二是南攻湘潭，第三是南北分攻，第四是按兵不动。左宗棠作为湖南巡抚的师爷，列席了军事会议。他提议集中兵力先攻湘潭，因为敌军占着湘潭，就截断了湘军的退路。如果能乘着敌军立足未稳将湘潭夺回，那么即便长沙失守，湘军还可以南下衡州，再图收复省城。这个提议是否可行，众人推举彭玉麟拍板。彭玉麟沉思片刻，赞同左宗棠的意见，并且请求去打前锋，让曾大帅率领一半兵力随后而行。于是，曾国藩令彭玉麟与褚汝航等人率五营水师开往上游，配合塔齐布的陆军攻打湘潭。

彭玉麟做出的这个决定，使湘军获得湘潭大捷有了保障。尽管塔齐布的陆军比水师先到湘潭三天，在水师抵达战场之前已经打了几个胜仗，但若无水师在江面上的扫荡，最后的胜负恐怕还是未知数。太平军在湘潭拥有三万兵力，在湘江上拥有大量船只，而塔齐布的陆军只有五千人，如果没有湘军水师加入战斗，不仅江面上无法肃清，就连城内的太平军也能靠着水上的支援而坚守下去。

湘军水师驶近湘潭时，彭玉麟看到湘江两岸敌船连樯停泊，为数众多。彭玉麟仔细观察，发现敌船多为辎重运输船，很少战舰。彭玉麟心想：我军攻击辎重船，士卒必定哄抢物资，乱成一团，若敌军乘机出击，我军必定溃败。他略一沉思，想好了打法。他把友军派去攻击敌军船队的首尾，自己领兵攻打船队中部。他毫不吝惜船上的各种物资，令部队纵火焚烧，把令人垂涎的物资统统烧毁，不给湘军将士留下哄抢的机会。不仅如此，无情的大火造成了敌军大量的伤亡，大火甚至延伸到岸上，城内也有敌军逃到城外。

湘军的火攻一连进行了四天，彭玉麟与杨载福亲自坐着舢板小艇往来督战，焚毁太平军船只六七百艘。从三月二十八日到四月五日，湘军水陆"八日之内，十获大胜"，攻克湘潭，取得了举世闻名的"湘潭大捷"。彭玉麟因战功得了个"以知县即选，赏戴蓝翎"的奖赏。这点奖赏跟他的功劳相比真是太轻了。湘潭大捷不是一个普通的大胜仗，而是湘军在生死关头的大转折。在湘潭之战发生的同时，曾国藩带领一半水师攻打靖港，被太平军重创，曾国藩本人两次跳水自杀未遂。如果湘军水师没有用五营兵力去打湘潭，如果湘军因此而在湘潭落败，那么湘军就会如同一个新生儿夭折在襁褓之中，清末的整个历史就会改写。此外，湘军水师在攻打湘潭时若是没有采取正确的战术，任由部队抢掠太平军船上的大批物资，那么湘军的湘潭大捷很可能就会变成湘潭惨败。而这些情况之所以没有发生，都是由于彭玉麟谋划有方。

湘潭大捷之后，湘军水师在此年秋天从湘江北下，势如破竹，但在城陵矶的一次作战中折损几员大将，广东水师总兵陈辉龙与褚汝航、夏銮等水师将领阵亡，但是彭玉麟和杨载福都幸存下来。从此以后，湘军水师就由他们二人分别统领。

湘军水陆大军从此连战皆捷，在金口会师，谋攻武昌。在战役部署的军事会议上，彭玉麟指出，应该渡江先烧敌军营垒，打乱敌军阵脚，为陆军攻城扫清障碍。曾国藩依计做出决定，于是湘军水师将塘角至青山的敌船全部烧毁，对汉阳与武昌的收复贡献很大。

武汉既克，湘军继续向东进军，于十月中旬进扎距长江重镇田家镇九里的见峰嘴，准备进行著名的田家镇战役。

田家镇既是长江天险，又是太平军重点防御的要隘。他们靠着半壁山修筑五座营垒，还把船只连接起来，阻断长江航道，缆绳用的是铁索大锁。又结扎木筏，架设大炮，作为水上火炮阵地，并用炮船护卫，警备森严。

彭玉麟和杨载福登上陆地，来到南岸的半壁山，会见陆军将领塔齐布与罗泽南，向他们通报水师的战术：战船分为四队，第一队专斩横江铁链，第二队攻烧敌船，第三队冲江而下，第四队留守大营。

十月十三日，水师开始行动。头队全部携带火炉、风箱、锥子和斧头。哨官孙昌凯做过铁工，烧起火炉，将铁链烧红，用锤子敲断。船队见木筏出现了缺口，试着通过，竟然过去了两条船。于是士卒喊道："铁锁开了！"敌军大为惊愕，跟着呼喊"铁锁开了"，纷纷逃跑，堕入水中。第二船队向下游行驶，抛掷火炬焚烧木筏，将木筏与船舶全部烧成灰烬。山上的敌军也坠下山谷，尸体枕藉。

田家镇激战之时，下游的太平军船只向东逃走。杨载福督率第三队追到武穴，然后掉头向上游行驶，一路纵火而上。塔齐布与罗泽南按照预定作战方案在南岸助攻，将敌军追到富池口。太平军船只被烧毁四千多艘，还有五百多艘成为湘军的战利品。彭玉麟经过考虑，下令将缴获的船只与财物付之一炬，仍然不给将士留下哄抢的机会。第二天，湘军攻克田家镇，太平军撤向黄梅。这一仗由于彭玉麟谋划得当，两天就达到战役目标，从此湘军水师闻名天下。

同治元年（1862）二月下旬，湘军开始从安庆向东进兵，企图一举进至金陵城下，直捣太平国都。陆军总指挥是曾国荃，水军总指挥是彭玉麟。湘军只用了一个月时间，先后收复巢县、含山、和州三城，夺取了裕溪口等要隘，攻克金陵西部门户西梁山。随后，水师攻克太平府城，得知陆军已经逼近金柱关。彭玉麟知道此关难攻，不许部队休息，要求连夜作战。他将水师分为三队，一队驻守溪口，二队冲入内河，三队带炮登岸，环城轰击，为陆军提供火力支援。半夜时分，水师发射火箭，焚烧西门关楼。敌军在火攻之下，熬受不住，从火焰中逃出，尸体积满沟渠，陆军当即进占金柱关，同时拿下了东梁山，随即收复芜湖，金陵已遥遥在望。

曾国荃是个急性子，陆军稍作休整，便从周村与板桥进逼金陵南面的雄镇秣陵关，太平军守将汪全登等出降。第二天，曾国荃又进占大胜关与三汊河，由于孤军深入，被太平军团团包围，苦战多时。

那时候，湘军的水师和陆师虽然密切配合，但在进军的速度上，会各自根据战况的发展判断执行。陆军这次的单独前进，令水师措手不及，因为彭玉麟还未做好继续进军的准备。但他担心陆军被太平军围歼，急派提督王明山、总兵成发翔率领前锋船队从烈山驶近金陵，在紧急时刻击溃了围攻曾国荃的太平军，第二天又会同陆军攻克头关。彭玉麟赶到后，亲率王明山等部进克江心洲石垒，夺取蒲包洲，停泊在天京护城河口，掩护曾国荃的一万多名陆军进扎雨花台。此次长途奔袭的顺利完成，揭开了湘军攻打太平天国大本营的帷幕，而彭玉麟缜密的思考，在几个紧要关头保障了陆军的安全，加快了进军的速度。

同治二年（1863）五月十日，湘军水师决定肃清金陵水面。彭玉麟率三营舰队，会同杨岳斌的四营舰队，驶入金陵内河，攻占江浦和浦口。当晚，彭杨二人一起勘察九洑洲的地势。此洲是金陵附近长江中心的一块陆地，洲边水流湍急。太平军为了拱卫金陵，在洲上修筑几十座坚固的堡垒，四周用战船环绕护卫，与金陵形成掎角，又与阐江矶至下关的一系列要隘互相呼应，构成严密的防御体系。湘军要击破金陵的水岸藩篱，必须攻克此洲。

彭杨二人决定先破南岸的各个要隘，然后一鼓作气攻击九洑洲。五月十二日，彭玉麟的三营舰队从九洑洲上游发起攻击，使洲上的驻军紧急戒备，不敢外援。第二天夜间，他会合杨岳斌的四营舰队，顺利地攻克了南岸的几个要隘，然后连续作战，在拂晓转攻九洑洲。湘军鏖战一天，仍然无法撼动中关的敌军。战斗持续到夜间，彭玉麟启动第二套方案，挑选四十名精壮士卒，手持短兵器，怀揣火弹，令总兵成发翔率之登洲，趁着黑雾，突然火烧敌垒，致使敌军阵脚松动。其余将领率部蛾附而上，终于攻破九洑洲。此仗彻底肃清了金陵江面，断绝了金陵的粮食供应。彭玉麟由于在关键时刻出奇制胜，获得朝廷赏赐黄马褂的殊荣。

侠义：舍身忘我

彭玉麟富于自我牺牲的精神，在亲人和朋友遭难时，他会不惜一切代价给予帮助，不但可以两肋插刀，还会拼却性命。

咸丰四年（1854）底，湘军在攻克田家镇以后，迅速推进到九江城下。这时杨载福因养伤退出战斗，彭玉麟与李孟群督率水师火攻九江与小池口之间江面上的太平军船排，肃清了九江江面，然后推进到湖口，分别停泊在鄱阳湖口内及口外的梅家洲、八里江等处。湘军将士屡战屡胜，产生了骄傲轻敌的情绪，十二月十二日，萧捷三与黄翼升率领由一百二十多艘长龙、舢板小船组成的机动性很强的部队，冲入湖内，追逐敌船，根本不顾退路，直达姑塘以上。太平天国翼王石达开急令部队将隘口堵塞，严密封锁。从此，湘军水师分为外江、内湖两部，而湘军也进入了长达一千多天的困难时期。

咸丰五年（1855），曾国藩在江西陷入绝境，彭玉麟正率领水师在湖北与胡林翼的陆军并肩作战。曾国藩实在太需要帮手了，几经周折，送给彭玉麟一封密信，请他来江西统领陷在鄱阳湖的内湖水师。彭玉麟毫不犹豫，当即从湖北向江西进发，但是由于太平军封锁了道路，哨卡密集，他无法从此道前行。于是他返回湖南，改道向江西进发，可是这边的水陆通道也被太平军封锁。彭玉麟只好装成游学的穷书生，单身行路。彭玉麟那时已是湘军名将，倘若被太平军查获，绝无生还之理，所以他必须化装，身着破衣，脚踏草鞋，一路乞讨，徒步行走七百多里，才到了南昌。守门的卫兵见他一副落魄相，怎么也不相信他是水师将领，将他好好盘查了一番，才让他进了官衙。曾国藩当时跟外界音讯隔绝，已经准备以死报国，当彭玉麟出现在他眼前时，他感动得唏嘘不已，感叹此人的"烈士之风"。

湘军陷入鄱阳湖内的内湖水师，从咸丰五年底开始由彭玉麟统领，是湘军在江西苦斗逆境的重要力量。外江水师由杨载福指挥，在湖北配合陆军作战，打得也很艰难。彭玉麟一直对内湖水师无法出江与外江水师会师而耿耿于怀。他相信，两支水师会合的那一天，就是战局扭转的大转折。

咸丰七年（1857）九月，内湖水师杀入长江的机会终于到来。此时杨载福的外江水师和李续宾的湖北湘军已经收复武汉，向下游攻来，与彭玉麟一起会攻湖口。

太平军仍然拼死要把内湖水师压制在湖内，以精兵扼守石钟山，不让彭玉麟的舰队突出长江。彭玉麟知道这个机会来之不易，如果不牢牢把握，恐怕内湖水师将无出湖之日。他将舰队分为三个支队，向隘口依次发起攻击。太平军在石钟山设置巨炮，炮口正好对准湘军船队。炮声一响，当即击伤十多艘战船，内湖水师的攻势停顿下来。一员部将对彭玉麟说："大帅，现在挥令士卒冒着炮火冲锋，徒死无益啊，还是退回去再作打算吧！"

彭玉麟思索片刻，回答道："这个关口虽然凶险，但若不冲过去，内湖水师就无法获得新生！今天我就死在这里了，绝不让将士们独死！"说罢击鼓催桨，带领船队继续向隘口冲去。内湖水师又被击沉几艘战船，但太平军的火炮因发射过多，炮膛炸裂，失去了阻击的武器。湘军战船衔尾直下，与外江水师会合，一时江面上欢声如雷，庆祝分隔三年之后的会师。

第二天，湘军继续血战，攻克湖口及梅家洲。彭玉麟扬眉吐气，随即率部夺获彭泽的几十艘敌船，攻破小孤山关卡，意兴大发，作七绝一首，刻于小孤山崖壁：

书生指挥战船来，江上旌旗一色开。

十万雄师齐奏凯，彭郎夺得小孤回。

随后，彭玉麟配合陆军攻克九江，朝廷奖给他布政使的官衔。

咸丰七年到八年湘军进行的湖口、九江战役，彻底扭转了湘军在江西的颓势，并使湘军水师重振雄威，若非彭玉麟在关键时刻执意牺牲自己，拼死一搏，振奋军心，继续冲击隘口，就很难取得如此战果。

彭玉麟在青少年时代因穷困饱受折磨和羞辱，当他成为一代名将之后，他把所有的收益都用于公益事业和慈善事业。他出资两千两银子，在家乡开展希望工程，置办田产，每年的田租供本县学堂开支，又拿出两千两银子用作育婴公费。对于族中老人，彭玉麟每年都有馈赠，按人头分发银两，无一遗漏。为此他花去了几万两银子。本县修县志，他一人出银五千两，支付纸笔和印刷费用。他还独资捐建船山书院，投入一万二千两。捐给衡清试馆的银子多达一万两。他只要听说京城和各省的湖南衡永会馆募捐支助公用事业，便会解囊相助，每次捐款都多达上千两银子。彭氏兄弟为慈善公益事业总共捐助了一百万两银子，但彭玉麟没有拿一文钱去打点朝中的权要。他只要结交文士，而不要结交大官。

彭玉麟的部属都知道大帅的慷慨无私。对于有功的将士，患病时他会赠送医疗费，裁军时他会给予财金补贴，出手多时达到上万两银子。有人为他做了统计，此项开支共计有十万两银子。

彭玉麟将大把的银子贡献给别人，自己的生活却是非常俭朴。他在家乡固然是布衣草履，出外微服私访的打扮，也如同一名村夫野老。水师将领都知道彭大帅憎恶奢华，都不敢在他面前露富。他在晚年奉旨巡阅长江时，每次按临水师营部，营官们仓促之下，命人火速将厅内陈设的古玩和豪华装饰品一律撤掉，才敢把彭大帅迎进来。

有一次，一名副将刚刚花了一千两银子购得一座玉钟，听说彭大帅到了，赶紧捧着玉钟往外跑，一个趔趄，玉钟砰然坠地。这时彭玉麟刚好走了进来，见了副将的狼狈相，微笑说道："太可惜了！"

彭玉麟到友人家里吃饭，见了山珍海味，便会皱起眉头，始终不夹一筷子，只是大吃辣椒和豆豉酱。有人曾在新年拜访彭玉麟，见主人穿一件蚕茧绸袍，外面套一件老羊皮外褂，有好几处已经开裂，帽子上的缨子颜色发黄，室内除了笔砚以外，只有竹椅两张。

到了饭点，彭玉麟请客人用餐，桌上只摆着几样蔬菜，彭玉麟说是自家园子里种的。不一会儿，几碟蔬菜中间又放上了一碗肉。客人饭后告辞的时候，旁人对他说："这种规格，对你已是优待了。"

彭玉麟不爱财，也不爱做官。每次朝廷将他提升一级，他都要辞谢一次。曾国藩劝道："现在你权且接受下来，等到扫平逆贼以后，我再为你陈奏，让你无官一身轻，大家就会知道你有范少伯的高风亮节了。"

同治三年（1864）六月十六日，湘军攻克太平天国都城天京。彭玉麟因会同各军攻克金陵之功，朝廷赏给他一等轻车都尉世职，并加太子少保衔。时隔不久，彭玉麟就请求辞去所有官职。同治四年（1865），朝廷任命他代理漕运总督，他不但辞谢，还请求辞去兵部侍郎的职务。由于彭玉麟一再请辞，朝廷只得同意他不去代理漕运总督，但仍要求他料理长江水师的善后事宜。彭玉麟只得留在官任，在当年底，会同曾国藩、吴棠等奏陈长江水师事宜三十条、营制二十四条。同治七年（1868）三月，又会同曾国藩奏定长江水师营制。

此年六月，彭玉麟再次奏请辞去兵部侍郎职务。他的辞官奏疏写得十分恳切，而且句句在理。他说："臣以寒士来，愿以寒士归。"他把自己的出山和归乡，提到关系道德风气盛衰的高度。他说，他当年放弃为母亲守哀，投身军旅，是为了消灭反贼；如今反贼已灭，他还不解甲归田，那就有贪恋官位之嫌。长江水师已经任命了司令官，有人负责管理，而他仍然待在军营，就有舍不得放手权力之嫌。如果他改变初衷，贪恋权位，那么以前多次辞官，岂不有作假之嫌？任何人，不论贵贱贤愚，母亲死后都应该在家守制三年，如今军事已经完结，他还不回家补行终制，岂非有忘亲之嫌？以上四条，只要犯了一条，就足以伤风败俗。作为一个臣子，应该善藏其短，知进又能知退，作为朝廷，则应当善全其长。所以他请求皇上允许他辞职回家。

彭玉麟这一次的申请终于得到批准。同治八年（1869）春天，彭玉麟回到衡阳老家。由于渣江的旧居已经荒废，他在衡州府城的东洲修建一座草楼自居，名曰"退省庵"，而将妻子安置在另外的住所，也不过去看望。当时渣江老屋没有田产，此年秋天友人劝他置业，以为防老之计，他婉言谢绝。他的装束就是布衣青鞋，身边没有卫士，出门不坐轿子，平日种树灌园，看来是决意终老乡里。

可是，彭玉麟回家之后，长江水师管理不善，军纪废弛，官兵横行霸道，拦截民船，人人都说水师应当废除。朝廷又想起了这位水师大帅，有诏起用他巡视水师。彭玉麟一出，劾罢一百八十二名营官和哨官，于是江湖肃然。随即进京觐见皇帝，朝廷令他代理兵部右侍郎，赐紫禁城骑马。光绪皇帝大婚时，他充当宫门弹压大臣。但他仍然不愿做官，几个月后多次上疏力辞，皇帝只好放他回去，只是令他每年仍要巡阅长江，并允许他专折奏事。皇帝还给了他生杀大权，因为他十分了解水师的利弊，对水师官兵的违法行为能够明察秋毫，所以允许他自行处决案犯。

彭玉麟奏定巡阅长江的章程，第一年从上游本籍衡州出巡，前往江浙一带过年，第二年便从下游的江浙出巡，回到衡州过年。他在杭州的西湖修建了三房住所，也叫"退省庵"。西湖的湖心亭微波弱漪，一亭巍然，朝霞夕阳，风和鸟鸣，称得上人间佳境，适合于结庐居住。自从退省庵建成后，游人便不到这里来逛了。彭玉麟在下游办完公事以后，便到这里休息，视之为家。

彭玉麟在巡视中常常秉公办案，轻舟小艒，出没无常，不但水师的将士们畏之如神，地方官员闻风震慑，就连民间作奸犯科的亡命之徒也会互相转告："彭宫保来了！"于是暂时藏匿起来，要等风声过去，才敢出来作案。这样一来，就有了彭玉麟断案的许多脍炙人口的故事。

公正：疾恶如仇

安庆的城隍庙有一副楹联，相传左联出自彭玉麟之笔，右联出自吴坤修之手。左联云："任凭你无法无天，到此孽镜悬时，还有胆否？"右联云："须知我能宽能恕，且把屠刀放下，回转头来。"左联反映彭玉麟疾恶如仇，斩妖伏魔；右联标志吴坤修慈悲为怀，劝恶从善。

彭玉麟治军严肃，本是为了增强部队的战斗力。但他晚年巡阅长江，大力惩治贪官劣吏，除了执行法纪，还有政治上的意义。他爱抓百姓反映强烈的案子，每杀一个罪犯，必定有助于纠正歪风邪气，所以彭大帅办案，总能在社会上引起强烈的反响。

安庆候补副将胡开泰的案子，在篇首已经叙过。还有一桩案子，是湖北的总兵衔副将谭祖纶犯下的，此人是湖北忠义营的将领，比那位胡副将的级别又高了一点，胆子似乎也更大一些。他看中了朋友张清胜的妻子，便把那位妇人诱劫到自己家中。张清胜去找他讨还妻子，他竟把好友留居密室，拿出一张伪造的借据，逼他还债，才肯把张妻交还。

张清胜还算命大，设法逃了出来。他相信法律的公正，马上去衙门告状。不承想，州县官员都是谭祖纶的人，将他的状纸置之不问。张清胜并没有就此放弃，他知道此案只要告到彭大帅那里，一定能将那姓谭的恶棍告倒。

谭祖纶的劣迹早在民间传得沸沸扬扬，彭玉麟那一年巡江，从黄州到汉阳的路上，就听到人们议论，说谭副将在他的辖区内无恶不作。彭玉麟早想治一治这个恶人，只是还找不到由头。他接了张清胜送来的状纸，便将此案移交总督查办，自己先上了一道奏章弹劾谭祖纶，然后叫张清胜前往武昌，对簿公堂。

朝廷下了诏书，令彭玉麟与总督立即审讯此案。谭祖纶和所有为非作歹的官吏一样，不会束手就擒。他派人到轮船上找到张清胜，将他推挤下船，落在江中淹死。然后收买张妻刘氏及其父母，叫他们去衙门请愿，要求撤回诉状。如此一来，重用谭祖纶的总督有了庇护爱将的理由，放出话来：诱奸不能判死罪，谋杀也无证据。看起来，谭祖纶可以躲过这一劫了。

彭玉麟早已料到谭祖纶根基牢实，原告一死，调查很难深入。他略一思索，令随从去打探总督现在何处。一个时辰后，随从报告：总督已经进了乡试的考场监考。彭玉麟说："我就料到此公已经入闱，不能打理外面的公务了！"于是他迅速赶到武昌，令巡捕将谭祖纶押到水上行辕，亲自审讯。

忠义营的官兵听说司令官被抓了，倾巢出动，前往观看。谭祖纶押到时，见到属下在场，以为彭玉麟不敢拿他怎样，便做出一副若无其事的样子。彭玉麟历数他的罪过，说他用心狡诈，谋杀朋友。谭祖纶说道："这些都是我干的，大人能把我怎么样？"彭玉麟喝道："谭某对罪行供认不讳，将他押到岸上正法！"

忠义营官兵看到司令要被斩首，无不大惊失色，却已来不及阻拦。咔嚓一声，人头落地，长江两岸，全城上下，几万人围观，无不拍手称快。

彭玉麟审办了许多类似的案子，所以他每到一个地方，老幼相迎，人人都想瞻仰他的仪容。长江沿岸的官吏，听到他的名字，无不肃然起敬，互相告诫。长官们对属下说："彭宫保到了，大家小心一点！"

彭玉麟能做到万民拥戴，不仅是由于声威赫赫，而且因为他所做的事情，保护了弱势群体的生存权利，所以契合民意，深得民心。

有一次，彭玉麟来到合肥，听说李氏一家权势鼎盛，李鸿章的一个侄儿素来不把国法放在眼里，经常出外，夺取别人的财物和妻女，官府不敢过问。

有一天，李公子又把一位乡民的妻子夺去，被害者去向彭玉麟控告。彭玉麟把乡民留在行辕，派人带着他的名帖去请李公子。

李公子来到水上行辕，行礼过后，彭玉麟把乡民叫出来，对李公子说："此人告你夺了他的妻子，可有这回事？"

李公子仗着后台硬朗，坦然承认："确有其事。"

彭玉麟大怒，喝道："将这厮拉下去鞭笞，不许停歇！"不一会儿，李公子被抽得皮开肉绽。府县官员闻讯赶来，苦苦求饶，彭玉麟不听。省级高官也惊动了，巡抚和布政使都把名帖递了进来，请求接见。彭玉麟一面迎接，一面对手下说："快去，把那家伙砍了！"

巡抚的脚刚刚踏上船板，彭大帅的手下已经把李公子的头颅提来缴令了。彭玉麟当即给李鸿章写信："令侄败坏李家声誉，想必李公也会痛恨，我已为李公处置完毕。"

李鸿章还能说什么？只能复信道谢。

又有一次，彭玉麟来到一处税卡，听说税卡公务员集体犯法，盘剥商人和游客，过往行人无不寒心。彭玉麟驾着小船来到关卡，令随从去办通关手续，请求验证放行，办事员不肯。

彭玉麟等了一个时辰，再次叫随从前去办理，办事员笑道："你心急了？可我偏不查验，你能拿我怎样？"

随从回来复命，彭玉麟大怒，亲自上岸，奔到验证处，厉声说道："请你查验，是为了遵守制度。如今你故意把我卡在这里，难道一艘空船，你们也要索贿吗？"

办事员也火了："老子就是要卡你，你去告我吧！"

彭玉麟说："我不告你，立马杀你！"

他把头微微一仰，随从官兵立刻将那办事员押到河岸，刀起头落。观者失色，连忙跑去报告税卡主任。那官员急忙奔了出来，一见彭大帅，大惊失色，长跪请罪。彭玉麟怒斥一通，愤愤离去。

从此以后，沿途税卡的大小官员，淫威稍减，常常惴惴不安地互相劝诫，收敛了傲气和狠劲，水面为之肃然。

彭玉麟的事迹当中，还有一个乡巴佬斩管带的故事。浙江的石门湾是一个大镇，也是交通枢纽。清军派了一名水师管带，率部在这里驻扎。有一天，两个外地人来到镇外。一个是白发老叟，另一个则是小小少年，都是布衣草鞋，看上去是不折不扣的乡下佬。不用说，这个野老就是彭玉麟，那个少年便是他的随从。

时将黄昏，彭玉麟叫少年在镇外等候，自己走进茶馆歇脚。茶馆里每晚都有人说书，镇上的居民都聚集在这里听书。正中间的茶座是管带的专席，别人不敢去坐。彭玉麟一听此事，心中有火，偏要把那专席占了。茶馆老板劝他换个座位，彭玉麟说："老板别急啊，等管带大人到了，我自然会小心躲避。现在他还没来，我坐坐无妨。"

老板不得已，谆谆叮嘱："管带大人来了，你千万要识趣，立刻让座，不然——"

彭玉麟连连点头："晓得晓得，一定一定。"

不一会儿，两名军官提着大灯笼开路，管带大人到了。茶馆里的座客莫不起身让路。老板连忙叫彭玉麟起身，彭玉麟却纹丝不动。

管带大怒："哪来的乡巴佬，如此大胆，竟敢占了本官的专席！"身边的两名军官也大声吆喝。

彭玉麟慢慢起身，换了座位，低着脑袋，一言不发。可是管带大人余怒未息，座客莫不悚息。

不一会儿，彭玉麟悄悄离去，回到水上行辕，发出令牌，召管带来见。管带一到，见高坐堂皇的大帅，竟是他刚才当作乡巴佬斥骂的老头，连忙伏在地上，如同死人。

彭玉麟只说一句话："区区一个管带，如此作威作福。拉下去，斩了！"

爱国：抗法御侮

在湘军大帅当中，彭玉麟和左宗棠一样，对西方列强侵略中国，一直忧愤不已。他在手握兵权以后，更是难以容忍外国人的武力威胁。咸丰八年（1858）十月，湘军水师接到两江总督何桂清的通知，说朝廷在上海与英法两国议和，将有英国、美国和法国的船只驶到长江上游，考察汉口码头，沿江水师各营只需防护，不要开战。彭玉麟愤慨不已，在写给李续宾的信中说道："堂堂当事议和，一再而三，似此不全国体，曷可胜叹，天下事岂可为乎！"

很明显，彭玉麟是主张以武力对抗外国侵略的。咸丰十年（1860）八月，英法联军占领北京。九月，清廷被迫与英法两国签订不平等的《北京条约》，第二次鸦片战争结束。彭玉麟甚为国家担忧，只恨自己无法主宰国运，与侵略者一战。

同治十三年（1874）四月，日本侵略我国台湾，东南沿海形势骤然紧张。彭玉麟致信长江水师提督李成谋，请他迅速部署兵力，在长江下游设防。当年八月下旬，他巡江抵达江阴，致书朱学勤，谈到日本"背约兴师"，认为不可示弱，如果草草了事，将会后患无穷。他叹息有关官员仍然没有尽心竭力、励精图治，以谋自强。当年九月，他写信给郭嵩焘，谈到与日本和谈之事，认为即便谈成和局，也不过是苟且偷安，不是长久之计。他指出：和平协议，可以百年不去违背，但在军事上不可一日不防，千万不要因为和议成功而放松了江海的防御。

光绪六年（1880）三月，彭玉麟屡奉谕旨：因崇厚擅签《里瓦几亚条约》，朝廷未予批准，中俄关系紧张，要求他筹备边防。彭玉麟上奏整顿长江水师，并预筹沿江布防事宜。当年九月，彭玉麟在焦山营次致书水师将领唐定奎，指出中俄伊犁交涉的和局绝不会成功，必须加紧备战，搜集俄国的情报。

光绪八年（1882）三月八日，法国军队占领越南河内，中法关系骤然紧张。当年七月，彭玉麟在南京两江总督署与左宗棠会议海防事宜。

光绪九年（1883）二月十九日，侍讲何如璋上奏法国侵略越南，事已危急，请派知兵大员出关督师。不久，朝廷将彭玉麟补授兵部尚书，对他寄予厚望。四月份，御史光熙上奏，鉴于南方边防吃紧，请求在彭玉麟和岑毓英二人当中挑选一人，率领部队南下，显示我国必战的决心，同时令李鸿章坐镇天津，以为后图。朝廷经过斟酌，于八月下旬下诏，令命彭玉麟酌带旧部得力将弁，酌募勇丁，迅速前往广东，会同两广总督张树声部署防御。彭玉麟接旨以后，马上向皇上表态：

只要他一息尚存，绝不会因病推诿，会遵旨带病急征，以身报国，实现他的素志。他还说，为今之计，唯有协力同心与法国决战，除了武力抵抗，别无自强之策。同一天，他又奏请朝廷敕令总理衙门照会通商各国，宣告法国"违约称兵"，是理亏的一方，如果法国人敢于来犯，我国便会与之决战。

十月十日，彭玉麟自衡州府起程，向广东开进，一个月后行抵广州。他从两江和湖南函调的将领与八营约四千人也已先后航海抵达。他与两广总督张树声率僚属乘轮船出海，驰赴虎门一带视察海口形势，布置广州沿海及省城防务。他向朝廷报告，他已做好两手准备。其一，如果法军攻打广东，他就亲自到前线作战；其二，如果法军不攻广东，他就添募陆军，率部出关，直捣西贡。

当时大批外省友军在广东集结，与本地官兵发生矛盾。彭玉麟让本地部队防御内线，外省部队防御外线，承担危险的任务，解决了官军的争执。民间士子担心彭玉麟为军饷发愁，用车子拉着十七万两银子送到军中，彭玉麟辞谢不受。

十二月四日，法军已占据越南山西，将要进犯台湾与琼州（今海南省），企图占据我国领土，要挟我国政府。朝廷已令杨岳斌跟随左宗棠前往福建筹办海防，而琼州防御空虚，令彭玉麟迅速前往择地驻扎，相机调度，但他不必亲赴琼州。彭玉麟当即委派道员王之春督率四营湘军开赴琼州。同时，彭玉麟请求朝廷批准密约暹罗（泰国）、新加坡等国，一同袭取西贡。

十二月十二日，朝廷鉴于越南北宁兵力还嫌单薄，令彭玉麟与张树声选派得力将领，添募几营兵力，以资接济。十几天后，彭玉麟选派道员方长华率领新募的五营兵力起程，开赴广西梧州、浔州一带，准备出关作战。

时值冬季，广东一省四处部署兵力，饷源艰窘，彭玉麟和张树声等人倡导捐银，充作海防军费，彭玉麟自己捐银五千两。

彭玉麟身在海防前线，调兵遣将，募捐筹饷，日理万机，入春后旧症举发，数次咳血呕血。但他坚持坐镇指挥，于光绪十年（1884）初又向琼州增兵。同时，他向北海一带增派援军，与西路冯子材等人的部队互相声援。

彭玉麟拖着病躯，率领鲍超旧部将领娄云庆等人，视察虎门外的沙角与大角，安设炮台，令娄云庆五营驻扎沙角，令王永章、刘树元二营驻扎大角，并派靖海水师营分派战船停泊两处，水陆相依，巩固省城的门户。他又会商督抚，命令各地举办渔团和乡团，实行坚壁清野，进一步落实备战措施。

四月十七日，《中法会议简明条款》签订。彭玉麟听说李鸿章与法国代表福禄诺在天津议和，"不胜骇异"，上奏极力反对，提出"断不可和者"的五条理由。

其一，法军无端挑衅，不加惩创，急于议和，是很大的失策；其二，法军未受惩创而要求议和，其中必有阴谋，我们不可上当；其三，法国没有提出赔偿军费，却要求在越南境内通商，恐怕将来会要得到十倍的利益；其四，法国外强中干，我们不兴师问罪，屈尊求和，列强必定纷纷效仿，对我国十分不利；其五，云南物产富饶，为西方列强所垂涎，如果与法国人议和，必然要允许通商，使得法国人广发传教，培植势力，一旦起事，大局堪忧。

彭玉麟又提出可以抵抗法军的五条理由：其一是我军有能力战胜法军；其二是我军有杰出的将才；其三是抵抗侵略符合民情；其四是根据国际公法有理由开战；其五是根据天理也应开战。

彭玉麟这个"五不可五可"的分析判断，基本上被事态的发展所证实。法军在战场上确实没有讨到便宜，若非李鸿章极力主张停火谈判，说服了朝廷下令撤军，中越军队确实有可能将法军赶出越南，从而令中国大振国威。

彭玉麟不仅谋划军事，还从外交方面思考对策。不久，他向朝廷密奏，提出一个和平解决越南问题的方案。他提议仿照在朝鲜实行的办法，让越南和所有的西方国家通商，以避免被法国人独吞。

彭玉麟一边积极备战，一边致力于广东的军事和经济建设。他会同张树声及广东巡抚倪文蔚上奏十条措施，要求编练水师，整顿陆军，储备物资，加强海南岛的防卫力量，改革盐务，清剿会党，筹办水利。同时，他着手剔除广东的政治弊端，提出复查捐款和摊派，核查商品税，清理开支账目，委任干部要坚持原则，讲求公平，还要清除劣幕。同时，他要求给越南提督刘永福接济军火饷项。

六月十五日，彭玉麟接到朝廷的电报，得知福建的海防吃紧，决定派兵增援，当月派出两艘军舰驶往台湾。十多天后，法军突袭福州马尾军港，福建水师全军覆没，福州船政局被毁。

七月六日，清政府被迫对法国宣战。同一天，彭玉麟与新任两广总督张之洞等人张贴告示，要求沿海及越南、新加坡等处的华人，伺机将法国舰船带到浅水区，使之搁浅，向法国人出售食品时在其中放毒。后来由于英国公使巴夏礼提出该告示措辞失当，彭张受到朝廷传旨申斥。

七月十八日，清廷谕命左宗棠为钦差大臣，督办福建军务。不到一个月，法军攻陷台湾基隆，但遭到猛烈抵抗，法军封锁台湾海峡。十一月份，彭玉麟上奏，请求朝廷指令各省督抚，联合官绅商民，每省各捐银两，购买一艘铁甲军舰，以加强海防。十二月底，彭玉麟与张之洞上奏，请将两广兵力分为四支，大举收复越南，以牵制围攻台湾的法军，彻底扭转战局。这一年的最后一天，他亲自视察广州的各个海口，然后在虎门沙角炮台与将士们严阵以待，枕戈度岁。

法军在台湾未能得逞，也不敢贸然攻击已经戒备森严的福建沿海城市，于是又在越南境内挑起衅端。中国军队给予有力的反击，光绪十一年（1885）二月上旬，刘永福、冯子材、王德榜等人分别在越南临洮和镇南关大败法军，接着攻克谅山，取得"谅山大捷"。随即又攻克屯梅及观音桥。同一天，法国茹费里内阁下台。这时法舰攻占澎湖，法军舰队司令孤拔在镇海负伤，随后毙命。

中国军队的作战，未出彭玉麟意料之外，取得节节胜利。法国人为了挽回败局，再次提出议和。二月二十二日，朝廷下诏，宣布同意法国所请，宣布中法言和，停战撤兵，命各处清军按期撤回。彭玉麟闻信，大为吃惊，致电总理衙门，力言"万万不可先撤兵"，中了法国人的诡计，并请总理衙门将他的意见代为上奏。

此时左宗棠已经病入膏肓，彭玉麟的意见未被朝廷采纳。彭玉麟万分焦急，于三月十三日上奏，指出法国人的动向很难确定，虽然朝廷已经决定议和，但仍然应当严加备战，以图自强。他还提出一个要求，如果内外臣子胆敢为了议和而有损国威，致使国家遭受侮辱，应当交刑部治罪。他的这个提议，显然是针对李鸿章等主张赔款求和、导致中国不败而败的大臣，但由于那些人能够左右朝政，占了上风，彭玉麟只能徒然呐喊，无力回天。

五天后，彭玉麟奏请辞去兵部尚书职务，专办两广防御。他随即整理冯子材、王德榜等抗法名将大败法军的翔实事迹，向朝廷奏报，请求褒赏。

四月二十七日，《中法会订越南条约》签订，中法战争结束。此时彭玉麟所做的事情，和左宗棠临终前所想的完全一样，是为了努力加强国防。他与张之洞、倪文蔚一同上奏，请求设立船厂，制造舢板炮船，创设广安水军，以防御广州省河。他针对海防善后事宜，提出派出得力将领统领水师，还要训练陆军辅助水师。他同时指出，东三省应当预先设防，台湾的防御应当把编练民兵放在首位。他呼吁中国军队学习技艺，增造船炮，务求实效，同时号召大家设法筹集军饷，保证军队的供给。他同时为朝廷推荐一批海军人才，上奏密保曾纪泽负责海军建设，管理船炮制造，并推荐欧阳利见、彭楚汉、孙开华、吴家榜、高光效、吴安康六人为海防水师将才。

此时的彭玉麟已经年迈体弱。在左宗棠去世以后不久，他请求朝廷批准裁撤他统领的部队，以便节省军饷。再次请辞兵部尚书一职，同时撤去防御广东及巡阅长江水师的差使。

光绪十一年十二月十一日，彭玉麟从广州起程。他乘坐轮船，从海上前往杭州就医。他的病情已经加重，饮食艰难，言语不便，行走须四人扶持。

彭玉麟从杭州回家之后，再也没有精力为朝廷办差，为国家效力。光绪十六年（1890）三月六日，他病逝于衡州退省庵，终年七十五岁。诏命追赠太子太保衔，照尚书例赐恤，并于湖南原籍及立功省份分别建立专祠，生平战功事迹宣付国史馆立传。

彭玉麟死后三个多月，他以前在湘军水师的合作伙伴杨岳斌病逝。

又过几个月，他们的故人曾国荃也病逝了。

胡林翼：中流砥柱

郭嵩焘《胡文忠公神道碑铭》：

公以一身支柱艰危，公私扫地无余，独负其忠义，感发摩厉，既挫益奋，义无反顾，卒收全功。

曾国藩论胡林翼：

其才胜臣十倍，可倚平寇。（其一）

赤心以忧国家，小心以事友生，苦心以护诸将，天下复有斯人者哉？（其二）

引子：难不倒的务实派官员

湖南益阳人胡林翼有一句名言："国之需才，如鱼之需水，鸟之需林，人之需气，草木之需土，得之则生，不得则死。才者无求于天下，天下当自求之。"

他的这句话，在他的时代特别容易得到恰当的诠释。当时大清政府四面楚歌，如果没有包括胡林翼在内的一批湖南书生挺身而出，带领他们自己组建的民兵与朝廷的敌人作战，那么爱新觉罗王朝肯定无法看见 20 世纪的曙光。以湘军将帅闻名于世的一批湖南人才，对于大清王朝而言，显然是"得之则生，不得则死"。

胡林翼是湘军最高级别的人才之一，虽然他加入湘军的时间比曾国藩、罗泽南、李续宾等人都晚了一些，但他的军事起点比湘军中的书生将领都要早，经验比他们更为丰富。早在道光二十七年（1847），太平天国运动尚未发动，他就已经投身于治理社会动乱的武装活动。

那年六月，胡林翼来到全国的治安重灾区贵州省。第二年春节过后，巡抚把他分配到社会秩序最为混乱的安顺府，让他担任代理知府。这对三十六岁的胡林翼是一个很大的挑战，因为他只做过翰林院的学官，从未有过基层工作的经验。

胡林翼虽然只有京官的资历，但他对基层社会一点也不陌生。他是道光朝著名务实派官员陶澍的女婿，跟经世派官员的其他代表人物林则徐、贺长龄等人很熟，对他们的作为非常钦佩。他读书总是从实际出发，擅长调查研究，追求实际效果，不搞虚浮的一套。同时他很有政治手腕，注重人脉，善于团结同僚。他秉性沉稳，不屈不挠，性格上占有优势，既能说服上级批准自己的方案，也能带领僚属奔向所要实现的目标。现在他到基层做官，正好可以发挥诸多的才干。

胡林翼一到安顺就搞调研。可是，由于安顺警匪一家，捕快不愿提供线索。关于盗匪首领的姓名、相貌特征、匪巢地址，他们一问三不知。胡林翼没有让下属架空自己，他撇开警方，深入民间探访。可是，深为盗匪所害的百姓也不愿提供情报。经过耐心的沟通，方才得知，百姓顾虑的是官府不作为。他们花钱费力，抓到盗匪，扭送到官府，官员们却不及时审理，反而找百姓的碴儿，要治良民的擅杀、擅伤、非法捆绑之罪。百姓既担心盗匪反咬一口，又怕事后报复，只好忍气吞声。胡林翼打消当地士绅的顾虑，虚心就教，很快就搜集到了第一手的情报。

第一手情报到手，胡林翼可以派兵去抓盗匪了。但他担心内鬼通风报信，亲自率领捕快和自愿参加的百姓出击。他脱下官服，换着短衣，脚蹬草鞋，领着小分队出入深山老林，风餐露宿，有时寝食俱废。所到之处，都圆满地完成了抓捕任务。

胡林翼擅长总结经验，通过几次抓捕行动，他将胡氏捕盗新思维概括为八个字：与其用捕，不如用民。他这种依靠群众破案、抓捕疑犯的策略，到了一百六十多年以后的今天，仍然是中国公安工作的指针。

知府不仅是公安局局长，还是法官。胡林翼抓了盗贼，还要由他亲自判决。为了避免司法腐败，他每天坐堂审案，严格规定办案程序。状纸一到，绝不拖到隔日才看，而且当场剖断。他决定将政务公开，在交通要道张榜告示判决结果，僚属无人再敢私下舞弊。前任积压的案子，他逐步清理出三百多起，桩桩审理公正，没有一人喊冤。胡林翼在安顺任事一年，前后抓捕巨盗二百多名，全部处以死刑，使犯罪分子大为震慑，不敢轻举妄动。

接下来，胡林翼狠抓正本清源。他又亲自下到基层，倡导设立义学，采访八百多名节女和孝子，汇总上报，请求朝廷表彰。安顺一地，二百年来未曾弘扬儒家的主旋律，胡林翼带了一个头。从此以后，当地政府一直注重正面宣传，大树道德标兵，狠抓精神文明建设。

经过胡林翼的多头治理，安顺治安状况彻底好转，盗贼衰息。城乡百姓为他在十几个地方建立生祠，自发地表达对他的感激。巡抚乔用迁见他抓社会治安如此得心应手，把他当成一把利剑，哪里的社会混乱，就把他安插到哪里。

道光二十九年（1849）五月，乔用迁令胡林翼去镇远府代理几个月知府。该府辖地位于潕阳河南北两侧，居民以苗族和瑶族为主，其中有四座苗寨就在省界边缘，地势险峻，寨民经常出外抢掠。有些大盗为害二十多年，无人能治，近年来更是势不可遏。

胡林翼一进镇远城，就有人向他反映：两个月之前，这里发生了一桩轮奸杀人的重案，前任廖知府未能破获。罪犯是一个团伙，其中有五名强盗。他们轮奸了杨秀才的妻女，还将杨秀才杀伤。此案疑犯在逃，闹得府城内人心惶惶。

胡林翼受印之后，立刻召集衙役和捕快，责令他们迅速破案。衙役说："知府大人，我们也想早日破案，可是没有办案经费啊。"

胡林翼脸色一沉，说道："本府知道，咱们镇远财政非常困难，但这不是警方不办案的理由！没有经费，你们以本府名义去借，由本府出具借条。本府矢志为民除害，豁出去了，借钱也要把案子办好！"

衙役借来一千两银子，捕快们不敢怠慢，用了不到十五个工作日，就抓到凶手及奸犯十一人，从重惩办，府城民心稍稍安定。

破了大案还只是开头，镇远的盗匪还有很多，由于地势复杂，隐匿方便，他们出没无常，难以寻踪。胡林翼必须摸清地势与匪情，才能做到有的放矢。他轻装离开府衙，四处走访土著居民，了解山径和险僻处所，以及何处居民守法，何处居民行盗。一边访问，一边描画地图，随手记载。一天下来，记载的图文就有了一大册。

走访上百人之后，经过详细考证，胡林翼已经成为本地通。要隘之处，险僻之区，当地土人知之不全的，他都全部掌握了。他立刻下令添设卡哨，购买眼线，要求信赏必罚。

一个月后，胡林翼向巡抚申请调派官军和乡勇攻打高山寨。此寨有五十八户人家，只有三户不做强盗，胡林翼决定将其一锅端掉。乔用迁给他派来一支部队。胡林翼集结一百二十名官兵，加上六千名乡勇，在奇险万状的山路上行军，包围了高山寨，随即展开攻势，很快就结束了战斗，抓获匪徒多名，兵勇未伤一人。

剩下的问题寨子还有三座，但胡林翼决定暂停攻击。攻打深山苗寨难度极大，高山寨就很典型。它的地理位置格外孤峭，仰攻不易，若非道路熟悉，靠突袭得手，否则很难成功。何况山里人身手灵活，翻山越涧，矫捷如飞，或分或合，忽聚忽止，加上林密箐深，易于隐身，官军无从下手，还要担心被诱入陷阱，弄得损兵折将。

胡林翼说，要根本解决镇远的治安问题，还是要依靠群众，发动良民团练自卫，使盗匪没有空子可钻。乔巡抚赞同他的看法。胡林翼把团练乡民的任务交给继任者，自己返回贵阳。

不久之后，镇远府那边又发生了严重的治安事件。黄平县的巨盗抱禾等人聚集部众，抢劫云南和贵州进京赶考的学子，事情传到了北京。道光帝下诏诘责，命乔用迁赶紧摆平此事。乔用迁本想把案子压着不报，却不料皇帝已经知晓，他不得不打起精神，再次对镇远的盗匪用兵。派谁去呢？想来想去，还是胡林翼去最令他放心。

道光二十九年除夕前夜，乔用迁布置任务，要求胡林翼在春节后向黄平进兵。胡林翼说："中丞大人既已下决心要派兵进剿，属下以为兵贵神速，不能延期。山里人在年底要回寨赛神，料不到官军会突然赶到。如果等到年后，风声走漏，头目就会先溜了。属下以为，最好今天发兵。"

乔用迁大喜，令胡林翼当天启行。胡林翼向镇远各属发出密令，约定各路官军和乡勇按期集结。道光三十年（1850）正月六日，各部先后抵达黄平的岩门司，共有一万八千七百人。胡林翼调配兵力，从四面合围，堵住了各个要隘。正月十一日，巡抚批准明晨进剿革夷。胡林翼担心惊扰良民，谕令附近的百姓前来军营登记，发给暗号，让他们互相保卫，不要害怕。

第二天战斗打响，官军攻破革夷和沙邦两寨。九天后开始攻打山丙寨，捣毁盗匪的十几处根据地，抓到匪首抱禾以下二百九十八人，斩杀了所有顽抗的盗匪。当地苗族居民大受震动，先后有许多寨子的苗头到军营登记，请求从此编入保甲，听从约束，如居民再有不法行为，自愿缚献。胡林翼认为他们很有诚意，命令地方官编造户口册，发放免死腰牌。然后遣撤部队，酌留几名委员清查户口，安抚良民，进行善后。一个月时间，全部办理完毕。

胡林翼的革夷之战打完，战功报到北京，皇位上已经换了新人。咸丰皇帝正需要这样的铁腕官员对付社会动乱，欣然下旨，给胡林翼赏戴花翎，留在贵州，只要知府官位出缺，立即补任。

这时，湖南新宁的李元发造反部队活动在湖南、广西、贵州交界的地区，乔用迁大为震动。贵州的黎平处于动乱地带，李元发随时可能进入，乔用迁急需干员指挥防堵。这样关键的任务，又非胡林翼莫属。他把正规军和民兵交给胡林翼指挥，叫他一定要把李元发堵在贵州境外。

胡林翼奉令以后，立刻从黄平启程，三天后进驻黎平，马不停蹄，领兵出击，将小股造反军追逐到广西古宜，然后扎营堵截。

胡林翼参与军事，凡是令乔用迁头疼的治安难题，他都解决得非常漂亮。乔用迁将他的功绩上报朝廷，得旨以道员使用。胡林翼在贵州为官两年，已经以社会治安高手而著称。新皇继位给他提供了更大的机遇，咸丰采纳曾国藩等人的意见，有意选拔务实派的贤能，诏令大臣们举荐地市级以下可以担负大任的官员，要从中层干部中提拔一批高干。云贵总督程矞采保举了十人，乔用迁保举了八人，这两份推荐名单上，都有胡林翼的名字。

乔用迁得到旨意，要胡林翼迅速进京引见。乔巡抚似乎一分钟也离不开这个治安别动队队长，奏请让他缓期进京。咸丰答应了乔用迁的请求，但他牢牢记住了胡林翼这个名字，因为此人能为朝廷解决最为棘手的治安问题。年轻的皇帝凡是召见云南和贵州的大小官员，都要垂询胡林翼其人，探问这个年轻的候补知府为什么会有超强的能力。

道光三十年（1850）九月，朝廷委任胡林翼代理思南府知府，当年十二月，又将他补授黎平府知府，因为那里的军情更加严重。咸丰元年（1851）七月，太平军在广西与官军残酷绞杀的时候，胡林翼抵达黎平受印。

黎平与广西交界，有将近二百里的边界线，在刚刚从广西开始的大规模内战中，是一个受到严重威胁的区域，随时可能发生重大的治安事件。黎平人古来淳朴，社会和谐，很少红脸争执，更不会去打官司。但是在道光帝治下的二三十年间，社会风气败坏，盗贼层出不穷，几乎每天都发生不止一桩刑事案件，每个案子都牵涉不止一条人命。有时候，一天内有十多户人家遭劫，或者一家中有三五人横遭惨杀。歹徒们强暴妇女，抢夺鸡犬，无辜的小民完全失去了安全感。

令胡林翼感到滑稽和悲哀的是，强盗如此猖獗，官军却十分软弱。他以前的各任知府并非不曾带兵捕盗，可是官军一与强盗遭遇，立即抛弃枪械，拼命逃走，往往一名强盗撵着一百名士兵奔跑，后面的官军扭头狂奔，把武器装备都留给了盗寇。府衙的差役更加无能，见了强盗就叩头求饶。但他们对百姓却是心狠手辣，妄拿良善，无恶不作。

经过调查，胡林翼决定放弃官军和官差，大胆提出"兵差万不足用"。这表明胡林翼也是以勇带兵的先驱者，主张改变专政工具，值得研究湘军史的人注意。他这个意见不知是否受到江忠源的影响，但他自己的亲身经历应该是使他产生如此想法的最直接的原因。这是他为解决正规军警无能的困难而采取的一个得力措施。他亲自训练一百名壮勇，每人每月发饷四串钱。公款不够，他自己掏腰包补足，每月补贴二百多两银子。如此就有了一支信得过的武装力量。

胡林翼从实战中摸索经验，又对用兵方法做了改进。鉴于山区盗寇具有极强的机动性，他决定放弃以前惯用的围剿法。明朝参将沈希仪和清朝嘉庆时期傅鼐行之有效的战法，给了他很大的启示。他派出精干的小分队四处巡逻，流动侦察，找准盗贼巢穴，然后调来兵力，猛烈突袭，犹如老鹰盘旋在空中，发现猎物，一头猛扎下去，名曰"因间雕剿"。这种战法灵活机动，打击精确，比围剿法强了不知多少倍。

胡林翼在黎平仍然祭出他的法宝，发动群众搞治安，推行保甲和团练。他要求每个居民都负起捕盗之责，并赋予他们捕盗的权力。他为各村各寨制定严格的条约，要求居民切实执行。第一步，他命令各寨设立乡长、团长、牌长，姓名全部注册，收藏在知府衙署。一有事情发生，他便按册点名召见。基层干部来了，他待之以礼，甚至设宴招待，详询当地的治安状况。第二步，他亲自到基层蹲点。每次入寨，都会随身携带名册，对基层干部一一考察。第三步，他悬赏购凶，翘首以待。凡有百姓抓捕了盗贼，送到知府衙门，他都给予高规格的接待，发给丰厚的奖金。基层押来犯人，随到随审，审明即给扭送者发赏，一分钟都不耽搁。押送者可以朝至朝归，夕至夕归，不在城中耽搁，不用花费。

想在经济落后的地区建立健全的治安制度，会受到经济的制约。胡林翼为了黎平的安定团结，贴进去几千两私房银子，经济亏损巨大。但他想到自己创下了黎平近二十年来未有的奇迹，令数百万家之生灵得以安枕高卧，心中十分快慰。

胡林翼扎扎实实工作了半年，绅士和百姓都乐意为他效劳。他在述职时有了一份很好的工作总结。他依靠群众抓获了三百多名盗匪，在一千五百多个寨子里成立了乡团，设立了四百五十多座卡栅，每卡都有四到二十名民兵分班轮守。通过大家的努力，剪除了一些盗首，安分守己的良民见到了天日，黎平建立了久违二十年的社会秩序，百姓大悦，妇女儿童得以安生，外来商旅也有了安全感。他每巡视一个村庄，便有成百上千的百姓跪在前后左右，大呼"青天大老爷"。

咸丰二年二月，广西的永宁、怀远、融县土匪蜂起，这些地方都与黎平辖境相邻。胡林翼听说洪秀全从永安突围，抵达昭平，随后挺进桂林，形成流动作战的态势，可能进入贵州。他立即着手备战，做好与洪秀全作战的准备。胡林翼对官军的无能痛心疾首。他想，广西之战，朝廷已经耗费两千万两银子，频繁向广西增兵，但官军兵将窳懒骄昏，屡致挫衄。由此看来，中国将会大乱，预计湖南将首蒙战乱之害，他的家乡益阳也无可幸免。贵州比广西更加贫瘠，若被卷入战争，还不知到何处去找军费。他经过深思熟虑，建议督抚在贵州边界修筑碉堡，坚壁清野，防止太平军侵入。他的意见是不要对正规军抱什么希望，必须依靠民兵发挥地利，加强防守。

后来太平军没有向贵州挺进，但是邻近的锦屏和永从都有盗匪进入黎平。胡林翼立即召集练勇，擒拿斩获，全歼匪帮。从此境外会党不敢进入黎平，在动乱迅速扩展的咸丰二年，黎平竟然成了一片太平乐土。

太平军的军锋直指湖南，胡林翼心中时刻记挂着家乡的安危。他三次给湖广总督程矞采上书，指出战火很快就会烧到潇湘大地，湖南应当紧急备战。他向程总督推举七个湖湘人才，以备任命使用。可是他的热脸碰到了冷屁股，所提建议被程总督束之高阁。

当太平天国西王萧朝贵对长沙发起攻击时，湖南巡抚张亮基奏请朝廷将胡林翼调到湖南，朝廷批准了他的申请。但是贵州巡抚蒋霨远抗辩道，若胡林翼离开黎平，会致使"士民失望，关系匪轻"，"事关全省大局"。随即奉到上谕：毋庸调往。

胡林翼虽然原地未动，但有张亮基请留于前，又有蒋霨远请留于后，令咸丰对他刮目相看，他的朋友们都说，这使他有了"一飞冲天"的势头。从此可以看出，胡林翼在贵州是待不长了，不久之后，他必定会为朝廷担负更重要的使命。

咸丰二年（1852）十月，太平军从长沙撤围，这时胡林翼交卸了黎平知府。贵州人纷纷传说，太平军将要攻打常德，贵州东部的会党顿时得到鼓舞，虎虎生威，以盗抢为主的治安事件频繁发生。蒋霨远庆幸自己留下了胡林翼，连忙令他总管与湖南交界处的边防，负责治安重灾区的防剿。胡林翼有了整个贵州东部的军事指挥权，还在镇远另设一个审案局，由他自己主持。他指挥正规军和民兵合力主攻盗匪经常出没的乌沙，擒捕了一批巨盗。他请巡抚命令各地绘制险要之处的地图，举行保甲团练，以绝根株。

胡林翼在年底接到曾国藩的信函，得知曾侍郎已奉命在湖南帮办团练。曾国藩说，他到长沙之后，每天跟张亮基、江忠源、左宗棠感慨深谈，互相鼓励，都有负山驰河、拯救家乡的抱负。言谈之中，总是提到胡林翼鸿才伟抱，足以挽救当今的滔滔危局，恨不能跟他一起整顿经历战灾之后的潇湘大地。

胡林翼此时已经感到了同乡贤达对他的期望，有心返回湖南，大干一番事业，只是时机尚未到来，因他手头上的剿匪任务还未完成。咸丰三年（1853），他带领二三百人，在贵州东部对付一万多人的会党，连月奔驰，维护治安，保护生灵，累得神情憔悴，形体瘦削，还得了瘴疠。他付出如此之多，却遭到官场中人的讥笑，说他贪功擅杀。胡林翼不想留在贵州，归心似箭，已向巡抚提出辞呈。正在此时，御史王发桂上疏，推荐胡林翼才识过人，可以委以重任。咸丰此时得知湖北吃紧，批准了王发桂的奏请。与此同时，湖广总督吴文镕也奏调胡林翼率领黔勇赴援，于是胡林翼前往湖北已成定局。

咸丰三年十二月十日，胡林翼率领三百名练勇从镇远启行。胡林翼这一走，就将走向更广阔的舞台，走向更壮丽的人生。

沧海中的大鱼

嘉庆十七年（1812）六月六日，胡林翼出生在湖南益阳里仁桥的胡家湾。他的父亲此年在岳麓书院进修，同学左观澜在此年冬天也生了一个儿子，就是晚清名相左宗棠。这两个属猴的孩子长大以后成为生死之交，左宗棠有文记叙他们从娘肚子里出来时的情景：

> 我生于湘，公产于资，岁在壬申，夏日冬时。詹事文学，读书麓山，两家生子，举酒相欢。

文中的"詹事"，是胡林翼的父亲胡达源；文中的"文学"，是左宗棠的父亲左观澜。

胡林翼是母亲所怀的第三胎，他的母亲汤夫人已经生过两个女儿。儿子的出生给了汤夫人十分的惊喜。她对丈夫说："前些天我梦见一只五色鸟飞进屋后的树丛，张开两翼，飞翔唱鸣，群鸟跟随它飞翔，从林中啄来一根芝草。"

胡达源一听，喜不自禁，连说："此梦吉祥，此梦吉祥！此儿就依乃母梦中情景命名吧。五色飞鸟，林中展翼，啄来芝草，那就取名林翼，取字咏芝。"

神鸟转世的胡林翼，和湘江边诞生的左宗棠，不仅是当世的人杰，而且是莫逆之交。提起湘军大帅，人们常常列举曾左胡三人。这三人之中，曾左之间的矛盾似乎人人皆知，但左胡之间伟大的友谊却很少有人提及。至于曾胡之间紧密依存的关系，更是常被人们忽略。胡林翼在湘军集团中不可或缺的历史地位，似乎远未得到充分的认识。

湘军集团在清末能够形成大的气候，离不开胡林翼在集团内外的辛勤斡旋。没有胡林翼不遗余力地举荐和劝说，左宗棠可能永远是一介布衣；没有胡林翼在湖北力撑危局，湘军可能挺不过咸丰五年（1855）以后的困难时期；没有胡林翼的大声疾呼和精心筹划，曾国藩也许在咸丰八年（1858）不会有东山再起的机会，也就不会当上封疆大吏，指挥最终平定东南的战争。在整个湘军集团中，胡林翼是最注重集团整体利益的一个首脑，为了湘军能够蒸蒸日上，他鞠躬尽瘁，委曲求全，做了大量具体、烦琐、怄气的工作。

胡林翼是一个天性很有感染力的君子，具有团结同志共事的凝聚力。他懂得权宜之术，娴熟坚持与妥协的艺术，为集团的事业拉来许多赞成票。他又具有很强的经济头脑，能以精密的计算，把湘军和他管辖的社会带出困境。他的岳父陶澍是一位很有预见性的学者和高官，从胡林翼小时候就看出了他的这些品质。胡林翼七岁那年，陶澍第一次看见这个男孩，便对他的爷爷胡显韶说："此子器宇不凡，前途不可限量！"他当即决定将四岁的女儿陶静娟许配给这个男孩。胡林翼结婚之后，陶澍又曾如此评价女婿："此子犹如沧海中的大鱼，一勺水怎能容他回旋？"

陶澍断言女婿是栋梁之材，对胡林翼是很大的鞭策。他婚后遵照祖父之命，去父亲的友人蔡用锡门下读书。他向蔡老师讨教经世之学，钻研军事和政治管理，短短两年时间，他掌握了许多终身受益的知识。更重要的是，他已懂得秀才应当以天下为己任，对民众的疾苦有了一腔恻隐之心，自称"越读书越忍不住"。

道光十一年（1831）五月，沅湘大水，洞庭湖旁的益阳遭受水涝，道路上全是饥民。十九岁的胡林翼看不下去那些惨状，匆匆拜访县令，请求他劝谕富民出钱出粮，赈济灾民。有人劝他不要多事，以免得罪富人，他坚持奔走呼吁。在他的努力下，一些富民发粮赈灾，救活了许多饥民。这是胡林翼第一次匡时济世的实践，赈灾的成功使他感到了无比的喜悦，他从此决心更多地参加社会管理。

他和左宗棠相识于道光十三年（1833）正月，两人在京城一见订交。胡林翼聪明豪强，博览群书；左宗棠雄心勃勃，以当代孔明自许。两人有共同的兴趣，"不好八股"，爱读史地军事书籍，对于山川险隘与军政机要探讨尤力。

胡左两个世交子弟，志趣相投，相谈甚欢，经常风雨连床，彻夜谈论古今大政，分析成败得失，前因后果。那时鸦片战争尚未爆发，但列强环伺，虎视眈眈。国内会党四伏，天灾人祸时有发生。尽管道光帝和臣子们极力粉饰太平，这两个年轻人却洞察了世情，预言国内将乱，相对唏嘘叹息，眉头紧锁。他们的表现引起了外人的诧异，以为他们脑子进水了。然而这种似乎不正常的表现正是两人目光如炬的证明，他们相互理解，分享同一种使命感。因此，胡林翼步入仕途之后，下定决心，一定要通过自己的举荐，把左宗棠送上军政舞台，携手干一番经国治邦的大业。他是沧海的一条大鱼，他要引来同类，一同在广阔的水域中遨游。

胡林翼刚在贵州大显身手的时候，左宗棠还未见用于世。胡林翼多次向林则徐、程矞采、张亮基等高官推荐左宗棠。他这样做不仅是为了私谊，也是站在官方的立场上，要为朝廷举荐治理乱世的干才。左宗棠终于在咸丰二年（1852）出山做了张亮基的幕僚，为官军守住长沙贡献了才智。

胡林翼自己也在寻求更大的舞台。咸丰四年（1854）正月，他离开贵州，带着六百名乡勇向湖北进发，此时他心里正是怀着他和左宗棠早就用以互勉的鸿鹄之志，想要以自己的才干支柱天下。他嫌贵州池水太浅，不够他翻滚腾挪，他要奔赴与太平军作战的主战场，去增援眼看就要守不住湖北的湖广总督吴文镕。

然而他还是来迟了一步。正月十九日，他行至簰洲，听说吴总督已在黄州阵亡，太平军已上行至汉口。胡林翼有些不知所措，打听到湖北按察使唐树义率水师驻扎金口，便前往与之会师。可是，他发现唐军漫无纪律，战斗力太差。胡林翼存了个心眼儿，担心遭受连累，连忙将自己的船只驶向上游。四天后，唐军溃败，唐树义羞愧不已，跳水身亡。胡林翼的部队完整无损，他下令登陆，列阵拒敌，太平军不敢进逼，退驻嘉鱼。

湖北的领导班子指望不上了，胡林翼一时无人管辖。这时骆秉章已重新出任湖南巡抚，把左宗棠延入幕府，请他指挥军事。湘军也在此时初次出征，曾国藩率领一万七千人从湘江北上，抵达长沙。曾大帅从胡林翼的来信中得知，他没有接上湖北的组织关系，部队给养没有着落，便有心将这支队伍纳入湘军体系。他请骆秉章资助军饷和武器，让胡林翼暂驻岳州境内，等待与湘军会师。然后他以密疏向朝廷保举胡林翼，说他的才干比自己胜过十倍。如此一来，胡林翼把部队交给了湘军和湖南巡抚，也把他的命运与曾国藩、左宗棠连在了一起，曾左胡三角合作的关系在针对太平军的战争中初步形成。

不管曾国藩是否自觉，他将胡林翼收到麾下是一个意义深远的措施。若无此举，湘军的历史也许无法延续四十年。这跟胡林翼进入湘军序列后打了多少胜仗关系不大，这个益阳人的主要作用在于铁肩担道义，能在湘军陷入极端的困境时力扛危局，把整个集团拔出受困的泥潭。

不过，胡林翼接受曾国藩指挥之后，确实打了一系列胜仗，对湘军发展所起的作用不可忽略。湘军初次出征的基调是失败：王鑫初败于羊楼司，二败于岳州；曾国藩也吃了败仗，被迫退守长沙。这段时间湘军只打了两个胜仗，一次是胡林翼在湖北的上塔市击败了太平军，另一次是塔齐布攻克了江南桥。胡塔二人的作战，多少在皇帝那里为湘军挣了些面子。

此后湘军大捷于湘潭，惨败于靖港，经过休整恢复了元气，于闰七月一日攻克岳州，准备大举进攻武昌，进而向金陵东征。曾国藩和骆秉章争夺胡林翼，前者要他随湘军开进，后者因湖南没有得力将领，要留下他驻守岳州。这时胡林翼已从贵东道升任四川按察使，朝廷令他留在湖南作战。

湘军此去，势如破竹，胡林翼也投入了战斗，与塔齐布一同攻打羊楼司。在湘军攻占武昌与汉阳时，朝廷将胡林翼调补湖北按察使，他在十月份入驻湖北省城。此时湘军连克蕲州和黄州，大捷田家镇，水师乘胜逼攻九江、湖口，太平军收缩兵力，两城互为犄角，顽强抵抗。湘军苦战连日，无法攻克这两座坚强的堡垒。曾国藩决定增加兵力，奏调胡林翼率领两千人增援。

胡林翼在十二月抵达江西，会同罗泽南攻打湖口，屡攻梅家洲敌垒，形成拉锯胶着状态。这时候，湘军水师的轻舟机动部队越过湖口，攻打姑塘，陷入鄱阳湖内，被太平军封锁入江隘口，无法返回。湖口太平军渡江占据九江对岸的小池口，焚烧曾国藩的座船，曾国藩侥幸逃脱，来到陆军营中。胡林翼和罗泽南夜夜戒备，春节也不得休息。

湘军在咸丰四年（1854）得以顺利地从武昌打到九江，可以解读为湘军的战力强大，攻无不克，也可以看作太平军方面有意的退缩，即我们通常所说的把拳头缩回来，以便更有力地打出去。湘军在向九江迅猛推进时，决策层多少有些胜利之后的骄躁，有些急功近利的心理，似乎没有看出太平军的撤退是战略性的，以他们的军力而言，不会如此轻易地落败，一溃几百里。所以，当石达开成功地把湘军拦截在九江湖口段时，湘军还在一味地猛攻，不相信太平军能有防御的实力。但是湘军将领们想错了，太平军此时不但有能力防守，还有能力发起反攻。

安徽的太平军陈玉成部为了把湘军从九江一带调走，向湘军后方挺进，攻陷黄梅、广济，直扑湖广总督杨霈的大营。杨霈害怕了，退到汉口以后，又以防止太平军北上为借口，往德安避险去了。太平军大举向西反攻，和湘军东进时一样势如破竹，占据汉阳，袭击沔阳和天门，又分兵渡到江西，攻占兴国、通山、通城、崇阳，并攻击江西义宁（今修水）。武昌陷入太平军的四面包围之中。

此时，曾国藩的两万湘军困在江西，东进不能，向西撤退也有困难，因为水师暂时失去了机动作战能力，大型战船遭到敌军重创之后，又被风灾折腾了一番，只能驶到上游修理。曾国藩派李孟群和彭玉麟率战船回救武昌，只是一个有名无实的安排。湘军陷入了战略性的困境，不是短期可以恢复主动态势的。咸丰皇帝也看出了湘军可悲的状况，命令曾国藩分兵援应后方，曾国藩苦于兵力不足，简直无法执行这一道圣旨。

在此紧急关头，"沧海中的大鱼"胡林翼决定挑起挽救时局的重任。他说，他是湖北按察使，守土有责，湘军的后方应该由他去肃清。曾国藩听到此话，不只是大喜，而且非常感动。他给了胡林翼六千五百人，其中包括胡林翼带来的两千兵力，先后开拔，回援武昌。胡林翼来到武昌城外，渡江驻扎沌口，日夜督攻汉阳，短期内就发起了几十次攻坚战。

胡林翼担负起了最艰难的任务，朝廷给了他相应的权力，很快将他提拔为江苏布政使，随即调任湖北布政使。胡林翼感到自己有了沧海一般的舞台，他要在镇压太平天国的战争中发挥至关重要的作用。他给妻子静娟夫人写信，说他为"保全大局"，要"安心作一忠义人"。

太平军仗着兵力雄厚，一方面在汉阳抵挡胡林翼的进攻，一方面悄悄出动主力，沿青山越过塘角攻打武昌。攻城战在咸丰五年二月十七日打响。省城内外，清军总共才有近万人，挡不住太平军的猛击。胡林翼和李孟群正在沌口追逐敌军，突见对岸城中火起，急忙前往救援，但武昌城内外的守军纷纷逃跑，已经救援不及。巡抚陶恩培跳水自杀，知府多山用剑抹了脖子，武昌第三次落入太平军手中。事发仓促，胡林翼没有回天之力，只得折回金口，迅速收集溃卒。

太平军攻克武昌以后，在湘军后方扎稳了根基。石达开着意经营湖北、江西、安徽三省，大有将胡林翼困死在湖北、将曾国藩困死在江西之势。湖口太平军出兵袭击饶州和广信，曾国藩为了保存实力，防御省会，把内湖水师收缩到南昌，罗泽南的陆军也随之收缩，只留下塔齐布驻扎九江。

在这种情况下，朝廷更加倚重胡林翼，于三月三日下诏，令他代理湖北巡抚。咸丰为湖北大员做了分工，令总督杨霈负责长江以北，令将军官文防守荆州，长江南岸攻击武昌的任务则专门交给胡林翼。换言之，杨霈和官文只要守住还在清军手中的城市，而胡林翼则必须夺回武昌，收复失地。

胡林翼是湘军首脑中第二个当上封疆大吏的人。第一个是江忠源，当上安徽巡抚几个月就战死庐州。咸同年间，不少湖南人出任一方大员，几乎总是在辖区已经沦于敌手之后得到任命，毫无喜庆可言。接受任命的人若是笑得出来，肯定是苦笑。他们只会感到肩头沉重，心中怀有视死如归的悲壮，因为他们必须拼死去替朝廷收复沦陷区，只能把脑袋别在裤腰带上去任封疆。尽管如此，湖南籍的臣子们仍然感谢天恩，以至于热泪盈眶。或许这正是湖南士子们一直寻找的感觉，他们在忠君报国理念的支撑下，越是任重道远，越是独任时艰，越是能够体认自身的价值。胡林翼前次从贵州来到垂危的湖北，此次又从江西来到残破的鄂疆，都是为了到最艰难的地方报效朝廷，成就一代名臣的风范。

胡林翼企图扭转湖北的局面，完全是明知不可为而为之。江忠源出任安徽巡抚时，临时省会庐州好歹还在清军手中，他面临的困难是兵力太少太弱；胡林翼在湖北的情况似乎更加不妙：太平军占领了江汉上下的重要据点，胡代巡抚的号令出不了三十里的范围。他能调动的兵力只有六千人，占领的要地只有两处。他率领部分陆军退驻金口，与彭玉麟的水师互相依靠，王国才率领部分陆军驻扎沌口。更糟糕的是，他的部队在湖北境内无法补充武器和军饷，全靠左宗棠在湖南为他筹拨。

胡代巡抚上任之初，简直是个戴官帽的乞丐，首要的任务就是向邻省乞讨军饷。武昌这座城市吃够了打仗的苦头，短短两年多的时间内已经三次易手，州县残破，钱粮断绝，胡林翼发文催钱催粮，如同泥牛入海。军中常常见不到一粒粮食，将士几个月领不到军饷。胡林翼看着军中那一双双因饥饿和绝望而显得无神的眼睛，只好给邻省的官员写信，苦苦哀求。实在没办法了，不能眼看着将士们饿死，他就乘船去了泉交河，将自己家里的稻谷拉过来接济军食。

总督杨霈虽然也在残破之区，却没有如此狼狈。他驻扎德安，离敌军主力较远，却有一万人保卫他的安全。他还不放心，上疏请求将胡林翼调到汉川，离他更近一些，台面上的理由是防止敌军北窜。杨总督和胡巡抚是两种不同的人，不同的官，以完全不同的方式处理军政事务。杨总督终究只能做缩头乌龟，胡林翼却能够力挽狂澜，是很自然的结果。

咸丰交给胡林翼的任务是"攻剿"，但他不会考虑一支饥疲不堪的小部队如何去攻击人数多达几倍乃至十几倍的敌军，这个难题必须胡林翼自己去解决。胡林翼没有违抗圣旨，他的确对武昌发起了一个多月的攻击。然而这支小部队对太平军构不成多大的威胁，后者只要闭门不出就行了。

胡林翼也知道，他现在侈言攻击，只是虚张声势而已，其实究竟是谁攻击谁还很难说。他去攻击太平军不会有什么效果，但太平军要是对他发起攻击，一定可以把他打趴下。所以他不得不细心打探敌军的动态。果然，太平军终于耐不住了，悄悄派出大部队攻打胡林翼的后营。多亏胡林翼事先做了部署，杨载福从湖南带着新募的水师来助，他们才挡住了太平军的两轮攻击。

武昌是一座大城，共有八座城门。胡林翼那点兵力仅够攻打一门，简直是隔靴搔痒。他不得不面对现实，决定改攻汉阳。七月份他邀集彭杨水师一起作战，力战二十多天，由于陆军不得力，连汉阳也无法攻克。

胡林翼因进攻久无成效，心中焦急，八月二日亲自率领四千人渡江，联合水师再攻汉阳。崇阳和通城的敌军听说胡林翼离开大营了，趁机攻打金口，击破李孟群的营垒。德安的太平军集结部队回救汉阳，把胡林翼阻遏在汉阳以外，胡林翼只得驻军爹山。

胡林翼急于做出成绩，未能照顾士卒的心情。当时他的部队欠饷已经超过一百天，指战员们无心战斗。八月八日，太平军杀到爹山，胡林翼下令出战，士卒不动，口出怨言，索要军饷。胡林翼强令他们出战，士卒们叫叫嚷嚷地开了小差。胡林翼气愤至极，怒鞭坐骑，要独自去跟敌人拼命。马夫见他脸色不对，牵着马转了几圈，然后狠抽一鞭，让他的坐骑朝江边跑去，胡林翼无法制止。到了江边，正巧鲍超率战船赶来营救。将领们听说巡抚在此，赶紧收集溃卒，联合驻扎大军山。

此战以后，胡林翼成了破产的老板。七天之内，他的陆军遭受两次惨败，他从前苦心挑选的乡勇已经失去了百分之七十。胡林翼心中苦到了极点，但表面不动声色。他不肯认输，打算重起炉灶。他决定重建自己的陆军。经过精密的计算，他采取了两大措施：第一，令救命恩人鲍超去湖南增募三千新兵；第二，奏调罗泽南率部从江西来援。他在给自己准备两支最优秀的陆军。他经过对鲍超的考察，认为此人谋勇兼优，能够率领一支陆上劲旅；而罗泽南的部队就不用说了，是朝野公认的无敌之师。

八月十一日，荆州运来了三万两饷银，胡林翼有了一点资本，可以发钱打发一些人回家了，于是严格淘汰不合格的兵员。他率领沌口的水师和王国才的陆军回驻新堤，扼守通往荆州和湖南的道路，等待新的陆军到来。

在此期间，胡林翼的思路越来越清晰，部队的格局也越来越明了。彭玉麟离开了湖北，曾国藩召唤他去江西统领内湖水师；李孟群的部队改成了陆军，更有利于作战；杨载福开始统领外江水师，驻扎在嘉鱼和蒲圻之间，为陆军守备江路。胡林翼英气勃勃，不像吃了败仗的将军，倒像攻无不克的大帅。他加强部队的思想工作，倡导官兵一致的军营文化，不仅与下属同甘共苦，还对士兵礼敬有加。侦察部队早晨回营，他会亲自打开营门迎接。士兵感到了做人的尊严，感染了平等的气氛，人人感动，士气大振。

这时候，塔齐布因久攻九江不下，烈性发作，火气攻心，死于九江城下的军营。这件事对曾国藩和罗泽南都是一大震撼，使他们清醒了许多。通过反复沟通，他们厘清了思路：如果武昌没有收复，上游没有肃清，江西的战局很难有所好转；湘军的大战略仍然应该是从上游向下游扫荡，先收湖北，然后打通江西和安徽的江面，才能下攻金陵，直捣洪秀全的巢穴。他们决定将罗泽南的陆军劲旅调往湖北，协助胡林翼肃清上游。湘军军事重心的这一转移，大大增添了胡林翼的实力，也把胡林翼的军事指挥推上了决定全局的重要位置。

打造东征基地

罗泽南率领五千人增援湖北，从鄂东南进军，先后攻克通城和崇阳。胡林翼听说援军已靠近武昌，亲自前往迎接。太平军此时将全部注意力放在武昌一带，就连下游金陵和安徽的太平军，也纷纷向上游攻击。胡林翼看出，武汉与荆襄一带，成为太平军必争之地，他们在这里既可控制长江之险，又能获得两湖和巴蜀的稻谷。在这个意义上，武汉对官军更为重要，关系吴楚大局。他必须牢牢控制武汉，使之成为朝廷屹立在长江上游不可动摇的重镇，才能令官军兵精饷足，从水陆两路下行，扼住金陵的脖子。

胡林翼向朝廷强调湖北在整体战略中的重要性，把近期的目标定位于厚集兵力，与太平军争夺武汉。他于十月中旬前往嘉鱼检阅陆军。他自带部队四营，加上罗泽南的七营，总共有了十一营的兵力。罗军七营都是久经考验的劲旅，按照皇帝的命令，全部由胡林翼指挥。他见到如此雄壮的队伍，心中底气十足，带领近七千人的部队西攻蒲圻，与石达开的三万多人交战，将石达开赶出蒲圻和咸宁，迅速肃清了武昌以南。杨载福率领水师攻克金口，水陆两军在金口会师。

从这时开始，胡林翼把部队分扎于城南和城东，正式开始了对武昌的攻击。十一月下旬，他率领六营兵力驻扎在城南的堤上，罗泽南率领其余五营来到城东，在洪山南冈扎营，只留下九溪营驻扎金口，与水师相互照应。胡林翼和罗泽南的攻击部队被太平军的壁垒隔离在城墙外围，胡罗采取的战术是蚕食城外敌垒，步步为营，向城墙逼近。湘军冒着寒冬腊月的雨雪奋战，只用了二十天的时间，就肃清了城东、城西、东南、西南几面的敌垒，只剩下靠江岸的西北一隅还是太平军的地盘。但是，胡林翼付出了伤亡精锐一千多人的代价。

胡林翼挺过危难、锐意攻城的坚强意志感动了所有的将士。李孟群也率部逼攻汉阳，杨载福率领十营水师，挑选精锐，提倡勇敢，从沌口出师会攻，往来江汉南北，每战必捷。连满人总督官文所部也激发了积极性，其抵达汉阳的前锋与南岸的胡林翼、罗泽南互相声援。满人都统都兴阿也不甘落后，率领吉林骑兵护卫水师。水师夜烧敌船未还，都兴阿在岸边露宿达旦，不肯回营。水陆两军群帅和辑，士气百倍，湖北的清军与官场出现了蒸蒸日上的势头。咸丰六年（1856）正月，罗泽南把军营移到了洪山绝顶，俯瞰城中，对武昌构成更大的威胁。

石达开在胡林翼的打击之下，率领二万多名广西老兵撤出鄂东南以后，进兵江西，自踞吉安，后来联合杀入江西的广东会党四五万人，连陷抚州、建昌、南康三府，攻占了五十多座州城县城。曾国藩被压制在南康一隅，与外界失去了联络。于是他退驻南昌，发出十万火急的奏章，要调罗泽南回援江西。他的请求虽然得到了很多官员的同情，但咸丰皇帝担心武汉的攻坚功亏一篑，不同意把罗泽南调离。

由于请调罗泽南的奏疏太多，咸丰想听一听胡林翼与官文的意见。胡林翼表示：在武昌攻克之前，不能将罗军调走。他再次强调武昌与下游安徽、江苏一江相连的战略地位，同时表明他已做好对武昌发起最后攻击的准备，只要等到春天涨水，敌军水师无可躲藏，就能肃清江面，使陆军无所顾忌地攻坚。最后他立下军令状：若是短期内还未攻下武昌，他就立即派兵增援江西。

罗泽南的部队已经鏖战八十多天，他也不愿看到武昌攻坚因釜底抽薪而功败垂成。何况他也看重武昌的战略意义，于是他写信给曾国藩，表示要等攻占武昌之后，再与曾国藩会师九江。

虽然胡林翼和罗泽南为了顾全大局，决定对曾国藩见死不救，但他们心中都极为难过。这种歉疚使他们不断加大对武昌的攻击力度，同时也加重了官军的伤亡。连月大小一百数十仗，每次官军都肉搏城下，丢下大量尸体。罗泽南决定执行胡林翼早已制订的计划，分兵截断敌军的接济。二月下旬，李续宾和刘腾鸿率三千人移驻窑湾，武昌守军断绝了供给，已被逼入绝境，不断向九江的友军求援。三月二日，太平军的九江援兵开到，城内守军出兵夹击，罗泽南在鏖战中被火枪击中左额，五天后在军中去世。

罗泽南的死有可能影响湘军士气，从而改变战局。好在他在临终前指定了李续宾为他的接班人，胡林翼则忠实地执行了他的遗嘱，所以尽管罗泽南去世导致"三军雨泣"，却并未造成纪律松弛、士气低落。曾国藩却向自己的部属隐瞒了罗泽南的死讯，他承认自己"恐损士气，秘不告人"。

不过，罗泽南之死把胡林翼收复武昌的日程表大大推后了。太平军趁着乡勇哀痛之时，在保安门外新筑三座壁垒，高度与城墙相等，从这里开炮可以轰击到胡林翼的五里墩大营。虽然胡林翼会同李续宾踏平了这些壁垒，但也付出了惨重的代价。

由于太平军在江西势头太盛，义宁的太平军又来攻击湖北的通城，江忠济的湖南驻防军在此吃了败仗，江忠济死拼阵亡。九江太平军联合大冶、兴国的友军，从武昌县（今鄂城）进至葛店，谋袭胡林翼大营。胡林翼现在不得不履行他的诺言，既然他不能在短期内收复武昌，他就必须派兵救援江西。他分出四千一百人前往江西瑞州增援。他给这支支援军委派了一名司令员，就是曾国藩的弟弟曾国华。

胡林翼在兵力大减的情况下，并未减缓对武昌的攻势，他依靠杨载福的水师逐步打开了局面。胡林翼早就与这位水师统领密商过一个计策：汉阳敌船停泊密集，他们的营制和炮位配置都与官军相同。船队入港之后，就会靠岸停泊，外面钩锁木筏，避免与湘军水师交战，使湘军很难靠近。胡林翼认为，最好的办法是用偷袭的手法，深入火攻，将之烧毁。

杨载福一直将此事记在心中。如今江水高涨，他悬重赏招募三百名敢死队员，让他们驾驶千石大船去执行火攻任务。船上装满硝磺，堆积芦荻，高达二丈，布设了引线。

四月二十八日夜半，东南风起。临出发时，杨载福叮嘱道："接近敌船后才能点火，违者斩首！点火之后，马上登上舢板自救。"杨载福亲率七营水师，驾驶五十多艘大船，驶向敌军的南岸嘴水营。点火之后，军士跃登舢板，也有人动作太慢，被火烧伤，还有人落入水中，一名哨官阵亡，四十多名勇丁受伤，全部乘船返回。这一仗战果极大，将汉阳东南两门能够投入作战的二百多艘敌船全部烧毁，还烧毁了岸边的敌营。

第二天，李续宾率领五千陆军沿江保护水师，战船蔽江而下，遇见敌船就纵火焚烧辎重。十日之间，水师战船驶过巴河与蕲州，扬兵九江城下，溯江而还。由于太平军在上游失去了水师，从此武昌和汉阳的太平军断绝了外援，只能坐困待毙。古隆贤试图从九江走陆路增援武昌，与城内太平军约定举火为号。李续宾的间谍掌握了这一情况，李续宾假装援兵举火，将城内太平军引出，加以痛击。古隆贤见势不妙，回头撤走，也被李续宾追上去狠揍了一顿。

尽管胡林翼在兵员减少的情况下取得了如此大的战绩，但因武昌仍然未能夺回，咸丰皇帝耐不住性子了，下诏谴责胡林翼与官文迁延疲师。胡林翼的回答是：他的部队逼到武昌城下，已有五个多月，付出了伤亡三千多人的代价。罗泽南以下军官一百多人阵亡，李续宾也是多次中炮坠地。为了保护将才，他从四月以来禁止强攻，分兵四出，打了许多胜仗，而且已将武昌困死。他自称"才有限而志无穷"，无论哪里有难，他都会拼死而上。咸丰看了这道奏疏，总算明白了这位臣子的心思：他不仅想要当好湖北巡抚，还有更大的抱负，要为朝廷收复安徽和江苏。

胡林翼虽然赢得了皇帝的信任，但他还要面临更为严峻的考验。石达开在五月从江西返回金陵，攻陷清军的江南大营。他解决了后顾之忧，于七月份率领十万大军上援武昌，胡林翼头上一时又是乌云压顶。他必须把石达开阻击在武昌外围，决不能让武昌太平军与之会合。

这是一项万分艰巨的任务。胡林翼与李续宾挑选五千精兵，在青山与鲁巷之间增筑十三座壁垒，挖掘长壕，宽深各为二丈，构筑了坚固的工事。他们依靠深沟高垒，内拒城内敌军，外御强敌，苦战几十天，终于在八月七日赶走了石达开。尽管石达开撤兵有天京事变的因素，但胡林翼的顽强抵抗仍然是主要原因。他和李续宾在皇帝从湖南调来的援兵尚未到达时就击退了劲敌，自然声名大振。他的部队现在已是多兵种配合，水陆马步相辅，军势日盛。

胡林翼围攻武昌为时一年多，水陆两军官兵伤亡惨重。胡林翼担心兵力不足，无法制敌，增募陆师五千、水师十营，打算长久围困。敌军援兵三次增援都未得逞，武昌守军已经饥疲不堪。十一月二十二日，胡林翼令各部发起总攻，武昌守军打开各门逃遁。胡林翼麾军入城，安抚难民，俘虏检点古又新等五十四人，收复武昌。当天汉阳太平军也向东撤走，清军入驻汉阳。胡林翼获赏头品顶戴，实授巡抚。李续宾分三路追击逃敌，水师和骑兵一路收复武昌县、黄州、兴国、蕲州、蕲水、广济，湖北境内已无敌军。

胡林翼收复了自己的巡抚辖地，果然不满足于一省的胜利，决定端掉九江这个太平军的顽强堡垒，打开江西、安徽的门户。他令李续宾率湘军及巡抚军陈师九江城下，兵力九千五百人，又令都兴阿、杨载福加上鲍超所部六千人驻扎九江对岸的小池口，他自己位于武昌指挥调度，展开了对于九江的攻坚战。

胡林翼将军务安排妥当，立即着手湖北的和平建设。根据他的奏疏，他是要把武汉建设成一个军事重镇，成为东征大军的根据地，为部队源源不断地提供军火、粮食，收治火线下来的伤病员，让前方作战的水陆各军没有后顾之忧。这就是他所谓的"平吴之策，必先在保鄂"。

湖北的政务能否顺利开展，此时最关键的因素是总督官文和巡抚胡林翼能否同心协力。武汉收复之前，官文驻军长江北岸，兵饷都由他独自管理，湖北文武官员觉得自己分属两个系统。武汉收复之后，胡林翼立刻渡江拜见官文，主动示好，结为兄弟。从此以后，凡有筹划，总要与总督沟通，功劳归于总督，过错自己承担，官文也对他深相倚重，无所疑忌，使胡林翼能够为所欲为。人们纷纷传说，湖北的军政和吏治，都是巡抚拿主意，总督批准实行，这是湖北得以富强的根基。

胡林翼笼络官文的手段，有个著名的野史段子，说得非常具体。这则故事说，胡林翼是从官文的内眷身上做文章。官文有个爱妾，年方二十，出身微贱，未入总督府以前，只是四川一个人家帮厨的婢女，受尽了折磨。官文收纳她之后，百般宠幸。这女子脱离苦海，一步登天，饮食起居可比王侯。没过几年，官文将她立为嫡室，对她言听计从。胡林翼看准了这个女子，决定靠她来建立"满汉一家"的关系。他让夫人将这位女子认为义妹，然后令她拜自己的母亲为义母。果然，官文在爱妾嗾使下，跟胡林翼搞好了班子内部的团结。

胡林翼很有经济头脑，早在武汉收复之前，就想出了办法应对经济困难。他发现长江沿岸已经买不到淮盐，百姓全靠商人贩卖川盐才有盐吃。商人们从四川用车船将盐东运，必须经过湖北的关卡。胡林翼下令在宜昌和沙市开设盐税局，试行收税。攻克武汉之后，他又将盐税推行到武穴和老河口各个商埠，将收益用作官费。他又变通户部规定的章程，在各府、县、市、镇推广厘金（商品税）。税务交给质朴干练的绅士辅助官府管理，严密核查，严防贪污。他在武昌成立牙厘总局，派道员李荫棻总管，对于税收数额每天稽查，每月核对，及时转交给军队后勤部，维持了军队的正常开支。

胡林翼有了盐税和商品税为军队供饷，就不用取饷于农民。收复武昌后，他决定给农民减负，奏请蠲免江夏等四十六州县应交的公粮。胡林翼又奏调户部主事阎敬铭来总管军队后勤，此人是个高级会计人才，不仅账目清晰，而且节省了每一个可以不用的铜板。

湖北每月支付军费多达四十万两，部队仍然抱怨欠饷太多，这是因为胡林翼又在明知不可为而为之。他总是有大局在胸，锐意东征，所以竭尽湖北之力，也要支援东线的战争。曾国藩一军在江西作战，湖南按月接济三万两，湖北也按月接济三万两。湖北有两万多名陆军和一万多名水军开入安徽，还要守卫湖口。总计湖北增援江西和安徽的部队、代守部队，以及驻守本省蕲州与黄州的部队，有水陆马步五万多人。胡林翼说，湖北派出这么多的援军，并非因为湖北力量有余，而是因为江西实在吃紧。

咸丰七年（1857）二月，曾国藩因父亲去世，回家奔丧，把他统辖的湘军各部留在江西，刘长佑所部在江西临江落败，抚州和建昌的太平军大举出动，李元度退驻贵溪。太平军奔赴福建边界，江西战局急转直下，湖南火速派出王鑫所部增援。此时胡林翼几乎是独力担负东征重任，不仅要指挥李续宾和都兴阿在江西、安徽境内的作战，还要振兴湖北的经济。

胡林翼早作夜思，病痢数月，却不肯休息。他坚持办好了几件大事。其一是裁撤全省多余的勇丁，以节约军饷；其二是在武汉设立重兵，以固根本；其三是严查保甲，以靖奸宄；其四是慎选贤能，以便百姓休养生息；其五是设立清查局，派员去曾被太平军占领的各个州县，查核仓库钱粮的去向；其六是设立节义局，表彰历年殉难的官绅士女；其七是设立军需局，筹备东征军士的器械和粮饷。

胡林翼狠抓廉政建设，弹劾了几十名各级官员，在僚属中奖廉惩贪，崇实黜华，压抑跑官的风气，提倡礼义廉耻，官风为之一变。

由于胡林翼在不断巩固后方，前方的部队心无旁骛，节节获胜。三月份，多隆阿和鲍超沿小池口向下游攻击，攻克段窑之后，又在宿松、独山镇大破敌军。

坐镇安庆的太平军英王陈玉成将湖北清军西调，召集几万兵力，从安徽的桐城西进湖北东部，胡林翼又不得不倾注精力，粉碎陈玉成的企图。经过几个月的努力，战到七月，终于将敌军全部赶出湖北。但是，此月刘腾鸿在江西中炮身亡，湘军名将王鑫也在江西乐安病逝。湘军连丧名将，抚州、建昌与吉安的太平军势力重新抬头，胡林翼又必须注重江西的战局。李续宾在八月份终于攻克小池口，胡林翼看到了扭转江西战局的契机，连忙赶到九江城外，与都兴阿、李续宾、杨载福会商进取之策，然后匆匆返回武昌。

李续宾得到胡林翼的授意，决定尽快攻克九江。他认为只有首先袭破湖口，才能孤立九江守军。九月八日，他密约杨载福的外江水师与彭玉麟的内湖水师同时夹击，自率精兵北渡长江，扬言要攻宿松，其实在夜晚又渡到南岸，埋伏在湖口北面的山内。九月九日重阳节，彭玉麟率全军出湖，杨载福在江口开炮援应，血战多时，内湖、外江水师终于会合，欢声雷动，将沿江的敌船焚烧干净。岸上的敌军向水师开火，李续宾的伏兵忽然扬旗鸣角，傍湖口城蔽山而下，太平军惊慌失措，全部溃逃。当晚三军会师，李续宾向湖口城内发射火箭，太平军大乱，弃城而逃，梅家洲的太平军跟着撤走，被清军全歼。史家称，湘军以九百多人的伤亡毙敌无数，这是湘潭大捷以来最大的一次血战，也是最大的一次胜利。湘军乘胜进攻彭泽，水师争夺小孤敌垒，很快就收复彭泽城，然后攻克安徽的望江和东流。

胡林翼此时又留了一个心眼儿。他担心孤军出境，无人统率，安徽的大员会趁机牵制自己的部队。于是，他向朝廷奏请起用在家守制的曾国藩，因为江西的湘军将领都是他的旧部，朝廷可以依靠曾国藩平定江南。皇帝不许曾国藩复出，却令胡林翼亲自前往安徽坐镇指挥。胡林翼认为，他必须留在湖北改革漕粮大政，奏请留下，朝廷同意了他的请求。

咸丰八年（1858）四月，李续宾终于攻克了九江，歼敌二万人。林启荣占据九江六年，是太平军坚忍多谋的名将，湘军大将塔齐布和罗泽南曾并力攻打九江，无法突破他的城防。林启荣不但善战，而且爱民如子，深得九江民心，连曾国藩都对他肃然起敬。自从胡林翼将湖北清军派到九江之后，李续宾在九江城东南挖掘长壕围困林启荣，然后攻克湖口，让九江孤立无援，但林启荣在粮食断绝的情况下，仍然在城内种麦子自给，还是维持了一段时间。李续宾与胡林翼商量，在磨盘州开凿隧道，同时佯装攻城，使林启荣未起疑心。胡林翼又为李续宾增募新军，轮流开往攻击前线，最终靠着地雷爆破城墙，攻入了九江，一代太平军名将林启荣死于乱军之中。胡林翼的部队围城长达十六个月，取得了如此重大的胜利，朝廷论功行赏，给胡林翼加赏太子少保衔，而李续宾也随之名闻天下。

李续宾的名声给他自己带来了很大的压力，他戴上了名将的桂冠，就必须以不断的战功来捍卫荣誉。收复九江三个月后，由于安徽庐州失陷，李孟群溃败，胡林翼决定派李续宾全军增援庐州，派都兴阿攻打安庆。李续宾欣然领命而去，发誓要为朝廷迅速地夺回庐州。

李续宾与胡林翼本来可以再一次成功合作，但一个意外让胡林翼暂时退出了舞台：他的母亲在武昌巡抚衙门去世了。胡林翼哀痛不已，请求官文代他向朝廷告假料理丧事。皇帝有诏，给假两个月，使其能够将灵柩送回原籍。胡林翼于八月中旬扶柩返回益阳。

自从胡林翼回乡之后，以曾国藩为代表的有识之士一致指出，此人身系东南安危，不应当拘于成规让他离职尽孝，以致贻误了国事，朝廷应当立即令他重新出山。就连官文也奏请朝廷立即起用胡林翼。

事实证明曾国藩不是危言耸听，胡林翼离开湖北巡抚的位置之后，湘军很快就发生了巨大的惨剧。十月十日，李续宾军败安徽舒城的三河镇，他本人战死沙场，一同殉难的幕僚将士共有六千人。湘军遭到了最沉重的打击，已经奄奄一息。

通常认为，胡林翼因母丧离职，是李续宾战死于三河镇的重要原因之一。李续宾爱惜声誉，在兵力不足的情况下，既不撤退，也不等待援兵，贸然挺进敌战区的纵深，导致了他的兵败。李续宾并非一点也不爱惜自己和部属的生命，他事先已向湖北当局求援，由于胡林翼不在，官文以李续宾战无不胜、无须援助为由，没有发出援兵，以至于李续宾陷入孤立无援的境地。太平军各部则是并力作战，英王与忠王各率大军，密切配合，得以将李续宾部一举歼灭。可以假设，如果胡林翼仍然留在巡抚任上，他一定会千方百计地营救李续宾，湘军也就不至于败得那么惨，输得那么彻底。当然任何人都不会因此而指责胡林翼，因为他的离职毕竟是为了对母亲尽孝，而且征得了皇帝的批准。此事反而说明胡林翼在清廷军政事务中的作用是无可替代的，东征的事业一刻也离不开他，否则军事上就会陷入极大的被动。

三河之败发生之后，胡林翼悲恸倒地，大口呕血，无法立起。他心中不仅有哀伤，还有难言的愧疚。他也知道，如果他没有离开武昌，他一定不会让李续宾将军孤军战死在三河。官文在得到三河的败报之后，又火速奏请朝廷起用胡林翼。十一月十三日，胡林翼偕同姚绍崇等五人启程，十二月一日在武昌受印，七天后就渡江到黄州驻扎，与李续宾的弟弟李续宜一起搜集湘军残部，查点伤亡，慰问活着的将士，吊唁死者，同时招募新兵，于是士气开始复苏。

谋划大局

胡林翼自就任湖北巡抚以来，眼睛一直望着东方。巩固湖北，攻略安徽，最终平定东吴，是他执着追求的目标。然而，咸丰九年（1859）二月，石达开率领大部队从江西进入湖南，"人马六日夜不绝"。胡林翼不得不回首南顾，尽力救援自己的家乡，同时防止石达开侵扰四川与湖北。他向湖南派出大批水师和陆军。四月份，石达开集中兵力围攻宝庆，胡林翼又派李续宜率领湘军精锐五千人增援宝庆，令他统领水陆各军，湖北每月提供六万军饷，不用湖南出钱。李续宜出现在宝庆，统一指挥四万多名官军，经过七月份的几次激战，石达开不愿再消耗实力，决定解围，南下广西。

湖南战事一停，胡林翼立刻继续筹划东征。此时曾国藩奉旨增援四川，打算率部驻扎宜昌。胡林翼认为，既然石达开并未入川，曾国藩守在宜昌是闲置人才和兵力。他制订了一个计划，打算劝说曾国藩一起东征，合谋安徽。八月十一日，曾国藩来到黄州，胡林翼将他留在行营，纵谈八个日夜。胡林翼拿出自己绘制的几十幅地图，讲解形势，与曾国藩达成了一致意见，又怂恿官文邀请曾国藩合作。胡林翼做好了朋友之间的工作，将联合作战的计划奏报朝廷，获得了批准。

曾国藩于九月份从武昌回驻巴河。不久，胡林翼亲往巴河视察部队。曾国藩来到胡林翼的大营，规划大计，商定分四路征战安徽：第一路，曾国藩沿宿松、石牌一线进兵，攻取安庆；第二路，多隆阿、鲍超沿太湖、潜山一线进兵，攻取桐城；第三路，胡林翼沿英山、霍山一线进兵，攻取舒城；第四路，李续宜从松子关出兵商城、固始，攻取庐州。

胡林翼与曾国藩敲定十月进兵，湘军大举进攻太湖，曾国藩令各军在石牌扎营，自己移驻黄梅，胡林翼则增调九营兵力，先夺潜山的天堂镇。他早已看出该镇是一个军事重地。天堂绵亘二百里，万山丛薄，外险中夷；东南面出了水吼岭可达潜山，东面出了龙井关可抵桐城，向东稍北出了晓天可抵舒城，再往北则可达霍山。太平军起初没有重视天堂镇，直到占据三河之后才知此地是天险。胡林翼夺下天堂之后，太平军大为气馁。潜山知县叶兆兰组织民兵，设立五营，为官军转运，胡林翼的驻军更加巩固。

胡林翼节节向东推进，于十一月移驻安徽边界，曾国藩则推进到宿松。他们面对的太平军将领颇谙兵法，不断派兵增援潜山与太湖，致使官军无法攻击舒城与桐城。由于官军的指挥系统出了毛病，东征暂时停顿下来。都兴阿因病离开前线，由多隆阿代理前线总指挥，各部将领不愿接受他的调遣，纷纷找借口逃避。李续宜声称母亲病重，请假照顾，久不返回军营；曾国荃刚刚攻克景德镇，留在那里带兵，无法即刻南归；鲍超请求调离安徽前线；唐训方、蒋凝学等将领，各人提出一套作战方案。此事令胡林翼十分头痛。几路大军东征，没有一位前线司令官统一指挥，是兵家大忌。如果大家都不愿居于多隆阿之下，那么让谁来担任总指挥呢？想来想去，诸将之中，唯独多隆阿机智过人，又是朝廷任命的前敌总指挥，胡林翼认为还是正式任命他指挥全部东征军为好。

这段时间，胡林翼与曾国藩在人事和战术上发生了矛盾。曾国藩极力反对让多隆阿统一指挥东征各部，担心他不孚众望，会导致部队的涣散。对于胡林翼在天堂驻军，他也极力反对，说天堂一军孤悬山内，十分危险，应该转移。胡林翼与曾国藩每天通信一次，彼此申诉自己的意见，始终无法说服对方。胡林翼急得日夜在营帐内外踱步，叹息不已。一天夜晚，他独坐沉思，忽然起身说道："军事一定要统一指挥权，如今也只好让我们湖南人委屈一下，把指挥权交给满人了。天堂驻军不可撤，此地直指潜山与太湖之背，掐住了两地的脖子，有了这个地利，一定能打败敌军！"

胡林翼不再照顾曾国藩的想法，直接上疏，奏请将自己的部队全部交给多隆阿指挥。李续宜人未到营，胡林翼也把他的名字划归多隆阿的指挥序列。鲍超等部得知信息，大为吃惊。曾国藩看到通报，许久犹疑不安。

多隆阿当上统帅之后，采取了断然的措施，从太湖撤走大部兵力，令鲍超打前锋，驻扎小池驿，距潜山四十里；令蒋凝学部转移到龙家凉亭，为鲍超后援，留下唐训方的三千四百人独围太湖；他自己驻扎新仓，离太湖二十里。这种分散力量多头攻击的兵力部署，胡林翼和曾国藩都认为非常危险，但胡林翼既已委任了多隆阿，就不再横加干涉。但他还是能够为多隆阿加大保险系数，第一是下令向前线增兵，第二是飞召李续宜回营。

胡林翼的当机立断，使东征军迅速恢复了攻势，但他的决断能否导致良好的后果，大家心里都没底，只能赌一把。多隆阿将兵力分散后，情况确实不妙。陈玉成集结大部队沿潜山以西、太湖以东向小池驿逼近，战线长达三十里，连营上百座。鲍超遭到猛烈的攻击，多隆阿率蒋凝学去救，大战一场，毙敌七千，清军伤亡一千三百人。太平军人数众多，轮番攻击鲍超军营，霆军打得十分惨烈，连吃饭都必须背靠墙壁，否则就会吃炮子。太平军围攻六日六夜，霆军与外界断绝了联系，多隆阿并未采取有力措施救援。曾国藩看不下去了，把宿松驻军九千人全部派去围攻太湖，替下唐训方的部队增援鲍超。胡林翼也增调麻城驻防军上前线，给多隆阿增兵一千，派两千五百人合围太湖。他又与曾国藩合兵两千，防守潜山的罗溪河，增厚官军的后方。

多隆阿的表现让胡林翼操心了许多天，直到十二月二十九日，胡林翼才发现，他这个宝押对了。胡林翼和曾国藩主动救援的举动感动了多隆阿，使他明白了作为一名统帅应该怎么做。这一天，他亲自领兵为鲍超护卫运道。除夕的黄昏，他又将自己的部队派驻鲍超的左侧，令霆军的苏文彪部出来休整。胡林翼也拨三营兵力前往协助，又担心曾国藩兵力不够，令其弟曾贞干转移到宿松扎营。岁暮严寒，东征各部征战不息，团结一致，勇气百倍。

人数不满四千的霆军虽然减轻了一些压力，但仍然陷在太平军重围之中，面对几万名强敌，粮道经常断绝，扶伤裹创，忍饥受冷，已经苦撑了二十多天。其余各部都被太平军挡住，无法向前推进。太平军还在继续向这边增兵。胡林翼日夜为鲍超担忧，派人给他送去一封密函：敌军太多太强，你如果实在支撑不下去，可以返回新仓，以保全实力。

对于鲍超而言，胡林翼的这封密函比任何援助都更有力。他知道胡大帅关心他的死活，感奋不已，作战更加勇猛。胡林翼见鲍超不肯撤下前线，只得另想办法。他认为，敌军如此强大，必须派出一支奇兵攻击他们的后背，才能打破敌军优势，扭转战局。他急令金国琛率领自己的十一营兵力，从松子关悄悄开到英山，越过潜山的天堂镇，联合余际昌的九营兵力，从小路急行军，袭击敌军后背。金国琛与余际昌的部队，就是著名的"山内之军"。

山内之军于除夕拔营，轻装行军，冒着冰雪行走十日，于咸丰十年（1860）正月十日抵达仰天庵与高横岭，朝山下一看，官军营垒与敌垒尽收眼底。他们在高处筑垒，逼近敌军。太平军一见，犹如五雷轰顶，大为恐惧，第二天趁着大雾来攻。金国琛在中午发起反击，攻破敌军巨垒，将敌军赶走。

由于山内之军打破了太平军的气势，多隆阿终于有了向前推进的机会。正月二十七日，他向陈玉成精兵荟萃的罗山发起攻击，骑兵将敌军逼退少许，蒋凝学连破敌卡，攻入山内。朱品隆越过山边，马队继之，把大批敌军逼下山崖。这时小池驿的敌军分四路抄来，唐训方与鲍超合力将之击退。各路清军会合，纵火焚烧敌垒，东南风急，燎及山腹，太平军弃营逃走，一退二十里。当晚，太湖的太平军逃走，清军收复该城。两天后，敌军又撤出潜山。从这些战果看来，胡林翼的人事决策和战术决策都是正确的。

此年三月，李续宜来到军营。曾国藩认为时机已经成熟，提出分三路收复安庆：第一路，曾国荃进驻集紧关；第二路，多隆阿进驻桐城；第三路，李续宜为援兵，协助以上两路。对于曾国藩的这个提议，胡林翼迟疑未决。恰好左宗棠来到英山探望胡林翼，曾国藩将他们迎到宿松商讨这个方案，三人达成一致的意见。

左宗棠此来，是因性命受到威胁。他在湖南巡抚的幕府中长期掌管军事，得罪了权贵，被永州镇总兵樊燮所构陷，官文暗中帮助樊燮，告了左宗棠的御状。皇帝令考官钱宝青在武昌审讯此案，胡林翼大力劝解，钱宝青同意暂不逮捕左宗棠。左宗棠从骆秉章那里求得公文，进京参加会试，行至湖北襄阳，胡林翼派特使送信给他，说官文派出了密探寻找他，他的处境并不安全，不如改道来湘军大营避难，所以左宗棠从汉川沿江而下，于是就有了胡左曾的宿松会议，三人敲定了三路收复安庆的方略。

胡林翼不仅努力营救左宗棠，还趁此机会将他纳入带兵东征的行列。此时樊燮控告左宗棠一案，在北京有了戏剧性的变化。潘祖荫受郭嵩焘之托，向皇帝奏报，声称官文是听信了樊燮的不实之词，冤枉了左宗棠。他还说，左宗棠在湖南支援湘军东征，劳苦功高，湖南离开了左宗棠，将无法支持下去；湖南一垮，东南大局必定完蛋。咸丰皇帝听了此话，渐渐改变了主意。当时东南的形势非常不妙，清军江南大营再次崩溃，太平军接连攻陷常州、苏州，进而攻击浙江，占领嘉兴。咸丰知道，朝廷必须依靠湘军，才能收复东南失地。他不但为左宗棠平反，还决定采纳胡林翼等人的提议给予重用。不久，左宗棠奉诏以四品京堂襄办曾国藩军务，坏事转变为好事，他因此而崛起于军中。曾国藩侦知陈玉成将于深秋分两路大举西攻，提议湖南、湖北、江西三省协防，命令左宗棠从长沙募练五千人增援安徽。

当时朝野都已看出，皇帝已经拿定主意全力依靠湘军，大家都在期待朝廷任命一位湘军大帅总管东南全局。许多人认为，此人非胡林翼莫属，因为皇帝对曾国藩似乎颇有不利的成见。李鸿章四月二十九日在给胡林翼的信中称他为"开创圣手"，劝他不要过于自谦，要勇于出任两江总督，让曾国藩就任军事大帅，如此可以相得益彰。李鸿章没有想到，咸丰皇帝比人们想象的还要大度，他的信写就不过两天，曾国藩就得到了代理两江总督的任命，得到了统一指挥东南军政的大权。

曾国藩跃升为封疆大吏，令胡林翼欣喜不已。他向曾国藩交了一份指导性的战略提案。他指出，打仗要布远势，切忌目光短浅。曾国藩打算分兵南岸，一路从池州攻取芜湖，一路从祁门前往徽州和宁国，一路专守广信，防守江西，都是内线进兵，而缺乏外线攻击部队。对于曾国藩的征兵取饷计划，胡林翼也有不同意见。他认为，曾国藩把湖南和湖北作为主要兵源地，把江西作为主要饷源地，指望三省联合，恐怕时间会拖得太长。此外，他向江西要饷，却提出只要商品税，将农业税交给巡抚收支，这个算盘打得太窄。既然你曾国藩当了两江总督，就要拿出大官的气派，包揽所有兵源和饷源，一手把持，只要有得力的下属收取盐税和粮食税，还怕没有饷源吗？苏州和常州失守以后，各级官员死的死，散的散，曾代总督正好可以补上自己信任的干才，何乐而不为呢？

胡林翼提议派出两支部队从外线进兵，一取杭州，一出淮扬，让曾国藩信得过的沈葆桢和李鸿章分别出任江西、江苏的布政使，这样就可以做到兵饷归于一家，全部在曾大帅的掌握之中了。胡林翼强调，大局的安危，就看曾国藩敢不敢放胆去做了。急脉缓受，大题小做，是办不好事情的。他鼓励曾国藩趁着徽州和宁国还在官军手中，迅速部署各路兵力，大张旗鼓向东挺进，与友军会师于当涂，从湖州开向苏州与常州，让扬州的战马饮水于江浦。

曾国藩看了这份提案，备受鼓舞。左宗棠也赞成先派一支部队保卫浙江，再北上江苏。但是曾国藩自咸丰八年复出之后，对待军事格外慎重，没有采纳胡林翼的建议大踏步东进，而是渡到江南，进驻皖南的祁门，向胡林翼借来鲍超的六千人，自己带领朱品隆、张运兰所部，共计一万一千人，到偏僻的祁门建立湘军大营。他决定一步一个脚印，首先攻克安庆，再从安徽向东进兵。他决定不撤安庆之围，由曾国荃主持安庆攻坚战。

这时朝廷派往增援四川的萧启江在成都去世，胡林翼想让左宗棠迅速高升，形成左、胡、曾沿长江连成一线的格局，奏请朝廷任命左宗棠到成都接领援川湘军。咸丰颁下特诏，任命左宗棠督办四川军务。胡林翼询问左宗棠的意思，左宗棠回答说：他的部队刚刚组建，不愿独自负责一个方面。胡林翼尊重他的意见，与曾国藩联合上奏，称江西、安徽军情紧急，请让左宗棠仍然增援安徽，后来朝廷令骆秉章任四川总督，带领湘军前往上任。

曾国藩虽然没有大举东进，但朝廷仍然实心依靠他，很快就将他实授两江总督，并兼任钦差大臣。但是东南一带除了湘军以外，还有其他将帅各拥弱兵，对曾大帅毫无尊重，各人画疆分守，就地筹饷，直接向朝廷奏报，互相都不通气。胡林翼认为，时局都是被这些人所败坏，只有起用更多的贤才取代他们，才能补救。于是他上疏推荐沈葆桢等十六人，纳入朝廷的高级人才库。他还奏请朝廷令曾国藩在淮安、宁国、太平、衢州、杭州另设三支水师，作为平定江苏的根本。

虽然朝廷把肃清东南的权力棒交给了曾国藩，胡林翼还是不遗余力地支持东征大计。在安徽西部，湖北清军多达一万七千人出征。当曾国藩被太平军包围在祁门的时候，胡林翼派李续宜亲率四营前往增援。

咸丰十年九月，英国人攻打北京，僧格林沁军败于通州，都城大震。咸丰皇帝逃往滦河，恭亲王奕䜣留守，飞召外援。胡林翼闻命，义愤填膺，与曾国藩会奏，请旨饬派一人率师入卫。不久和议谈成，有诏阻止湘军北上。这时曾国荃率领一万人围攻安庆，多隆阿也率一万人进攻桐城，李续宜则驻扎青草塥，率领一万人游击援应。在安庆周边的部队中，曾国藩的部队只有一万人，胡林翼投入了两万人。

在曾国藩的东征计划中，第一个目标是攻克安庆。胡林翼为了配合行动，用自己的部队牵制了太平军大量兵力，使曾国荃得以集中兵力对付安庆守敌。陈玉成曾亲率十万大军增援桐城，都由多隆阿与李续宜对付。十月份，多隆阿与李续宜南北对击，将陈玉成赶到了庐江。

胡林翼因操劳过度，罹患大病，几十天无法起床。他感觉肩上的担子太重，而眼看就到岁暮，各军粮食却无着落，还欠下二百万两军饷。湖北滨江州县遭灾歉收，粮食税必须缓征，而商品税和盐税又日益短缺，只得降低标准收取捐款。他下令从武昌仓库提取稻谷三万石，碾米接济军粮，为东征贡献最后的储备。他在病床上得知祁门再次遭到太平军围攻，曾国藩的饷道和通信连续五天断绝，祁门一再向胡林翼求援。胡林翼昼夜筹划对策，病中也不能安生。

咸丰十一年（1861）二月，陈玉成召集几万捻军西攻湖北，先后攻陷英山、蕲水与黄州，另派五六万人围攻麻城，进扑松子关。接着，陈玉成袭击黄安、孝感与黄陂，武昌大震。当时李续宜新任安徽巡抚，胡林翼认为，敌军向西攻击，还是意在解安庆之围，倘使湘军放弃对安庆的攻击，那么官军就丧失了所有优势，中了陈玉成的计谋。于是，他派李续宜率师回援，而让湘军加强对安庆的攻击力度。他又担心李续宜若是打了胜仗，太平军会从蕲州、黄州、宿松攻击安庆湘军的后背，那么曾国荃的部队也会孤立无援，所以他请求鲍超火速渡到江北增援曾国荃。但是由于李秀成袭击江西腹地，抚州和建昌同时告急，鲍超没有渡江。

不久，太平军占据黄州，分兵攻占了德安。胡林翼担心武汉无备，飞令杨载福率水师西上，而调成大吉、梁作楣分兵去保汉口。不久，屯驻上巴河的敌军从马鞍山直窥武昌，李续宜率全军和舒保的骑兵渡江赴援。胡林翼深自咎责，奏请议处，亲率五百人守城。此时他的生命力将要耗尽，连续十天呕血，多次病危。

胡林翼虽然在湖北让陈玉成占了一些便宜，但陈玉成并未达到牵制安庆湘军的目的，他只好留下部队据守德安，自率精锐回援安庆。他又召集二十多万捻军渡过淮河，企图歼灭曾国荃所部。胡林翼强打精神发号施令，调兵攻打集贤关，为曾国荃助威。

陈玉成探知青草塥空虚，认为桐城的清军无法远攻，便分三路来攻青草塥。此时曾国藩刚在徽州吃了败仗，听从大家的劝告，移驻东流，令鲍超渡江进攻赤冈岭敌垒，胡林翼也派成大吉等军增援。鲍超与成大吉合攻赤冈垒，俘斩数千，生擒敌军首领刘玱林，将之处以磔刑，以动摇安庆守军的军心。

安庆这边刚刚松动，江西的太平军又攻打湖北的崇阳和通城，清军驻防部队溃败，丢失了兴国，武昌又遭到威胁。胡林翼听到警报，咳血加剧，勉强动身返回武昌，请假两个月休息。当时湖北省长江以南的咸宁、蒲圻、崇阳、通城、大冶、武昌县全被太平军攻占，官文与李续宜已先派兵前往迎敌。太平军听说胡林翼已回武昌，无心恋战，全部撤走。

胡林翼的健康状况持续恶化，咳得无法入眠。曾国藩和左宗棠都派使者带着药物过来慰问。七月二十七日，胡林翼以病势增剧为由，奏请开缺回籍调理，密荐李续宜继任湖北巡抚，朝廷批准。

咸丰十一年八月一日，曾国荃的湘军攻克安庆，捷报送到武昌，胡林翼忧心大解。但是，咸丰在承德驾崩的小道消息接踵而来，却又久不见哀诏下达。胡林翼为此忧思彷徨，半夜起床，仰视北方，说道："京师必定有事！"于是病情再次加重。他在八月七日写给曾国藩的信中说："主少国危，又鲜哲辅，殊为忧惧。"这就是胡林翼的绝笔，饱含着对国运的忧虑。

曾国藩向朝廷报告收复安庆的消息，将首功归于胡林翼。奏疏中写道：

楚军围攻安庆已逾两年，其谋始于胡林翼一人画图决策。

曾国藩又写信给胡林翼说：

回忆九年八月国藩行抵黄州时，老前辈执地图见赠，指画进兵之路、击援之法、添兵筹饷之计，忽忽已逾两年。今名城告克，仍不出老前辈初定规模。

皇帝有诏："安庆陷九载，楚军合围，胡林翼划策督剿，攻克坚城，厥功最伟。加太子太保衔，给骑都尉世职。"

不久，清军相继攻克桐城、庐江与舒城，曾国藩进驻安庆，湖北的孝感、黄州各府县先后克复，全省肃清。红旗奏凯的日子里，胡林翼只剩下奄奄一息，无可救治了。不久，咸丰皇帝驾崩的噩耗送达。胡林翼感念大行皇帝对他的信任，追慕沉挚，拊心悲泣。八月二十六日，他追随年轻的皇帝而去，病逝于武昌巡抚衙门，年仅五十岁。

湘军的东征大业，始于湖北，终于金陵。最初阶段由胡林翼主持，攻克武昌，巩固湖北；中间阶段，到攻克九江、攻略安徽西部为止，还是胡林翼主持，接下来是收复安庆，曾氏兄弟唱主角，胡林翼鼎力协助；湘军攻占安庆之后，胡林翼辛劳而死，未能参与最后阶段即攻克金陵的战争，但是湘军将士在战胜洪秀全的最后时刻，无不缅怀他的功绩，因为没有他在最艰苦的岁月里如擎天大柱撑住将倾的东南半壁，湘军就不可能取得东征的最终胜利。因此我们可以说，胡林翼是湘军东征大业的中流砥柱。

李续宾：渊默胜雷

胡林翼《祭李迪庵文》：

　　生有奇骨，敦厚如勃。肝胆沉雄，口舌木讷。朴如新息，晚成大器。

曾国藩《李忠武公神道碑》：

　　湘军之兴，威震海内，创之者罗忠节公，大之者公也。

引子：湘军最大惨案的主角

　　曾听凤凰卫视的编导说，拍摄《湘军东征录》的时候，节目组曾在安徽的三河镇发现一座古庙，名曰"九大人庙"。据文献记载，在舒城和桐城之间的山间也有许多小庙，庙主都有"九大人"之称。这些大大小小的庙宇，祭祀的是湖南湘乡人李续宾。

　　李续宾是咸丰年间的湘军大将，他于咸丰八年（1858）率领六千将士拼死在安徽的三河镇，是湘军史上记载的最大惨案，也是太平天国历史上英王陈玉成最大的得意之作，忠王李秀成也因参与此役而增添了一份荣光。李续宾死在三河，或说自杀，或说兵败自尽，不论是怎样死法，都是为朝廷尽了忠，也就会有当地百姓为他立庙祭祀。由于军中将士误以为他是家中最小的儿子，都称之为"九大人"，民间也因袭了这个称呼，庙也因之命名。除庙宇以外，庐州一带还有与九大人相关的陈迹，如一块七尺高碑，上书"李忠武公战殁处"，指示他阵亡的地点；还有一块石碑上书"李忠武公故垒"，指的是李续宾所部扎营之地。

湘军在三河惨败，骄傲的白色战旗被太平军的马蹄践入烂泥，而在湘军的故乡湘乡县，村村哀号，家家白幡，死去的湘军将士的家属心中刻下了悲愤的烙印。同治元年（1862），陈玉成在安徽被俘，胜保将其凌迟处死，朝廷下令将其首级递送到湖北与安徽的湘军各营中传阅，以解心头之恨。由此可见，李续宾及其下属的牺牲，对清朝皇帝、对湘军普通一兵都是一个耿耿于怀的事件，它使李续宾在湘军史上有了无比悲壮的特殊地位。爱新觉罗皇室一直没有忘记这位死难的忠臣，同治八年（1869）给他加封三等男爵，光绪十二年（1886）下诏画像于紫光阁，光绪三十四年（1908）又以御笔开列为功勋最著，录用后裔。

李续宾的死是令人惊心动魄、难以忘怀的。然而，这位大将本来可以不必悲壮地牺牲。他其实是一位常胜将军，他的部队是清末最强大的军队之一，他是这支军队的缔造者和指挥官，他的白色军旗象征的不是败亡，而是一往无前的胜利。即便没有三河惨案，他在湘军史上仍然占有重要的地位，甚至有可能与曾左彭胡齐名。

在湘乡人的民兵组织最初取名为"湘军"的时候，李续宾就是他们的领导人之一。那是咸丰三年（1853）七月，罗泽南率领一千二百人的湘乡勇队援助邻省江西，驻扎在南昌得胜门外的七里街。湘军指挥官共有十五名书生，其中有五名非常勇敢，他们是李续宾、罗信东、罗镇南、易良干和谢邦翰。湘乡勇刚到，太平军便发起猛攻，湘乡勇大部溃逃，五名书生坚持抵抗，其中四人阵亡，李续宾是幸存者。太平军一通追杀，湘乡勇战死八十一人。

李续宾在湘乡勇的这次败仗中表现得格外出色，他十分沉着，既不逃跑也不硬拼，率领一百六十人埋伏下来，等到太平军主力通过之后，袭击他们的队尾，击杀三十七人，总算挽回一点损失。罗泽南逃到民舍中藏匿，也捡了一条性命。入夜之后，李续宾和弟弟李续宜一起找到罗泽南，护送他回到营中。罗泽南收集溃卒，将一千一百名湘乡勇分为两营，罗泽南自己率领玉字中营，让李续宾率领右营。湘乡勇另外有个左营留在湖南，没有增援江西，其实跟罗泽南不是一个体系，没有统属关系。湘乡勇在南昌第一次打出"湘军"的称号。

中营和右营都有三百六十人吃官饷，是政府编制，其余四百人称为"余勇"，是私人编制，由罗泽南与李续宾募饷养活。罗泽南不愿管这四百人，全部交给李续宾统率。在清末的这场内战中，湘军乃异军突起，而李续宾是其最重要的指挥官之一，直接统辖的人数远远超过罗泽南的中营。

读过湘军史的人都知道，湘军每营最初定编三百六十人，称为"小营"，后来改为五百人，称为"大营"。这种营制，是曾国藩与罗泽南制定的。但是，李续宾的部队从来没有采用这个营制，因为他很擅长使用"余勇"。他的右营总是由吃官粮的定编勇丁加上"余勇"组成，所以数量大超规定。他长期靠自己募捐或用私财来豢养一批余勇，使他在营制问题上可以为所欲为，这是指挥部队游刃有余的一个法宝。另外，他认为一个营兵员的多少要以该营将领的才能来确定，才干大的可以多带一些，才干小的少带一点，如此灵活定员，才能实事求是，不致出错。

咸丰三年十月，由于湖南的衡州与郴州大闹土匪，巡抚骆秉章将罗泽南的湘军调回本省，将两个营正式定名为中营与右营，并刊发两颗木印。那时还没有制定薪饷制度，由于粮价便宜，士卒每天能有一钱银子就乐得合不拢嘴。其他兵营发放银两都有所克扣，只有李续宾按照足秤发饷。偶然遇到粮食短缺，士卒每天只发四两米，李续宾也只吃四两，饮食起居，保持官兵一致。由于全军都是同乡，当士卒的家人向李续宾家人打听消息时，李续宾在家书中一定会说明士卒的情况，请家人转告士卒的父兄妻子。李续宾的这些举措为湘军奠定了优良的军营文化，士卒都愿为他效死，不敢犯禁，右营的纪律独享盛誉。

湘军命名之后，各营采用不同的旗色，罗泽南的中营打红旗，李续宾的右营打白旗，王鑫的左营打五色旗。红旗、白旗和五色旗很快就象征着各营不同的特点，于是有了"三子"之谣，即中营银子、左营旗子、右营顶子。

话说咸丰四年（1854）六月，中营与右营攻打岳州，同行的陆军还有塔齐布所部。他们把太平军赶出了岳州，罗泽南和塔齐布都急于进城，唯有李续宾率领右营追击敌军，趁着大雨擒斩两千多人。塔齐布立马观战，大声赞道："白旗无敌！"中营率先入城，将敌军钱粮全部收缴；李续宾的部队连续作战，却毫无收获，将士们心中不快。李续宾赶紧召集会议，进行思想政治工作，曾国藩和塔齐布也到右营来对军士们作揖，还带来了五百块六品军功牌。李续宾这下心里有底了，对众人说："巡抚给了我们军功牌，我们无钱却有功。我看也用不了这许多功牌，何不拿出三百块去与中营交换粮食？"众人这才转怒为喜，欣然赞同。中营果然用两千石谷子换了右营的军功牌。此事传为佳话，人们都说中营弄银子是好手，右营注重立功升官，而左营的旗帜最为显眼，这就是三子之谣的来源。

这几句歌谣很好地总结了李续宾右营的特色。李续宾看重荣誉，为了获取战功，可以不惜一切代价。湘军将士都是用战功来跟朝廷换顶子，所以李续宾的右营升官者最多，而作战也就最不要命。三河之战，李续宾对自己的覆灭一点也不感到意外，因为他明知自己是孤军深入，在连克几座县城之后，他又执意留兵防守，还是不肯退却，继续前行，去执行皇上交给他的任务。他和他的部属宁死不肯放弃湘军劲旅的声誉，不愿被人们指为孬种，也不愿向太平军示弱。从这个角度而言，李续宾演出湘军史上最大的悲剧，也可以说是他和全体将士的宿命。

团练湘乡勇的鼻祖

李续宾出身于湘乡县的名门望族，先祖可以追溯到唐朝的郑孝王李亮。宋朝和明朝，李亮的后代都有人出仕为官。李续宾的曾祖父李本桂虽未做官，却是富甲一方，生性慷慨，借钱给别人，一百两银子以下不记账。祖父李百诗也很豪爽，助人为乐，唯恐不及，生平捐资修桥修路，建造庙宇；父亲李登胜只是中产阶级，却与祖上一脉相承，乐善好施。他特别爱惜人才，经常召集文人墨客吟诗饮酒，看重有道安贫之士，也以教授门徒为乐，但不肯收取学费。

李登胜共生了五个儿子，李续宾是老四，弟弟李续宜也是著名的湘军大佬。李续宾出生于嘉庆二十三年（1818）五月十八日，与刘长佑同庚，年长几个月。出生地点是湘乡县上里崇信四十三都岩溪里，现为涟源市荷塘镇古楼村西山组。

李续宾出生的前三天，李宅前面温江井的井底忽然涌出一线红色的水流，喷出井口，顺流而下百丈，纹丝不乱。用水桶汲取一看，却又还是清水。这线红色的水流直到李续宾出生后才停止喷涌。乡人都来观看这个奇景，无不称异。

李续宾的母亲萧夫人分娩时，室内忽然闪现一道异光。那时日出已有三刻，但平日却从未见过阳光如此明亮。李宅后面有片树林，此时聚集了鸟鹊千百，共同和鸣，节奏明快。种种迹象，都成了烘托这个男婴问世的吉兆。

婴儿李续宾表现果然有些不凡，周岁便能下地行走，在长辈眼里已有龙行虎步之概。四岁跟随三位兄长入学，诵读《孝经》及四子书，并学习写字。六岁学算术，读《毛诗》。七岁学《尚书》，辨别百谷蔬果种类。八岁学《周易》。在春秋佳日，跟随父亲游山，了解花木昆虫的名字。十岁的时候，他的身高已超四尺，在当时算得上很高的身材。他和刘长佑一样天生神力，这时已能挑起百斤重担。

李续宾既有聪颖强健的天赋，又有得天独厚的教育环境，为他成为一代名将提供了非常有利的条件。在青少年时代，李续宾接受了一般人很难有缘的素质教育，培养出了四大特长，特别有助于他今后的军旅生涯。他在十岁时开始认真钻研地理，二兄李续家是个方舆学者，对他影响很大，这是其一。十四岁时他开始练习骑射，那时家里来了一个少年射箭高手，名叫彭昌侃，跟他一起念书，两人共砚四年，李续宾向他学习射艺，进步飞快，这是其二。从道光十八年（1838）开始，李续宾遵照父命参与团练乡民的工作，成为家乡团练的常务干事，为了磨炼胆识、武艺和智慧，他开始进山打猎，此为其三。李续宾是个孝子，父亲久病促使他决心学医，二十三岁那年，他把给父亲治病的大夫刘君岩留在家里，拜他为师，开始钻研岐黄之术，此后经常为乡人治病，此为其四。

随着时光推移，世事变幻，李续宾掌握的四种本领逐步都有了用武之地。当第一次鸦片战争爆发的时候，李续宾只有二十一岁。沿海的形势令他牵肠挂肚，他跟左宗棠一样始终关注着祖国的命运。道光二十二年（1842），洋人再次侵犯浙江，进逼江宁，大学士耆英以五口通商为条件与之讲和，李续宾闻信，急得彻夜难眠。他常常在大庭广众中终日不发一言，目光凝注前方，心里思忖着国家大事。他从这场战争中看出了两个严重的问题，第一是大清帝国的武力已经衰败，朝廷的正规军软弱无能；第二是太平盛世已经走到了尽头，天下将要大乱。

李续宾很少宣泄自己的忧虑，也不去宣传自己的主张。他总是默然无声，用行动来表达意见。他隐隐觉得，团练乡勇是应对乱世的一条必由之路。他对团练乡民产生了浓厚的兴趣，积极地投身于这种公益事业，而且每年冬天坚持狩猎，习武强身。他的地理特长使他有了一种强烈的冲动，驱使他摹绘军事地图，作为资料储备。此后的十来年中，他共摹绘地图九百多幅，积累下一笔宝贵的兵学财富，从军后为部队作战带来了许多方便，连曾国藩都曾借用他的安徽省全图。在医学上他也有所成就，其特色是借重古代名医的药方，药味少而分量重。他打下了军医的学识基础，从军后亲自为士卒治病疗伤。他统兵八年，部队没有流行疾病，全靠他这个兼职军医采取积极的防疫措施。

团练事业对年轻的李续宾是一种很好的职业训练。有证据表明，在所有的湘军将帅中，李续宾是最早投身于团练的一位。李登胜为了保卫乡村治安，把四儿子抽出来专办团练。道光十九年（1839）春夏之间，李续宾往返于湘乡县城和邵阳县城，跑了十几趟，与两县绅士商议谈判，终于订立了举办乡团的协议。由于诸兄忙于经商，李续宾常年担任团练干事，对于民兵的组织和训练已经得心应手。

道光二十九年（1849），李续宾得到了一个带领民兵参加实战的机会。那年夏天，湖南大水，饥民遍地，民怨沸腾。李元发在新宁率领一千多名农民造反，戕官踞城，势力蔓延，威胁到宝庆府城。李续宾接到好友彭洋中从宝庆寄来的信函，请他前去助战。他读罢来信，轻轻摇头，不愿前往。他对八旗绿营兵早已失望，觉得他们在鸦片战争中的表现丢尽了中国人的脸面。前年雷再浩在新宁起事，绿营官兵的表现仍然十分熊包，全靠江忠源的乡勇与雷再浩博战，官军方才获胜。想到这些，他根本不愿与营兵为伍。

李续宾本来不会去打李元发，可是他二兄李续家又写信催促，兄命难违，他只好去了宝庆。见到彭洋中时，他愤愤说道："新宁之贼是乌合之众，胸无大志，破之何难！可恨营兵都是酒囊饭袋，一味怯战，把事情闹得如此严重。我只有招募农家丁壮，指望他们以身家妻子为念，或许能够尽力。"

李续宾办团练驾轻就熟，在宝庆逗留三天，就募得二百多名湘乡子弟，教了一些击刺的基本功，就率领他们前往新宁。这时刘长佑在新宁也组织了乡勇，与李续宾一道攻城。李元发见乡勇来势凶猛，主动撤出新宁城。正规军为了独揽战功，不许乡勇追击，李续宾当即解散部队回家。彭洋中认为应该为李续宾奏功请赏，李续宾回信力辞，说他去打仗只是为了保卫乡里，如果名字上了保单，怎能向别人剖白心迹？

以上就是李续宾建军事业的第一阶段，从道光十九年（1839）直到参加新宁实战，为时十一载，属于草创时期。第二阶段始于咸丰元年（1851），其特征是湘乡勇在本县的大发展。那时太平军已在广西大战清军，南边不断传来战争的警报，闹得湖南人心惶惶，乡人无不恐惧。李续宾加紧团练乡民，维护乡村社会的安定。湘乡上里的团练由李登胜倡导创办，而实际操作则是由李续宾负责。他捐钱买了一个从九品的官衔，表明他愿意在官方事务中发挥更大的作用。

为了提高乡勇的素质，李续宾首先撰写了《孙子兵法易解》，用通俗的语言阐释古代的军事理论，供乡团的团长及乡民讲习。随后他抵达长沙，找到当局者，建议官军使用火器对付太平军。半年之后，随着战争向湖南靠近，他和挚友王勋（王鑫之兄）商议制定练团章程。李续宾提出"以正人心为主，以固人心为先"。这两句话就是他的建军思想，表明他把部队的精神文明建设放在首位。他素来是言简意重，渊默雷声。胡林翼跟他合作之后，出于对他的了解，说他是山不言高，海不言深，寥寥数语，蕴含着深邃的思考。

李王二人制定了一套办法：乡人每三口壮丁中抽出一人报名入团，团长负责登记姓名、年龄和住址，花名册就由团长保管。团丁每人发给一件武器，守望相助。有事鸣锣召集，无事则各执其业。作战结束后，父老公议，决定赏罚。乡民所捐的费用，用于战士的伙食开支，以及购买武器。这个办法出台，既解决了乡团的费用问题，又为乡团储备了兵源。

李续宾做出的成绩很快就得到了官方的高度重视。咸丰二年（1852）四月，太平军进占湘南重镇道州，湖南全省仿佛都听到了他们进军的声音，各地官府纷纷备战。湘乡知县朱孙贻来到茯苓桥办公，把李续宾召去，兴奋地说道："本县听说上里的团练办得有声有色，想看看你们的操练。"

李续宾回禀说，上里团练只订下了团规及章程，其实并无常备部队。朱孙贻有些失望，他现在要的就是部队，令李续宾抓紧组建乡团，克日出发，搜捕本地会党。朱县令担心李续宾不会照办，几天后给他发了一道公文，催促他率部上路。李续宾奉了紧急军令，赶紧招募二百人起程。谁知朱知县只要部队，却不拨款，李续宾也不多言，从自家拿钱充作军饷。部队开到朱清渡，听到几声枪响，以为会党杀来了，乡勇跑掉一多半。有三人平日号称胆大有力，此时也仓皇逃回家中。李续宾苦笑几声，只得增募几十人补充缺额。

这次逃跑事件算不上坏事。胆小的逃跑了，留下的都是硬汉。第一次招募的兵员中，仍然有不少坚持下来，其中有六个人后来成了声名卓著的湘军将帅，他们是胡中和、周宽世、蒋益澧、萧庆衍、李登辟、李续焘；增募的兵员中，也有五位日后成名的湘军大佬，他们是周达武、朱品隆、胡裕发、刘神山、李存汉。其中的周达武是个蛮汉，贩运时与人争道，负气伤人，被捕下狱。李续宾把他从监狱里保释出来，带到军中，加以教训，培养成才。在李续宾早期招募的乡勇中，已经形成藏龙卧虎的格局。

李续宾此次组团，本来只是保卫县境，但随着战争升级，他的部队开始出县设防。咸丰二年七月，太平军围攻省城长沙，李续宾率部驻扎宁乡备战。他随时打探长沙的战况，得知太平军不过四万人，清军在城内拥有八千兵力，城外还有五万援兵，坐镇的大官有一名总督、两名巡抚、三名提督、十名总兵，却未能向敌军发起有效的攻击。李续宾十分生气，对朱县令说："粤贼起事以来，官军从未将之重创，其心未固而气已骄。如今他们聚集在长沙，应当请大帅下令合围，将之一举歼灭，方为上策。"朱孙贻非常重视他的意见，形成文字报告呈给上峰，却未见任何批复。事实上，江忠源和左宗棠都向新任巡抚张亮基建议聚歼太平军于长沙，但因指挥权并未集中于张亮基一人之手，他们也只好眼睁睁看着太平军撤围而去。

洪秀全领着他的部队于十月份向下游推进，长沙解除了警报。李续宾解散团勇，令大家回去务农。太平军在湖南走这一趟，各县会党得到鼓舞，纷纷起事，但湘乡因团练功夫做得扎实，未受任何影响，社会保持了安定。

由于湘乡团练已在全省闻名，但凡省内有警，当局便会动用这支武装。咸丰三年（1853）三月，代理湖南巡抚潘铎命令湘乡团练捕诛本省会党。朱孙贻颇为得意，下令将全县团丁增加到六百人，大家公推罗泽南任总指挥。李续宾增募三百人，率部驻扎云门寺，准备前往衡州和耒阳之间打击会党，后来没有成行。湘乡县要维持一支九百人的乡团，每人每天要发给大米一升，加上柴火费与菜金二十钱，是一笔不小的开支，官府拿不出这笔钱，全靠李登胜和王宗麓资助。从某种程度上而言，初期的湘乡勇就是李家军，是私人豢养的民兵。

此年五月，太平军围攻江西省城南昌，那里的城防总指挥江忠源向家乡湖南求援。朱孙贻对此事非常上心，建议派兵增援江西，湖南巡抚骆秉章也很热心，征召湘乡勇和新宁勇去办这趟差事。李续宾的建军事业有了更大的契机，迈入第三阶段，其标志是湘乡勇开始吃官粮，拿官饷，并且第一次出省作战。

由于巡抚主持东援行动，湘乡勇有了官家的财源，每人每天能领到一百钱。他们于六月份来到长沙集结，驻扎在城南书院，衣衫褴褛，面目朴野，长沙人见了个个发笑。骆秉章检阅这支部队，得出一个结论：此军将要远征，人数太少，必须增兵，还要配发军装和盔甲。

骆巡抚原是一番好心，要用公费为湘军增添行装，若是换了别人，肯定是求之不得。但是李续宾不但不买账，还把巡抚反驳了一通。他说："粤贼所向克捷，全仗轻装，行动灵活；湘乡勇本是田间农夫，只穿短衣草鞋，足以与敌周旋，千万不可用衣甲捆住他们的手脚，致使他们滋生贪生之念。"这几句话概括了李续宾的军训原则，他倡导勇敢，要求湘军战士不用甲胄，以血肉之躯穿行于炮火之中，去迎接敌军的锋刃。这个办法很有些斯巴达人训练勇士的味道，也许不够人性化，但是对于锤炼湘军的勇敢精神确实起了很大作用。

骆秉章没有为湘军提供甲胄，却为罗泽南增加了三百兵力。湘乡勇开往南昌时，共有一千二百人。部队上路之初，总是借宿民舍，李续宾指出：军队最难得的是不扰民，最好搭建帐篷宿营，在四周挖壕筑垒护卫。这是李续宾提出的行军宿营法则，此后一直是湘军将领的座右铭。

咸丰三年七月，湘乡勇刚到南昌，驻扎得胜门外，遭到太平军猛击，减员至一千一百人，随后划分为中营与右营，已在前面叙过。李续宾因援助江西立下战功，得旨以府经历补用。他得到的是一个正八品的官衔，比知县小了一截，但比他买的那个从九品又强了不少。当年十月，骆秉章将湘乡勇从江西调回湖南剿匪，李续宾的部队以大小十一仗将土匪肃清，随后驻扎衡州。

值得注意的是，到此时为止，由李续宾创建、罗泽南统率的湘军，尚未纳入曾国藩的指挥序列，而是由湖南巡抚供饷并调遣。骆秉章正式任命罗泽南为湘军统领，任命李续宾为总营务。罗的职务相当于司令员，李的职务则可视为副司令兼参谋长。两人的月俸都是二百两银子，并无高低之分。

咸丰四年（1854）的第一季度，曾国藩率领一万七千人的水陆大军从衡州大举北进，他的麾下没有罗泽南和李续宾的湘乡勇。若将曾国藩此时的部队号为湘军，确实有些勉强，而且与罗李的湘军重名。那时罗泽南驻扎衡州，李续宾率部去郴州与衡山攻打会党，而曾国藩则推进到了岳州一带。所以，王鑫败于羊楼司，曾国藩败于岳州，损兵折将，丧失战船，与罗李二人毫无关系。

其后，曾国藩发兵攻打湘潭，陆军是塔齐布的部队，罗李湘军也未参与。曾国藩的战船向下游攻击靖港，被太平军重创，罗李湘军也无瓜葛，他们未能目睹曾国藩投江自尽的惨状。如果说李续宾跟湘潭之战有什么关系，那是在彭玉麟率水师烧毁湘潭市肆以后，太平军向北边撤退，李续宾当时驻扎在炭荡，将民船全部收集起来，使太平军无法渡江，只得逃往下游的靖港，然后撤向岳州。李续宾随后驻军长沙，骆秉章为了奖励他们，给士卒增加月饷银两，每人六钱。李续宾与罗泽南提出每营使用一百八十名长夫，每天每人发银一钱，骆秉章也同意照办。

曾国藩在初次出征时过于重视水师的作用，陆师只用了塔齐布的五千人，未将罗李湘军列入北进序列，也许是一个极大的失误；他在最初阶段将水师与陆师分开使用，就更是大错特错了。由此而导致的一系列失败，促使曾国藩反省了自己的失误，而且马上着手纠正。

咸丰四年六月，太平军第二次攻陷武汉，湘北随之吃紧。曾国藩经过休整，决定再次北征。这一次他把罗泽南和李续宾所部调入了自己的陆军，令他们与塔齐布所部合攻岳州。从这时开始，李续宾的建军事业进入了第四阶段，其特征是进入了曾大帅的编制，并且在湘军的北进东征中担任陆军先锋，不断壮大湘军的实力。

罗李湘军加入北进序列后，陆军势如破竹，很快就把太平军赶出了岳州。在随后两个月的战斗中，湘军右营打出了威风，太平军一见李续宾的白色军旗便会惊惧万分。李续宾战功卓著，先后升为知县、同知。

八月中旬，曾军开始进攻武昌。曾国藩的僚佐提议不管武汉外围的敌军，只要一举夺得武昌就行了。李续宾马上反对，指出敌军以劲旅据有城外险要，城内只留弱兵几千，肯定是有意引诱官军攻城。如果官军骤然攻城，守军必然弃城而逃。这时官军会陷入两难的境地：守城则被敌军所困；如果不守，则武昌仍为敌军所有。正确的办法是立即攻破城外敌军据点，那时武昌城将不攻自破。

曾国藩采纳李续宾的意见，派罗李湘军攻破最坚强的城外敌垒。果然，武汉两城敌军自动撤走。李续宾攻破坚垒，制敌死命，咸丰皇帝特赐孔雀翎，将他以直隶州知州升用。

罗李湘军虽然名义上是罗泽南任司令员，但罗司令将作战的所有部署与指挥全部交给李续宾负责。曾国藩很清楚其中的内幕，他在李续宾死后为之撰写的神道碑铭中有言："其战守机宜，胥公主之。"

曾军攻占武汉后，李续宾就劝曾国藩立刻将陆军增加到一万八千人，分为两路，由塔齐布和罗泽南各领一路，从长江南北两岸乘势东下，使太平军没有还手之力。曾国藩担心没有饷源，李续宾又劝他奏请朝廷派专人负责筹饷，一定要把军力增强。

曾国藩没有完全采纳李续宾的提议，虽然他决定立即开始东征，但没有打算扩增陆军的兵力，因为湘军正在得势之时，水师已被证明为压制太平军的利器，他看不出有什么必要大量增加陆军。他把长江北岸的攻击任务交给了湖广总督杨霈，令自己的陆军沿长江南岸推进。他这种部署看似周密，实际上留下了很大的隐患。湘军在获得赖以一举成名的田家镇大捷以后，立即感到了北岸兵力空虚，拖了东征的后腿，因为杨霈的官军没有积极推进。于是湘军只好渡江去打北岸的太平军，这样就暴露出陆军兵力严重缺乏的弊端。等到湘军推进到九江城外的时候，由于忽北忽南，两线行军作战，陆军已经疲惫不堪，失去了锐气。

曾国藩看出了李续宾早已指出的问题，把胡林翼从湖北调来九江会师，增加两千陆军，但这点兵力还远远不够。偏偏彭玉麟此时有欠冷静，不肯稍事休兵，急不可耐地派水师机动部队攻打姑塘，结果水师小型船队被太平军关在鄱阳湖内，与长江的大型战船分隔，这就是胡林翼后来总结的"雪琴之躁"。太平军夜攻湘军大营，烧毁曾国藩的座船，曾国藩侥幸逃生，来到陆军营中。

幕僚刘蓉有心挽回败局，献了一计，建议趁敌军过年没有防备，集中兵力攻打湖口，以解救陷入内湖的水师，这就是胡林翼后来所谓的"霞仙之狂"。水师认为陆军中营战斗力太差，主张用右营与塔齐布所部参战。曾国藩轻信刘蓉，不知太平军不过中国的传统春节，批准了这个方案。

陆军将士已经十分疲惫，不愿在过年时作战，李续宾了解官兵的想法，提出反对意见。此事议了三天，曾国藩决定还是要战，按照胡林翼后来的总结，此为"涤帅之误"。

大帅做了决定，李续宾只好执行。十二月二十八日晚间，他召集百夫长开会，发布战斗动员令。部队于第二天渡到江北。大年三十傍晚，李续宾与塔齐布带一千人开往湖口，将士刚刚出营，便有军官扬言："老子正在炖鸡煮饭，要休息一日，是谁要败老子的兴致？老子今天要故意打个败仗，让他自取其辱！"于是领兵往回走，李续宾与塔齐布禁之不止。太平军一见清军不战自退，连忙派出大部队来攻，把李续宾和塔齐布团团围住。千钧一发之际，坐骑从水面腾跃而过，将李续宾载出，才得脱险。李续宾夜宿民舍，房子的主人全部逃走了，李续宾度过了一个孤寂无声的除夕之夜，枯坐达旦。

咸丰五年（1855）正月一日黄昏时分，李续宾独骑南渡回营，看到右营的官兵正包围着曾国藩的坐帐，大吵大闹，向曾大帅讨要他们的主将，曾国藩正下不了台。他们听说主将已归，顿时喜形于色，安静下来。李续宾要惩罚领头闹事者，曾国藩为之讲情，此事方才作罢。塔齐布在民舍里藏了两天两夜，由于时而有太平军路过，无法出门，直到大年初二才回营。

湘军败于九江湖口一线，清军在长江北岸又无得力的陆军，陈玉成趁机重返湖北，向湘军后方进击。当武汉告急的时候，胡林翼自告奋勇回救湖北，带走了几千名陆军。李续宾深感兵力不足，连忙写信回家，令李续宜增募几百人，增强中营和右营的兵力。

胡林翼回到湖北后，因兵力太少，无法挽回武汉第三次沦陷的命运。朝廷令他代理湖北巡抚，担负收复武汉的艰巨任务。胡林翼驻扎金口，号令不出三十里，写信向曾国藩求援。

曾国藩面临着两个选择，其一是继续谋求攻克湖口，救出内湖水师；其二是继续向湖北派出劲旅，协助胡林翼攻克武汉。李续宾写信给曾国藩，提出武汉比湖口重要何止十倍，只要控制了武汉，就能取饷于湖南、四川与陕西，高屋建瓴，顺流而下，肃清东南。他建议答应胡林翼的要求，集中兵力增援湖北。

李续宾不但直接向曾国藩进言，还说服了罗泽南去向曾国藩当面劝谏。此事拖到六月份尚未决定下来，当时太平军攻陷义宁州（今修水），李续宾要求援救义宁，然后挺进湖北，曾国藩仍然念念不忘湖口。李续宾指出，不克义宁，湘军进兵武汉、崇阳和通城，会遇到极大的障碍，江西的兵势也会脉络不通。曾国藩这才改变主意，决定攻取义宁。

湘军于七月份收复了义宁，两天后，塔齐布在九江城下忧愤去世，很明显，湘军在短期内根本无望攻克九江。李续宾说服罗泽南，请老师亲往南康劝谏曾国藩，定下增援湖北的大计。八月份，胡林翼兵败汉阳，求援更急。罗泽南回到军营，告知李续宾：增援湖北大计已定，曾国藩派普承尧等五营增强湘军的兵力，助征湖北。

湘军立刻转战而前，下通城，夺桂口，占崇阳，重创敌军于羊楼司，又将石达开赶出蒲圻，终于与胡林翼所部会合，拿下咸宁，抵达纸坊，然后转移到武昌城外的鲁家巷扎营。

到这时为止，李续宾已经完成了建设湘军的四个阶段，其标志是脱离了曾国藩的指挥体系，绕到了曾军后方，在胡林翼领导下为收复武汉而进行艰苦卓绝的战争。从此以后，李续宾将逐步取代罗泽南，在军中处于主宰的地位。

临危受命的接班人

咸丰五年十一月二十七日，罗泽南与李续宾并辔登上洪山，侦察攻守之要，把太平军在武汉三镇的军事部署尽收眼底。太平军三度攻占武汉，因经验积累，已经学得很精，防守工事可谓固若金汤。他们水陆两军共有十万之众，武胜门外的檀角有两座大垒，鲇鱼套、白沙洲有两座大石垒和两座土垒，保安门外有三座大垒，八步街有两座大垒，十字街有一座大垒，一座大炮碉，城东南有一座大石垒，还有几十座小卡垒错杂其间；江面上有几百艘敌船停泊或游弋，船上都安设了火炮。

当天傍晚，李续宾领军驱走山下之敌，在洪山南冈扎营。胡林翼领着四千人驻扎五里墩。这两处前进阵地的形成，标志着湘军拉开了攻打武汉的序幕。

鉴于敌众我寡，李续宾认为武昌城难以骤然攻破，最好的办法是断绝守军的粮食供应。他建议由杨载福的水师截断汉阳门外的粮道，他自己率陆军截断窑湾粮道，并阻击敌军的陆地援兵。根据他的提议，湘军一分为二，罗泽南率三千人驻扎洪山，李续宾率三千人扼守窑湾。

李续宾这一招拿住了武昌太平军的命脉，太平军立刻看出此招的狠辣。李续宾正在窑湾挖壕筑垒，太平军出动一万人来争抢此地。李续宾迎战三倍之敌，令蒋益澧阻击檀角来敌，令刘腾鸿与陈玉辉左右张翼，自率八百人与敌军交锋。白旗一出，太平军望而惊魂，趑趄不进。李续宾挥兵奋击，太平军大奔，右营两翼合拢，歼敌无数。

到咸丰五年底为止，湘军击破八步街、汉阳门、望山门等处敌垒，基本上肃清了武昌外围，致使武昌守军的运道不再通畅，给城内造成很大的恐慌。湘军的兵力安排、战斗部署，多半出自李续宾的谋划，罗泽南将战守赏罚全部委托给他办理。

李续宾为了解决兵力不足的难题，决定以壕代兵。咸丰六年（1856）正月五日，他命令部队挖掘长壕，从卓刀泉开始，直达城的东南。罗泽南一见长壕在军营之后，好像是自断退路，要背壕一战，而不解其中深意，颇有责怪之言。李续宾说："我的用意只有胡公知道。"诸位将领去请教胡林翼，他也笑而不答，只是催促快快完工。后来大家才明白，此壕的作用一可阻击敌军援兵，二可防止城内守军绕袭湘军之后，三可隔绝城内守军与城外援军的联系，为湘军节省了大批兵力。湘军的优势是战斗力强，总是以少胜多，身后无须退路，只要不会腹背受敌，就有胜算，所以李续宾有掘壕之举。

湘军中营与右营离开江西以后，曾国藩身边已无名将。江西清军一败涂地，太平军相继攻占八座府城和四十多座县城。曾国藩将彭玉麟调去指挥内湖水师，自己从南康移驻南昌，借内湖水师自卫，居住在船上。曾国藩一方面向湖南求援，一方面向湖北要兵，提议将湘军分为罗、李两部，一部攻打武汉，一部增援江西。求援的书信一个月送来三四封，都是通过秘密渠道投递，而且曾国藩与罗李通信，双方都用暗语，字面上是商谈生意，也不敢签署真名，只能靠笔迹来分辨真假。罗泽南认为武昌攻克在即，拒绝了曾国藩的要求，决定先攻武昌，后援江西。

朝廷把湘军交给了胡林翼，指望他早日收复武汉，减轻江西的压力，一再下旨催促。罗泽南和胡林翼都给李续宾增兵，希望他能创造奇迹。由于李续宾战无不胜，胡林翼将他视为圣人，言必称"迪圣"，而且叹息："唯天下只一圣人，是以苦耳。"

曾国藩对李续宾也是望眼欲穿，尽管罗泽南拒绝离开武汉，但曾国藩还不死心，再次写信给李续宾："请挈多士二千人至南昌一行，二千人不能，则千人亦可；千人抑或不能，则无论多寡，必请阁下一行。前已奏上，请勿迟迟。"

李续宾认为，曾国藩是患难同志，应当紧急救援。胡林翼与罗泽南则认为武汉攻坚正在紧要关头，不能釜底抽薪，致使功败垂成，大局难以扭转。李续宾推荐刘腾鸿率两千人去救曾国藩，请胡林翼询问曾帅意下如何。

李续宾此时身负众望，决心早日攻下九省通衢。他要求胡林翼厚集兵力，对武汉合围。胡林翼何尝不想增添兵力，但他担心得不到足够的军饷。李续宾说："坐困城下，只会空耗军饷；迅速攻克，则能节约军饷；胡公愿选哪一样？"胡林翼当即决定增兵合围。他增立了一个奇右营，交给赵克彰指挥。

二月二十六日，清军对武昌发起猛烈攻势，李续宾从广兴洲攻打塘角。广兴洲距城十里，过去是一个繁荣的街市，太平军在这里驻扎了一支大部队。李续宾料定太平军会在草市阻击，派刘腾鸿沿湖壖进兵，派赵克彰从江岸前进，自己率右营从堤上进攻。湘军纵火焚烧草市茅屋，太平军伏兵不得不露头，迅速撤走。城内太平军派出五六千人出援，反为败退的伏兵所冲突，四散奔逃。李军三路压迫上去，一路追杀，毙敌五六百人，踏平敌卡二座。何绍彩与蒋益澧也击败小龟山的敌军。第二天，胡林翼、李续宾、罗泽南三路逼近武昌，遭到守军炮火抵抗，李续宾的坐骑被炮弹击伤，部队颇有伤亡。

三月二日，城内敌军从汉阳门与武胜门出兵，沿小龟山而前，攻打李续宾的窑湾军营。另一路敌军从望山门出兵，直指五里墩。胡林翼出兵迎击，敌军马上撤退回城，从大东门而出，向洪山军营攻击。

太平军痛恨湘军断绝他们的运道，主要攻击目标是李续宾所部。他们用弱兵先从南路试攻，随后到东路试探攻击，而派劲旅从北路攻来，一半埋伏在塘角，另一半从黄州溯江乘船而至。李续宾看出敌军的意图，只派八百人对付出城的敌军，让刘腾鸿占据小龟山，偷袭敌军之后，他自己指挥一千二百八十人先打击塘角伏兵，然后分兵打击登陆的黄州敌军，纵火焚烧敌船。

当城内敌军攻击南路时，罗泽南已将洪山驻军主力派往小龟山，不料敌军缩回城内，改从东门而出，攻至洪山，罗泽南为了保住军营，不得不在洪山脚下迎战。三千多名太平军围住罗泽南猛打，两军形成拉锯战，战到中午时分，敌炮铅弹击中罗泽南右额，顿时血流满面，染红战衣。罗泽南据地而坐，继续指挥作战。士卒阵亡八人，五十多人受伤，眼看就要全军覆灭。这时武胜、汉阳两门的敌军已经败走，李续宾听说罗泽南受伤，与刘腾鸿前来救援，将敌军赶回城内。李续宾从容收军，众心始定。

李续宾率医生到洪山探望，请求罗泽南治伤，罗泽南不肯。医生说，铅弹遇血则会液化，若不急治，伤势必定转恶。李续宾深以为忧，一天探视几轮。三月五日，罗泽南伤痛大发，类似寒疾，勉强对李续宾说道："我不行了，你跟胡公勉图之！"三月七日，已不能说话，到晚上伤情更重，第二天早晨去世。李续宾恸哭之余，亲手装殓尸体。三月九日，令各部发丧送柩，派八百水陆官兵送丧，在石嘴登船。

皇帝有诏，令李续宾兼领罗泽南所部。由于中营兵员质量不高，战斗力较差，李续宾将其中的老弱淘汰，只留一千三百二十人。朝廷还令户部为李续宾所部提供粮饷，李续宾辞谢不受。中营仍然驻扎洪山，李续宾在此坐镇，委托刘腾鸿坐镇窑湾。

太平军趁着湘军主将亡故，放火焚烧城外的房舍，又在保安门外新修壁垒。李续宾立即发起反击，与胡林翼所部连续攻城十个昼夜。三月二十四日，朝廷有诏，确定李续宾留在湖北，不援江西，并令他统领湘军。胡林翼更进一步，把自己所部五千多人全部交给他指挥。

李续宾顾及曾国藩在江西十分艰危，不可不援，建议分兵增援，将刘腾鸿的后营增为一千人，加上刘连捷、普承尧、吴坤修三部，一并交给刘腾鸿统领。他把副中营的六百人交给曾国藩之弟曾国华指挥，并任命他为行军监督。刘腾鸿统领的这支部队号称"援江西军"，共有四千人，于四月十五日起行。

李续宾担任湖北陆军司令以后，部队几乎无日不战，将士太苦，胡林翼要求各部休息十天。杨载福来看望李续宾，提议水陆并举，采用火攻，给敌军以重创。

四月二十八日，水师借南风大纵其火，烧毁敌船四五百艘。李续宾派出三千人在江岸列阵，从沌口直到窑湾、檀角一线，护卫水师，捕杀逃敌。五月一日，杨载福又烧毁黄石港敌船六十艘，向下游巡驶，直达九江，方才返回上游。水陆两军的这次行动，肃清了江上通道，使武汉敌军更加窘迫，急忙向下游求援。石达开不愿丢弃武汉，从下游集结一万多人向武汉杀来，其前锋古隆贤已于五月八日驻扎茶盘岭。

石达开此来，声势浩大，所部都是精锐，企图与城内守军夹击湘军，对刚刚出任陆军司令的李续宾是一个严峻的考验。他决定用计谋打破敌军的夹击计划，当夜派出一千三百人，携带缴获的敌军旗帜两百面，以及敌军军装一千三百套，向北迎敌。又派蒋益澧率六百人前往洪山以下十里处，依傍高峰，设立三座壁垒。

第二天日暮时分，蒋益澧下令对空开炮，使城内的太平军误以为援军已到，在跟湘军开仗。他们登上蛇山瞭望，直到夜色降临，炮声方止。五月十日，蒋益澧举火，佯装败退回营。李续宾先前派出的一千三百人，都穿上太平军服，打起黄旗，跟在蒋军后面，从卓刀泉追赶而来。李续宾料定武昌太平军一定会出城迎接，令李登辟与周宽世各率六百人潜伏在小龟山左右。他又令留在军营的朱品隆和周宽世两部掩旗闭垒，养精蓄锐，并做了如下安排：听到第一轮鼓声吃饭，听到第二轮鼓声准备，听到第三轮鼓声出战。

太平军果然打开三座城门，出城迎接"援兵"。假扮太平军的一千三百人分两路走来，李续宾播响第三轮鼓，朱品隆与李续焘上去"迎战"，双方都开空炮，假装打作一团。交战不久，武昌太平军已经靠近，一千三百人忽然易旗更衣，变成了湘军。太平军大骇，顿时溃不成军。李登辟与周宽世从左右抄击，朱品隆等部列队追逐，毙敌一千多人。

李续宾说，按照计算，石达开也就这几天该到了，还得算计一下城内的敌军。于是他把先前抓获敌探搜出的书信做了修改，令敌探将改过的情报送进城内。城内守军果然于五月十一日再次出迎，又被湘军击败。

与此同时，李续宾命诸将加紧修垒挖壕，千万不可轻易与石达开交战。一定要等到敌军气尽力乏，方能出而大战。曾国藩后来要求刘腾鸿学习这种战法，打退增援瑞州的石达开。

五月十二日，湘军探子回来报告，石达开已分兵三路攻来，前锋已达茶朋。李续宾命李续焘、蒋益澧驻扎豹子海，第二天攻破石达开的前锋，太平军稍稍退却。东路敌军在官山高岭集结，气焰高涨。湘军突然攻击东路敌军，斩杀几十人，打乱了敌军阵脚，中路和西路敌军一齐撤退。湘军一路追逐，直达葛店。城内太平军多次得到错误的情报，不敢轻举妄动，深匿不出。石达开得不到内线的响应，败退到武昌县及黄州，蒋益澧率部返回军营。

北京当局不知武昌周边的部队正在对付强敌，下旨催促胡林翼加速克复省城。胡林翼在奏复时强调李续宾廉正朴诚，是难得的将才，攻坚作战时多次中炮倒地，为了保护良将，他不主张硬攻，还须另想良策。皇帝下诏，同意胡林翼采取更加慎重的办法。

石达开败退之时，湘军挖掘的长壕已经完全竣工。城内太平军感到生存空间已被完全封锁，十分恐惧，多次出城毁壕，都被湘军击败。由于有了这道长壕，湖北湘军得以度过马上就要到来的最困难的时期。

石达开的部将古隆贤落败以后，藏匿在樊口，招来江西湖口的郑添得、罗文元等部七八千人，向上游攻击，在葛店修筑壁垒。李续宾派蒋益澧和孙守信率三千人对付古隆贤。六月二日，蒋益澧来到葛店扎营，发现敌军壕垒已成，下令出击，一战攻破六座敌垒，第二天又踏平一座敌卡。杨载福率水师进战，蒋益澧跟进，斩杀郑添得，俘虏罗文元。六月四日，孙守信联合水师攻克武昌县。两天后，蒋益澧等进驻黄州城下。

朝廷仍然不知湖北战况，认为这里的官军作战不够积极，再次下诏，要求迅速收复武汉。在这种情况下要满足朝廷的要求，唯一的办法是增加兵力。胡林翼已将李续宾"速克减饷"的理论报告朝廷，两人决定再次增兵，令胡裕发与周宽世返回湖南，各募五百人，分别定下营名，由胡裕发指挥副左营，周宽世指挥后营。

蒋益澧一心要攻下黄州，打了二十来天仍无结果。七月十日，他令部队整夜攻击，太平军毫无反应。黎明时分，太平军奋力出击，湘军士卒已经疲惫，当即溃败，阵亡一百八十四人。蒋益澧请求增兵，李续宾命何绍彩前往，还增派副宝营七百人。

古隆贤颇有心计，派人装扮游民，在黄州大演花鼓戏，扰乱湘军军心。一到黄昏，戏就开场，总要闹到四五更才休。蒋益澧不禁止官兵看戏，朱品隆和孙守信无法劝止。七月十八日夜半，从兴国、大冶开来的太平军五千人，联合黄州太平军对湘军发起攻击。蒋益澧的部队十夜失眠，不堪一击，阵亡四百人，壁垒也被攻破，武器粮草全部丧失。孙守信与朱品隆亲自抗敌，朱品隆三处受伤，才把部队收拢。这一仗的结果，黄州没有攻克，武昌县反而又落入太平军之手。

紧接着，李续宾遇到了更大的挑战。石达开、古隆贤从江西与安徽招来五万大军，兵分八路增援武昌，日夜向上游行军，号称十万人马。七月十九日，前锋已经驻扎油坊，在油坊、青山江岸和油坊渡口各修一座壁垒，架起五座浮桥，又在鲁家巷修建三座壁垒。

李续宾令弟弟李续宜率各部捣毁敌军浮桥，杨载福令水师加强江岸防卫。这一次，城内太平军确知有援军到来，大举出城，被赵克彰击败于赛湖堤。太平军用沙草堵塞青山港，以接济援兵。鲁家巷一夜之间增加了十五座敌垒，水上陆上纷纷向李续宾告急，一天来报十几次。李续宾一言不发，沉思默想。对他那副镇定的模样，胡林翼在奏稿中有如下描述：

> 水陆警报纷至，李续宾临大事则坚定如不欲战，令于众曰：不俟贼近而出者斩。众军肃然。

另有一段评述：

> 李续宾朴诚坚毅，忠勤懋著，每当大战，整暇安详，尤见真实力量。

七月二十六日，李续宾自领五百人马，与舒保的三百名骑兵进攻鲁家巷，毁掉一座壁垒，只与敌军交手一个回合，便返回军营。湘军离开鲁家巷后，敌军壁垒反而增加了。

李续宾试了试太平军的钢火，知道来者不善。他决定不去硬打敌垒，要等敌军主动来攻。两天后，太平军援兵全部到齐，李续宾给各部将领下令：全部闭垒饱食，不得出击，等待命令。他制定一条严厉的纪律：敌军没有逼近营垒而胆敢先行出兵者，即便有功，也要斩首。

湘军在军营后面所挖的长壕，如今显示出无比优越的作用。石达开与古隆贤的部队被挡在后壕之外，无法突进，气得嗷嗷大叫，但无可奈何。胡林翼后来有一段文字，评价后壕的作用，以及李续宾的先见之明，见诸他写给曾国荃的信中：

> 李忠武在洪山豫议后壕，乃各于后面十余里兴工，人固笑其拙也。石逆到后，则后壕变为前壕，人又叹其巧。此议本出于李忠武，林翼至今思之，有余情焉。

城外的太平军攻不进来，城内的太平军便想往外冲。他们出动两万人，打开汉阳门、武胜门、望山门和东南门，倚城列阵。李续宾登上洪山绝顶察看，发现石达开所部经长途跋涉，十分疲劳，而城内太平军则精神饱满。这时杨载福的水师已夹江列阵，石达开的援兵充塞原野，朝武昌开进。武昌太平军逼近开炮，击穿了朱品隆的营壁。李续宾见时机已经成熟，下令举旗播鼓，打开营门，向山下出击。武昌太平军已有几百人爬上山腰，见湘军出兵，大惊而退，不少人在山路上颠仆而死。湘军冲到山下时，敌军多半被逼下壕沟身亡。太平军中有一名黄衣将领，驰骋指挥，李续宾用鞭一指，说道："斩下此人首级，敌军当败！"

刘神山策马向前，斩下敌将首级，返回阵前。太平军见主将已死，果然退走。李续宾几声令下，赵克彰向赛湖堤上的敌军出击，蒋益澧与秦冠镳左右包抄，李续焘攻向沙子岭与小龟山之敌。太平军殊死搏斗，舒保率领五百骑兵三次冲锋扫荡，赵克彰斩杀敌军三名悍将，赛湖敌军丢下几百具尸体，落败而逃，小龟山敌军相继逃走。

武昌太平军落败时，石达开的援兵前锋已抵东岳庙，蒋泽沄与朱品隆越壕攻击，击毙敌军三百。骑兵赶到，一通砍杀，敌军反身而逃，死伤更多。此时石达开的主力分三路进军，挺进赛湖的一支遭到赵克彰、蒋益澧两部的坚决抵抗，挺进窑湾、小龟山的一支兵力最为雄壮，李续宾亲自对付。他率领一千二百人向洪山以北突击，大纛前引，窑湾敌军望风披靡。李续宾令六百军士越壕追逐，无不一以当百，又会合骑兵杀到小龟山，斩获更多。太平军尸横塞途，雄壮之师顿时瓦解，大溃而散。

李续宾立马收军，听到赛湖那边还有炮声，当即率三百人前往。太平军一见李字大纛，惊慌逃窜，晕头转向，多遭刺杀。他们逃过沙湖、东湖，自相拥挤践踏，淹死几百人。杨载福的水师又在江岸堵击，太平军尸横遍野，湘军战士归营时不得不踩踏尸体而过。湘军烧毁敌船七十三艘，俘虏九千一百十四人。李续宾令俘虏剃发，全部释放。太平军向城中奔去，李登辟率三百人追杀，武昌太平军在城上开炮，击断李登辟左腕，击伤士卒十人，李登辟才下令收兵。何绍彩与张荣贵奉李续宾之命，截断石达开的退路，水师及骑兵协助扼守，斩杀几百人，捣毁五座敌垒，烧毁二十艘敌船。

八月三日，李续宾亲自领兵攻打鲁家巷败敌，攻破六座壁垒，斩杀六百人，击伤古隆贤，缴获五门铜炮与四门洋炮。当天还剩下九座大垒和八座小垒，夜半时分，太平军全部弃垒而逃，把一千六百石大米和三千支枪矛留给了湘军。张荣贵等部跟踪追击，抵达土桥，太平军正在煮早饭，来不及进口，便弃食而逃。湘军吃了敌军做好的早餐，继续追杀。太平军实在走不动了，呆立路旁，任由砍杀，或者自己投水自尽。李续宾见胜仗已成定局，策马返回洪山。

咸丰六年八月粉碎太平军内外夹攻的这一仗，大大振作了湖北清军的士气，彻底扭转了武汉周边的战局，也改变了朝廷对胡林翼和李续宾的看法。皇帝给李续宾加授布政使衔。

此时李续宾麾下名将辈出，湖南人组建军队，都会向他要求调剂人才。骆秉章下令将萧启江部增为一千人，萧启江向李续宾求将，李续宾把胡中和给了他。左宗棠派兵去广西驻防，写信给李续宾咨询将才，李续宾复信推荐蒋益澧可任司令员。

李续宾击败石达开以后不久，周宽世与胡裕发的两营一千人开到武昌，加上二百名长夫，总共一千二百人。李续宾兵力既增，加紧对武昌的围困。武昌守军已经弹尽粮绝，总是夜半出城骚扰，立于洪山脚下，徘徊不前，黎明前又退回城内。李续宾令诸将严密戒备，不要出营交战。武昌太平军制造舟船，企图把汉阳友军接来自救，全被湘军烧毁。城中已是饥饿的世界，日夜有人逃出求食。

十一月一日，杨载福率水师十一营攻打汉阳，将城外的太平军全部赶进城内。十一月十四日，李续宾令各军把武昌城外的残垒全部烧光，一到夜间，城内有更多的人出来投降。李续宾料定武昌太平军将逃，严令诸将休养士气。二十一日夜晚，他下令集中炮火攻城，太平军弹药已尽，失去了还手之力。二十二日，天刮大风，太平军趁机放火，大开八门撤出。湘军各部扼要阻击，在正午时分收复武昌，俘虏太平军将领古又新以下八百九十四名军官。胡林翼入城接管政务。汉阳太平军望见武昌火起，知道大势已去，连忙弃城逃走。

武汉两城同日攻克，胡林翼设饮向李续宾致谢，请他连饮三大碗高粱酒。致酒词如下："林翼知公海量，只因受太夫人酒戒，饮酒不得超过三爵。今日之事，林翼谢者有三，不得不一醉。一为天子谢，二为武汉生灵谢，三为林翼及守土文武谢！"皇帝根据胡林翼的奏请，任命李续宾总统湖北陆军。

李续宾从来不会陶醉在胜利之中，攻克武汉的当晚，他就发布了新的进攻命令：何绍彩、朱希广、黄胜日、何庆先从窑湾开向东兴洲，张寅恭、秦冠镳、萧廷黼、龚继勋开往胡家墩，自率中营、右营及富新骑兵从鲁家巷开往葛店，只留下李续宜率三千人驻扎洪山，防止敌军逃兵回窜。杨载福的水师辅助陆军一齐东进。在逃的太平军来不及喘息，第二天就被湘军堵在前面，无处逃生，一路相继丧命。

十一月二十四日，湘军攻克武昌县，二十五日攻占黄州，二十七日收复大冶，二十八日攻克兴国，二十九日攻克蕲州和蕲水。十二月一日，杨载福水师进驻九江。李续宾于十二月二日攻克广济，十二月六日攻克瑞昌，十二月七日攻克德安，十二月九日陈师九江，立营孙家垄。李续宾不负众望，终于领导湘军创造了继往开来的大好局面。朝廷将李续宾由安庆知府提拔为记名按察使，令他专办军务。

从九江到三河的英雄路

咸丰六年腊月，李续宾抵达阔别已久的九江城下。上一次来到九江，是在咸丰四年腊月。那时塔齐布、罗泽南、彭玉麟等将领都以为九江指日可克，没想到守将林启荣给了他们当头一棒，打得他们清醒了许多。咸丰五年，塔齐布因久攻此城不下，活活气死在军营。这座城市记载着湘军的耻辱，也承载着湘军的仇恨。李续宾来到这里，百感交集。但他照例没有表达自己的感受，只是暗下决心一定要拿下此城，为湘军雪耻。他一到九江，就带着四十骑随从绕城一圈，侦察地形，了解敌情。

九江太平军首领林启荣不仅是一员悍将，也是天国爱民如子的好官。他与九江市民打成一片，深得民心，连曾国藩等人都对他的廉干深感钦佩。他在咸丰三年攻陷九江与湖口，决心守住这两处江湖要塞，率精兵一万五千人驻扎，储备了大量的物资。他另派一万人分驻江心的梅家洲和对岸的小池口，各处五千人，修建城堡，以为犄角。

九江北临大江，西为龙开河，林启荣在其间修筑长垣，挖掘深沟护卫，中间修筑炮垒。南面为甘棠湖，中隔一座新坝，林启荣设置十多座炮卡和土垒，将新坝环卫起来。小东门外的白水湖，通向梅家洲与湖口，所经的大东门则通向南昌、临江与瑞州。林启荣还派出几百艘战船游弋江湖，为九江运粮，同时运载援兵。

林启荣驻守的九江，几乎是攻不破的铜墙铁壁。但这一次李续宾挟武汉新胜之军威，迅速推进到九江城下，还有水师在江面支援，林启荣知道好日子不多了。他连忙向江西、安徽的各路友军求救，希望他们加强在各地的攻击，以牵制湘军兵力。

咸丰七年（1857）正月，李续宾已经对九江攻坚战有了成算。他根据测算，应当在城外挖掘三十五里长壕，从官牌夹到白水湖尾，然后直达东门。于是他画图向各位将领授意，又率领他们实地勘察。他规定壕沟一律要挖成宽三丈五尺，深二丈，越过的四岭都是驻军要隘。李续宾的部下现在都知道了长壕的妙用，只用了一个月就挖成了长壕。

这时候，李续宾威略勋望重天下，朝廷虽然没有给他很高的官职，皇帝对他却很注意。咸丰每当召见湖南湖北两省人士，往往都要询问他的情况。此年四月，咸丰召见徐树铭，谈完政事，便问道："你与李续宾相识否？"徐树铭答："不相识。"咸丰说："朕听说他身长九尺，战功甚伟，待军事稍松，当令来见。"

太平军为了援救九江，趁着湖北兵力空虚，又从安徽向西攻击。李续宾遵胡林翼之命，派兵回援湖北。当时曾国藩已回家为父亲守丧，清军江南大营兵败，战场上缺少大帅级的人物。李续宾担心江苏、浙江、江西、安徽形势恶化，写信给胡林翼，指出东南大局所关，全在胡林翼与曾国藩两人身上。东进的部队必须由曾国藩统领，而后方必须由胡林翼坐镇巩固。如果朝廷不给曾国藩相当的权力，那么曾国藩就无法复出，胡林翼恐怕独力难支大局。他请胡林翼迅速说服官文与骆秉章，请他们奏请朝廷起用曾国藩，让他出任封疆大臣，才不至于像在咸丰四五年间那样，动不动就遭受侮辱。李续宾同时写信给曾国藩，向他陈述这番意见。

胡林翼看了此信，频频劝说官文联合上奏。可是朝廷此时对曾国藩颇有顾虑，要让他守丧终制。骆秉章和左宗棠也不敢发言，拖延很久才上奏章，而且不敢提委任封疆之事，只是请求起复他为水师司令官。朝廷的批复很干脆："杨载福统带水师，已著成效，不必待曾国藩到方能定议也。"

七月份，胡林翼到九江探望李续宾，得知这位大将对攻克九江已是胸有成竹。李续宾寥寥数语说出他的计划："欲复九江，必先破湖口，把内湖水师放进长江；欲破湖口，必先拔小池口伪城。如今敌军援兵已败，守军已困，机不可失，时不再来！"

八月八日，李续宾开始执行一揽子计划。他亲率三千四百人攻打小池口的太平军石城，鏖战八天，于中秋节那天攻克。九月一日，李续宾公开发布告示，宣布大军要进剿宿松，以造成敌军的错觉。杨载福率六十艘战船浮江而下，抵达湖口以东，等待李续宾到来。九月七日，李续宾所部全部渡到北岸，沿江岸东进三十里宿营。夜半，北风起，将士全部登船，与水师船队一起，张帆溯江而上。九月八日，水师对湖口和石钟山江面的敌船发起火攻。李续宾派一支部队绕到湖口城后，埋伏在山北；另派一军埋伏在山麓。两支伏兵的任务，是在李续宾和杨载福的战船抵达城下时杀出。彭玉麟率内湖水师夜半渡湖，拼死冲入长江。李续宾与杨载福率战船靠岸，强行登陆，险些无法成功，忽然山顶山脚人声鼎沸，炮声隆隆，旌旗蔽空，两路伏兵杀出，太平军以为来了天兵天将，色沮胆丧，大溃而逃。夜半，李续宾下令向城内射火，烧到敌军火药，爆炸掀起巨大的气浪，砖石腾空而下，守军死伤严重，当即哗溃，开城逃走。九月九日，湖口收复。九月二十三日，彭泽收复。李续宾领兵返回九江军营，湖口由彭玉麟驻守。

朝廷闻捷，诏授李续宾为浙江布政使。李续宾战功之巨，升官之慢，形成明显的反差。李鸿章后来在给张曜的信中有一番议论，把江忠源和李续宾的官场际遇作比较，叹息朝廷赏罚不公，大为李续宾打抱不平：

昔年江忠烈仅蓑衣渡一战有名，不二年遂为巡抚；李忠武身经百战，两克武昌，六年始为布政使。名器之用，岂可谓平！

湘军在小池口、湖口、彭泽取得一连串的胜利，九江的林启荣孤立无助，已经很难挺下去。他只好把妇女小孩放出城，以节省粮食。

咸丰八年（1858）二月十六日，李续宾联合水师对九江发起总攻。湘军连战三天，颇有死伤，李续宾不愿看到部队有更多伤亡，又怜惜林启荣为难得的将才，令李存汉将书信射入城内招降。林启荣登上城楼，向李存汉喊道："自知不赦，将无所容。"李存汉发誓不杀他，林启荣仍然犹豫不决。

李续宾已不指望林启荣投降，为了减少伤亡，决定用地雷轰垮城墙。四月六日，中右营挖成地道，装入一万五千斤火药。第二天凌晨引爆，将城墙轰塌一大截，湘军将士乘势攻入，当即攻克九江。李续宾自东门而入，榜示城乡，召回居民，让他们恢复生业。咸丰因李续宾的这份功劳，赏给他巡抚衔，赏穿黄马褂，准其专折奏事。

九江虽然已经收复，但由于太平军已与捻军联手，全国的形势非常严峻，安徽北部被造反军队控制，影响到山东、河南、江苏和浙江。李续宾再次写信给骆秉章和胡林翼，请他们奏请朝廷重新起用曾国藩。在他的努力下，封疆大吏们三上奏疏。

这时李续宾已经成为最抢手的大将。浙江籍的京官纷纷上疏，奏请朝廷派李续宾领兵东进，援救浙江；安徽巡抚福济等人则奏请派李续宾进征安徽；河南巡抚瑛棨请李续宾进战河南，巩固湖北；袁甲三和胜保则奏请派李续宾进兵庐州与六安。廷臣一片喧争，连上一百多道奏疏，皇帝迟疑难决，下旨令李续宾自己酌情定夺。

但是安徽有个胜保拥兵自重，却无所事事，在那里大声叫嚷要湘军增援，不断向朝廷告急，迫使咸丰不得不做出抉择。四月十八日，朝廷有诏："着李续宾即带九江得胜之师，先行驰赴六安，会同胜保，奋力围攻。俟六安克复，再赴庐州一带，相度情形，先其所急，次第攻剿。"

六月十八日，李续宾乘船从武昌出发。当晚，他跟胡林翼在船上话别，深谈达旦。两天后，胡林翼要换船返回，李续宾终于控制不住，对这位好友说道："我要求回去看看父母，未得批准，不知今生还能见到二老否？"说罢痛哭不已。胡林翼一边安慰，一边陪他落泪。

由于胡林翼与骆秉章三次奏请，曾国藩已得旨起复，办理浙江军务。他这几日在巴河停船，等待与李续宾一见。李续宾舟泊南溪，与曾国藩纵谈六日。他指出，湘军不患无将，但患无帅，只要曾国藩用人不太苛刻，一定能够得到湖南的很多将才。他还建议曾国藩不要把自己关死在浙江，不如坐镇江西建昌，兼管江西和安徽，可以游刃有余。当时王錱与刘腾鸿已经亡故，李续宾向曾国藩推荐王錱的兄弟，说他们是当世英才，应当诚恳求助。曾国藩向李续宾索要将才，李续宾将朱品隆一军相送，又令唐义训听从曾国藩指挥。

曾国藩与李续宾告别，但其弟曾国华跟李续宾是生死之交，不愿跟随长兄，愿随李续宾东进。曾国华在李续宾军中，为他的孤军深入起了推波助澜的作用，但他跟李续宾一同进退，确实很够义气。

紧接着，对于李续宾最为不利的事情发生了。七月十一日，胡林翼因母亲去世，要回乡葬母，朝廷批准他居庐百日。李续宾是能够把握大势的大将，对于这个变故，立刻就有不祥之感，当即写信给曾国藩，为胡林翼离开岗位感到忧虑。七月十四日，他带着心头的阴影，率部从蕲水开拔，一路送他而来的弟弟李续宜则启程返回武昌。这时庐州已被太平军攻陷，李孟群退走寿州，朝廷催促李续宾赴援。李续宾军行迅速，八月十七日收复太湖，八月二十一日收复潜山。

自从咸丰三年太平军攻占安庆以来，北京当局没有准确地把握形势，对于安徽的省会安庆没有给予应有的重视，而是将庐州定为临时省会，在安徽省采取了重北而轻南的策略。这一点倒是很好理解，因为朝廷最担心太平军突破庐州防线北上，威胁北京。清廷的这种心态给太平军提供了很大的方便，他们非常重视安庆这座滨江城市，将之当作重镇经营。

李续宾和一批湘军将领由于长期在长江两岸与太平军角逐，非常看重安庆的战略地位。他原本打算首先会同杨载福收复安庆，然后再专力去救庐州，但皇帝的眼光始终盯着庐州，他不便拂逆圣意，只好把安庆放在一边，先去救援临时的省会。但是安徽北部的形势非常险恶，太平军与捻军已经强强联手，苗霈林的团练脚踩两条船，暗中协助太平军，清军大将德兴阿与李孟群各有几万兵力，都斗不过几个回合，只能相继退走，巡抚翁同书则新败于定远。湖北清军将领都兴阿本当遵照圣旨一同救援庐州，但所部良莠不齐，指挥调度不灵，多隆阿为了保存实力，不愿北上，故意滞留，所以都兴阿只得分兵前往安庆。李续宾向朝廷接下援庐的任务，就只能面对强敌去唱独角戏了。

九月三日，李续宾所部开始进攻皖北枢纽桐城，遭到顽强抵抗，在坚城下鏖战三天。为减少自身伤亡，李续宾网开一面，纵敌出城，在路途预设埋伏，全歼逃敌，毙敌约一万五千名，于九月六日收复桐城。

咸丰收到捷报，"龙颜大悦"，慷慨地提拔李续宾的部属，下令厚葬阵亡将士，寄谕李续宾："此次进攻，克复迅速，办理得手，仍着李续宾督率各军，以次进克舒城等处，扫荡逆氛。"

李续宾奉旨继续北进，但几场硬仗打下来，部队已伤亡许多精锐，而且还在太湖与潜山留军驻守，兵力已大大减弱。于是他命令九江驻军赶往舒城会师，并向官文发出公文，请他调兵增援。那时安庆的太平军军势大振，对湖北构成威胁，官文不愿抽调兵力外出，对李续宾的答复是：因"周转不灵"，无法增援。

官文谙熟官场的把戏，决定把李续宾"捧杀"。他把李续宾的求援信拿给下属们传阅，说道："李公用兵如神，今军威大振，何攻不克？难道还少了我们不成！"下属们个个附和，不敢提出异议。李续宾给成大吉发了增援令，李续宜写信给官文，请求自率部队前往庐州，官文不许。胡林翼接到李续宾从潜山的来信，急忙写信给官文，说李续宾力战太苦，兵力太单，后路太薄，必须增援，官文固执己见，不予理睬。李续宾征调的九江驻军，因未得到江西的军饷，也没有前来增援。他只能带着疲惫减员之师继续北征。

这支得胜之师，士气虽然旺盛，但军饷已经出现问题。李续宾军在安徽，饷源却仍在湖北，胡林翼不在巡抚之位，无人催发军饷，供给便时断时续。攻克桐城后，缴获敌军粮食一千七百石，还有一些银钱，得以充实军库。但他不知今后军饷有无着落，在信中向胡林翼表明忧虑。胡林翼致函官文时，也请他妥为筹饷，官文也不买账。所以李续宾不仅是孤军深入，还断绝了后勤支援。

桐城一克，李续宾又要留军防守。他令赵克彰、胡裕发等将领率两千九百八十人驻守此城。这些部队因攻坚伤亡太重，留守桐城，也可借机休整。

此时李续宾接到谍报，得知舒城太平军非常紧张，已向大江南北求救，陈玉成已从庐州分兵增援舒城。敌军已大为戒备，究竟是否继续北进，李续宾走了个民主程序，请僚佐们发表意见。丁锐义与何裕认为要等九江驻防军开到，补充元气后方可进兵；何忠骏认为军锋不可停顿，何况皇上一再下诏，严令增援庐州，如今加紧进兵，方可突然出现在庐州城下，一举收复庐州。那时就可遵照曾国藩的谋划，等到水师攻下安庆，一起东进。孙守信、王揆一等人所见皆同，曾国华力挺此议，李续宾采纳了多数人的意见。

李续宾只让部队休息了七天，九月十四日就下令开拔。陈玉成的援兵南下增援，越过舒城三十里，跨山筑垒，缭以重垣，派一千多人驻守，企图迟滞李续宾的步伐。孙守信等人攻破舒城外线防垒，缴获六百多石大米，于十八日夜间收复舒城。

李续宾拜疏告捷，同时报告距离舒城五十里的三河镇有太平军的一道防线，他们建筑了一座城堡，以及九座坚固的营垒，派劲旅常年驻守。他打算立即进兵攻击三河，然后直捣庐州。但舒城是皖北要道，又须留兵防守。他全军八千人，已分派三千多人留守潜山、太湖与桐城，剩下的不满五千人，几个月以来苦战不休，精锐伤损，疮痍满目，虽然还能对付三河一带的劲敌，但若遇敌军大股援兵，兵力恐难支撑。他此去三河，只是为了报答皇上的知遇之恩，胜败已不放在心上。这道奏疏已经暗示咸丰，他知道自己此去三河，已是凶多吉少，但他愿意以死报国。

李续宾还向父母、李续宜、胡林翼报告了战况，让大家都明白他必死的决心。他休军九日，部署已定，留下一营兵力防守舒城。九月二十八日，大部队从舒城出发，二十九日抵达三河。黄昏时分，李续宾率诸将勘察地势，选址立营，第二天就建好了壕垒。三河地势平坦，既无丘陵，也无洼泽，圩堤交错，枯田隐草，一条小河萦带其间，秋水枯缩，只有一半流量。太平军在小河南岸设立了五座砖垒，另有二垒相距稍远；北岸建了一座大城堡，两座砖垒，都密集安设了大炮。李续宾刚到，南岸的太平军就匆匆自动逃走，砖垒都成了空营。

十月一日，湘军抓到敌军特工，搜出书信，李续宾知道情况非常严重。捻军张乐行部及无为、含山的各路太平都向此处赶来，庐州的太平军倾巢出动，直扑三河。当天夜里，南岸的空垒中驻入了太平军援兵，说明这个情报不假。

太平军大兵压来，李续宾仍无退意。十月二日，湘军分三路向小河南岸的太平军发起攻击，踏平多处营垒，击退了城堡内出援的敌军，俘斩七千多人，湘军付出伤亡八九百人的代价。城堡内的太平军大为惊恐，将要撤走，李续宾移师北岸，堵截他们的去路。十月三日，太平军从江浦与六合开来的六七千援兵赶到，稳住了阵脚。湘军探子来报：李秀成从金陵与溧水带来大部队，掠舟北渡，九个日夜还未渡完，声势极为浩大。

李续宾派孙守信与李续宜率领诸军攻打城堡，两日不拔。李续宾叹道："逆贼也有能守之将，只可惜他是逆贼！"

太平军的企图不是防守，而是决心吃掉李续宾湘军，打一场振奋军心的大胜仗。陈玉成求助于捻军，集结三十万兵力，日夜兼程，向三河赶来。清军将领袁怀忠领两千人驻扎舒城以东，望风而逃。太平军侦知湘军后路兵力很少，分兵从小路绕到舒城。

太平军和捻军素来行军神速，十月六日，他们的援兵逐渐向三河集结。湘军幕客向李续宾献议："三河圩堤交错，不适宜作战，我军当退舒、桐。"

李续宾说："同样的地势，敌军能战，我军也能战。如果撤退，必然被敌军追击。"他飞召赵克彰从桐城率六营赴援，赵克彰不愿来援，按兵不动。十月八日晚间，太平军主力已到，从白石山、金牛镇将湘军包围三十重，连营四五十里。李续宾因兵力不敷调遣，从中右营中分出一千二百人，令金国琛与毛有铭分领，另立两垒，以资攻守。

在兵力悬殊的情况下，李续宾还能支撑一阵，并无必败的迹象。十月九日，李存汉攻击樊渡的太平军，歼毙几百人。许多太平军将领不懂兵法，有些部队来不及筑营，便露宿原野。白昼从堤上瞭望，方圆几十里只见人头攒动。太平军虽在人数上占了压倒多数，却慑于李续宾的威名，仍在十里外徘徊，不敢骤然攻上前来。当天半夜，李续宾派兵攻打金牛镇的敌军。五更行至王祠，与敌军遭遇，两下交战，攻破一座大垒，两座小垒，将太平军赶出金牛。

但是，十月十日的一场大雾彻底搅乱了战局，使李续宾失去了对部队的控制。那天黎明，迷雾满天，咫尺莫辨，敌友难分。李运络的部队在回营就餐时迷路，误入敌垒，当即溃散。太平军不知这些湘军从何而来，大吃一惊，骤然格斗，两军大乱。杨得武、张嵩龄、张养吾三部跟随丁锐义作战，彼此失散，都夹杂在敌军中行走。副将彭友胜率部保护右营，在雾中苦战，死于乱局之中。太平军也有部队误入湘军营垒，回答不出正确的口令，全被杀死。两军混战半天，直到中午，雾气仍然未开，视界狭窄，只听得人马行走，枪炮隆隆。湘军回营之路全被太平军阻塞，好不容易摸回营中，已经失去几百人。李续宾见金国琛等人未归，自领六百人迎头去救，请当地人做向导，在大雾里摸索前进。他们刚刚出营，金国琛等人已从另一条道回营。李续宾几次遭遇太平军主力，幸亏阵形整齐，倒是击毙敌军不少。这时，城堡内的太平军出兵助战，邹玉堂等二百多人误入城堡，太平军吓得乱了阵营，彼此一通砍杀，邹玉堂等一百多人阵亡，太平军则倾城而出。这场乱战一直打到黄昏，李续宾率部回营。

太平军侦知湘军已经回营，派兵挖断圩堤，使湘军无法行动。李续宾召集僚佐开会，讨论对策。万斛源等人提议乘夜雾撤退，他们说："天下可无我等，不可一日无公。"

李续宾说："军兴九年，将领都是撤退而有损国威，长了逆贼志气，我则应当血战，多杀一贼，即为民多除一害。"

此议刚定，太平军已经逼近军营，湘军将士相继战死。刘神山、李光甲等人率伤兵喋血登陴。雾簌簌，密如细雨，润湿了帐篷。太平军将火具掷入垒中，帐篷因雾湿而未燃。营中火药尚足，炮弹已完，用碎碗破釜代替。太平军慑于湘军主帅声威，不敢近贴壁垒，只是挤到壕外喧嚷，人数将近十万。湘军垒前死尸堆积如山，将士仍不退却。李续焘闻警，尽弃粮械，全营逃往桐城。刘人和、李长林败走，被太平军所杀。义中营的壁垒也被太平军攻破，丁锐义负伤，李存汉率所部忍饥苦斗，阵亡三百多人。丁、李二人率领残部冲入李续宾的大营投靠主帅。副将彭志德御敌战死，各营都被攻破。

李续宾知道已经无力回天，立刻写就遗疏，并匆匆书写几行家书，交给周宽世，叮嘱道："送去湖北，交给吾弟。"然后，取出皇帝御笔朱批的奏疏，叩头焚毁，不让文件落入敌手。

在最后关头，李续宾对将佐们说："我是必得一死，诸位可以自图生路。"

众人回答："公不负国，我等何敢负公！"

李续宾说："那就努力杀贼，不要白死！"于是仗剑鞭马，驰到营外，僚佐以下六百人紧随于后，深入敌阵。李续宾一出，壕外太平军自动后撤。董容方、吴立蓉正在安抚伤员，听说李续宾已出营，起身说道："李公若死，我们活着干什么！"立刻向垒外奔去，横槊跃马，驰向人声喧闹处，大声喝骂。李光甲在李续宾出营时，将所有文件和李续宾的手书全部焚毁，然后裹创荷戈，去寻找李续宾的队伍。这时壁垒已破，太平军侦知李续宾所在，群聚围攻。李续宾率僚佐及军士负创奋战，纵横往复，杀敌无数，但军士也只剩下一百多人。

深夜时分，在太平军炮击之下，李续宾坠马，被刀矛刺死。刘神山与李光甲用别人的尸体将李续宾遮盖起来，随后也死在刀枪之下。曾国华等人也随之阵亡。湘军六千人被太平军全歼于三河、舒城、桐城一线。咸丰听到这个消息，表现出非同寻常的哀伤，也许他意识到自己未免焦躁了，促使这位优秀的臣子早夭于战场。君要臣死，臣未多言，就去死了，这样的臣子，如今还有几个？他本可以多给李卿一点时间，让他休整部队，调集援兵，那就一定能够延续李卿的生命。内心有愧的咸丰说，但愿老天能再生一个李续宾，再来给他做臣子。然后他对死去的李卿大发慷慨，追赠总督，赐谥"忠武"。

罗泽南：文豪武壮

胡林翼挽罗泽南：

　　上马杀贼，下马著书，仗大力支撑，真秀才，真将军，真理学；

　　前表出师，后表誓志，痛忠魂酸楚，有寡妇，有孤儿，有哀亲。

曾国藩《罗忠节公神道碑》：

　　不忧门庭多故，而忧所学不能拔俗而入圣；不耻生事之艰，而耻无术以济天下。

　　兵事起，湘中书生多拯大难、立勋名，大率公弟子也。

引子：率徒打仗的大儒

　　《清稗类钞》记载，光绪年间有个名叫麟趾的小伙子，早早中了翰林，二十出头就参与国史编纂。有一天，他在国史馆校阅湘军大佬罗泽南和刘蓉等人的传记，忽然拍案大骂："外省胡乱保举官员，竟然到了这种程度！你看看，那罗泽南只是一名教官，不到三年就保荐了实缺道员（地市级干部），还以布政使记名（级别到了副省级），死后还给他申请了光荣称号；刘蓉也只是一介候选知县，一下子就赏给他三品官衔，代理布政使。外省的官场，真是暗无天日啊。"

麟趾少爷身边坐着一位老官僚，是阳湖人恽彦彬，听到小麟研究员骂声不绝，忍无可忍，起身走到他跟前，耳语道："你别瞎嚷嚷好不好？罗泽南和刘蓉那班人，都是身经百战的功臣，倘无他们的湘军，大清早已垮台，我们这些人哪里还会有今天？恐怕都死无葬身之地了吧！"

这个段子意在讥讽年轻人不懂历史，连历史研究人员也不免无知。其实此事倒也难怪小麟，他至少有两个理由可以为自己辩解。光绪年间，满人在官场大举复辟，官方尽量不提咸同之间汉人官员的军功政绩，所以小麟对湘军镇压太平军的战事闻所未闻——老师不教，并非学生之过，此为理由之一；罗泽南是一名大儒，却未通过科举考试步入官场，已属程序不正常，而他偏偏又升得够快，更令人怀疑是走了什么旁门左道，所以会激起小麟的义愤，此为理由之二。

麟趾通过这件事，从恽老前辈嘴里听到了好多新鲜的故事。咸丰皇帝统治中国的那些岁月，真是一个非常特殊的时期，大规模的内战打破了军界政坛的正常秩序，官场和社会上的任何事情都不能按照常理去揣度。罗泽南出现在战场上，率领劲旅作战，军功赫赫，本身就是不可思议的事情。

罗泽南自立于世的本钱，原本是儒理与文学。咸丰初年，内战刚刚开始的时候，他早已是颇有成就的学者了，有一些颇具影响的著作问世。为了探讨真理的本原，他师法湖湘学派的先师张载而写作了《西铭讲义》，师法湖南学界的前辈周敦颐而著写了《太极衍义》；为了在儿童脑子里打下儒学的根基，他师法朱熹创作了《小学韵语》和《姚江学辨》；为了划清道义与利益的界限，他撰写了《读孟子札记》；为了探讨阴阳变化的哲理，他著有《周易本义衍言》；为了研究地理风物，他编纂了《皇舆要览》若干卷。此外，他还著有《诗文集》八卷。他是湘中一带有名的教育家，虽无弟子三千，也有几十上百个门徒。

这样一个颇有成就与声望的学者和教授，为什么会出现在打击太平天国农民运动的战场上，是一个令人颇费思量的问题。这是一个奇怪的现象，而罗泽南则是一位奇人。

从罗泽南的著作来看，他的兴趣爱好非常广泛。他的著作不仅是道德家言，还涉及天文、地理、历法、军事，甚至探讨盐务、河工、漕务等具体的行政事务。这说明他是一个主张并且实践知行合一的学者，真可谓坐言起行，学以致用。

罗泽南出身穷苦，不可能脱离社会实践而躲在象牙塔中。他从十九岁起就开始谋生，在县内各地开馆讲学。他在教学方法和内容上大胆创新，突破了一般塾师教学的传统。他在教人识字启蒙、应试科举之余，还注重熏陶心性，加强体育。

他开设了武术课，让学生练习跳高和拳棒，一般是上午学习文化知识，下午操练武艺。显然学生从他这里学到的东西更为实用，他的办法传播开来，为他赢得了大量的生源。后来的湘军名将李续宾、李续宜兄弟，曾国华、曾国荃兄弟，以及另立山头的王鑫等人，都是罗泽南的弟子。

罗泽南的教学融入了武学元素，别开生面，在湘乡读书人中形成了关心军事的风气。他有一些弟子在乱世到来时热衷于团练乡勇，训练民兵，保卫乡里，在不同程度上参与了军事实践。咸丰二年（1852），太平军从广西杀入湖南，在湘乡知县朱孙贻的指导下，罗泽南和他的弟子们相互激励，大办团练，组成九百人的湘乡勇队，罗泽南奉知县之命，担任这支队伍的司令员。从咸丰三年（1853）开始，湘乡勇开始在本省镇压会党，到省外与太平军作战，越战越强，短短几年就发展成为清末最强大的武装力量——湘军。

湘军在战争中发展壮大，名将辈出，他们多数是罗泽南的门徒，在军旅中与罗泽南形成前赴后继的关系，许多人的战功超过了罗老师，但他们始终对已故的老师保持着高度的尊敬。罗泽南带领弟子们共同开创了湖南书生带兵打仗的宏伟格局，他在湘军史上的地位，不得不视为一个很深的渊源。

对于罗泽南而言，从钻研学问、教授子弟到驰骋战场，其实并不矛盾。他对自己教学中的亦文亦武和战乱时的弃文从戎，有过一番颇为合理的解释。他的核心思想是入世济世，为人民服务。他认为，人生在世，就要为社会做贡献，才不枉到世上走一遭。在承平时期，他钻研玄学和实用科学，宣传道德，教授学生，希望弟子们能以所学的知识和本领报效社会；到了社会动荡时，他在教学中加入武学成分，要求学生强身健体，积累应对动乱的资本。他似乎比其他人提前看到了乱世将临，尽管得不到普遍的理解，但他仍然和弟子们做好了应对乱世的准备。有些迂腐的读书人，甚至嘲笑罗泽南精神不正常。罗泽南说："你们错了。过不了几年，天下必将大乱，不可不先修武备。"

当战争爆发，太平军攻入湖南之时，他把平定动乱当作服务社会的最好方式，所以他决定组建和训练湘军，把队伍拉到战场上去镇压太平军，以平生所学匡时救世。也就是说，他认为把弟子们带到战场上，让他们各显其能，为恢复社会秩序而奋斗，是他在乱世中争取有所作为的最佳途径。

战争原本是军人建功立业的舞台，但到了清末，由于罗泽南的参与，这个舞台变成了湖南读书人崭露头角的起点，成了他们踏上仕途迅速升迁的捷径。罗泽南改变了世人"百无一用是书生"的观念，改变了文人胆小怕死的传统形象，也给自己找到了一个将平生所学发扬光大的平台。在这个意义上说，罗泽南不仅是清廷和湘军的大功臣，而且是集大儒与悍将于一身的大奇才。自从湘军问世以后，人们就看到了一个不穿戎装而着儒服的司令官，作战时身先士卒，大小一百多战，常以坚韧不拔而获胜，表现出"扎硬寨、打死仗"的精神，展现出书生奋勇杀敌的英雄风貌。

挑战凄苦命运的极限

罗泽南出生于嘉庆十三年（1808）十二月二十二日，属相为兔。在所有的湘军大佬中，他的年资较长，比曾国藩早度三个寒暑，比左宗棠和胡林翼先生四度春秋。

罗泽南是个山里人，他的字与号都体现了出生地的特色：字仲岳，自比高山；号罗山，状写罗列的峰峦。这个仲岳罗山之地，是湘乡县中里二十九都的湾州，现为双峰县石牛乡湾州村。

罗泽南出生时没有留下奇异的传说，但儿时的聪明引人注目。他四岁刚离襁褓就进了学前班。和老师的关系很亲，也就是他的叔叔；学校很近，就在叔叔家中。这个小孩对汉字有超强的记忆力，每学一个，都不会忘记。看到比较难认的楹联，就仰着小脑袋，独自观览，一副若有所悟的小大人模样。领着他去上学的祖父罗拱诗暗暗称奇，外祖父萧蔗圃则经常指着这个外孙对女婿罗嘉旦说："这个小家伙不简单啊，家里再穷，也要供他念书，以后必定会光大家门。"

外祖父的意思，是要靠这个外孙来改变家族一穷二白的面貌，祖父也想看到孙子成才。他给孙子指出的道路是读书，而不是造反。如果说贫穷是造反的动力，罗泽南一家是赤贫，按说应该对现实不满。可是祖父要求他"明大义，识纲常"。这个纲常，除了父父子子，就是君君臣臣，所以万万不能对抗长辈，反对朝廷。如此才能"不坠先人清德"。所以，罗泽南对于命运的打击，总是逆来顺受，绝不怨天尤人，是一个超级顺民。

罗泽南五岁正式入学，老师还是叔父。家里太穷，拿不出钱来供他读书，但是祖父和父母对他钟爱有加，无论如何不让他荒废学业，于是请他的叔父担任家教。他的表现比念学前班时更加优秀，读书过目成诵，每天可学习一千多字的文章。直到九岁，叔父教他的水平不够了，家里才把他送到一位族父的私塾就学。

那时候，祖父年将七十，家业零落，四壁萧然，甚至吃不起稠一点的稀饭。老人家心有寄托，只要听到孙儿的读书声，便会拈须自喜，饥寒俱忘。罗泽南在学堂里吃不饱，家长便把衣服和家什拿去典当，换来粮食给他充饥。祖父的一件布袍，他老人家亲自拿去当铺质押了六七次，都是为了供孙儿念书。只要有了米，无论远近，祖父都要亲自送到学堂，而且总是把"明大义、识纲常"的训诫挂在口上。

然而，这个赤贫之家，即便是全家人忍饥挨饿，也供不起孙儿的学费。罗泽南十岁又回到了叔父的私塾。这时他开始学诗，在穷得叮当响的家庭环境里，面对破损的四壁，吟诵令人拍案称奇的佳句。他住的那间屋子，外面是一间药房，左邻是一家染坊。罗少年提笔写一副楹联，把药房和染坊夸赞一番，令人啧啧惊叹：

生活万家人命，染成五色文章。

孙儿展现出如此的天才，更坚定了家长们培育他成才的意志。第二年，大人们又设法凑钱，将他送进了私塾。罗泽南阅读《左传》，往往自己命题，模仿该书的篇法写传记，内容无非战守攻取之类，典型的秀才谈兵。凡是看过罗泽南作文的人，都知道他胸中有过人的抱负。

道光元年（1821），罗泽南十四岁，身体长了，粮食供应却不增反减。有一天，母亲得到一把米，舍不得吃，拿到私塾，交给泽南，叮嘱道："儿啊，今后可别忘了现在所吃的苦啊。"这句话，深深印在罗泽南的脑子里。

罗母萧氏操持着一个多子女的贫困家庭。罗泽南得到的家教，多半来自秉性淳朴厚道的母亲。这个女人夙夜勤苦，对公公极尽孝顺，教育子女、整顿家风，无不井井有条。罗泽南每次从私塾回家，母亲便拿儒家先圣的格言启发他，叫他效法古人行事。母亲说："这些都是你外祖父教为娘的，你一定要牢牢记住。"

罗泽南在饥寒交迫中学到十五岁，开始显露独特的文风。他不求迎合大流，文中义理充足，浩气流行，比得上明末清初的散文家张岱。对于世道人心，他分析得十分透彻，往往自负有才，令人莫测高深。

贫穷丝毫未能消磨这位年轻书生的生活意志。他十七岁娶了夫人张氏，第二年开始自食其力，在石冲的外公萧家教书。可是命运就是如此弄人，他刚刚能够自立，母亲便撒手而去，卒年仅四十一岁。罗泽南满怀愧疚，恨自己来不及对母亲尽孝养之道，悲恸欲绝。

从这年开始，命运不断地打击罗泽南，令他接连遭受丧亲之痛。道光六年

（1826），他在涟滨学院读书，五月份得到嫂子萧氏谢世的消息，七月份又接到哥哥罗清漪去世的讣告。

亲人接连死去，养家的担子落在了罗泽南身上。道光七年（1827），罗泽南在离家约十里的椿树坪开馆教书。每天黄昏，他带着学生馈赠的菜肴回家，供养祖父。如此过了三年，直到祖父去世。

罗泽南的世界是悲惨的，严酷的命运在继续考验这位儒生的承受能力。道光十二年（1832），他的两个儿子相继因病夭折。罗泽南想不通老天为什么要如此责罚自己。他既怀疑郎中开的药方不对，又疑心是自己克死了儿子。其实如此的悲剧只有一个明显的解释，那就是贫穷导致的生存条件恶劣，小儿营养不良。不过罗泽南仍然逆来顺受，表现出达人知命的怀抱。他先后两次游历南岳，站到山岳之巅，扩展眼界和胸怀。

人生悲剧对于罗泽南而言并没有就此谢幕。道光十五年（1835）六月，田土大旱，穷人无粮，乡间疫病流行。罗泽南省试落第回乡，徒步行走，半夜回到家里，见所种的田地已经荒芜，更觉饥肠辘辘。叩门时，听到屋内一阵呻吟声。那是侄儿罗庚日疾病加剧，哼哼不已。进门一看，又听到夫人哭泣，原来是刚满一岁的三子兆杰两天前夭折了。罗泽南饿得口中清水直涌，连悲伤的话都顾不上说，直问夫人："米在哪里？快煮饭！"

夫人哽咽说道："我看不见，你自己瞧瞧米缸吧。"

打开米缸一看，哪里还有一粒米？

"眼睛怎么了？"罗泽南这才想起，夫人说她看不见，一定是眼睛出了毛病。

"哭瞎了。"夫人抽泣着回答。

罗泽南一捶额头：真笨！夫人为兆杰的死伤心过度，哭坏了眼睛啊。

饥荒年头，死人稀松平常。第二天，侄儿也去世了。

如此的贫穷，如此的哀戚，世所罕见，都摊到了这位未来湘军大佬的身上。他后来回顾自己的悲惨岁月，说他十九岁教书糊口，家庭就连遭不测。先是母亲去世，五年后祖父离去，十年之中，兄嫂姊妹相继十一人撒手人寰。妻子因三次丧子，伤心过度，双目皆盲，耳又重听。他自己也体弱多病，潦倒坎坷，几乎没有得过一天的安宁，整天为衣食而奔走。

罗泽南点背到头了，但他还要读书应试，完成祖辈的期望。白天为生存奔波，晚上借着萤火与糠火照明看书，他的学业不仅没有荒废，还在节节攀高。

罗泽南如此刻苦治学，端正做人，却还没有取得秀才的身份。其中缘故，是因为他不愿随波逐流。他曾七次参加童子试，次次都未考中，只因作文不跟俗流，不愿苟且中榜。道光十九年（1839），他再次参加府试，考题为《举枉错诸直》。他以古今贤奸进退为例，反复论证，文中包容经史。太守何其兴看了卷子，叹道："此人是个奇才！"于是将他取为第一名，收入县学。罗泽南泫然泣下，说道："祖父和母亲辛劳一辈子，资助我读书，生前期望我考取秀才，如今我熬到了出头之日，他们却看不见了，好不叫人心痛！"

此后九年，罗泽南一直甘于清贫，以教书为生。道光三十年（1850），新皇咸丰登基，大搞道德建设，提倡孝顺、廉洁和品行端正。那时的道德标兵称为"孝廉方正"。各地都要推选标兵，朱孙贻把罗泽南报了上去。舆论没有反对票，认为罗泽南名副其实，当之无愧。

罗泽南终于战胜了厄运，前途已然开阔。咸丰元年，广西战事大开。此年他已有四十三岁，在善化人贺长龄家设馆教书。京城有消息传到湖南，他得知咸丰皇帝要求各级官员多拿提案，曾国藩响应号召，建议朝廷提拔贤能、精简军队。人们纷纷传阅曾国藩的奏章，罗泽南阅后，写信给曾大人，大为赞赏，认为他说到了根子上，希望朝廷能够加大力度，从事正本清源的工作。他说，作为臣子，如果不敢直言，就是怀有私心，贪恋官位；如果不抓根本的问题，而只抓细枝末节，就是苟且应付的学术。

罗泽南的信寄出后，曾国藩又于四月二十六日上了著名的《敬呈圣德三端预防流弊疏》。这道奏疏可视为对新皇权威的挑战，大伤了咸丰的自尊心。曾国藩接到罗泽南的来信，认为这位寒士的看法与他所上的奏疏意思吻合，可谓万里神交。他给罗泽南回信说：从你的信中看出，忠君爱国，不分贫富贵贱，穷人布衣，尽管家门不幸，也在关心国家大事。

罗泽南的心的确萦系着前方的战事。咸丰二年（1852）四月，太平军攻占道州。在湘乡大办团练的热潮中，他回到家乡，和王鑫等人一起，从事湘乡勇队的建设。

兼任政委的司令员

罗泽南在教私塾的时候，发现了思想品德是人生最重要的课程。他与一位名叫王锬云的同事经常讨论为学之道，取来《性理》一书阅读，大为感叹，认为自己往日的学问太肤浅，还没有领悟做人的真谛。他们潜心钻研宋儒之学，追随圣贤之道，修身养性。

理学的目的是道德修养，空谈容易，实践最难。一些理学家遭到世人攻击，是因为他们道貌岸然，说一套做一套。所以一提理学，人们就要看看究竟是真是假。一个人声称自己是理学家，社会不见得认同，要看他的言行而定。

罗泽南是一个罕见的真道德家。好友欧阳兆熊通过一系列观察，得出这个结论。罗夫人眼睛瞎了，但这对夫妻仍然伉俪情深，在一夫多妻的社会制度下，罗泽南也不讨偏房。有一次，欧阳兆熊看到罗泽南在长沙买了一副叶子牌，认为他不可能有这种嗜好，问他为何要买这种劳什子。罗泽南回答："家父爱打叶子牌。"这说明罗泽南为了尽孝，并不拘于小节，可谓真孝。还有一次，欧阳兆熊见他规劝朋友高云亭要走正道，苦口婆心，说得他自己都流泪了，可见是真意流露，表里如一。

当家乡出现盗匪时，罗泽南不会袖手旁观，而是勇敢地站出来维护安定。捕盗的差役与盗匪狼狈为奸，勾结豪强奸猾之徒诬陷良民，企图让百姓拿出全部家产来昭雪冤案，弄得民不聊生。罗泽南牵头订立乡约，狠刹诬陷之风，端正了乡间的民风。

罗泽南如此注重精神文明，他和他的弟子们，特别是王鑫和李续宾，从组建湘乡勇的第一天起，就把读书明理的风气带进了军营。湘军从一开始就是一支注重文化教育和思想建设的部队，并且形成了自己独有的军队文化。乡勇们一入军营，就如同进入了一所组织严密的学堂，将领们就是教员，大力倡导识字读书，灌输忠孝礼义。对于这支兼有文化教育功能的军队，人们用十六个字做了形象地描绘：上马杀敌，下马读书；白昼练兵，晚间讲习。罗泽南和他的弟子们培育了后世人热衷于继承效仿的湘军文化。

罗泽南认为大抓思想文化建设，有助于部队多打胜仗。他在把湘军做大做强之后，总结克敌制胜之道，归结于从典籍《大学》中得到的启示。《大学》有语："知止而后有定，定而后能静，静而后能安，安而后能虑，虑而后能得。"罗泽南将这个规律运用到作战中，并以《左氏》一书中"再而衰，三而竭"的说法来做注脚。

由于罗泽南注重思想文化建设，他在出任湘军司令员以后，实际上做了现代军队政委职能范围内的大量工作。罗泽南有当政委的资格，他要求军士们做到的事情，都能身体力行。他不是那种台上说大话、底下另搞一套的政工干部。

罗泽南担心他的部属们误入歧途，决定以思想工作来端正他们对军人职业的认识。他认为，军人从事着风险极大的职业，很容易陷入拿性命去博取利益的强盗逻辑。这样的军队，最终会败在一个"利"字上。军队是为国家服务的，是百姓的子弟兵，一定要把思想工作做深做透，让官兵们牢记这一点，部队才可能不畏艰苦，百折不挠。他用宋儒理学武装湘勇指战员的头脑，深刻地影响了后世管理军队的方法。

罗泽南要求部队树立人民子弟兵的意识，所过之地禁止骚扰百姓，务须秋毫无犯，不取民间寸草尺木，不拿群众一针一线，擅自挪动民间一草一木者处以斩首；不得求买求卖，强赊强借；不许调戏、强奸妇女，调戏妇女者要从严治罪，强奸未遂者斩首，已成奸者凌迟处死。

湘军的爱民措施得到了百姓的热情拥护，朝廷赏给罗泽南巴图鲁勇号之后，他作诗一首自嘲，其中反映了书生带兵建立良好军民关系的场景：

巴图鲁号赐神京，伴食军中浪得名。
夹道士民齐拍手，马头原是一书生。

有一次，湘军经过江西一县境内，有位秀才向县令打听罗泽南所部纪律如何，县令叹道："罗公真圣人，我见过的部队太多了，却没有见过如此纪律严明的部队。"

秀才听了大为好奇，很想亲眼一见，他前往大营拜访罗泽南。来到大营附近，恰好有几名士兵牵着一头牛走来，见到秀才，大喜，说道："秀才来得好！刚才有个老乡来到营中，说他的牛被友军抢去了，罗帅命我们替他去索回。友军不服，我们打了一架，赢了他们，把牛牵来。不想那牛主胆小，听说当兵的打架，吓得开溜了，我们没法把牛还给他。请秀才把牛牵去，代我们交还牛主吧。"

这件事令秀才有了深刻的印象，后来又发生了一件事，令秀才对湘军的纪律严明深信不疑。罗泽南克复某城后，秀才又同其他绅士前往拜访，罗泽南说："各位来得太好了！如今敌军未受重创，我军占了此城也是无益，马上就得撤离。城里存了不少银子和粮食，我令人集中起来，各位不妨拿去，用于举办保甲团练。"

罗泽南走后不久，清军绿营部队开到，把所存的财物抢掠一空。官军也不能一概而论，既有罗泽南部这样的子弟兵，也有百姓害怕的遭殃军。

湘乡勇从招募时起，就要考核思想品德方面的素质，主要方法是实行担保人制度。兵归将选，并为将有，这是一个保障队伍纯洁的组织原则。充当将领的书生们有权选择自己的部属，也有权将他们辞退。乡勇入伍必须有人担保，介绍其基本情况，特别是品性如何，担保人要对新兵的为人负责。新兵一旦入伍，就把将领当成自己的父兄，为之尽子弟的义务。

罗泽南还在军营中建立了军事生活民主制度。每月初三和初八，营官设茶，召集各级军官举办茶话会，讨论军务，了解各班班长是否称职，士兵是否勤操听令。凡是奖励和处分，都要召集连长和班长共同讨论，说明赏罚的原因。每月十四日和二十九日，营官召集部队公开宣布赏罚升降。

罗泽南不但自己兼任政委，还要求营官兼任教导员，勤做思想工作。在作战时间以外，要求他们经常召集大家训话，激发听者的天良，鼓舞他们的斗志。营官除了经常检阅操练，教习阵法，还要关心士兵的疾苦，为他们解决实际的困难。

湘勇在初期就形成了很好的文化氛围。将领们鼓励士卒献计献策，勤于探索学习，积极侦探敌情，重视武器的使用。提倡士卒之间培养友情，规定对伤亡者厚加恤养。禁止部队传播谣言，杜绝各种漏洞。罗泽南尽量减少军人与社会的接触，对军营出入严密把关，夜晚禁止勇丁私自外出。在部队打了胜仗的时候，又要求官兵戒骄戒躁。

湘军无论开到何地，罗泽南及其弟子的作为，都使当地百姓感觉这是一支有文化的部队。一到夜间，军营中往往传出琅琅的读书之声。此外，罗泽南及其将领每到一地，在作战之余，总要从事文化教育活动。咸丰五年（1855）初，罗泽南驻军九江，带着弟子李续宾游览庐山，来到莲花峰下，拜谒宋朝理学家周敦颐之墓。他们见墓冢倾圮已久，慨然捐款修缮。罗泽南为此写了一篇纪事。此年他还从薪水中节省一百两银子，设置湾洲义学。

罗泽南在军中也从事著述，正如胡林翼所谓的"上马杀敌，下马著书"。咸丰五年他著成《周易附说》，致信刘蓉，道出了军营战场体味易学的感受："《易》者，忧患之书。今于忧患时读之，尤亲切而有味也。"

罗泽南的部队每攻克一座城市，都会为当地的读书人留下一些难忘的记忆。咸丰五年三月，湘军攻占广信，市民欢舞歌颂，焚香迎拜。罗泽南召见士绅，讲了一番忠义的大道理，下令团练乡民，自相保卫。然后，他修复南宋民族英雄谢枋得的祠堂，把当年阵亡的上饶县知县蔡中和以下十一人附祀祠内，为此写了一篇记事。随后，他游览鹅湖书院，与学生们"论学甚欢"。罗泽南部拔营时，士绅们前来送行，无不感激流涕。

雷到职业军人

满洲镶黄旗人塔齐布是一员猛将，由左宗棠推荐给曾国藩统训陆师，在湘军建立后首次获得大捷的湘潭战役中发挥了主要作用，是湘军首屈一指的陆军大将。咸丰四年（1854）六月，罗泽南率部加入曾国藩的东征序列，与塔齐布并肩作战。从此以后，塔罗二部构成曾国藩的陆上主力，塔罗二人则成为曾国藩最器重的陆军将领。

塔齐布这个职业军人与罗泽南碰在一起，需要彼此了解，经历了一个有趣的磨合期。从塔齐布的角度而言，他起初并未将湘乡勇的头目放在眼里，因为对方一看就是个儒生，不仅身材单薄，眼睛也是近视，骑马似乎也不在行。他很怀疑罗泽南这样一个书生统领的部队能有多大的战斗力，打算在实战中考察一下他们的实力。

那时罗泽南和塔齐布一起进军岳州，太平军闻风而走。塔齐布约罗泽南进驻岳州城，罗泽南的部将李续宾主张追击敌军，罗泽南决定扼守南下长沙的必经之路——大桥。他认为这里是太平军必争之地，驻守在此必定会有一场恶战。可是在塔齐布看来，这是罗泽南有意避战，是怯懦的表现。

不过塔齐布很快就发现自己想错了，因为太平军不久便出动主力向大桥扑来。塔齐布进踞芭蕉湖上的高桥，距离大桥十里。罗泽南在大桥北面的九塘岭设立望楼，以防太平军突袭。

太平军首先向九塘岭发起冲锋，拆毁望楼，越岭而下。罗泽南与李续宾率领一千多人奋力堵击，太平军稍稍撤退。湘乡勇追到九塘岭，举目瞭望，发现敌军兵力超过一万人，分居坡上和岭上。罗泽南令李续宾驻扎在九塘岭以南，防止太平军包抄后背，自己指挥中营五百人力战，直逼高桥，毙敌一千多人。太平军全部退居高桥壁垒，进入塔齐布的攻击范围。

这一天的作战，塔齐布都看在眼里，知道湘乡勇不是等闲之辈，他们面对五六倍于自己的强敌，不但没有避战，还主动寻找战机。果然，罗泽南把太平军逼到高桥以后，主动配合塔齐布所部进击敌垒，连日昼夜大战。罗泽南分兵三路进攻，击破高桥以东的九座敌垒，太平军被迫退守城陵矶关帝庙。罗泽南乘胜进击，又击破关帝庙的三座敌垒，太平军全部撤到城陵矶下。

湘军总结岳州战役时，曾国藩认为罗泽南独当大桥一面，战功最大，保奏以知府尽先选用，并请赏戴花翎。这场战役令塔齐布大跌眼镜，他经历了认识罗泽南的第一阶段：刮目相看。

湘军从岳州北上，势如破竹。两个月后，水师与陆师在武昌附近的纸坊会师。八月二十日，曾国藩来到金口，召集湘军各路将领举行军事会议，讨论攻击武汉的方略。他视察了部队以后，率众人登上小军山，瞭望武昌和汉阳的太平军军营。

湘军此前已有卧底进入武昌，为曾国藩提供了第一手的情报。曾国藩对武昌周边的地形和太平军的兵力部署已经了然于胸。他举起马鞭，指向前方，对将领们说：从纸坊到武昌有两条路，一条是洪山大路，另一条是沿江岸前往花园。他决定兵分两路，一路从金口进击花园，另一路从纸坊攻击洪山。他请大家决定：谁去攻打花园？谁去攻打洪山？

罗泽南从马蹄袖中抽出一份地图，打开来，指着图上的标记说："据侦察，逆贼精锐全部聚集在花园。他们环城修筑了九座壁垒，挖了长濠，绵延数里，控制了水路和陆路，我军攻击花园，难度很大。至于洪山一路，敌军虽然不多，但地势对攻击不利，前临坚城，仰攻难奏功效，而花园敌军还会趁机袭击我军后路，所以主攻洪山并非上策。花园壁垒虽难攻破，但只要我军在花园得手，武昌就唾手可得了。愚见以为应派重兵攻击花园敌垒，再派一支部队驻扎洪山，互为犄角，同时防止逆贼绕路回窜。"

当时塔齐布统领着八千陆军，罗泽南统领三千陆军，罗泽南所说的重兵，自然是指塔齐布的部队。但是塔齐布跟副手周凤山已有分工，塔只管作战，周则负责部队行军，确定攻击目标。罗泽南的话音一落，众人都看着周凤山，等着他来表态。周凤山犹豫半晌，迟疑地说道："攻打花园难度太大，请曾大帅增派兵力。"

罗泽南见周凤山推三阻四，奋而起立，说道："敝部人数少，不足以对付逆贼精锐；但若无人担此重任，罗某愿意前往！"

曾国藩道："罗山先生愿任其难，国藩钦佩！花园一路，就请先生出兵。但贵部兵力确实不够，我把李光荣的一千名川勇，普承尧和彭三元的一千名宝勇，交给先生指挥。至于洪山一路，就请塔军门前往，扼守逆贼退路。"曾国藩派定陆军的任务以后，决定自率李孟群等人的水师，分为两班，循序推进，肃清江面。

湘军在第二天就开始动作，罗泽南按计划从金口出兵，行至河婆岭扎营。太平军在花园驻有一万多名精锐，扎了三座大营，一座枕靠大江，一座濒临青林湖，一座跨越长堤。营外掘了长濠，宽二丈，深一丈许，由江通湖，引水灌注。重要的处所壕沟挖了三重，内有树木构成栅栏，填上土和沙，排列枪炮。几十座木楼耸立于营内，哨兵随时在上面瞭望。在当时的条件下，这种防御工事可谓固若金汤。

罗泽南分兵三路进击，李续宾和萧启江负责攻击江边之敌，罗泽南自己攻击湖边之敌，唐训方等部从中路攻击堤上之敌。太平军从木城内开炮轰击，弹如雨下。攻击部队匍匐前进。李续宾率先攻破江边敌营。湖边之敌兵力最多，企图抄袭李续宾后背。太平军还有一着狠棋，派出几十艘小船，从青林湖抄袭罗泽南的河婆岭大营。罗泽南察觉太平军的计谋，分兵打击太平军船队，击杀几十名敌军，将船队逼退。营中之敌见撒手铜已被破除，信心丧失，发生混乱。湘军乘势越沟冲入敌营，将敌军击溃。中路湘军也在同时扑入堤上的敌营。顷刻之间，花园的敌垒全被烧毁。湘军水师也从京口向下游攻击，与太平军的江边炮火互相对射。

第二天，罗泽南按照原定计划，挥师进击鲇鱼套敌垒。远远望去，只见堤上的街口有大营一座，套边的街口也有大营一座，沿街小营无数，木城毗连，望楼高建。罗泽南与李续宾合击堤上街口的敌军，分兵从中路攻击套边的敌营。湖北同知李锦銮带领川勇助攻。

太平军出动全部精锐迎战，一举击溃四川勇，攻击套边营的湘军部队相继败退。罗泽南在堤上作战，与中路隔着一条溪水，无法进援套边，只能用枪炮射击。堤上街口的太平军正在工事里顽强抵抗，见中路湘军败退，乘机出战。罗泽南令部队稳住阵脚，打退敌军的反攻，令李续宾从江边折回中路，增援套边一路，回头反击。罗泽南以五千人的兵力，击败太平军精锐一万多人，将附城敌营焚毁干净，迫使太平军败逃洪山。

塔齐布所部刚好开抵洪山，突与溃敌遭遇，斩杀几千人。城中的守敌士气低迷，当晚撤离全部精锐，只留下老弱官兵几千人守城。

湘军肃清了城外之敌，李续宾等部围攻四座城门，攻破武昌。汉阳的太平军听说武昌城破，自知不敌，主动撤走。

曾国藩上奏：罗泽南从岳州进剿武昌，常在各部之前，保荐以道员记名。不久，奉旨补授浙江宁绍台道。罗泽南未去上任，仍然随军作战。武昌战役，他勇挑重担，而且打了一个漂亮的大胜仗，令塔齐布不免羞愧，由此而对罗泽南钦佩万分。于是，这位职业军人经历了认识罗泽南的第二个阶段：折服。

湘军攻克武汉之后，立刻挥师东进。罗泽南兵分三路，直破兴国州城。塔齐布所部则攻破武昌、大冶等县，与罗泽南在兴国会师，筹划攻取田家镇。

田家镇位于长江的一个拐弯处，镇在北岸，而南岸的半壁山在东侧横截江水，使江流转折而下，急溜如箭。咸丰三年，湖广总督张亮基曾设防于此，但没能挡住太平军向上游推进，丢失了这个重镇。太平军利用田家镇天险，横江拉起铁缆，阻截清军水师，而且在半壁山驻扎重兵，与田家镇的营垒隔江相望，夹江守备。

罗泽南深知田家镇易守难攻，但毫无惧色。他率部从兴国州城直捣田家镇对岸的半壁山，在马岭坳扎营，壕垒尚未修好，太平军已出动全部兵力杀来。一股从半壁山下的军营冲来，一股从民房杀出，另一股从田家镇渡江增援，总计兵力达二万多人。

罗泽南翻身上马，大声呼喊，单枪匹马冲向敌军。军士们见主将如此不要命，个个踊跃，随后杀到，无不一以当十。太平军经不住冲击，反身而逃，奔到江边，来不及登船，就被逼到江水中，几千人坠水而死。

第二天，塔齐布所部赶到，企图与罗泽南会师。两军相距十多里，中间隔着一条小河，塔齐布派工兵修造浮桥，以通两营之路。太平军忽然出动一千多人阻遏渡口，长江上的太平水师也出动几千人，登陆上坡，排列在半壁山左侧，北岸田家镇的太平军又派出几千人渡江，排列在半壁山之右。半壁山旧垒的太平军也集结几千人，准备决一死战。

罗泽南登高瞭望，见太平军大将罗大纲稳坐将台，龙旗黄盖，气势雄伟。几路敌军合计有二万多人，企图将塔齐布拦在小河对岸，先把罗泽南所部吞掉。

"塔公现在何处？"罗泽南向随从问道。

"回大人，塔军门尚在河对岸。"随从回答。

"你们怕不怕？"罗泽南又问。

"我部湘乡勇和宝庆勇，仅有两千六百人，众寡悬殊啊。"幕僚绕着弯子回答。

湘军将士面对有备而来数倍于己的强敌，确实有些胆怯。三名军士开小差潜逃，被抓了回来。罗泽南与李续宾手刃逃兵，慷慨激昂地做了一番战前动员，军心才稳定下来。罗泽南对诸将交代："敌众我寡，当以坚忍不发胜之。"

罗泽南率中营排列在高坡之左，李续宾率右营排列在高坡之右，彭三元等部在江岸列阵，普承尧部排列马铃山左坳。诸军布阵以待，并不上前迎战。相持两个时辰之久，太平军忍耐不住，鸣鼓吹角，发起冲锋，湘军按兵不动。太平军冲了四次，湘军坚伏不发。罗泽南料定敌军锐气已竭，手拿大旗一挥，部队突起急攻，大呼冲锋。太平军大溃，争相逃命，全部奔向半壁山旧营。此山孤峰拔起，前瞰长江，山后只有一线羊肠小道可以通行，已被湘军扼守，守营的太平军已被斩杀殆尽。几千人逃到这里，无路可走，从峭壁上坠崖而亡，身体悬石挂树，血肉狼藉，把岩石都染成了红色。

这时，湘军水师蔽江而下，鏖战整天。杨载福等派人乘小船用斧头和凿子沿半壁山捶断横江铁缆，罗泽南派一百多名壮士缒岩而下，用短刀砍断多条护铁竹缆。

这一仗，湘军水陆并力奋击，杀声震天动地。环绕田家镇的四千多艘太平战船被焚烧殆尽，夜半火光照耀几十里。湘军人人自奋，连非作战人员（长夫余丁）也争着持刀杀敌。自从清军与太平军对抗以来，没有毙敌如此之多的战役。

田家镇军营的太平军见江防已失，无险可以凭守，焚烧营垒撤走。罗泽南力战半壁山，以两千多人击破几万敌军，功劳最大。曾国藩将他的战功奏闻于皇帝，奉旨赏加按察使司衔，步入省级高干的行列，只是还没有上岗。

田家镇战役中，塔齐布与罗泽南紧密配合，攻克敌军坚强的堡垒，他经历了认识罗泽南的第三个阶段：结为至交。

由于江北清军畏敌不前，塔罗两军不得不从半壁山过江，联手横扫江北。罗泽南抵达江北的菩提坝，敌军几千人杀来。罗泽南正在迎敌，塔齐布也率部到来，立刻参与战斗。太平军与湘军一触即溃。他们开始不知对手是塔齐布与罗泽南的部队，一见大旗摇曳，立刻乱作一团，不敢交锋，转身就跑。塔罗两部很快攻克广济县城。

塔罗接着进军双城驿。敌军扎营四座，扼险以守。探知湘军到来，分三路来迎，兵力二万多人。罗泽南与塔齐布策马登上高处，审度形势，也分三路出击。罗泽南说："敌军在山岭，难以仰攻，暂且不要出击，要等候时机。"

等到敌军疲惫时，罗泽南一声令下，部队一鼓而上，敌军大溃，丢弃壁垒。湘军进攻黄梅，敌军闻风而逃。塔罗配合默契，所向无敌。

朝廷得知罗泽南收复广济、黄梅两县的功劳，主动给他赏加叶普铿额巴图鲁勇号。军中赏勇号者，都要由下面申请。罗泽南是秀才出身的将领，皇帝特授勇号，是一种特殊的褒奖。

湘军继续东进，抵达浊港，击败几千敌军，进抵白湖港。这时太平军在孔垄集结几万人，猛将罗大纲又率领一万人从湖口渡到北岸，驻扎孔垄，统一调度各部。罗泽南分派部队抄袭孔垄街口，将守军击溃。太平军躲进垒中，塔罗所部一鼓作气，攻破营垒，罗大纲率残部逃走。

这一仗，太平军两万多人，塔罗两部只有八千人，对手又是罗大纲这样的劲敌，却每战告捷，太平军很受打击，于是大踏步撤退。沿江的太平军各部并力防守九江，纷纷传说：湘军锐不可当！

明智的战略抉择

咸丰四年（1854）十一月十五日，罗泽南进扎小池口。六天后，他率部渡到江南，在九江城外的白水港扎营，将城外的敌垒全部烧光。十天后，罗泽南部转移到大东门外的四里坡扎营。

罗泽南从进攻岳州开始，到抵达九江为止，只用了五个月的时间，可谓进兵神速。但是他一到九江，就再也无法向东推进了。九江守将林启荣是太平军的骄傲，湘军来到这里，就进入了一个长达几年的噩梦。

林启荣是石达开与罗大纲的部将，他的两位上司更是太平军中的精英。他们共同把九江经营为一座坚强的堡垒，深沟坚垒，固若金汤。这是一块过硬的骨头，以罗泽南和塔齐布的铁嘴铜牙都啃不动它。九江附近，梅家洲、姑塘与湖口等隘口的太平军，都给九江提供有力的支援，构成一个牢固的防御体系，以湘军当时的实力，只能对之望洋兴叹。

刚开始的时候，曾国藩和罗泽南对敌军的防御都没有充分的估计。他们会商，如果能够先把敌军的外援断绝，九江就能攻克。于是曾国藩留下塔齐布包围九江，派罗泽南移驻湖口县的盍山。罗泽南的任务是阻塞湖口的敌军，使他们无法增援上游，然后攻破梅家洲敌垒，以打击九江的背面。

罗泽南对湖口围攻十多天，发现这里的防守和九江一样顽强。太平军躲在营垒中坚决不出。罗泽南说："九江城如斗大，梅家洲更是一个小垒，可是逆贼躲在其中，静若无人，夜无更柝号火。我军一到城下，他们就举旗发炮，城周几千墙垛，全是旗帜林立，我军伤亡颇重。他们这是想把我军拖垮在城下。林启荣善守，确为贼中一将才。如果他冥顽不化，做贼到底，却也可惜！"

此后，由于湘军水师轻便船队驶入鄱阳湖，被太平军关在湖内，长江上的辎重大船运转不灵，湘军失去了水上的控制权。太平军悄悄用小船装载薪火，夜烧水师大船，将彭玉麟的湖口水师击败。太平军又派出小船袭击九江水营，延烧大帅座船，曾国藩被迫逃到陆军营中。他决定收拢兵力，令罗泽南返回九江，与塔齐布和水师会师。

湘军在南岸无法得手，企图占据九江对岸的要隘小池口。此地处于黄梅与宿松两县交界之处，本来有湘军驻守，但被曾国藩调过江南攻打九江。由于水师失利，小池口再次落入太平军手中。他们分兵向上游攻击，威胁到湘军的后方。曾国藩得到探报，以为留在小池口营内的敌军为数不多。他连忙令周凤山带领一个营渡江攻击小池口，罗泽南与塔齐布各率几十骑前往观战。其实这个情报是虚假的。周军刚刚渡江，太平军大至，将周军击溃，罗泽南急忙收兵归来。从此北岸的太平军纵横无所顾忌，随即攻占黄梅，大举西进，威胁武昌。

咸丰五年（1855）正月，武昌告急，曾国藩所部都是湖南人，大多主张全军回援。罗泽南认为，大军一动，江西全境就会落入太平军之手，湖南和湖北终究会受其害，不如将部队分为两支，一支留在江西牵制敌军，另一支回援武昌。曾国藩同意这个方案。

胡林翼是湖北按察使，以增援湖北为己任。曾国藩从各部挑出五千人交给他指挥，又令彭玉麟率领长江上的所有湘军水师部队退保武昌。胡林翼等部刚刚开到武汉一带，武昌已被太平军占领。胡林翼从此开始了收复武昌的奋斗。

太平军在江西死守九江与湖口，并向江西东北部渗透。他们从皖南分兵南下浮梁，进占饶州府。曾国藩对此不能熟视无睹，令塔齐布一部专门负责围攻九江，而令罗泽南率所部增援饶州。

罗泽南部先后收复弋阳、广信、德兴、景德镇，在景德镇驻军，观察太平军的动向。忽然接到战报，得知太平军从湖北崇阳和通城杀入江西，攻占了赣西北的义宁州城，江西巡抚派骁将吴廷光往援，结果全军覆没，南昌大为震动，束手无策。曾国藩急令罗泽南回兵省城驻防。罗泽南火速赶到南昌，江西巡抚陈启迈请他增援义宁。曾国藩却另有打算，打算组织兵力进攻都昌，将内湖水师救出长江。他令罗泽南暂驻南昌，自己即回南康与水师会商。

罗泽南审时度势，认为曾国藩的作战计划未从全局战略出发。他给曾国藩写信，指出眼下的难题不是湖口难以收复，而是在于收复了也难守住。太平军上踞武汉，下踞金陵，把住了长江的两头。湖口是滨江城市，太平军必定要争，如果湘军占了湖口，势必分兵防守，与太平军长期相持，牵制许多兵力。从大局着眼，应该首先收复武汉；而要收复武汉，就不能不救义宁。此地是江西与湖北之间的交通要道，对于江西而言，丢了义宁，就有了心腹之患，所以他赞成迅速收复义宁，以作为收复武昌的前进基地。他自请担负收复义宁的任务。

曾国藩在军事决策上的特点是发扬民主，集思广益，很少固执己见。同时他要依靠江西供饷，不得不同意陈启迈的要求。他批准了罗泽南的请求，让他率部进攻义宁。

义宁战役历时十一天，湘军打得非常漂亮。罗泽南以两千多人对付四五万太平军，出奇制胜，所向无前。他在城外打破敌军三处伏兵，毙敌六千人，随后攻破城外所有的卡垒，迫使城内守军乘夜撤走。

罗泽南占了义宁，继续推行他的战略方针。他跟副手李续宾一致认为，武昌是江南的要害之地，在所必争，而湖北东南部的崇阳、通城、兴国和大冶，都是太平军的根据地，不但与武汉的太平军相呼应，还对湖南和江西构成极大的威胁，所以他们主张率部攻打崇阳与通城，进而收复武昌。

罗泽南写信给曾国藩，极言长江两岸有四大要害：一为荆州，此地西连巴山蜀水，南并常德澧县，自古以来都是重镇；二为湖南的北大门岳州；三为武昌，长江、汉水在此汇合，是个四通八达的争战之地，也是东南各省的关键；四为江西的门户九江。这四大要害，都是太平军力争之地。如今九江在敌军手中，塔齐布只能在城外与之相持；上游的武昌则又已落入敌军手中，湘军失去了长江的关键。崇阳与通城一带是太平军与会党的天下，江西的武宁、义宁，湖南的平江、临湘、巴陵，都无安枕之日。为了改变这种不利的局面，必须把九江夺回手中，而要夺回九江，湘军必须从武汉而下；而若要收复武昌，必须有一支劲旅从崇阳与通城杀入。他们建议曾国藩率南康水师与九江陆军合力攻击湖口，横踞大江，截断太平军的长江航运；另派劲旅即罗泽南部扫平通城、通山、崇阳、兴国的太平军，乘胜合攻武昌。武昌一复，外江水陆之师沿江直下，与内湖水陆之师联络一气，九江可不攻自下。

罗泽南表明了自己的战略构想之后，移营杭口，听候曾国藩的命令。当时李元度正在急攻湖口，以为旦夕可图克复。曾国藩要求罗泽南赶往湖口考察形势，制订作战方案。罗泽南单骑驰赴南康，然后从屏风转至湖口。他发现李元度错误地估计了形势。石钟山的敌垒凭高修建，十分坚固，长江水路还控制在太平军手中，凭什么说克复湖口指日可待？他向曾国藩报告：短期内无望收复湖口，从整个战局着眼，还是必须先平崇阳与通城，然后收复武汉，形成高屋建瓴之势，才有望挽回大局。

曾国藩相信罗泽南与李续宾对形势的判断，决定放弃李元度的主张。他向朝廷出奏，请求派罗泽南领兵回援武汉。为了增强援兵实力，他将彭三元、普承尧所部宝勇交给罗泽南，将他的兵力增加到五千人。此时刘蓉也自请跟随罗泽南援鄂，罗泽南令李杏春分领中营，令刘蓉分领右营，一起向通城进发。

通城守军本来只有五千人，但他们得到了增援，从义宁败退到湖北的太平军已经分兵前来。罗泽南只带几百名亲兵靠近县城查看地形，被守军发现。他们欺负罗泽南兵少，出兵来攻。罗泽南令军士们席地而坐，稍事休息，等到敌军登上山来，忽然下令向下冲击，斩杀敌将三名，将敌军击溃。第二天，湘军全部投入攻城，首先清除了城外的敌军，然后尾随逃敌从两座城门杀入城内，一举收复通城。

义宁败退之敌一万多人驻扎在崇阳的军事重镇桂口，还在等待机会袭击江西。他们得知罗泽南杀了过来，连忙撤进崇阳县城。罗泽南令湖南的平江乡勇占领这个战略要地，并且派刘腾鸿所带的五百名湘乡勇加强此地的防御，以保湖南和江西的安全。

安排妥当之后，罗泽南向崇阳进兵。这里的守军大多在湘军手里吃过败仗，并无斗志，湘军只用一天的战斗就夺得了县城。太平军残部逃向蒲圻，路上又被湘军伏兵击毙一千多人。

此时湖南将领江忠济领兵驻扎在羊楼司，阻击南下岳州的太平军。他与太平军鏖战一场，兵败身亡。罗泽南担心太平军乘胜南下湖南，便派李续宾、刘蓉、蒋益澧、唐训方、普承尧各统所部驻扎在羊楼司之西，以拦断敌军南下之路。罗泽南则与彭三元和李杏春率三营部队暂驻崇阳，搜捕余敌。

罗泽南把五千兵力分为两路，犯了兵家大忌，容易被人数占有绝对优势的敌军各个击破。他在南康向曾国藩告辞的时候，曾国藩曾向他叮嘱道："罗山君所部只有五千人，而逆贼人数通常有数万，所以贵部可合不可分，分则不足以对付大敌。"罗泽南为了湖南的防御，一时忘了曾国藩的嘱咐，分兵前往羊楼司，忽然接到军报：石达开率六七千人的劲旅向崇阳杀来，已经抵达县城附近的壕头埠。他与李杏春、彭三元两人商议，决定分三路迎击之。这一仗打得还算顺利，取得毙敌八九百人的战果，令李、彭二将产生了轻敌的情绪。在壕头埠扎营时，他们见四面皆山，而敌军已经败溃，不大可能杀回，便在平地扎营，没有挖壕修垒。打算只留一宿，第二天就返回崇阳。

入夜之后，彭三元头脑清醒了许多，想到他们是孤军深入，并无后继兵力，如果敌军大部队杀来，从四面山上向下攻击我军，后果不堪设想。他与李杏春商量，提议乘夜返回崇阳，保全实力。李杏春坚决不肯拔营。黎明时分，石达开果然率二三万人杀到，李杏春、彭三元左右迎战，太平军越杀越多，重重包围。彭三元左耳被炮弹击伤，血流满面，仍然血战不休。日暮回营，环顾四山，太平军已在山上团团筑垒，于是叹道："孤军援绝，逆贼太多，我只有死路一条了！"

第二天，太平军猛扑湘军营垒，李杏春与彭三元刚要迎击，太平军已从后面杀入彭三元营内。彭三元回兵援救，被敌军追上杀死。李杏春驰至营前，也被斩杀。罗泽南前一晚听说彭三元被围，率部往援，救援未及。当时他的兵力只剩下中营的三百多人，当晚驰往羊楼司，与李续宾等部会师。罗泽南自从组建湘军，经历过大小几百次战斗，未曾吃过败仗。壕头埠之挫使他更加清醒，于是大力简军厉兵，严肃军法。他想起了曾国藩叫他不要分兵的叮嘱，十分悔恨，写信向曾大帅检讨："公神人也，不用公言，以有此耳！"

罗泽南刚刚移营羊楼司，太平军得知官军战败，打算穷追猛打。正好韦昌辉率主力杀到蒲圻，联合石达开的主力，以及崇阳落败的太平军，直向羊楼司扑来。韦昌辉和石达开将兵力分为两大支，一支为正兵，薄山而下，越过田垄，又分为三小支，逼攻官军之右；另一支为奇兵，偃旗息鼓，埋伏在七里冲各山之内，打算在官军兵败时占便宜。

在太平军大举进攻的时候，罗泽南将有限的兵力做了精密的调配。对于太平军从田垄进攻的正兵，他令刘蓉攻击敌军腰部，令李续宾抄袭敌军尾部，令唐训方派三哨迎战正面敌军，派二哨兵力搜击营前山内埋伏的敌军；对于太平军的奇兵，他令普承尧分为二路，搜击七里冲诸山之中的伏敌；罗泽南所部中营的军士们要报壕头埠之仇，军心激愤，罗泽南令他们策应各路。太平军见唐训方所部兵少，专力直攻。唐训方按兵不动，相持颇久，方才发起冲锋。刘蓉忽然从中段拦截，太平军大乱，转身逃走，被湘军各部包围，无法突出，只能奔到山上。李续宾已先绕上山巅，只听得一声炮响，众兵以上击下，猛力截杀，太平军正兵溃不成军。埋伏在山内的太平军遭到普承尧部攻击，中营的策应之师从右路绕上山巅，普承尧从山下逼攻，太平军的奇兵也遭重创。罗泽南欣慰地说道："中营败后，得此一胜，士气可以恢复了！"

罗泽南获此胜仗之后，又打退韦昌辉组织的反击，使太平军不敢主动向湘军进攻。然后他开始谋攻蒲圻。这时太平军已在蒲圻城外设置重重险关，扼守入城的要道，并在北岸设立了四座木城，与咸宁、武昌的太平军联络一气；河面修造了浮桥，以通来往。罗泽南决定出奇制胜。他放过敌军的关卡不攻，而率部从小路抵达公安畈，进踞铁山，逼近蒲圻的西北角，太平军的防线顿时形同虚设。罗泽南在山脊扎营，俯瞰城内，分兵驻扎山之左右，以便分路进攻。但他起初并无攻坚之意，他认为官军野战易于取胜，攻坚则受伤必多，所以总是出兵挑战，想把太平军引到城外，但太平军不为所动。

太平军不肯出城，罗泽南就只好硬攻。部队下山，向城头仰攻，攀缘而上。太平军以上御下，击伤许多湘军，形势对湘军十分不利。罗泽南与李续宾、刘蓉、蒋益澧等人在山坡歇息，一起发誓："今日不破此垒，贼势必张，必须一战胜之而后已。"

罗泽南一声令下，湘军继续投入鏖战。刘蓉的弟弟刘蕃亲自领兵收集稻草、柴薪，焚烧敌垒。他身先士卒，直搏敌栅，身中炮弹，受伤而亡。军士们携带草薪冲上前去，纵火焚烧，太平军大乱。湘军乘机夺栅冲入。蒋益澧乘势踏平东岳观的敌垒，唐训方也捣毁河边的敌垒。刘蓉因失去弟弟，心中大愤，领兵围攻，击杀几百人。罗泽南又调动全部精锐，攻打南门敌垒，李续宾则急攻丰乐门外的敌垒。太平军见垒卡皆失，毫无斗志。湘军各部斩杀三千多人，扫清了城外的障碍。

当天夜晚，李续宾率一百多人爬上鸡冠山顶，向城内喊话，动摇守军军心。蒋益澧督所部从凤凰山而下，扼守太平军南逃崇阳之路；普承尧与刘腾鸿督所部驻扎西门外的山上。城内的太平军见湘军调动频繁，不知湘军要从何处杀入，大乱喧拥。官军乘势逼到城下，攀爬云梯而上。太平军无心恋战，全部从北门撤出，自相践踏，死伤无数。

罗泽南收复蒲圻以后，湖北的形势顿时改观。湖北巡抚胡林翼带兵前来迎接，慰劳湘军，庆祝战略性的胜利。紧接着，湘军进攻咸宁。太平军不敢抵抗，弃城而逃，湘军追出十多里，回头收复该城。这一仗结束，武昌以南的所有城市，已经没有太平军的踪影。石达开在听说蒲圻失守之后，已从崇阳进入江西的义宁。胡林翼现在可以联合湘军专心对付武汉的太平军，完全没有后顾之忧。

咸丰六年（1856）正月中旬，罗泽南移营洪山绝顶，留下一些部队驻扎南冈，形成掎角之势。罗泽南料想太平军必定乘夜扑营，每夜派兵侦探，屡屡挫败敌军趁夜摸营的企图。

此后不久，李续宾提出，下游青山、窑湾一带是武昌太平军的陆路粮道，应该分出几千人驻扎其地，以断绝城内的粮食。罗泽南批准这个提议，派李续宾前往窑湾驻扎，他自己留在洪山，继续与太平军对峙。

湘军分兵移驻窑湾的第二天，罗泽南亲自来到这里，与李续宾、刘腾鸿等将领巡视江畔，以图截断太平军的粮道。太平军感到了极大的恐慌，派出一万多人从武胜门杀出，与湘军大战江堤。罗泽南指挥各部反击，毙敌几百名，迫使敌军后撤，然后追抵城下。太平军闭门自固，不敢轻易出城。罗泽南率领中营绕城审视，思考进攻之策。他从大东门走到塘角，太平军无人出来迎战。罗泽南通过这番巡查，对太平军在城外的兵力部署了如指掌。

经过认真的筹划，罗泽南和胡林翼对武昌发起猛烈的攻击。正在此时，他们接到曾国藩从江西发来的求援信。当时江西的吉安已经失守，瑞州、临江、抚州、建昌都在太平军手中，南昌已成孤城一座，岌岌可危。太平天国的势力基本上控制了江西，南昌官府与各地的通信联络，完全转入地下状态。曾国藩处于极端困难的境地，屡次写信请罗泽南回援江西。罗泽南认为，湘军很快就能攻克武汉，现在回师江西，将会功亏一篑。他在给曾国藩的复信中说：今年围攻武昌，与去年围攻九江的形势不同。去岁围攻九江，九江以西非我所有，长江北岸非我所有，就连南岸东路的湖口，西路的瑞昌、兴国，也都非我所有。即便攻破了九江，也只是得到一座孤城。今年围攻武昌，长江北岸为我所有，南岸为我所有，江西从沌口以上都为我所有，没有合围的地方，只有下游一面的江路。现在李续宾和刘腾鸿扎营窑湾，截断了敌军青山陆路的运粮之道，杨载福已安排水师下泊樊口，截断了敌军运粮的水路，敌军一定难以久踞武汉孤城，等到我军水师火攻之后，陆军进驻武汉，回援江西就是易如反掌了。罗泽南鼓励曾国藩振作精神，说道："天下之事在乎人为，决不可以一时之波澜自灰其壮志也。"

后来的事实表明，罗泽南坚持掌控武汉，是一个非常具有战略眼光的决定。可惜的是，他未能活到湘军攻克武汉的那一刻。由于曾国藩不断向湖北求援，加上朝廷不断下诏催促武汉周边作战的进度，罗泽南心焦如焚，在两方的压力之下，不顾疲劳，不计伤亡，奋力作战，结果导致了他的早夭。

尾声

咸丰六年（1856）二月二十九日夜间，湘军将士见到一颗大星陨落于西北方向。

三月一日，大雾漫天，咫尺莫辨。第二天，太平军出动一千多人焚烧小龟山下的民房。当地居民经过罗泽南的思想工作，民心已经向着湘军。这件事惹恼了太平军，他们断然采取报复性的措施。罗泽南为了保住民房，派兵迎击太平军，自率中营在大东门外的田垄上列阵。在小龟山执行烧房任务的太平军被湘军击败，罗泽南见状，派兵绕城拦截。太平军发现湘军洪山大营守兵无多，打开大东门，出动一万多人，偃旗息鼓，直扑湘军大营，另派一支兵力从小东门而出，抵挡接应小龟山的湘军部队。为了牵制胡林翼的兵力，太平军从中和门出动两万多人，从赛湖堤包抄而去。汉阳的太平军也配合作战，过江攻打胡林翼在江堤上的大营。

胡林翼和罗泽南的兵力都被缠住了，彼此无法相救。罗泽南为了保卫大营，下令升起白旗，然后勒马迎战，抗拒两个时辰之久。

罗泽南升起白旗不是投降的意思，这是他在开战前与各营约定的信号：如果敌军主力出兵，便升白旗通知各部。各部将领一见白旗，知道大营有难，全部领兵来救。守营部队并力冲杀，将太平军击败。湘军乘势追到城下，遭到城墙上猛烈的火力阻击。罗泽南不穿官服，头戴长穗小帽，身着棉马褂，在军队中十分显眼，容易辨认。罗泽南正在指挥进攻，突有一颗小子弹击中他的右额，当即血流满面，染红衣裾。此弹究竟是流弹还是瞄准他射来，事后无法考证。部众见主将受伤，阵脚稍稍移动，太平军回头杀来，罗泽南据地而坐，坚持指挥作战，部队一轮冲锋，一轮后撤，井然有序。太平军见湘军进退有据，不敢径逼。众人劝罗泽南速速归营养伤，他总是不允，坚持了一个时辰，两名军士不忍看下去，将他夹扶，强行曳走，方才徐行回营，但他仍然立在门外，不肯入内。部队立刻全部在营前列阵护卫，太平军见无望获胜，方才撤退。

罗泽南由于中弹后坚持作战，伤势加重。回营后仍然不肯休息，日夜危坐不眠，与在营诸将商议攻城方略。他自知伤病难以治愈，口占忠义祠楹联，叫左右记下来。三月六日，伤势大大恶化，罗泽南无法坐起，口中嘀咕，念叨时事，没有一句话涉及私人。

忽然，罗泽南两目大睁，手指木几，示意要写字。左右濡笔伸纸以进，罗泽南躺着写道："愿天再生几个好人，补偏救弊，何必苦限此蚩氓！"这几行字，道尽了他心中的遗憾，释放了长久承受的压力。

他又写道："乱极时站得定，才是有用之学。"这就是他对学生们最后的忠告。

第二天，罗泽南神散气喘，感到挺不下去了。正好胡林翼过来探视，罗泽南睁眼说道："武汉，自古用武之地，贼必死守，不力战，恐荆、襄、岳、鼎，都不会有一块净土了！"在垂亡之时，他还在强调自己的战略主张，希望胡林翼坚持攻克武汉。

三月八日早晨，胡林翼又来探视。罗泽南大汗淋漓，握着他的手说："武汉未克，江西复危，不能两顾。死何足惜？事未了耳！公与迪庵好为撑持。"言未毕，双眼已经永远闭上。

罗泽南在辞世的一刹那，还牵挂着曾国藩在江西的安危，以及武汉仍未克复。他认为自己未能尽责，带着无限的遗憾告别人世。胡林翼将罗泽南的死讯及事迹奏报朝廷，奉上谕："罗泽南着加恩照巡抚阵亡例赐恤，伊父罗嘉旦着赏加头品顶戴，伊子罗兆作、罗兆升均着赏给举人，一体会试，以示朕褒恤荩臣至意。并着于湖南本籍及湖北、江西地方建立专祠，其湘乡县士民弁勇打仗阵亡者，着一并入罗泽南本籍专祠，以慰忠魂。钦此。"

不久又奉到圣旨，予谥"忠节"，表彰他对朝廷的忠心，以及他超凡的道德。

王鑫：另立山头的湘军

胡林翼论王鑫：

王璞山之部，百战之余，其精锐不可当。湘军除迪庵一二营外，以此为最雄。

骆秉章论王鑫：

两粤、江西、湖北之民，无不争思倚重。贼众闻风骇惧，至有"出队莫逢王老虎"之谣。其纪律严肃，机神敏妙，求之古名将，亦概少见。

左宗棠悼王鑫：

独念吾乡物望及当时治兵诸公，无有能及璞山者。今弱一个，岂徒江、楚之忧乎？痛璞山者，实为天下痛也。天下亦尚有璞山其人乎？痛当奈何！当复奈何？

引子：曾左失和的导火索

湘乡人王鑫是一个爱出风头的人。此人属相为鸡，思维敏捷，口才不俗，爱发议论，声音洪亮，争论时总是盖过别人一头。在任何时候，他都希望成为人们关注的焦点，以滔滔不绝的话语来吸引大家的注意力。在所有湘军将帅中，他是个性最为张扬的一位，沉稳的刘长佑和渊默的李续宾就不用拿来跟他比较了，就连左宗棠、胡林翼这两位以口才见长的大帅，也比不上他的热闹。这也难怪，在湘军崛起的咸丰三年（1853），王鑫还只是个二十八岁的年轻人，比起其他湘军元老都小了一大截，也就很难有他们那样深藏不露的涵养。

王鑫不仅爱说话，而且自负有才。他的夸夸其谈和自高自大，在以谦谦君子自诩的中国读书人当中，一定会引起反感。湘军集团中有些人对他不感冒，而对他最恼火的人恐怕就是大帅曾国藩。但是王鑫的自负，并不像曾国藩所说的那样属于浮夸一类。王鑫有真本领，而且非同凡响。他的武学造诣很深，不仅擅长军事训练，还精通战略战术。这既可以归功于老师罗泽南的教导，也可以归功于王鑫的天赋。他在罗泽南的弟子当中，性情最为刚猛，习武最为勤勉。罗泽南曾经断言，他门下只有王鑫能够成为名将。虽然事实证明这个说法未免过于谦逊，但也说明了罗泽南对王鑫信任最大。

王鑫不仅有才能，而且是个实干家。他年纪不大，团练湘乡勇的资格却比曾国藩还要老。湘乡县办团练的人，若要论资排辈，李续宾当名列第一，罗泽南和王鑫可以并列第二。曾国藩在出任湖南帮办团练大臣的时候方才染指团练，而那时王鑫已是湘乡县有名的团练专家。

王鑫很小的时候就树立了积极入世、造福社会的理想。道光十一年（1831），省城长沙举行乡试，王鑫的家乡有人中了举。父亲逗他说："这个举人，你是否羡慕他？"六岁的王鑫答了一句话，令父亲大吃一惊："能不能中举，很难强求，我的愿望是能够造福于天下！"

从十四岁的时候起，王鑫就表现出明确的志向，以拯救万民出水火为己任。他常常说些豪言壮语："人生一息尚存，即当以天下万世为念。"二十岁那年，他投入了社会活动，出头制定《乡约十条》，倡立公德，在家乡推行。他同时积极参加公益事业，助人为乐，打抱不平。他总是活在替天行道的理想中，作为湘乡最年轻最热心的社会活动家，早已声名在外。

道光三十年（1850），广西会党闹事，天下开始大乱，刚刚上任的湘乡知县朱孙贻，一到任上就听说王鑫急公好义，急忙派人把他请来，请他协助整顿社会秩序。王鑫毫不推辞，废寝忘食，任劳任怨，辅佐朱县令剔奸除弊。

咸丰元年（1851）八月，王鑫到长沙参加乡试，得知太平军威胁到湖南，不安定因素四处萌发，湘乡东南与衡山交界之处，盗抢活动猖獗。王鑫回家之后，立即着手暗查会党首领的姓名，辅助官府捕治。从那时起，他就呼吁乡民团练保伍，每天奔走在各家各户，给乡邻讲解办团练的好处。

王鑫的说服工作做得非常辛苦。那时乡民不懂"团练"为何物，由于战火尚未烧到湖南，大家练武的积极性不大，对王鑫的提议充耳不闻。王鑫仗着一副好口才，一副热心肠，不计个人得失，花了两个月时间，任劳任怨，悉心开导，才使湘乡绅士普遍明白了团练乡勇的重大意义。他的辛勤努力终于有了结果，各乡办起了团练，县境之内的盗抢之风基本肃清。

咸丰二年（1852）四月，太平军进入湖南，朱孙贻急于调集乡勇保卫县境，王鑫主动向他请战，自愿负责团练乡勇，抵御北上的太平军。他说，洪秀全的部队势不可当，只有靠乡勇堵御，才能将他们挡在湖南。如果知县能交给他几千乡勇，他愿领着家乡的男丁去湘南杀敌。王鑫跟朱孙贻一拍即合，两人联手大办团练。湖南巡抚骆秉章此时正在积极部署各地的防务，给湘乡县下了一道指令，叫朱孙贻招募乡勇。有了各级官府的支持，王鑫立刻进城，在县衙门口募勇。王鑫只是一介书生，却比武官还要卖力，四处动员，号召人们武装起来，准备打仗。大家都觉得这个年轻人脑袋有些发热。王鑫后来回忆说："当时那些聪明才智之士，没有一个不笑话王某！"

这一次组建乡勇虽然是在官府的直接领导下进行，但仍然办得颇为棘手。部队初建需要银子，可是政府没有拨款，湘乡勇既无军粮又缺武器。银子从哪里来？全靠动员乡绅掏腰包。王鑫不得不发挥他的口才，去跟大款们磨嘴皮。

王鑫讨来了捐款，抓紧制定湘乡勇的建军制度与号令，每天跟罗泽南一起组建队伍，叫友人和师兄弟们分头带领操练，王罗二人有时也亲自训导。要把农民训练成战士，是一件很辛苦的事情。王鑫一个一个手把手地教授步伐和技击。教好了一个人，就令他口衔一颗算盘珠，领着他站到队列中。然后另叫一人过来，从头教起。全部教完之后，王鑫穿上军服登台，陈说忠孝大义，声情慷慨，令听讲者为之振奋。

在朱孙贻的支持下，罗泽南和王鑫组建了两营湘乡勇。接着，他们又到各乡各都挨家挨户选丁训练，作为保卫县城的武装力量。县城里成立了八个团，每个团都有一名团总，每团选取壮丁二百人，共一千六百人，分为八班，轮流执勤。

朱孙贻、罗泽南和王鑫在湘乡掀起了团练的高潮。不久以后，各坊各都团练的乡勇，熟悉阵法和战技的人，增加到十多万人。湘乡首开大办团练的风气，湖南各地纷纷效仿，宝庆、浏阳、辰州和泸溪等县，也纷纷办起了团练。

咸丰二年底，曾国藩奉旨出任湖南帮办团练大臣。由于他是湘乡人，他首先想到借重湘乡勇作为自己的基本力量。但是王鑫作为湘乡勇的一个头目，一开始就对曾国藩不感冒。团练骨干在一起议论曾大人时，王鑫说道："此人京官做久了，动不动就发公文，打官腔，真是看不惯！跟他交谈，话不投机半句多。"曾国藩可以感觉到王鑫不喜欢自己，他提出要收王鑫为弟子，王鑫却说："吾师只罗山一人！"曾国藩见王鑫不买账，担心他不好领导，所以不想让他多领兵。于是两人的关系闹得很僵，王鑫一直带着自己的勇队，受命于湖南巡抚骆秉章。

　　可是王鑫运气不好，咸丰四年（1854）二月初次出兵去打太平军，他就吃了一个大败仗。战场上受挫还不算倒霉，最不幸的是他当时跟曾国藩的湘军同路进兵，而曾国藩也是出师不利。从表面上看，似乎是王鑫的失败影响了曾国藩，使湘军第一次出征大损形象。这就给王鑫招来了曾国藩的怒气。

　　那时太平军围攻武昌，派兵南攻岳州，接着南下湘阴，派兵登陆，攻占宁乡。曾国藩亲自带领一万七千人从衡州北上，骆秉章则令王鑫率所部北进湘阴。太平军见官军大举北上，自动撤出湘阴和岳州。王鑫击败湘阴本地会党后，立马进驻岳州。由于轻敌，他继续挥师北进，打算一口气收复湖北的崇阳与通城。他派出的前锋在羊楼司遇到了太平军南下攻击的大部队，交战之后，湘乡勇稍稍退却。王鑫带领主力赶到，将太平军击退，救出了前锋。但此时天色已晚，湘乡勇已经饥疲不堪，太平军主力从四面杀来，使湘乡勇受到重创。太平军当即上船，乘北风向岳州驶进，王鑫急忙回军岳州守城。曾国藩的部将邹寿璋告诫王鑫，说岳州已是空城一座，没有粮食，无法防守。王鑫不听，执意要守。第二天，太平军主力开始攻城，王鑫出城迎战，又被太平军击败。

　　太平军加紧攻城，切断了王鑫与曾军的联系。湘乡勇一天没有进食，跟着王鑫凭城鏖战，毫无获胜的希望。王鑫派人给曾国藩的水师送信，请求他们登岸夹击。但是曾军水师遭到大风破坏，损失了一半实力，已经南撤，无法前来增援。湘乡勇又累又饿，难以坚持抵抗。曾国藩派船来接他们撤走，王鑫羞愤交加，打算自刎，被部众簇拥突围而出。这一仗，营官钟近濂、刘恪臣等十几人阵亡，他们都是带兵的书生，王鑫的好友。王鑫写信给骆秉章自请处分，请求让他收集溃散的士卒，继续投入战斗。骆秉章奏报朝廷，得到批准："王鑫轻进失利，着即革职。该员平素剿贼尚属奋勉，着准其带勇，效力赎罪。"

　　曾国藩虽然救了王鑫，但由于他自己的失利与王鑫的失败相重合，他把这次失败看得非常严重，对王鑫大加申斥，要给他严厉的处分。多亏骆秉章和左宗棠对这个遭受挫折的年轻人寄予深切的同情，对他加以回护，王鑫才得以挺过这个难关。

岳州失利过去不久，曾国藩又打了一个大败仗，这一次却没有王鑫参与。咸丰四年四月二日，曾国藩攻打靖港不利，折损了战船与兵将。与之形成鲜明对照的是，当天塔齐布从宁乡增援湘潭，一战而获大捷。王鑫此时在湘潭附近，已经收集所部数百人，见到从湘潭败退的太平军向上游逃跑，立即率部截击，歼灭了一些太平军。十天后，骆秉章与曾国藩联衔拜发的奏折中，提到了王鑫的两次阻击战，其中写道："管带湘勇已革升用同知直隶州知州王鑫追贼至云湖桥，杀贼四十二名。初六日设伏于鲁家坝，杀贼三百余名，生擒二十余名。"

这份奏折最后的定稿人是左宗棠，据说关于王鑫战功的这一段，比曾国藩看到的奏稿将王鑫的功劳拔高了许多，有把一场小胜仗夸大之嫌。须知这份奏折中报告了曾国藩在靖港的战败，而曾国藩讨厌的王鑫却以胜利者的面目在其中出现，令曾国藩颇为不爽。他对左宗棠擅自修改奏稿很有意见，因为左宗棠只是骆秉章的师爷，根本无权向皇帝上奏。他修改奏稿的目的，无疑是出于对王鑫的同情和爱护，这就有故意跟曾国藩作对之嫌。据说这就是曾国藩与左宗棠失和的最初起源。

从此以后，王鑫一直独立于曾国藩的湘军体系之外，服从骆秉章的指挥。他与左宗棠成了亲密的朋友。所谓一物降一物，王鑫恃才傲物，却乐意听从左宗棠的指导，遵照这位师爷的调遣四出作战，两人始终配合默契。而王鑫死后，左宗棠一直对他念念不忘。左宗棠在咸丰十年（1860）从师爷转换身份成为统兵大将以后，倚重王鑫的兄弟与部属，靠着王鑫身后留下的军事遗产"老湘军"起家，得以立下赫赫的战功。王鑫英年早逝，只活了三十二个春秋，左宗棠使他生命的意义有所延伸，使他的影响遍及于湘军四十年的历史。

魔鬼训练

王鑫于道光五年（1825）正月十二日深夜出生于湘乡县下里同风五都，此地现在叫作湘乡市梅桥镇荫山湾村。湘乡团练三巨头，出自湘乡的三个不同地区，李续宾出自上里，罗泽南出自中里，王鑫出自下里。上中下三里，如今分属于不同的县市，照现在的行政区划看来，李续宾是涟源人，罗泽南是双峰人，而王鑫仍然是湘乡人。

王鑫作为湘乡团练的元老之一，没有和罗泽南、李续宾一起归入曾国藩湘军的大统，而是另立山头，自成一军，成为湘军史上一个著名的事件，也是一个很有趣的现象。人们往往乐于描述王鑫与曾国藩的分歧和决裂，却忽略了曾王二人有过合作的蜜月期。其实王鑫不仅跟曾国藩有过共同的语言，彼此的欣赏，而且还差一点在曾大帅的战略布局中成为湘军东征的急先锋。若非有人劝阻曾国藩，曾王携手战太平的格局定能形成。

王鑫组建的乡勇部队第一次投入战斗，是在咸丰三年（1853）正月。他奉巡抚之命，率领湘乡勇去耒阳剿匪，与刘长佑的楚勇一起从长沙开拔。走到半路，听说耒阳匪情已平，倒是附近的草市有衡山的几百名土匪闹事。王鑫领兵赶到衡山，一战而大败土匪，斩杀匪首以下二百多人。曾国藩当时很高兴看到湘乡勇的胜利，称之为湘乡勇剿匪的第一仗。

王鑫正在追捕余匪，又听说另一支土匪攻破了安仁，驻扎在界首。王鑫与刘长佑一碰头，决定分头进击。土匪闻信，连忙撤离界首，王鑫分兵搜捕，捣毁了他们的根据地，然后返回省城。王鑫训练乡勇成绩卓著，草市剿匪功劳不小，上峰将他保举为八品县丞。

那年五月，江西会党扬言要攻打桂东，罗泽南奉命前去镇压。王鑫当时正在生病，为了替老师保驾，带病领兵前往。部队开到桂东，罗泽南叫王鑫留下设防，自己防御衡山与酃县。王鑫得知会军将从万安攻击龙泉，王鑫认为防御不如进攻，于是率部越过省界，与两千会党大战竹坑，斩杀三名首领，俘毙二百多人。

不久，洪秀全从金陵派兵围攻南昌，罗泽南增募部队前往增援，王鑫留在湘南驻防。广东乐昌有一股会党杀入桂阳境内，江西泰和也有会党攻击万安，桂阳和龙泉同时向王鑫报警。王鑫兵力有限，只能应对一头。部将们提议先打江西会党，因为龙泉距桂东太近。王鑫认为，江西会党不久前刚刚吃过湘乡勇的苦头，必然不敢马上来到龙泉。倒是广东会党威胁很大，将会扰乱郴州、桂阳一带，应当在他们气焰嚣张时给予痛击。

王鑫为了让桂东人安心，把湘乡勇的旗帜分发给当地团丁，让他们前往龙泉一带防御，而他率本部人马火速驰赴桂阳。湘乡勇还在路上，广东会党已占据兴宁城。王鑫自负戈矛，赤足行军，急速赶到兴宁，分设伏兵，梯城而入。会党遭到突袭，惊起顽抗。湘乡勇巷战一个多时辰，忽见会党分头出城。部将正在高兴，王鑫却看出敌军是假败，急忙分兵绕到敌军后方袭击。会党果然杀了个回马枪，王鑫指挥伏兵奋击，会党终于不支，余部一百多人逃走。

骆秉章刚刚回到湖南巡抚任上，连得湘南的捷报，心中大喜。他连上两折，奏报王鑫的战功，王鑫得旨以知县即选，并以同知直隶州知州升用，赏戴蓝翎。骆秉章很想依靠这个小伙子维护本省治安，可是王鑫却不以升官为喜，反而萌生了退意。他去桂东作战，本意是为了助老师一臂之力。战事既平，兴宁的团练也已办好，他便想回乡继续钻研学问。他写信给曾国藩请求批准，说他多次申请还乡，原因有二：一是身体不好，二是希望深造。他恨自己过早地丢下书本出山担任军务，身在基层，事无巨细，都要操心，很难有大的成就。他希望停下仕途上的脚步，继续学业，或许还能补救于未来。

曾国藩复信说，他知道王鑫疲劳抑郁，不愿靠打仗立功受赏。但既然已经出山任事，本领已经暴露，百姓已将希望寄托在你身上，你却要提前隐退，岂不会令大众失望？他劝王鑫还是不要急于回家。

正在这个时候，罗泽南率湘勇增援南昌兵败城下的消息传来，王鑫得知友人谢邦翰、罗信东、易良干、罗镇南阵亡。此事对他是一个很大的刺激，他仰天哭道："我原来出山，就是为了能与同志们一同灭贼。如今他们去了，我怎么忍心独自回家？"

在这个时候，无须曾国藩挽留，王鑫已经下定决心要留在营伍，增募兵力，继续与太平军作战，为同志好友们报仇。他的军旅之路，此时与曾国藩的建军之道有了一个交会点。曾国藩认为朝廷的正规军长久以来养成了不良习气，调兵遣将又无法突破很多条条框框，极为不便，唯有"别树一帜，改弦更张"，才有可能击败太平军。他所谓的改弦更张，就是另外缔造一支军队；所谓的别树一帜，就是由湖南人来完全控制这支新军。他打算增募乡勇，训练一万人，由懂得军事的书生带领，加以训练，交给江忠源平定东南。曾国藩的这个计划，跟王鑫的扩军企图不谋而合。曾国藩急于网罗人才，也想得到王鑫的帮助，请他到衡州一晤。他在给江忠源的信中盛赞王鑫，说这个小伙子是"忠勇男子"。曾国藩还把王鑫的信抄了一份给江忠源，说此信中可以看出王鑫"热血激风云，忠肝贯金石"。

王鑫决定前往江西作战了。他给骆秉章写信，献上郴州、桂阳州剿匪善后四策，请求增募湘乡勇，远征江西，以雪湘军之耻。随后他写信回家，邀约同乡入伍，跟他并肩作战。

此后不久，王鑫率部北进，与塔齐布一起去茶陵剿匪，作战结束后到衡州拜访曾国藩，两人议定增募三千人。这时太平军撤离南昌，向长江上游攻击，击溃田家镇的湖北清军，武昌告急，湖广总督吴文镕向湖南求援。朝廷有诏，令曾国藩率湘乡勇赴援。

王鑫此时成了热门人物。骆秉章令他招募乡勇援鄂，王鑫在十天内仓促教练成军；江忠源新授安徽巡抚，写信请王鑫去当他的助手。然而在此关键时刻，曾国藩的想法改变了。他因楚勇和湘勇相继发生哗变，对乡勇的忠诚度产生了怀疑；他对王鑫办事过于张扬的风格也产生了反感，决定放弃与这个后生的合作；同时他的兴趣转移到了水师的建设，对资金、人才与精力另有安排。他以太平军已撤离武汉为由，向朝廷奏请湘军暂缓援鄂，同时命令王鑫将招募的湘乡勇裁撤掉。

在曾国藩新的建军方案中，水师摆在首位，而陆军要合并为十营，只有五千人的名额，他要把王鑫的部队淘汰为七百人。那些日子里，省级领导朝令夕改，弄得王鑫一头雾水，无所适从。他本来满怀热情要带领三千健卒北上作战，正要出发，命令变了，不但不要他出征，还要他裁掉大部分兵员。接着，曾国藩奉旨要率六千人北上，骆秉章又叫王鑫不要裁军，因为曾侍郎一走，省内还得依靠王鑫的部队保卫平安。于是王鑫带着三千多人在长沙"朝暮操演"。不料曾侍郎又写信给骆秉章，还是希望王鑫裁军，只留二营兵力，即七百二十人。

骆秉章没有按照曾侍郎的意见处理王鑫一军的问题。他决定靠自己来做最后的决断。他下令检阅王鑫的部队，他要亲眼察看这支湘乡勇的军容风貌。他摆轿来到演兵场，只见湘乡勇列队而入，左右两队各有一百人。王鑫登上将台，挥旗擂鼓。第一通鼓声响起，队伍鱼贯而行，列为两行，左侧的队伍奔向右侧，右侧的队伍奔向左侧，行走三轮以后，围成圆圈，都持武器对外。第二通鼓声响起，队伍向左右奔走，恢复原来的队列，相对格斗，左起则右伏，右起则左伏，三起三伏。军士们再次奔走，圆阵变为方阵。于是，后军分别从左右出场，蛇行绕攻，前军三合而退，前方的左右两军也互为进退。王鑫擂鼓鸣角，旗帜呈圆周挥舞，部队奔走一圈，聚为城郭。城有三道门，前队士卒分左右行走，从门口奔出，其余士卒按次序再起成队。整个操练的过程中，没有语音发号施令，士卒只听从旗鼓的指挥，疾奔犹如风雨。

这一通操演，把骆秉章看得目瞪口呆。王鑫告诉他，这是自己参照明朝名将戚继光的阵法加以改变而成的。骆秉章想：这样的部队太难得了，不要说乡勇，就连正规军中也无如此严整精妙的阵法，如此纪律严明的部队。骆巡抚决定将王鑫所部留在省城驻防。他在公文中写道："所有该员前项湘勇三千四百名，仍应暂留省城，照常管带。……该员立即遵照，仍将各勇留驻省城，暂缓裁撤，认真训练，严加约束，听候调遣无违。"

骆秉章一纸公文，使王鑫有了自己的部队，而且人数不多不少，称心如意。王鑫对骆巡抚心存感激，以更大的热情训练部队。他采用的训练方法有几分类似现代特种部队的练兵。他令士卒进行超强度的体能训练，其中一个项目是在脚上捆绑铁瓦，练习跳高跳远。这种训练的好处非常明显，当战士们的脚上未绑铁瓦时，他们的弹跳能力远远超过了一般人，作战时自然能够以一当十。

个人的强化训练和集体的阵势操演，使王鑫的部队战斗力大增。他的部将个个继承了他的训练方法，对于阵法谙熟于心。他培养出来的大将有个叫蒋益澧，后来跟随左宗棠在浙江作战，以龙门阵、一字长蛇阵等阵势大破太平军；还有一个刘松山，跟随左宗棠在西北平回，善用城墙阵、梅花阵、大鹏阵等阵法，能将上万骑兵挡在阵外。蒋益澧和刘松山赖以成名的兵学，都是对王鑫的继承。王鑫的军事著作中有一部《阵法新编》，对古人创制的阵法加以变通，灵活运用，别具心得。这本书当时属于军事机密，没有出版，以致失传。

王鑫不但注重练武练身，还注重思想工作。部队在练习刀矛火器之余，还要互相传诵《孝经》《四书》。每到夜间，营门关闭，书声琅琅，传出壕外，不知者还以为这是村塾。

与此同时，王鑫重新改定军制，撰写了《练勇刍言》，其中包括五篇制度性的文件，规定了部队的编制、官兵职务及职责、各种号令的传达、奖惩条例和训练办法。王鑫制定的这些军队制度，湘军沿袭了很久，在他去世后，由于左宗棠出山领兵时将他的部曲一概委任，又任命他的表弟王开化总管营务，所以这些规定一直延续下来。左宗棠对王鑫治军素来佩服，希望自己的部队规范化，能够达到王鑫所部的水平，当时他在写给郭嵩焘的信中说："吾军在楚人中最晚出，最讲营规。数年后，当与王壮武部齐观，暂尚不敢自信。"

王鑫擅长管理部队，为官兵制定了严明的纪律，其特色是制度化和人性化。他规定士兵不得私自携带银两，如果身上的银子超过十两，就要拉出去砍头。他要求官兵将月饷和奖金全部交给后勤部保管，每月派人给他们送回家去，把家信取回，交给本人。将士们得到家书，知道家人收到了银子，无不感服王大人的一片苦心。

左宗棠在王鑫死后方才带兵，他在湘军集团中素称号令最为严明。但左大人还有网开一面的时候，军营中不禁饮酒。在休整期间，他听任官兵尽欢极醉，士卒们倒也不失美国大兵偶尔放纵的乐趣。王鑫比左宗棠抓得更严，既禁赌又禁酒。

他宣称饮酒足以误事，有谁提着酒壶举着杯盏，被他撞见了，也要砍头。没仗打的时候也不许松劲，必须练习跳跃和拳击，而且当场根据成绩予以赏罚。练兵天天都抓，所以他的兵力少而精。

王鑫眼睛里揉不得沙子，微功必录，微罪必罚，不避嫌，不避亲。转战广东时，姐姐的儿子违反了军令，王鑫要杀，将领们纷纷求情，王鑫不肯，挥泪斩了外甥。

咸丰七年（1857）夏天的林头大战，是王鑫一生中最后的一场大仗。当时战地附近有个名叫欧阳昱的男孩，目睹了一些场景。多年后欧阳昱成了知名学者，将当时的见闻记载下来，收入了他的文集。

那是兵荒马乱的岁月，小欧阳出城避乱，走到宜黄与乐安交界处的石灰崚山中，山下十里就是乐安了。男孩走进一家客店，遇见了王鑫派出的一个九人侦察小分队。

小分队走进店里，叫老板做饭。饭罢买单，每人交付二十枚铜钱。老板说："军爷们剿贼辛苦，一顿饭算什么？小的不敢收钱。"

队长说："不收？不收怎么行？你不是想害咱们兄弟吗？王大人有令：沿途强迫百姓供饭不给钱，或者拿走百姓财物价值百文以上者，立刻斩首！"

老板问道："军爷，真有这个规矩？"

九人齐说："骗你干什么？真有！"

老板一听，连忙把钱收下。男孩将此事看在眼里，默记心头，然后到了山中的避难之所。过了几天，他听说太平军在林头村惨败，心头痒痒的，天一亮就登岭瞭望，极想一睹实战情状。快到中午时，只见二十几名官军追赶两百多名太平军，从山下追到山上，来到男孩的家门前。此时上演了一个惊心动魄的场景，官军居然杀光了十倍于己的敌人！

战斗结束，官军打扫战场，小欧阳在一旁观看。官军只割敌人尸体的耳朵，对敌人遗留的财物一概不动。小欧阳从山头跑下来，只见官军个个汗湿重衣，神情疲惫，一见男孩回家，连忙叫他备饭。山中粮食本来不多，哪里供得起二十多个大兵！小欧阳只能蒸些红薯、芋头，给大兵们将就充饥。他好奇地想：我倒要看看这拨军爷听不听那个王大人的话，会不会给我饭钱？

结果还是一样，大兵们饭罢，每人掏出二十枚铜板，交给小欧阳，就要走人。小欧阳觉得这些大兵十分可亲，挽留道："天这么晚了，你们也乏了，离城还有那么远，何不在这里住上一宿？"

队长说："小孩子懂什么？咱们有军令在身，必须回营复命，超过酉刻者斩！我们走得快，还来得及。"

小欧阳听了，心想：原来兵士服从命令，是这样一丝不苟！他们的那位王将军，一定威信很高，对兵士也很照顾，否则大家怎会心服口服？他后来得知那位王将军名叫王鑫，对他钦佩不已。他撰文记载湘军的若干人物和事迹，断言如果老天让王鑫活得长久一点，他的勋名一定在左宗棠、彭玉麟等人之上。可惜王鑫积劳成疾，在林头大战之后不久便撒手人寰。好在他这支三千人的部队没有散去，他的堂弟王开化接手统领，保留了这支声震全国的"老湘营"（也称"老湘军"）。

王鑫指挥作战有一套独特的办法。他要求部队临战时自动集合，带上武器弹药与口粮，等候指示。大战前夜，他总要召集部将们开会，令大家席地而坐，拿出地图，给大家指点方略：这一路要迎战，那一路要埋伏，此一路要防守，彼一路要包抄，然后让部将们各自挑选自己的任务。第二天作战，各位将领依照计划行动，往往获胜。

部队在山区行军时，王鑫爱乘二人抬的轿子。轿夫抬着他在崎岖的山径上急速行进，总是赶在敌军前面抵达战场。王鑫登上山岭，手执旗帜指挥，部队分路行动，按照预订方案作战。据说王鑫曾经自负地说："抬我的四大轿夫，亲眼见到我指挥应变，日久就熟悉战法了，以后必为一代名将。"据说那四大轿夫包括张运兰和刘松山，另外两个名字已经失传。

运动战的高手

曾国藩的湘军出征以后，给世人留下的印象是"扎硬寨，打死仗"。1920年，陈独秀先生曾将这六个字提升为湖南人的精神，专门写文章呼吁它的复活。

湘军的扎硬寨，其实是罗泽南、王鑫、李续宾等人规定的扎营方法，要求部队宿营时一定要深挖壕，高筑墙；至于打死仗，则是指湘军攻坚和防守不怕死，往往以敢于血拼的精神在气势上压倒对手，因而能够以少胜多。这六个字既体现了湘军的优势，又暴露了湘军在战术上的弱点，即注重攻坚战和阵地战，轻视运动战。湘军与太平军比照，刚好形成两个极端，因为太平军正好是运动战的高手，哪里的敌军薄弱就打哪里，打了就跑。这样不仅风险很小，而且有助于掠夺物资。

曾国藩的湘军用打死仗的办法，先后攻克武汉、九江、安庆和金陵，成就了平定东南的大业，似乎说明湘军的胜利主要是靠攻坚战获得的。人们往往忽略了运动战在湘军东征中不可或缺的作用。在李续宾围攻九江期间，若无王鑫率部在江西腹地运动作战，恐怕整个江西都会落入太平军之手，而李续宾所部极有可能被太平军合力围歼于九江；在曾国荃围攻安庆期间，若无鲍超和左宗棠以运动战牵制太平军的兵力，恐怕曾九帅早已葬身在安庆城下。所以，李续宾在围攻九江期间就提出要向王鑫学习，号召湘军引入运动战术，将阵地战和运动战结合起来。后来曾国藩向胡林翼借来第一劲旅——鲍超的霆军，令其作为"游击之师"，往来江西、安徽、江苏三省之间作战，也许正是接受了李续宾的忠告。虽然那时李续宾已经战死三河，但他对于曾国藩的影响犹在。

王鑫是湘军当中首倡运动战的大将。他醉心于运动战的动机，似乎不完全是为了跟曾国藩对着干。他确实是一位驾驭运动战的高手，连擅长运动战的太平军也对他心服口服。

事实上，从咸丰四年到六年（1854—1856），湖南境内抵抗和镇压省内外的会党，几乎全靠王鑫领导的一支小部队。在幅员如此广阔的战区内，王鑫必须东南西北四方兼顾，不想运动都不行，所以客观条件也容不得他不成为运动战的顶尖高手。

咸丰四年二月，王鑫在羊楼司和岳州一带首战太平军失利后，骆秉章命令他率部驻防湘南。当年五月，罗泽南跟随曾国藩大军东征去了，王鑫的湘乡勇成为湖南省内治安的主要武装力量。王鑫带领五百人"往来游击"，首先在桂阳州以五百兵力击败嘉禾人尹尚英的造反军，接着前往蓝山击败来自广东的会党，不久又到江华境内打击来自广西的会军。

那时候，湘南形势严峻，几乎无一日安宁。广东和广西两省到处都有会党，多的有一万多人，少的也有几千人，他们头戴红巾，称为"红巾军"，聚散不定，一旦集结，便会攻打城邑，千方百计想要穿过湖南，去与太平军会合。湘军主力已经全部北上，只有王鑫率领五百名湘乡勇驻扎岭东，李辅朝率领九百名新宁勇驻扎宜章。正规军体系中，只有永州游击周云耀团练的几百名乡勇战斗力较强，但周将军要分防永明和江华两县，疲于奔命，所以会党更加大胆，四出游击。

有一次，王鑫同时面临着四处匪警，必须采用机动转移、连续作战的办法，才能解决各处的问题。首先，他得知会党攻打永明的桃川，连忙从岭东拔营，在江华与周云耀会师。正要前往永明，忽然接到道州知州冯昆的告急信，得知道州遭到几千名会党的急攻，而城中守军只有三百人。王鑫认为州城比县城更重要，当即改道前往道州。

湘乡勇抵达道州时，几千名会党驻扎在城西的桥背街，分兵朝湘乡勇攻击。王鑫先派部分兵力从山下截击，将会党击退，他自己策马亲自驰入阵中，被敌军的火枪铁弹击中胸口，射进一公分左右，另一颗铁弹掠过左胁，鲜血染红了衣裤。王鑫来不及裹伤，督促士卒冲锋，短兵相接，付出伤亡几十人的代价，大败会军，斩杀二百多人。会党当晚全部撤走，王鑫解了道州之围。

王鑫估计，这股会党一定会逃往江华，官军必须赶在他们前面。他与周云耀裹了一下伤口，带领部队开拔，越岭过涧，徒步行军一昼夜，进入江华县城休整。会党的行军速度比官军慢了很多，第二天才来到江华。王鑫早已在城外山坡上列阵，让周军埋伏在坡后。接战之后，会党将炮弹和石头如雨点般砸来，官军坚立不动，等到会党发起冲锋，距阵前只有几丈时，王鑫才下令开炮，击伤几名会党首领。会军正在顽强拼搏，坡后的周军绕到他们后方夹击，打乱了他们的阵脚，会军无法兼顾两头，顿时溃散。官军追逐十多里，毙敌几百名，缴获全部武器装备。

江华之战结束，王鑫立刻率部前往永明，在岩口塘将会党击败，然后继续追击。这次转战三地，从九月十五日到九月二十八日，行军加作战只用了十四天，王鑫的湘乡勇和周云耀的团勇以不过千人的兵力，击溃了两股兵力数倍于己的会党，救了一座州城、两座县城，成为王鑫战守湘南的一个典型战例。他在湘南的几百个日子里，为了对付各处的会党，大致都是如此跟敌军拼速度，比灵活，赛顽强，在运动中克敌制胜。由于战功累累，经骆秉章奏报，朝廷恢复了王鑫因二月兵败而被罢掉的官衔，并给他赏戴花翎。

咸丰五年（1855）正月，红巾军遭到王鑫等部的打击，败退两广边境，召集部众，很快就恢复了元气。其中有两股最为凶悍，一股由自称定南王的胡有禄领导，一股由自称镇南王的朱洪英指挥，各自拥有几万名部众。王鑫从此要跟这两名强敌逐鹿五岭南北，开展一场严酷的斗争。

当年二月，朱洪英攻陷广西富川，成立升平天国，令部众蓄发，将要攻打湖南。永明的曾知县向王鑫求援。他在信中说，敌军"谓阁下为王老虎"，"不敢轻犯"，他盼望王鑫能够坐镇永明。王鑫认为内防不如外攻，邀约周云耀一起进兵富川。官军遭到升平军顽强阻击，伤亡惨重。这时胡有禄从广东的连州杀进湖南，王鑫和周云耀不得不回师江华。朱洪英也放弃富川，企图与胡有禄联合攻打永州和道州。

不久，朱洪英进兵桃川，永明告急。王鑫留下周云耀驻守江华，自率一千名湘勇前往永明，离城三里止营，偃旗息鼓以待。朱洪英没料到王鑫这么快就赶到，率领几千人攻城。王鑫突然建旗击鼓，下令冲锋。军士们为了报富川之仇，奋力拼杀，大败朱洪英，穷追三十里，斩杀两千多人。捷报传到北京，朝廷授予王鑫知府官衔。

朱洪英余部逃到恭城，联合胡有禄，回师攻占灌阳。全州官军邀约王鑫攻打灌阳，王鑫在城外用诱兵之计，三次挫败升平军。升平军弃城进入湖南的新墟，王鑫领兵绕道道州，赶赴永州阻击。升平军分兵袭击文村和新圩，企图牵制王鑫的兵力，主力则悄悄从零陵翻山越岭，攻陷东安县城。王鑫闻警，与周云耀等部追至草鞋市，遭到几千名升平军阻击。王鑫率先冲击敌军中坚，官军联合围攻，将升平军击退，乘胜进逼东安城下。王鑫驻扎孔明台，一边筑垒，一边击退升平军的几次强攻。

王鑫对东安进行了七天的围攻，都未能得手。这时江忠淑招募一千名楚勇前来增援，全州也有官军赶到。升平军出动三千人，分为五队牵制官军，另派部队烧毁全州官军的军营，将这支援兵吓退。升平军又派兵攻打楚军的家乡新宁，楚军不得不撤军回援。于是升平军集中力量攻打湘乡勇，城头提供猛烈的炮火支援。王鑫持刀督战，从早晨战到深夜，弹药告尽。但炮兵假装子弹充足，点燃引线，将敌军吓退，军士们乘势反攻，才将敌军击退。

东安是一城坚固的小城，而升平军都是两广的凶悍会党，武功高强，又仗着与太平军互通音信，部队纪律约束很严，跟一般会党不能同日而语。王鑫兵力太少，又久攻多伤，他不得不暂时退兵。他率部出营，在野地埋伏，营内唱空城计，旗帜照旧，还扎了许多草人。升平军夜间袭营，山下鼓声骤起，将升平军吓退。第二天，湘乡勇退驻井头墟。升平军也不追击。

湘乡勇在井头墟等候增援，骆秉章从长沙调来的一千五百人赶到，王鑫才再次进兵，驻扎东安的五里牌。此后，湘乡勇攻城一个多月，虽屡有斩获，却无法杀人城内。骆秉章知道王鑫兵力仍然太弱，继续派兵增援，刘长佑奉命率部从新宁赶来。但升平军也从全州得到几千人的增援，官军又经过一个多月的苦战，才将东安收复。

王鑫与周云耀追杀逃敌，进入广西境内，途中听说胡有禄的部队正在攻击东安县的北花桥，立即改道回援。王鑫刚到东安境内，胡有禄又进至伯牙市。五鼓时分，王鑫从县城追击，发现升平军已奔赴新亭。王鑫认为尾追总是难以奏功，便绕到敌军前方的桐子山，严阵以待。胡有禄没想到会在这里遇到官军大部队，大为错愕，部队乱成一团。王鑫挥师冲杀，毙敌上千人。

胡有禄余部逃到了祁阳与邵阳交界之处的四明山，王鑫得报，挥师攻击，杀得升平军狂逃不止。湘乡勇穷追二十里，毙敌四百多人，俘虏胡有禄及其二十多名将领。官军进山搜杀余敌，大批升平军战士堕岩而死。升平军从此一蹶不振，永州和宝庆一带略为安定。骆秉章奏报战功，说王鑫功居第一，得旨以道员归部选用。

当王鑫围攻东安时，另有一支几万人的广东会军，在何禄与陈金刚指挥下杀到宜章，攻破郴州和桂阳州，周围各县的土匪闻风响应。何禄所部连陷大城，雄心大炽，企图直扑长沙，已分派兵力前往茶陵、永兴和耒阳。官军派兵阻击，数战不利，指望湘乡勇来收拾残局。王鑫解决了东安的战事，马不停蹄，率部赶到耒阳，大战三天，重创敌军，随后追至永兴，又大败会军，平定永兴。

王鑫虽然挫败了何禄的北上部队，但何禄的势力仍然很大，他自己占据着郴州，部将陈义和以重兵驻扎桂阳州，互为犄角。王鑫决定先取桂阳，为了迷惑敌人，用了声东击西的计策，打算围城打援。他将部分兵力留驻公平墟，扬言要攻郴城，而率主力绕道而行，抵达桂阳附近的仁义墟，每天派兵引诱桂阳守军出战，守军一出，湘乡勇便撤退。如此过了几天，何禄以为湘乡勇在桂阳兵力不多，可以一举歼灭。他从郴州派出一千人过来增援，桂阳会军倾巢而出，夹击湘乡勇。王鑫分兵悄悄前去攻城，自己与桂阳团军分道出击，与会军大战马铺桥，只用了一个时辰，便将敌军击溃。败敌企图回城，见官军已经逼攻到城下，只得逃亡别处。王鑫急忙回军，绕到城东埋伏一支兵力，其余部队联合桂阳团练在西南城墙搭梯登城。城内的少量守军已无斗志，突围东逃郴州，被埋伏的湘乡勇击败。湘乡勇不仅在当日收复了桂阳，还歼灭了何禄的有生力量。

王鑫紧接着进兵郴州，用了一个半月时间，将何禄赶出郴州，然后连日追杀，击毙何禄，一直追到广东连州境内。王鑫留下兵力驻守边界要隘，自己返回道州。骆秉章奏报他收复桂阳和郴州的战功，得旨赏给四品封典。

王鑫攻打郴州期间，朱洪英又趁机从灌阳攻击永明，周云耀率部驰救失利，王鑫来不及救援，永明县城沦陷，周云耀战死。湖南的土匪萧元发带领从桂阳逃出的会党袭击江华与临武，参将赵永年在宁远截击，也于同时战死。王鑫闻警，大为悲恸。他在悼念周云耀的挽词中发誓要为战友报仇："事不由人，留取丹心光国史；死尚有我，时提宝剑觅公仇。"

王鑫消灭何禄以后，开始对付江华和永明的会党，分兵两路进攻。朱洪英听说王老虎来了，不敢接战，弃城奔向江华。王鑫入驻永明城，急派王开来率一军赶赴江东埠。王开来与从永明撤出的朱洪英部遭遇，仓促交手。两军鏖战之际，王鑫领主力到来，重创敌军。湘乡勇接着冒雪进攻江华，王鑫另派一军驻扎永明的七都，阻遏敌军的归路。咸丰六年（1856）正月，湘乡勇收复江华县城，王鑫留军驻防，亲自领兵追击残敌，一直追到嘉禾。朱洪英率所有余党从临武返回广东连州。

连州和韶州是会党的根据地，他们几年来总是联合广西的会党北进，攻击湖南的郴州、桂阳州、永州和宝庆，一旦得手，便冲向茶陵和耒阳，威胁省城长沙的安全。官军往来游击，无法将会党一网打尽，因为他们吃了败仗，立马返回根据地，集结残部，官军一走，他们又杀过境来。两广的官军忙于对付腹地的会党，对于到省外捣乱的会党，他们无力过问，所以边境地区的会党根据地日益巩固，无法肃清。王鑫此次扫平了五岭以北，决计越过省界，穷追尽搜，以竟全功。可是，他手下的大部分军士久战疲病，身体吃不消，情绪上厌战，不愿深入广东。王鑫体谅他们的苦衷，并不强求，令他们返回蓝山休息，只挑选三百名精卒跟随自己越境进剿。这支挺进队裹带干粮，翻山越谷，深入会党根据地，探知会党的集结地，给予出其不意的打击，大败会军，追杀四十多里，抓获会党军师谢顺太，然后进军瑶山。

王鑫的进军之路山径崎岖，天下大雨夹雪，不但军士饥疲，连会党都挺不住了，多半死于路途。挺进队追到丰阳，捕斩一百多人，朱洪英只身逃走，其妻子三人未能走脱。湘乡勇进驻连州的东陂观，搜捕残敌，日有斩获。王鑫令百姓举办团练，渐渐有所成效。挺进队在广东剿匪两个多月，连续转战多个县份，收获极大，然后将任务移交给广东清军，从连州返回湖南。

王鑫在连州进行艰苦卓绝的跨省作战，十分劳累，加上接触瘴疠，已经身染重疾。当他在道州得知老师罗泽南阵亡于武汉的消息时，病情因悲痛而加重。他抵达衡州以后，已经无力领兵，将所部交给张运兰和王开化分别统领。不久奉到上谕，令他率部增援江西。骆秉章知道王鑫疲于奔命，已经精疲力竭，代他向朝廷请假，获得批准，于是他得以从衡州返回湘乡养病。

咸丰六年（1856）五月，胡林翼派刘腾鸿从崇阳和通城进援江西瑞州，太平军趁着湖南兵力空虚，攻打平江和湘阴，长沙紧急备战。王鑫闻信，带病赶到省城，从衡州调派兵力迎击敌军。又闻江西会党进击攸县，王鑫率部从湘潭赴援，进军草市，将会党赶回江西。此后，王鑫仍然回家养病，接着奉到寄谕，皇帝垂询他的病状，仍然令他率部增援江西。王鑫为了报答朝廷，在家乡积极治疗。

老虎出山到江西

　　咸丰六年（1856）八月，王鑫病已痊愈。适逢石达开从安庆上援武昌，胡林翼和李续宾受到极大的压力，骆秉章为了解救湖北之难，奏派王鑫出兵岳州声援，咸丰皇帝批准。王鑫到长沙增募兵员，于九月份率领三千人开拔。王鑫善于以少击多，对兵员数量绝不贪多。他不忍增加百姓的负担，宁愿率领一支人数很少的精兵，去搏击数倍数十倍于己的太平军乌合之众，所以他终身领兵未曾超过三千人。骆秉章评价他："身经数百战，前后杀贼不下十余万，克复城池二十余，而所将勇少仅数百，多亦不过三千，所向有功，威名甚震。"

　　王鑫领兵开到岳州时，石达开已被胡林翼和李续宾击退。当时与岳州相邻的湖北地界早已是太平军的根据地，岳州时刻受到太平军的威胁。王鑫一到，便发挥社会活动家的特长，大办团练，一边与太平军角逐，一边将团练事业从巴陵向临湘推广。当收效十分显著时，他下令向湖北进军，以通城为据点，几出奇兵，收复崇阳和蒲圻，继而击败从江西开来的太平援军，在追击中收复通山。

　　这时胡林翼收复了武汉，王鑫驻扎通山搜捕残敌，又在湖北大办团练，得到百姓的衷心拥护。官文奏报王鑫收复四县的战功，有诏加授按察使衔，以道员留于湖北，请旨简放。不久又有旨意，将王鑫交军机处记名。

　　咸丰七年（1857）二月，刘长佑的援赣军从袁州攻打临江失利，退保新喻。骆秉章奏派王鑫领兵增援江西。这时江西基本上是太平军的天下，他们控制着四十几座府城和县城，清军从湖南和湖北相继派兵增援，仍然无法挽回颓局。王鑫奉命进援江西时，刘腾鸿与李续宜正在围攻瑞州，刘长佑与萧启江企图规复临江，而黄冕与赵焕联等人正在攻打吉安，王鑫旧部将领胡兼善则在赣南的上犹、崇义、龙泉之间作战。刘长佑在临江挫败时，太平军从江西挺进福建的光泽与邵武，清军猛将毕金科战死景德镇，饶州、广信之间成为敌占区，官军士气大挫。官军在几条战线上竭力奋战，也只能与太平军打成胶着状态，必须有新的生力军加入，才有可能扭转战局。

王鑫临危受命，率湘军三千人星夜从岳州赶往江西，三月份抵达新喻。这时临江和吉安之间的官军已经断绝联系，吉安的太平军分兵向南，奔袭龙泉与万安。王鑫与刘长佑进驻泰坪墟，分兵打通峡江通往临江与吉安的道路，令吉安官军分攻龙泉与万安，巩固湖南边境，并写信通知刘腾鸿，请他防止瑞州的太平军进至崇阳与通城。

江西巡抚耆龄派人向王鑫询问进兵方略。王鑫写信答复说，临江城的敌军粮炮充溢，足够他们抵抗一阵子。自古用兵，顿兵坚城之下是大忌，如果力攻不下，敌军闭门不出，就会形成吉安、瑞州劳师无功的局面。新淦现已成为敌军的交通要道，驻有大股敌军，策应临江、吉安和瑞州，所以官军应该先攻新淦，肃清东路，断绝三城的接济。

王鑫表示，他此次来援江西，打算专找敌军厚集之处打几场运动战，消灭敌军有生力量，以求扭转大局，绝不会株守一城，以图侥幸之功。在援赣军完成对临江城的包围之后，他便要率部渡到赣江东岸，直捣新淦，肃清其周边地区，撼动抚州与建昌，将沿江险要全部夺回，截断吉安、临江、瑞州的供给，使围城的官军外无牵挂，专心围困守城之敌，使之不得突围。他断言，只要这三座城市首先收复了一座，全局就会有转机了。

两个月后，太平军首领卢三友率领二万人增援吉安，平东王何胜权也从安庆率领大部队绕道永丰，前来会师，集结于水东，在赣江之畔构筑五座巨垒，严重威胁吉安官军。王鑫闻警，驰抵吉水三曲滩，率部渡江，派出三支部队，绕到敌后埋伏，自己则示形于敌。

太平军分三路扑来，王鑫躺在大树下，令军士埋头修筑工事，仰头者斩。太平军见湘军全不理睬，疑心有诈，不敢轻进。王鑫估计伏兵已经绕到敌后，突然下令击鼓，军士们扔掉锄头簸箕，操起兵器，狂呼冲下，太平军大乱。这时候，左右伏兵尽出，呼声震天撼地，斩杀敌军无数。残敌逃到水东军营，张运兰首破一垒，卢三友率死党捍卫其余壁垒，被游击易普照斩杀，而易普照也被敌军砍死。王鑫亲自向前搏战，军士们紧随其后，无不以一当百。太平军越垒溃逃，为鹿角所挂，尸体枕藉。

卢三友破亡后，王鑫整合部队，焚烧何胜权的壁垒。何胜权冒火逃出，被湘军斩杀，太平军大溃，丢下四千多具尸体。湘军一日连破敌军五座壁垒，军势大振。刘长佑写信向王鑫祝贺："闻三曲滩一战，歼贼数千，破贼巢数座。我军自逼吉郡，未闻有此大捷。不独吉贼胆寒，克复定在指颐，即临、瑞之贼，亦闻风丧胆也。"

太平军在三曲滩吃紧时，万安太平军派出几万人从水南增援，遇见从水东逃出的太平军，决定绕道西攻乐安，报复湘军。王鑫接到乐安的告急信，回军永丰的藤田。这时太平军的裱天侯胡寿阶从宁都率几万人来援临江与吉安，驻扎沙溪，距藤田五十里。王鑫会师先打援兵，击杀上千人。第二天，胡寿阶率二万人来攻，分头埋伏在山林之间，企图在湘军出营后夹击。王鑫令部队闭垒坚持，另派一军潜伏山后。湘军耐心地等了四个时辰，太平军伏兵又饿又累，坚持不住，纷纷走出隐蔽地点。

王鑫见时机已到，派出五百人排列阵前，另派三百精兵从阵右向敌军冲锋。太平军见湘军兵力不多，各部为了抢功，争先恐后，乱成一团。王鑫指挥中路和左路兵力继进，山后伏军同时杀出，太平军大败，在狭窄的山路中互相挤压，王鑫挥兵蹙击，将敌军逼下岩壑，山谷中刀矛林立，如雨后春笋，后堕者掉落兵器之上，都被戳死。残敌伏地待刃，有的干脆自刎。太平军三千人先后阵亡，胡寿阶以下六十名将领全被斩首。余部狂奔四十里，不敢停步。

王鑫借着大捷东风，撰写《团练说》，劝说各地士民团练乡勇。王鑫大力组建民团，人数多达一万。他亲自登台讲演，激励团丁跟随湘军作战，官军兵力大增，于是王鑫策划攻取乐安。

宁都的太平军听说胡寿阶战败，大为震怒，集结几万兵力杀来。当时王鑫所部因暑天作战，过于劳累，军士多病，王鑫只能挑选一千二百名未病的士卒前去迎战。太平军出动一万人来攻，旌旗连绵十里。王鑫见敌军十倍于己，设法造势，先把团勇安排到山上迷惑敌人，又把精兵悄悄派往山之左右，同时安排张运兰和王开化埋伏援应。

安排妥当后，王鑫自领三百人出营迎敌，太平军不把他这点人马放在眼里，根本不作防备，大摇大摆冲来。湘乡勇的左右伏兵突然杀出，太平军前锋猝不及防，当即落败，乱成一团。王鑫领兵冲入敌阵之内，斩杀数百人。团勇在四面山上摇旗呐喊，太平军抬头一看，到处都是官军，更加惊惶，拔腿就逃。王鑫率部追到韶源，只见几万名太平军驻扎在此，村落里到处都是军人，营房沿河排列，一望无际。太平军阵营如此强大，却未料到官军会突然杀来，而且弄不清官军究竟有多少人，所以无心作战，纷纷逃命。村内的太平军争着逃往河边的军营，湘军冲上前去，抛掷火弹，焚烧军营，顿时火焰冲天。王鑫轻兵继进，太平军企图渡河而逃，在湘军压迫之下，大批官兵落入水中淹死。湘军打得过瘾，直到日暮时分方才收兵。

此后，王鑫率部追到钓峰，这里还驻有宁都太平军几万人。王鑫派团勇诱敌，太平军全体出动，湘军伏兵突出，太平军一看旗帜，是蓝色镶了黄边的，便知这是湘军，转身就跑，一边喊道："真倒霉，又遇见斑虎！"王鑫率部冲杀，追逐三十多里，斩杀一万人，解散一万人。

王鑫自大战韶源和钓峰以后，吉安、临江、瑞州三地的太平军闻风丧胆，围城官军顿时处于有利的地位。王鑫继续运动作战，向宁都、广昌、宜黄一线进兵，在一个名叫小源的地方遭遇姓洪的太平军头目。王鑫登上山岗瞭望，只见河对岸旌旗蔽野，敌军至少有上万人。王鑫考虑自己兵力单薄，只能引诱敌军过河交战。他令张运兰率二百人到山中设下三道埋伏，自率十数骑，带上战鼓与号角，在岸边行走。太平军发现了王鑫的旗帜，大呼其名，叫他停下，王鑫也不理睬，继续前行。太平军分出几千人从左右渡河，绕开王鑫的队伍上山，而派出精悍渡河，直向王鑫冲来。王鑫徐行到一处山谷，太平军已逼近到二丈开外，王鑫下令击鼓，伏兵尽起。太平军知道中了埋伏，退向河边，企图渡河逃走。张运兰已渡到水南夹击，几百名太平军投入水中，余部望风而溃。王鑫穷追到谢坊，击败阻击的敌军，毙敌一千三百人。

王鑫肃清了宁都一带，威名大震。那时太平军有几十万人集结在江西一省，但无论哪支部队，听到王鑫的名字都会逃走。王鑫侦知太平军国宗杨宜清从福建回军江西新城，其部将张宗相率前锋抵达东山坝，他一举击败这支部队，斩杀张宗相及其指挥曹信照，毙敌三千人。

杨宜清的前锋已失，他自己率领主力从广昌开到，而太平军国宗石清吉也率部抵达南丰，杨、石在头陂会师，兵力号称十二万，企图增援吉安，经营赣南。

敌军兵力如此强盛，湘军将领们都为自己兵力单薄而发愁。王鑫却高兴地说："逆贼聚集在一起，我们可以一锅端掉，省得长途跋涉了。"他派朱惟堂一军悄悄去攻乐安，自己整训部队，准备大举歼灭太平军杨、石二部。

此时安徽的太平军溯江攻击湖北的蕲州和广济，湖北清军招架不住，胡林翼与李续宾都写信向王鑫求援，王鑫由于面临大敌，一场恶仗在即，没有同意前往。不久，湖广总督官文又奏调王鑫去湖北，朝廷明白江西也很吃紧，未予批准。上谕军机大臣："王鑫现在吉安剿匪，颇属得力，如令赴楚，何人可以接管？吉安正当吃紧，即将王鑫暂留江西，俟吉安克复，再令前往。"

杨宜清与石清吉在头陂会师后，退还广昌。王鑫抓住这个机会进兵。他的部队运动作战，总是轻装上阵，一队只带一顶帐篷，一名棚夫，两队共用一口锅和一名伙夫，夜间扎营不修墙垛，清早撤离时不留踪迹，所以军行迅速，往往能超过太平军的速度。

王鑫率精兵一千一百人从头陂进发，行不数里，遭到太平军五路阻击。王鑫登高一看，敌军后面的阵营绵亘几里。王鑫也分五路迎战，只留下三百精兵策应。他观察到敌军劲旅都在中路，便自率精卒冲击，斩杀中路将领，然后五队联合推进，将太平军杀退。湘军追到长山岭，杨宜清自率万人接战，败敌回身死斗。王鑫纵兵奋击。将领跃马陷阵，士卒锋刃争下，又将太平军击败，毙敌约三千人。太平军余部逃向南丰。当晚，南丰太平军又随之奔向建昌。如此一来，赣江上游各县太平军全部逃走，临江与瑞州的太平军得不到增援，士气日益低落。此时朱惟堂已收复乐安，王鑫决定进规抚州与建昌。

太平军大头目杨辅清坐镇抚州，总结经验教训，认为王鑫的湘军利在轻装作战，而太平军是因拖累致败。杨辅清对外号称兵力二十万，其实只有七万人，但也是王鑫所部的二十倍了。他想：我有七万人，只要放下包袱，轻装上阵，何愁打不过王鑫那区区几千人？本侯爷倒要挫一挫这只斑虎的威风！于是，他将老弱安置在抚州与建昌两城，自率七万大军，自崇仁与宜黄进图乐安。王鑫闻信，亲自率部赶赴乐安应战。

乐安城内成立了乡团，绅士们听说杨辅清杀来了，纷纷求见王鑫，请他发兵迎击。王鑫叫门房挡驾，概不见客。第二天，传闻太平军已经靠近乐安，绅士们慌成一团，又去求见王鑫，再次被挡在门外。他们见不到王鑫也就罢了，可是城内的湘军一天比一天减少。王鑫本来只有三千人，一天减少几百，不知到哪里去了。绅士们怀疑王鑫在逐步撤兵，议论道："真是浪得虚名！什么斑虎，简直是纸老虎！看来很快他就要闪人了。"

王鑫并不在乎绅士们的误会，他不急于出兵迎敌，自有另外的打算。这时忽然接到永丰的告急信，声称有一支太平军大部队从新淦与吉水来袭。王鑫冒雨从乐安赴援永丰，得知新淦来的太平军驻扎在八都，没有继续前进。倒是杨辅清的行动更快一些，已分三路进至乐安境内，分别驻扎在龚陂与浯漳。王鑫分析道："敌军在宁都和广昌吃了败仗，企图从乐安与永丰奔赴吉安。如果乐安城得而复失，则杨逆抵达永丰，与来自新淦、吉安的敌军会师，事情就更麻烦了！"

王鑫留下知县章澂严监视八都的太平军，亲自领兵冒雨行军两昼夜，潜回乐安城内。第二天，他令团军出战，将龚陂的敌军引诱到城南，王鑫在城上挥动小旗，伏兵从民房中突出。这时天公帮助官军，他们刚与太平军接战，忽然刮起了大风，白昼顿时如同昏夜，团勇从四山冲下，斩杀六千多名太平军，尸体堆积，与城等高。

龚陂敌军落败后，浯漳的敌军推进到泰坪市。王鑫率军出城，北行十五里，击败太平军前锋七千人，追到泰坪市，与二万敌军交手。鏖战两个时辰，将太平军击溃，又追杀十五里，杀得太平军尸横遍野。湘军稍事歇息后，再追出三十里，抵达崇仁境内，斩杀六千多人。

王鑫接着进攻林头。那天初更时分，王鑫派人把绅士们召集起来，步入会场，朗声说道："报告各位一个好消息：如今已是深夜，离天明不远了。天色一亮，杨贼必败。他手下的逃兵必定会从小路从东向西窜去，请诸位立即率领乡团据守山口，大张旗鼓。贼兵一到，就击鼓喊杀，但不要出战，只要贼兵没有窜进山谷，各位就立了大功。如有违令者，以贻误军情论处！"

绅士们一时摸不着头脑。仗还没打，你王将军怎么就知道敌军一定会败，而且一定会朝小路逃窜？但这是军令，理解要执行，不理解也要执行，于是分头部署去了。

林头是乐安县的一个大村庄，杨辅清率领太平军后队在此扎营。他只打算住宿一晚，明日便驱动全军进攻乐安。杨辅清此时有些大意，想让部众睡个好觉。他并非不怕王鑫，而是认为此地距离湘军还有五十里，前后左右都是他的部队，应该是万无一失的。

没想到，到了半夜，忽听得四面炮声震天，几十支火箭射进村内，房屋都被烧垮，如岩崩石裂。太平军在睡梦中惊起，不知敌军从何而降。风势猛烈，火焰熊熊，出门稍迟一步，就被烈焰包裹，难逃生路。时值秋末，深夜天寒，许多人来不及披衣，就奔出去逃命。不一会儿，一支火箭射到杨辅清的卧榻边，燃起大火。杨辅清仓皇逃出，发现村外东、西、北三面都被湘军包围，只有南面一角没有合围，那是返回宜黄的孔道。杨辅清领着部队朝南面奔窜出去，前方遇到一条大河，挡住了去路。

河上倒是有一座长桥，可是湘军没有给杨辅清留下这个方便，桥板已经尽数拆毁。还有一点，桥北下方的河水极深，这是太平军所不知的地情。于是，前面的逃兵坠入水中无法自拔，后面的逃兵又蜂拥而来，被湘军的枪炮逼得不敢回顾。于是杨辅清的近万名精锐，都在林头村一带烧死、冻死、淹死、战死，无一逃脱，只有杨辅清本人化装逃走了。

天刚亮，湘军分出一半兵力救火。也巧，刮了一夜的风，就在此时停息，湘军居然把村舍救出了五分之二。另一半兵力，回头向太平军前路杀去。当天毙敌一万三千多人，缴获战马四百多匹。

日出时分，分守各条小路的乡团果然看见太平军的逃兵。他们一见乡团的旗帜，听到战鼓咚咚，立刻吓得退了回去，从大路奔回宜黄，但后路太平军却纷纷向乐安逃窜，一往一来，自相践踏，乱成一团，伤亡不计其数。湘军前攻后杀，左右两边的小路都被乡团堵死，太平军残部被斩杀殆尽，只有几百人逃脱。

仗打赢了，绅士们还不知是如何赢的，都来求教于王鑫。

"诸位，"王鑫说道，"你们最初催我发兵迎敌时，我知道，只要我军出战，必定获胜，但我担心贼军后路闻败逃散，那么这七万贼兵蔓延到各县，又不知要等到哪一天才能剿除。所以我故意示弱，好像不敢出兵，使那杨贼以为我怕他，这样他就会驱动全军杀来，然后我军才能一战歼之。"

"此地前往宜黄，道路两旁都有大山夹道。我刚到此地，就派出几十人查遍了各山的小路，以及出入的里程，对这一带的地理了如指掌。我的兵力为什么每天减少？因为每天夜半时分，我都派出几百人，带着干粮，装扮为樵夫山民，前往林头村左右的山中潜伏。料定四日之内，杨贼必定会在林头住宿。我军将此贼剪除，逆贼群龙无首，我军发起攻击，自然势如破竹。老天保佑，事情不出所料，又有诸位带领乡团为我军声援，所以大功告成。从此抚州和建昌两郡，就有了收复的希望。"

林头大捷之后，骆秉章上奏王鑫的战功，奏疏中写道："王鑫一军援剿江西，自击灭水东援贼以来，至泰坪市之战，共获大捷十二，毙贼四万数千。杀贼之多，实军兴以来所仅见。江西大局，赖有转机。惟所部湘勇仅止三千，虽皆百战勇士，视贼蔑如，而酷暑遄征，劳顿殊甚，正宜加意保护，珍寇成功，以纾圣虑。"

骆秉章深知王鑫所部艰苦备至，请朝廷爱护，事实上，王鑫不久便感染了致命的热疾。他在病中得知官军收复了瑞州，感到十分欣慰。他在机动作战中歼灭了太平军的大批生力军，目的就是协助友军收复三城，如今已经初见成效。但他来不及看到更多的胜利，便于咸丰七年（1857）八月四日在乐安去世。左宗棠对王鑫的死深为内疚，第一是因为他不断地把作战任务派给这个年轻人，致使他连年拮据戎马之间，出入锋镝之际，劳苦危险，无不备历，然后竟然在战场上早夭；第二因为王鑫功烈虽高，名望虽重，得到的官位却不过三品，左宗棠与骆秉章商量着要奏保王鑫登上更高的官位，不料人已死去，仕途戛然中止。身后的褒崇，对王鑫还有什么用？

骆秉章向朝廷报告了王鑫的死讯，奉上谕："王鑫由湖南生员带勇，剿除衡、永、郴、桂各属土匪、两粤会匪，并越境进剿湖北、江西逆匪，纪律严明，身经数百战，前后杀贼十余万，克复城池二十余处，厥功甚伟。着加恩晋赠布政使衔，即照二品例从优议恤，并准其予谥，仍于湖南、江西地方建立专祠。钦此。"不久，朝廷有诏，予谥"壮武"。

王鑫死后，他的坐骑飞云婉转哀鸣，不肯进食，几天后死去。